中国现代诗学丛书

顾　问：黄蓉生　张卫国　崔延强　靳玉乐
主　编：吕　进
副主编：熊　辉
编　委：（按音序排列）
　　　　陈本益　段从学　江弱水　靳明全
　　　　蒋登科　李　震　梁笑梅　陆正兰
　　　　吕　进　王　珂　王　毅　向天渊
　　　　熊　辉　颜同林　张崇富

吕进诗学研究

张德明　姚家育 ◎著

人民出版社

策划编辑:陈晓燕

责任编辑:陈晓燕　卢　典

图书在版编目(CIP)数据

吕进诗学研究/张德明,姚家育 著. —北京:人民出版社,2016.5
(中国现代诗学丛书/吕进主编)
ISBN 978－7－01－016206－5

Ⅰ.①吕…　Ⅱ.①张…　②姚…　Ⅲ.①诗学—研究—中国　Ⅳ.①I207.2

中国版本图书馆 CIP 数据核字(2016)第 100081 号

吕进诗学研究

LÜJIN SHIXUE YANJIU

张德明　姚家育 著

人民出版社 出版发行
(100706　北京市东城区隆福寺街 99 号)

环球东方(北京)印务有限公司印刷　新华书店经销

2016 年 5 月第 1 版　2016 年 5 月北京第 1 次印刷
开本:710 毫米×1000 毫米 1/16　印张:16
字数:263 千字

ISBN 978－7－01－016206－5　定价:42.00 元

邮购地址 100706　北京市东城区隆福寺街 99 号
人民东方图书销售中心　电话 (010)65250042　65289539

上有庙堂之高，下有江湖之远

——《中国现代诗学丛书》总序

吕　进

中国现代诗学与中国新诗几乎是同时发生的。

初期的现代诗学致力于爆破。现在回顾，这种爆破带有历史的必然性与合理性，没有爆破就难以拓出新路。然而这种爆破又是简单与粗放的，连同我们民族的传统诗学精华也成了爆破对象。这就给现代诗学留下了"先天不足""漂移不定""名不正言不顺"的缺陷。

百年来，现代诗学在艰难摸索中也有所建树，朱光潜和艾青的《诗论》至今为人关注，闻一多的一些见解至今也具有影响。在 20 世纪的新时期，出现了专业的诗评家队伍，他们成为力求建立属于新诗的诗学话语体系的主力军。由于没有在现代性地处理与传统诗学的承接、本土性地处理与西方诗学的借鉴上取得突破，现代诗学迄今仍缺乏严谨的学理性与体系性，这就使得新诗迄今仍缺乏诗美标准和文体规范。

进入 21 世纪以来，新诗走向"私语化"，大多数诗评家随之失语，诗人自己的随感式言说和圈子内自道部分地替代了学术话语。

已经有百年历史的中国新诗至今依然立足未稳，新诗文体的合法性依然饱受质疑。有些知名诗人和学者公开表示，新诗是一场失败的艺术实验。有些知名政治家说，给他一百大洋，他也不看新诗。更多的知名新诗人，到了晚年都"勒马回缰写旧诗"去了。

近年写作旧体诗成为热潮，新诗进一步处于尴尬境地。新文学中的小说、散文、戏剧文学在现代中国都有了自己的地盘，唯独新诗的读者却几乎与新诗的写作者复合，新诗成为游离于时代、游离于社会生活、游离于学校和家庭教育之外的"无人赏，自鼓掌"的边缘文体。

新诗是中国诗歌的现代形态，也必然应该是现代诗坛的主体。王国维在《宋元戏曲史序》里讲得对："凡一代有一代之文学：楚之骚，汉之赋，六代之骈语，唐之诗，宋之词，元之曲，皆所谓一代之文学，而后世莫能继焉者也。"旧体诗迄今依然有其生命力，以后也不会失去生命力，但是作为古汉语的诗歌，旧体诗用于抒写现代人的情愫在形式上会受到诸多局限：现代汉语的双音词、多音词难以入诗；旧体诗的许多形式规范也只是古汉语的结晶。我们读外国人翻译的中国古诗词就可以发现，译者其实是放弃了古诗词的种种形式要素，将中国古诗词译成了中国新诗。

但是古诗所创造的中国诗歌传统，新诗却是必须继承的，它是中国诗歌的"身份证"。当然，这种继承是经过现代化过滤之后的继承，必须回避"不识庐山真面目，只缘身在此山中"的状况，力求"旁观见审"，有所"健忘"。钱钟书在《中国诗与中国画》中讲过："除旧布新也促进了人类的集体健忘，一种健康的健忘，千头万绪简化为二三大事，留存在记忆里，省却了不少心力。"

绝对不能赋予诗的"现代形态"以超出诗的边界的权利。既然是诗，就得拥有诗的基本审美规范；既然是中国诗，就得遗传中国诗的审美密码。只有在变革中延续中国诗歌传统的新诗，才有可能受到中国读者的接纳和欢迎。

近年来，诗坛上有的"理论家"频频宣传新诗就是"自由"的文体，宣传忽略甚至放弃诗之为诗的文体要素，宣传忽视甚至放弃诗的文体可能，进一步将新诗推向困惑和无序的境地。什么"新诗就新在自由""凡大众欢迎的就不是诗"，这类腔调实在应该偃旗息鼓了。

新诗需要生根，新诗需要发展，新诗需要繁荣，新诗需要像唐诗那样得到全民族的认可和喜爱。我们急需现代诗学，急需民族、现代、学理的现代诗学。加强现代诗学对传统诗学的现代性承传，加强现代诗学对西方诗学的本土性借鉴，构建中国现代诗学的完整体系，是新诗的中国梦。

西南师范大学中国新诗研究所成立于1986年6月，迄今已经30年。这是中国文学史上第一家专业的新诗研究所。"桃李春风一杯酒，江湖夜雨十年灯"，30年来，研究所在诗学界独树一帜，出思想、出成果、出人才、出影响，是国内外人所共知的现代诗学圣地。新诗研究所同仁在现代诗学本体论、中外诗歌比较研究、新诗发展史、歌词研究和新诗评论诸方面多向度地展开研究工作，取得人所共知的成绩。

作为重庆市首批人文社会科学重点研究基地，由笔者担任主任的西南大学中国诗学研究中心成立于2001年9月，迄今也已15年。中心下设中国新诗研究所（吕进、蒋登科、熊辉先后担任所长）、中国古诗研究所（所长刘明华）、比较诗学研究所（所长陈本益）和中国现代诗学典藏中心（主任李怡），而中国新诗研究所一直是诗学研究中心的基础和旗舰。

诚然，由于地域的原因，新诗研究所在全国的话语权在一定程度上受到了限制。人们习惯性地更注意北京这种"中心地带"的声音，重庆一些文学新作的研讨会也要特地搬到北京举办，这种费时费力而又无效的做法就是"崇北"心理的典型反映。但是学术思想最终并不会以地域来划分正误，也不会以地域来衡评分量，这一点，以后将会由现代诗学的历史来证明，对此我们抱有充分的信心。我想起苏联时期的塔尔图大学（University of Tartu），这所大学地处爱沙尼亚，原来是一所偏僻地区的无名大学。后来那里出了新审美学派，出了新审美学派的主要学术带头人斯托洛维奇，塔尔图大学由此成为苏联在美学研究领域一所举足轻重的学府。

《中国现代诗学丛书》的创意出自中国新诗研究所熊辉所长、向天渊副所长和所务委员会团队，这是中国新诗研究所成立30周年的一项纪念活动。丛书得以顺利问世，西南大学和人民出版社的全力支持也是必要前提，谨在此致谢。

"不学诗，无以言"，中国是一个诗歌古国，也是一个诗歌大国。这个古国和大国的诗歌传统，如果在新诗这里中断，我们将愧对后人。宋代范仲淹的《岳阳楼记》里有句名言："居庙堂之高，则忧其民；处江湖之远，则忧其君。"我借用一下：不管世事怎么变幻，上有庙堂之高，下有江湖之远，已届而立之年的中国新诗研究所任重而道远，我愿意最衷心地献上我最美好的祝福。

目　　录

目　　录

绪　　论

　　以 1917 年胡适在《新青年》上发表第一组白话诗为起点，中国新诗迄今已走过了将近百年的风雨岁月，它的是非成败如何，又有着怎样的经验与教训，这些都值得人们好好地总结。与此同时，以胡适《谈新诗——八年来一件大事》为开端，中国现代诗学也已经历了近百年的发展历程，它有着怎样的理论成果，对新诗的创作和阅读起到了怎样的指导与启发作用，又有着多少原创性的学术含量，这些也需要系统爬梳与阐释。正是在梳理中国新诗与现代诗学的前行轨迹、总结其经验教训的学术思想指导下，我们选择了当代重要诗歌批评家吕进作为典型个案，通过阐释其诗学理论建构的系统性，发掘其诗学思想的原创性，概述其对中国现代诗学的主要贡献，从一个特定的层面对中国现代诗学的发展进行巡礼和检视，以便从中提炼出有价值的东西，促进中国新诗和现代诗学在新世纪的进一步发展。

　　之所以选择吕进作为中国现代诗学的典型个案来加以探讨和阐释，其原因主要在于：其一，吕进诗学的发生与发展与新时期以来当代新诗的发展几乎是同步的。吕进进行诗歌批评实践和诗学理论建构的过程，正是中国新诗在"拨乱反正"以后，从过去的创作沉寂乃至美学荒漠中走出来，取得突飞猛进的发展，收获了丰硕的创作成果的黄金岁月。作为有雄厚的理论积淀和敏锐的艺术感知力的诗评家，吕进不仅长期据守新时期诗歌的第一现场，对诗歌现象和诗歌文本加以深入细致的阐释与剖析，及时总结其创作得失，还以新时期诗歌为主要例案，进行系统的理论建构。对吕进诗学加以阐述，既能从中探寻到新时期诗歌的演进路线，还能对新时期诗歌的美学特征和优劣之处有更为准确的认识。其二，吕进诗学是有鲜明的学理框架，有不可多得的体系性的。不能否认的是，当代不少诗评家都以学理深厚、批评锐利见长，他们往往能从诗歌现象中发现内在本质，在诗歌现场将当代新诗的诸多外在表征与内在规律加以揭明。然而，我们又必须看到，不少诗评家常因过分粘滞于诗歌现场，只是着眼于描摹诗歌现象，追问其间存有的诗学问题，而没有往后退一步，越过诗歌现象去探究诗歌本体上的特征和规律，从而无法构建出诗学理论体系来。在当代诗评家序列中，吕进是有自己独特诗学体系的一位。他不仅对新时期以来的诗歌发展历程进行了多方面描摹与诠释，还在诗歌的本体问题上，诸如诗的定义、诗的形式、诗的结构、诗的语言、诗的功能、诗的分类等有着细致而深入的理论思考和学术阐发，与此同时，他还创建了包括"诗家语""审美视点""弹性""媒介""文体"等诗学话语谱系，并拥有一套富于个性的独特话语言说方式。具有鲜明体系性特征的吕进诗学，由此成为中国现代诗学在新时期之后的重大收获。基于此，透彻理解吕进诗学也有利于我们认识中国现代诗学，对吕进诗学的研究自然就构成了中国现代诗学研究的重要组成部分。其三，从 20 世纪 80 年代至今，吕进一直保持着旺盛的学术热情和强大的理论创造力，他不仅对新时期以来的诗歌发展有着具体的记录、分析与阐释，还对新世纪以来的诗歌发展有着自己的独到理解与认知。新世纪以来，吕进积三十多年诗学研究之功力，在思考百年新诗的发展历史，同时又聚焦当下诗歌的现实情状等基础上，先后提出了新诗"二次革命"论和"三大重建"论，这对促进当代诗歌尽快振衰起弊、更健康有序地向前发展是功莫大焉的。研究吕进在新世纪以来的诗学创建，对于准确认识中国新诗而今仍存在的严重痼疾，希图为它的未来发展找到更有效方略等来说，都是极有意义的。

吕进从事新诗研究近四十载，述学颇丰，著作等身。他先后出版了《新诗的创作与鉴赏》《给新诗爱好者》《一得诗话》《新诗文体学》《吕进诗论选》《中国现代诗学》《文化转型与中国新诗》《现代诗歌文体论》《中国现代诗体论》等学术著作，主编了《新诗三百首》《新中国五十年诗选》《中国新时期"新来者"诗选》等重要诗歌选本，并在《文学评论》《文艺研究》等重要学术刊物上发表了多篇有分量的诗学论文。2009 年，四卷本《吕进文存》由西南师范大学出版社正式出版，这套洋洋 200 余万字的"文存"集中了吕进 2009 年以前的主要诗学著述，构成了中国现代诗学的代表性著作。从这套文存中，我们是能大致勘探到吕进诗学体系的雏形的。

对吕进诗学加以具体审视时，我们注重紧扣他的诗学文本来展开深入的学术研究。一方面，我们力图从吕进的主要诗学著作和诗论文章中，提炼其对诗歌本体问题的阐释要点，描述其诗学理论体系的细部纹理；另一方面，以吕进的理论建树为起点，探微发幽，追根溯源，打探其诗学理论的来龙去脉，揭示吕进诗学与中西方诗学之间的内在关系。在此基础上，再进一步总结吕进诗学的原创性理论因素以及他对中国现代诗学的独特贡献，对吕进诗学的理论价值加以充分肯定。

在研究方法上，我们主要采用理论文本细读法。不是按照某种大而化之的诗学原理来读解吕进诗学，而是立足于吕进的诗学文本，通过对这些文本的细致阅读和深度剖析，将吕进诗学的基本要点和闪光之处揭示出来。吕进诗学并非枯燥、呆板的理论说教，而是具有鲜活、生动的艺术趣味的诗化言说，其中既蕴藏着理论上的真知灼见，又不乏可读性和可阐释性。吕进诗学的独特性，为我们对其理论文本加以细读提供了较有典范性的材料。与此同时，吕进诗学是有体系性的诗歌理论，这意味着他在不同时期和不同论著中的理论言说具有彼此照应、相互阐述的特点，只有借助文本细读才可能将这些理论相关性烛照出来。同时，我们还坚持从历史与美学相统一的价值维度，来认识吕进诗学的合理性和创见性。吕进诗学是特定历史的产物，它的内在理路和外在表征，无不打着特定时代的烙印，特定时代诗歌所呈现的审美面貌、面临的诗学问题、涌现出的代表性诗人与诗作等，都决定了吕进诗学的出发点和落脚点，也决定着其理论的高度与深度，在这个角度上，历史维度是我们客观评价吕进诗学价值和意义的基本维度。然而，作为有体系性的吕进诗学，又有超越于时代的理论高度和超越于具体历史表象的概括性力度，因此，要对吕进诗学作出更准确、更科学的价值评判，我们还必须加入美学的维度，也就是在艺术一般性层面上的观照维度，从诗歌本体论的角度来认识吕进诗学更重要的意义，才可能将诗论家最为独特和不可取代的一面揭示出来。从历史与美学相结合的价值维度来挖掘吕进诗学的体系构造，概述其理论创见与学术贡献，对吕进诗学的全面阐发，才能做到准确到位，合情合理。

不言而喻，吕进诗学是中国现代诗学的地标性成果，有着极为显著的理论价值。对它的深度挖掘与系统阐释，是中国现代诗学研究无法回避的学术任务。希望我们的研究能在一定程度上呈现出吕进诗学精彩而丰富的理论内涵，引发后来者更深入的探讨与阐释。

第一章　吕进诗学的理论渊源

吕进诗学是中国现代诗学的富矿，它和异域诗学、中国古典诗学以及五四以来的中国现代诗学呈现出错综复杂的理论关系，倘若不分巨细地梳理吕进诗学和中外诗学的理论渊源，既殊非易事，又无必要。本章从中外诗学对话与沟通的角度，选择有代表性的诗学家、理论家及其诗学思想，探讨异域诗学、中国古典诗学和中国现代诗学对吕进诗学思想的形成和影响，以此揭示吕进为建构中国现代诗学所作出的努力和贡献。

第一节　异域诗学的影响

吕进对异域诗学思想的吸纳和本土化改造，呈现出仿佛奥运会式的美丽景观。这里有来自日本的滨田正秀，来自印度的泰戈尔，来自美国的惠特曼、T.S.艾略特、韦勒克、沃伦等；有来自前苏联的别林斯基、马雅可夫斯基、杜勃罗留波夫、车尔尼雪夫斯基等；有来自德国的莱辛、歌德、康德、黑格尔等；还有来自古希腊的亚里士多德，古罗马的贺拉斯等。鉴于诗的审美视点和艺术媒介是吕进诗学理论体系的重要支柱，本节选择黑格尔和滨田正秀为例，探讨他们的美学、诗学、文艺学思想对吕进诗学的影响。

一、黑格尔的《美学》对吕进诗学的影响

对话与重建，是吕进诗学研究的逻辑起点。中国现代诗学，是中国诗学的现代形态，是传统文化现代转型的产物，是民族古典诗歌寻求审美现代性的表征。中西对话，古今对话，是中国现代诗学的开放气质。这种对话，既包括与中国传统诗学的对话，也包括与西方现代诗学的对话。对话的目的是重建。吕进通过与黑格尔的对话，为中国现代诗学带来了新的理念和活力。

从《新诗的创作与鉴赏》到《中国现代诗学》，吕进现代诗学体系的黑格尔元素是清晰可见的。黑格尔的《美学》为吕进的诗学研究带来了开阔的学术视野和理论高度。在 1982 年 10 月第一版的《新诗的创作与鉴赏》中，吕进引用黑格尔《美学》的文字多达五处，从诗与散文的区别到诗的弹性，都引用了黑格尔的有关论述。其中《新诗的创作与鉴赏》的第一章的第二个注释，虽不起眼，但对了解吕进诗学的发生不无帮助。吕进在介绍黑格尔的《美学》成书过程之后，重点介绍了《美学》第三卷："原书分三卷，中译本由朱光潜译，分三卷四册（第三卷分上、下册）。黑格尔的《美学》第三卷第三章《诗》论述了诗的艺术作品与散文艺术作品的区别、诗的表现、诗的分类等，有不少启发人们深思的东西，值得爱好诗歌的读者一读。"① 列入"汉译世界学术名著丛书"的黑格尔的《美学》，1981 年前后进入国内学术界，中文译本是朱光潜翻译的。黑格尔的《美学》为吕进诗学洞开审美之门，吕进与黑格尔的对话由此展开。

吕进诗学中关于诗与散文的区别、内视点、媒介、弹性、诗人的修养等方方面面都有黑格尔的影子，一定程度上说，吕进借鉴了黑格尔的美学体系和逻辑分析的方式，经由中国传统诗学对黑格尔抒情诗美学的审视和改造，实现中西诗学的对话，重建中国现代诗学的理论范式。

第一，受到黑格尔关于艺术的"物质媒介"的启发，吕进对诗的语言作了深刻阐述。

对于不同艺术的物质媒介，黑格尔有不少精彩的论述。"建筑家，雕刻家，画家和音乐家所运用的都是完全具体的感性材料（物质媒介），他们须通过这类材料来表现他们的内容"，"诗既然无须通过一种特殊物质媒介，诗的才能也就比较不大受到上述媒介条件的局限"②。这里所说的是，诗和绘画、音乐、建筑所使用的媒介是不同的，在黑格尔看来，诗和其他艺术相比较，诗的媒介是语言，不受其他艺术的物质媒介的局限。诗人需要的是想象力、语言的修养和艺术构思方式。但黑格尔又指出："在运用语言这一点上诗不同于造型艺术和音乐，是另用一种构思方式和表现方式的。"③ 黑格

---

① 吕进：《什么是诗》，载《新诗的创作与鉴赏》，重庆出版社 1982 年版，第 17 页。

② ［德］黑格尔：《美学》（第 3 卷下册），朱光潜译，商务印书馆 1982 年版，第 51—52 页。

③ 同上书，第 53 页。

尔紧接着区分了诗的观念方式和散文的观念方式，区分了诗的语言和散文语言。吕进对诗的艺术媒介的论述，受到黑格尔的启发是可以确定的，但比黑格尔的论述要丰富得多，也要深入得多。概括来说，这种影响体现在三个方面。

一是诗的言说方式。诗是独特的语言方式，这是黑格尔和吕进的共同看法。黑格尔要求"把诗的文字和散文的文字以及诗运用语言的方式与散文思维中运用语言的方式区别开来"[①]。散文语言的规范是精确，诗歌语言倾向于形象，因此黑格尔强调诗歌语言的特性，他指出："诗用语言，不能像日常意识那样运用语言，必须对语言进行诗的处理，无论在词的选择和安排上还是在文字的音调上，都要有别于散文的表达方式。"[②] 黑格尔特别强调诗的"词的安排"，"词的安排是诗的一种最丰富的外在手段"[③]。对黑格尔的这些看法，吕进是认同的，并提炼出自己的观点："诗是语言的超常结构。它是对一般语言的语法结构和修辞法则的创造性破坏。于是，人们从用惯了、用烂了的一般语言产生的迟钝效力中得到解脱，在对语言的陌生感中敏锐自己的美感。"[④] 吕进的"诗是语言的超常结构"，是对诗的艺术媒介特点的总的概括，指一般语言的非一般化，它是抒情诗语言的正体。吕进的这个观点，诚然吸收了黑格尔的看法，但也吸纳了美国新批评理论家韦勒克和沃伦的观点，更多的是对宋人魏庆之的《诗人玉屑》"诗家语"的内涵的提升，是吕进与中外诗学家、理论家广泛对话的结果。在此基础上，吕进对新诗初期胡适的"作诗如作文"的观点进行了辨析，分析了它给初期新诗创作和理论建设带来的迷茫以及长期以来给新诗留下的后遗症。为此，吕进呼吁新诗的文体建设，强调诗人的文体自觉。

二是诗歌语言的音乐性。从"诗是语言的超常结构"出发，吕进阐述了诗歌语言的媒介特征即音乐性和弹性。在《美学》中，黑格尔对诗的音律进行了辩护，"说诗的音律妨碍自然流露，这是不正确的，一般来说，真

---

① ［德］黑格尔：《美学》（第3卷下册），朱光潜译，商务印书馆1982年版，第56页。
② 同上书，第17页。
③ 同上书，第65页。
④ 吕进：《抒情诗的艺术媒介》，载《中国现代诗学》，重庆出版社1997年版，第73页。

正有才能的诗人对于诗的感性媒介（音律）都能运用自如"①。吕进由此出发，提升和完善了黑格尔的看法，提出诗的音乐性是诗的艺术媒介的本质特点："内视点是心灵解除了它的物质重负的视点，是富有音乐精神的视点；与此相应，音乐性也成为诗的首要媒介特征。音乐性，是诗歌语言与非诗语言的主要分界。"② 因为诗的音乐性，才有诗歌的不可转述性和抗译性。吕进对诗的音乐性的阐述是非常丰富和深刻的，认同朱光潜的"诗是具有音律的纯文学"③ 的观点，指出诗的外在节奏才是诗的定位手段，才是诗的专属，并对郭沫若新诗的"裸体美人"理论、艾青的"散文美"理论提出质疑和反思。

三是诗歌语言的弹性。黑格尔对诗歌语言的弹性偶有提及，但未作探究。黑格尔在区分诗的思维方式和散文的思维方式时指出："适合于诗的对象是精神的无限领域。它所用的语文这种弹性最大的材料（媒介）也是直接属于精神的，是最有能力掌握精神的旨趣和活动。"④ 这段文字吕进在《新诗的创作与鉴赏》中也引用了，说明吕进对诗歌语言的弹性理论的关注始于 20 世纪 80 年代初。吕进认为："诗歌媒介的另一个重要特征是弹性。换个角度看，弹性是诗歌语言与散文语言的又一分界。"⑤ 吕进从中国诗歌的言与意、隐与显、象外意、言外旨等方面探讨了诗歌的弹性技巧。吕进从诗歌与读者之间的互动，探讨了诗歌鉴赏活动中的弹性。吕进对诗歌的弹性分为词语的弹性、句构的弹性以及由诗歌媒介创造的意象的弹性。吕进利用中国古典诗学理论资源，丰富了黑格尔弹性理论的内涵，并赋予其现代诗学品格。

第二，受到黑格尔关于诗的"内心生活"的启发，吕进提炼出诗的"内视点"学说。

在黑格尔的《美学》中，无论是诗与音乐的同构，还是诗与绘画的异质，诗总是和内心生活或者内心的情感和观照联系在一起的。黑格尔认为：

---

① ［德］黑格尔：《美学》（第 3 卷下册），朱光潜译，商务印书馆 1982 年版，第 70 页。

② 吕进：《抒情诗的媒介特征（上）》，载《中国现代诗学》，重庆出版社 1997 年版，第 81 页。

③ 朱光潜：《诗与散文》，载《诗论》，生活·读书·新知三联书店 1984 年版，第 111 页。

④ ［德］黑格尔：《美学》（第 3 卷下册），朱光潜译，商务印书馆 1982 年版，第 19 页。

⑤ 吕进：《论诗的文体可能》，载《新诗文体学》，花城出版社 1990 年版，第 44 页。

一方面诗和音乐一样，也根据把内心生活作为内心生活来领会的原则，而这个原则却是建筑、雕刻和绘画都无须遵守的。另一方面从内心的观照和情感领域伸展到一种客观世界，既不能完全丧失雕刻和绘画的明确性，而又能比任何其他艺术都更完满地展示一个事件的全貌，一系列事件的先后承续，心情活动，情绪和思想的转变以及一种动作情节的完整过程。①

对黑格尔的这段文字，朱光潜是这样阐释的：

诗与绘画和音乐同属于浪漫型艺术，是绘画和音乐两极端在更高阶段的统一。绘画提供明确的外在形象，但在表现内心生活方面还有欠缺，于是才有音乐；音乐在表现内心生活的特殊具体方面又欠明确，于是才有诗。作为语言的艺术，诗既能像音乐那样表现主体的内心生活，又能表现客观世界的具体事物，所以诗是艺术发展的最高峰，是抽象普遍性和具体形象性的统一。②

朱光潜的解读是非常到位的，突出了诗在表现主体内心生活方面所具有的无可比拟的优势。黑格尔关于诗是表现内心生活的观点，他后来在抒情诗的论述中更明晰更深入：

这时心灵就从对象的客观性相转回来沉浸到心灵本身里，观照它自己的意识，就出现了要满足表现的要求，要表现的不是事物的实在面貌，而是事物的实际情况对主体心情的影响，即内心的经历和对所观照的内心活动的感想，这样就使内心生活的内容和活动成为可以描述的对象。③

对黑格尔关于抒情诗的论述，朱光潜解读为抒情诗的主体性原则："抒情诗依据的是主体性原则。主体反躬内视，察觉了原来混沌一团的朦胧的情感和观感，因而可以用诗的语言把它表现出来。"④ 这种主体性原则，其实就是王国维所说的"以我观物，故物皆注我之色彩"（《人间词话》），这个

---

① ［德］黑格尔：《美学》（第3卷下册），朱光潜译，商务印书馆1982年版，第4—5页。

② 同上书，第5页。

③ 同上书，第188页。

④ 同上。

"我"就是"反躬内视"，打上内心生活的烙印。

吕进根据民族古典的"诗言志""诗缘情"的诗学观和黑格尔对抒情诗"内心生活"的阐释，提炼出"诗的审美视点"学说。也就是说，用民族古典诗学理论改造黑格尔的抒情诗美学，用黑格尔的抒情诗美学重审民族的"诗言志""诗缘情"说，从而推出现代诗学的"诗的审美视点"说。

吕进最早提出"诗的审美视点"是在《诗的审美视点》一文中，然后在《论诗的文体可能》中再次展开，最后在《中国现代诗学》中第二章《抒情诗的审美视点》、第三章《抒情诗的视点特征》中深入阐述。吕进从审美视点的角度，把文学分为外视点文学和内视点文学，前者指非诗文学，后者指诗和其他抒情文体。在吕进看来，外视点文学叙述世界，具有较强的历史反省功能；内视点文学体验世界，披露心灵世界的丰富。诗的审美视点是内视点。"内视点决定了作品对诗的隶属度，或者说，内视点决定了一首诗的资格程度。"① 吕进对诗的内视点特征的概括，如心灵的直接表现，"所谓内视点，也可以说就是直接观照心灵的视点。"② 这里所说的"直接观照心灵"和黑格尔所言的"内心生活"何其相似乃尔。吕进所言的"心灵是诗的直接内容，诗是内在体验的直接外化"③，这种看法和黑格尔的观点也有类似之处，黑格尔认为："真正的抒情诗人就生活在他的自我里，按照他的诗性的个性去掌握他的内心世界与外在世界的情况。"④ 吕进对诗的审美视点的存在方式的分析，既有中国传统诗学心物交感理论的因子，也受到黑格尔的影响。吕进认为，抒情诗的内视点有三种存在方式：第一种是以心观物，即现实的心灵化；第二种是化心为物，即心灵的现实化；第三种是以心观心，即心灵的心灵化。应该说，吕进在第三种以心观心的存在方式上，受到了黑格尔的影响。其一，黑格尔在《美学》中有类似的论述，比如：

> 诗使心灵这个主体又成为它自己的对象（以心观心），但是诗却不仅是从主体和内容（对象）的一团混沌中把内容拆开抛开，而且把内容转化为一种清洗过的脱净一切偶然因素的对象，在这种对象中获得解

---

① 吕进：《论诗的文体可能》，载《新诗文体学》，花城出版社 1990 年版，第 27 页。
② 同上书，第 33 页。
③ 同上书，第 32 页。
④ ［德］黑格尔：《美学》（第 3 卷下册），朱光潜译，商务印书馆 1982 年版，第196 页。

放的内心就回到它本身而处于自由独立、心满意足的自觉状态。①

黑格尔把抒情诗定位于诗人内心生活的自我观照，提出以心观心的诗学原理，这个理论是可以接受的，但解释并不清晰，甚至也不到位，而吕进对"以心观心"的阐释简洁明了，意蕴丰富，吕进认为"以心观心是从原生态心灵向普视性心灵升华的过程"②。这种解释带有诗学向哲学位移的特点，符合中国诗学的精神实质，符合中国传统道家、儒家人格修养的指向，简单地说，就是由己及人，从个体到群体，从自我到非我。其二，吕进也提到了黑格尔关于抒情诗的主体性、个体性和亲切感的三个要求。从黑格尔《美学》第三卷下册的原著看，黑格尔谈论抒情诗偏重主体性，即抒情诗人的内心活动，这恰恰说明吕进吸收了黑格尔美学的合理内核。

当然，吕进关于诗的审美视点的学说，其学术来源非常丰富，有日本文艺学家滨田正秀、苏联文学批评家杜勃罗留波夫等人的观点，有中国诗人何其芳、艾青、臧克家等人的见解，还有德国鲁道夫·阿恩海姆的艺术美学理论。这些都说明吕进与中外文学理论家、美学家开展对话，整合和吸纳各家学说的合理内核，重建具有中国气派和风格的现代诗学。

第三，受到黑格尔关于诗的"玄学思维""哲学思维"的启发，吕进提出"诗的最深内蕴（由此生发出各层次、各侧面）是哲学"③的观点。

黑格尔在《美学》第三卷（下）第三章《诗》中提出"玄学的思维"这个概念，"玄学思维只是真理和现实世界在思维中的和解，诗的创造活动却是真理和现实世界在现实现象本身中的和解，尽管这种和解所采取的形式仍然只是精神性的。由此可见，诗和散文诗是两个不同的意识领域"，"要把玄学思维仿佛在精神本身上重新具体化为诗的想象"。④根据朱光潜的解释，"玄学的思维"就是辩证思维、辩证逻辑，即最高哲学。黑格尔的本意是指诗要用形象思维、感性思维，但也不排除诗也用近乎哲学的理性思维，

① ［德］黑格尔：《美学》（第 3 卷下册），朱光潜译，商务印书馆 1982 年版，第 188—189 页。

② 吕进：《抒情诗的审美视点》，载《中国现代诗学》，重庆出版社 1997 年版，第 30 页。

③ 吕进：《抒情诗的媒介特征（上）》，同上书，第 87 页。

④ ［德］黑格尔：《美学》（第 3 卷下册），朱光潜译，商务印书馆 1982 年版，第 24—25 页。

诗要在形象思维中突出理性。后来黑格尔直接提出"哲学思维",它"比情感和观感所涉及的想象所处的地位还要高",它是诗的精神形式之一,"把他的哲学意识中的内容和结果表现为被心情和观感,想象和情感所渗透的东西,才能使全部内心生活获得完整的表现"①。黑格尔的"玄学的思维"和"哲学思维"在概念表述上不同,但意义是一致的。在黑格尔看来,诗是想象的艺术,形象是具体的,但哲学比"想象所处的地位还要高",是诗的精神形式,是抽象的。吕进或许从这里受到启发,结合中国古代的老庄思想和诗学精神,提出诗的"表层结构的基础是节奏式,深层结构的基础是哲学"②的看法。后来吕进对此又有所补充和发挥,认为"诗与哲学的血缘最近。诗的最深内蕴(由此生发出各层面、各侧面)是哲学"③。吕进的这个诗学命题是站得住脚的。"天人合一"是中国哲学的核心,也是中国诗歌的最高境界,中国古典诗歌的丰富和深厚,究其原因,是有"天人合一"哲学的支撑。相对而言,20世纪中国新诗在这方面暴露了不足。西方诗歌的形而上气质也是由哲学带来的。海德格尔有一句话"诗歌与哲学是近邻",这句话被现代著名诗人郑敏用来概括她数十年来的心路历程。吕进的"诗的深层结构的基础是哲学",偏重于诗人的哲学素养,也就是诗人的生命体验、艺术功力和对大自然的敬畏等。吕进认为,"没有哲学修养,就很难在天人关系的总体观上开拓诗的天地","诗人的文化修养既决定着他的内在视野的开阔性,也决定着他感应世界的敏锐性与深邃性"。④

第四,受到黑格尔关于"抒情诗的文化教养"的启发,吕进阐述了新时期"抒情诗人的修养"。

黑格尔在《美学》第三卷(下)第三章《诗》中花了一点篇幅,讨论了"产生抒情诗的文化教养水平",把抒情诗的主体也就是抒情诗人在民族生活中的地位作了分析,观点很有启发性。比如,黑格尔对抒情诗人情感的

----

① [德]黑格尔:《美学》(第3卷下册),朱光潜译,商务印书馆1982年版,第206页。

② 吕进:《论诗的文体可能》,载《新诗文体学》,花城出版社1990年版,第32页。

③ 吕进:《抒情诗的媒介特征(上)》,载《中国现代诗学》,重庆出版社1997年版,第87页。

④ 吕进:《抒情诗人的修养》,同上书,第273页。

分析，他指出"把心灵中最凝聚的亲切情感表现出来，我们见到的却不是某一个人用艺术方式来表现主体个人的特性，而是这个人完全能代表一种民族情感"①，把诗人和他的民族联系起来，把诗人的个体性和民族的群体性联系起来，黑格尔的这种看法至今新鲜。黑格尔以古希腊荷马为例，直陈"抒情诗人的高尚处就是这种突出的心灵伟大"②。吕进受此启发，结合新时期新诗的发展现状，先后写了《大诗人的特征》《诗，生命意识与使命意识的和谐》《抒情诗人的修养》《诗人的人格建设》等篇章，分别收入《新诗文体学》和《中国现代诗学》中。黑格尔的点到为止的提及，演变为吕进的条分缕析的论述。在中国现代诗学中，谈论诗人修养的文献较早的有宗白华写于1920年的《新诗略谈》，其中关于诗人人格养成的方法，可谓有先见之明。其后郭沫若、闻一多、梁实秋、艾青等都有一些零零散散的论述。20世纪五六十年代，谈论诗人的修养，大多带有政治色彩，动辄就是"人民性""阶级性""战斗性"等，基本上没有学理可言。到了20世纪80年代，诗人也好，诗评家也好，多数沉醉在诗歌热、美学热中，对诗人的人格修养、人格建设关注不够。吕进的《抒情诗人的修养》是一篇专论，有两万余字，丰富了现代诗学对诗人人格修养的研究，即使置于20世纪新诗理论批评史中，这篇文章也是值得一提的。吕进从日常生活和价值生活、现实人格和审美人格的角度，区分了常人与诗人，对清代钱泳的"文要养气，诗要洗心"的说法赋予现代内涵。吕进从非个人化和使命意识两个方面阐述了诗人人格精神。非个人化，就是常人情感向诗人情感的转变，个人情感向艺术情感的转变，诗是在这种转变中产生的。诗人的使命意识，体现在诗人与时代同步，与民族同心，能奏出时代主旋律的诗人往往被称为时代的良知、民族的喉舌。吕进在这篇文章中，引用了恩格斯的经典文论和苏联著名文学批评家别林斯基的论述，引用了美国诗人艾略特的名言，举证了艾青的诗，引用了刘勰《文心雕龙·知音》和严羽的《沧浪诗话》的论述，以现代诗人徐志摩、戴望舒、艾青、臧克家、何其芳为例，通过中西对话，古今沟通，较为全面地阐述了诗人的人格修养。这，就是吕进对中国现代诗学的重建。因此，从黑格尔的"抒情诗的文化教养"到吕进的《抒情诗人的修

---

① ［德］黑格尔：《美学》（第3卷下册），朱光潜译，商务印书馆1982年版，第202页。

② 同上书，第208页。

养》，不能说没有联系，两者在诗人"民族情感"和"心灵伟大"的价值取向上，呈现出惊人的一致。

总之，黑格尔美学思想给吕进诗学以良好影响，吕进获得了开阔的学术视野、辩证的思维方式、严谨的逻辑论证，走出了中国古典诗学吉光片羽似的散论模式。黑格尔的《美学》关于内心观照、物质媒介、文化教养等方面的阐述给吕进启发颇多。吕进这种如鲁迅所言的"拿来主义"文化态度是值得肯定的，吕进的"拿来"不是要西化，而是要去西方化，为我所用，建立现代诗学的中国版。这一点正如熊辉所说："吕进先生将西方美学思想与传统诗学精神统一到当代人的诗思根基和感性审美生成上，系统地阐释了新诗作为新的艺术品种在审美体验、艺术表达、艺术分类以及艺术风格等活动系统中所具有的独特品质，从而建构起既非传统又非西方的全新诗学体系。"①

二、滨田正秀的文艺学思想对吕进诗学的影响

滨田正秀是日本知名文艺理论家，《文艺学概论》是他的学术著作之一。滨田正秀在日本玉川大学讲授《文艺学》课程多年，《文艺学概论》在1977 年由玉川大学出版部出版。后来经陈秋峰、杨国华翻译，中国戏剧出版社于 1985 年 8 月出版中文本。在 20 世纪 80 年代我国引进的现代外国文艺理论著作中，也许滨田正秀的《文艺学概论》并不引人注目，但它进入吕进的诗学视野，并成为吕进现代诗学的理论资源之一，让人有些意外。在笔者看来，吸引吕进的是这本著作的学术价值。《文艺学概论》文末有一篇《译后记》，译者陈秋峰、杨国华从三个方面对滨田正秀的《文艺学概论》的特点进行了归纳，可能就是这篇《译后记》让吕进眼前一亮、灵光一现，引起了阅读的兴趣和学术思想的共鸣。

滨田正秀的文艺学思想对吕进诗学的影响，体现在两个方面：

其一，视点理论。在滨田正秀的《文艺学概论》中，"视点"是作为表现艺术亦即作为小说的特点提出来的，他的"视点"一词来源于拉伯克的《小说技巧》，滨田正秀肯定了拉伯克关于"视点"原初的性质即作者与故

---

① 熊辉：《中国现代诗学体系的建构——论黑格尔对吕进诗学思想的影响》，《中外诗歌研究》2008 年第 4 期。

事之间的关系问题。在此基础上，滨田正秀提出小说是一种"外视点文学"：

> 小说的视点，如同绘画和电影一样，无疑是受视觉艺术影响的。叙事诗、社会小说和行为小说，主要是从外部来描写事件和人物，是一种外视点文学。而描写感情、感觉和形象活动的心理小说，是一种把视点放在传奇的人的精神内部的文学。①

应该说滨田正秀对"视点"的阐释偏重于小说，把小说看作外视点文学，并充分肯定了小说中"视点"的作用："小说的视点既是上帝的视点，又是恶魔的视点，既是肉体的视点，又是精神的视点。"② 滨田正秀并没有提出"内视点文学"这个概念，而且他把小说作为表现艺术的文体进行讨论也不完全准确，事实上小说是再现的成分更多一些，他的合理之处是把描写外部事件和人物的小说、叙事诗称之为"外视点文学"。

吕进提出"抒情诗的审美视点"学说，并把抒情诗称为"内视点"文学，是他的原创，也是中国现代诗学理论的一个突破。作为文艺理论的"视点"这一术语，在欧美文艺理论著作中不时出现，包括影响甚大的韦勒克、沃伦的《文学理论》，滨田正秀是否读过韦勒克、沃伦的《文学理论》不得而知，是否受韦勒克、沃伦的影响更未可知，但刘象愚等人翻译的韦勒克、沃伦的《文学理论》进入吕进的学术视野，应该比滨田正秀的《文艺学概论》要早。一则因为前者1984年11月由生活·读书·新知三联书店第一次出版，后者于1985年3月由中国戏剧出版社出版，两者进入国内学术界有先后之别，而且学术著作的影响力有大小之分；二则吕进参阅过韦勒克、沃伦的《文学理论》，这在吕进著作的注释中明显可见。但滨田正秀的《文艺学概论》对吕进的影响似乎比韦勒克、沃伦的《文学理论》要大，这不仅体现在吕进对"视点"这一理论的深入阐释上，而且体现在吕进行文轻快活泼带有鲜明的个人体悟上。吕进对东方诗学似乎有一种与生俱来的亲近感，东方诗学的感悟方式、体验方式让吕进容易找到表达的感觉。

滨田正秀关于"视点"理论止步的地方，恰恰是吕进前行的地方。如

---

① ［日］滨田正秀：《文艺学概论》，陈秋峰、杨国华译，中国戏剧出版社1985年版，第41页。

② 同上书，第41页。

前所述，滨田正秀提出"外视点文学"这个概念是他的发现和创造，但他把小说、诗歌等文类统称为表现艺术，一定程度上遮蔽了两者之间质的差异；滨田正秀似乎也有所察觉，于是他又补充说"描写感情、感觉和形象活动的心理小说，是一种把视点放在传奇的人的精神内部的文学"①——这正是吕进起步的地方，以感情、感觉等心理活动所擅长的不是诗吗？诗歌较之小说等叙事文类的神奇微妙的地方，是在它的"精神内部"，即诗人心灵世界的丰富性。于是吕进得出"诗是内视点文学"这个结论，滨田正秀未曾捅破的窗户纸被吕进捅破了。从内视点出发，诗歌和散文的分野更清晰更明确，吕进指出："诗在散文未及、未尽、未能、未感的地方显露自己的价值：它是外在世界的内心化、体验化、主观化、情态化"，"内视点是心灵视点，精神视点"，"散文在外在世界徘徊，诗在内心世界独步"。② 从内视点出发，吕进对诗的观照和洞察是独特的，也是深刻的。

1998 年吕进在《西南师范大学学报（人文社会科学版）》发表《论诗的文体可能》一文，对诗的视点及其视点特征，首次作了探讨，"内视点"作为中国现代诗学的一个理论概念，首次在这篇论文中得到阐释。吕进关于诗的审美视点的学说是非常丰富的，远非滨田正秀的视点理论能比。吕进吸收了滨田正秀的有关论述或者在滨田正秀的《文艺学概论》这里得到启发是事实，但吕进的诗的内视点理论还吸收了韦勒克和沃伦的《文学理论》、爱克曼辑录的《歌德谈话录》、莱辛的《拉奥孔》、鲁道夫·阿恩海姆的《艺术与视知觉》等西方文艺理论著作的有关精辟论述，也吸收了中国传统诗话中诗与禅反躬内省的理论，这里不再一一展开。

其二，抒情诗理论。滨田正秀在《文艺学概论》中，对抒情诗的界定是有新意的，他认为"所谓抒情诗，就是现在（包括过去和未来的现在化）的自己（个人独特的主观）的内在体验（感情、感觉、情绪、热情、愿望、冥想）的直接的（或象征的）语言表现"③。这个概念显然区别于 20 世纪

---

① ［日］滨田正秀：《文艺学概论》，陈秋峰、杨国华译，中国戏剧出版社 1985 年版，第 41 页。

② 吕进：《抒情诗的审美视点》，载《中国现代诗学》，重庆出版社 1997 年版，第 22 页。

③ ［日］滨田正秀：《文艺学概论》，陈秋峰、杨国华译，中国戏剧出版社 1985 年版，第 47 页。

80 年代初国内有些文学理论教材对诗的界定，它触及了诗的本质内涵。在吕进著述的注释中，也出现过滨田正秀关于抒情诗的定义，可见吕进是认同和接受的。吕进接受了这个定义中的"主观""内在体验"等合理内核。但吕进有他自己的理解和发现，有更深刻独到的阐释，他认为，"没有主观性，就没有诗。贬低、取消主观因素在诗美创造中的作用，就从根本上削弱或毁灭了诗"，"诗是主观体验，这体验有别于常人的一般的体验，诗的体验是一种主观性的超验。它不但是主体与客体的沟通，而且是对二者的创造。"① 从吕进诗学体系的动态构建来看，吕进对滨田正秀抒情诗理论的吸收和改造，包括两个方面：一是诗的语言理论，二是诗的灵感理论。

先说诗的语言理论。滨田正秀对诗的语言的论述，整体上比较平庸，但也有一丝亮点，如他认为诗的语言"是非日常的、非实用的、非学术的，它最大限度地发挥了语言所具有的独特机能，得以表现艺术世界"②，接着分析了诗的"声音要素"和"意义要素"。吕进对诗的语言的论述，应该说受到滨田正秀的启发，但吕进是从艺术媒介以及诗与散文文体比较的角度进行探讨的，避免了滨田正秀论证方法的单一性和观点的机械性，丰富和发展了现代诗学的语言观。吕进认为：

> 所谓诗的语言方式，就是诗独特的用词方式、语法规范和修辞法则。具体说来一般语言在诗中成为内视语言，灵感语言，实现了（在散文看来的）非语言化、陌生化和风格化。非语言化，就是诗歌语言的意味强化，意义弱化；它的体验功能发展到最大限度，交际功能退化到最大限度；它由推理性符号转换为表现性符号。③

两相比较，两者论述诗歌语言在外延上有类似之处，其中个别语词如"非""最大限度""表现""意义"等一致；不同之处是内涵不一样，前者浅后者深，同时表述风格也不一样，滨田正秀是叙述性的，吕进是体验式的。更不同的是，滨田正秀是点到为止的泛泛而论，而吕进从艺术媒介以及

---

① 吕进：《抒情诗的视点特征》，载《中国现代诗学》，重庆出版社 1997 年版，第 36 页。

② ［日］滨田正秀：《文艺学概论》，陈秋峰、杨国华译，中国戏剧出版社 1985 年版，第 50 页。

③ 吕进：《抒情诗的艺术媒介》，载《中国现代诗学》，重庆出版社 1997 年版，第 71 页。

新诗文体角度，对诗歌语言的论述多达数万字，从诗的灵感、诗的寻思到诗的生成，构成新诗创作语言学、心理学的完整链条，是吕进诗学大厦的组成部分。

再说诗的灵感理论。《新诗的创作与鉴赏》中的"创作篇"中第五章《诗的灵感》，是吕进对诗的灵感的专题探讨；《中国现代诗学》的第八章《抒情诗的生成（上）》也是吕进对诗的灵感进行详尽探讨的章节。两相比较，前者材料丰富，引用了中外不少诗人的自述，如郭沫若、歌德、臧克家、雷抒雁等。吕进把诗的灵感的发言权还给诗人，请诗人自述创作的灵感，然后吕进对诗的灵感进行理论概括。在吕进看来，诗的灵感是"诗人的主观世界与客观世界最愉快的邂逅，是诗人形象思维活动由量变到质变的飞跃所产生出来的高度创造力"①。后者注重理论的提升和抽象，材料更精当更有代表性，更能体现吕进对中国古代文论、诗论精湛的修养和学识，尤其是把诗的灵感和庄子有关虚静理论联系起来，并吸收著名学者钱钟书在《七缀集》中对虚静的有关论述，拓展了诗的灵感的理论内涵。

吕进对诗的灵感的论述，表面看和滨田正秀的文艺学思想无关，但其实是延伸和发挥了滨田正秀的视点理论。在《中国现代诗学》中，吕进讨论诗的灵感之所以比《新诗的创作与鉴赏》要深刻得多，一个重要原因是：吕进把诗的灵感与诗的视点接通起来，再把诗的视点与中国古代文论的虚静理论接通起来，甚至用古代诗论、文论中的禅悟来深化视点理论。吕进在《中国现代诗学》中，对诗的灵感的论述，较之《新诗的创作与鉴赏》，至少有两个方面值得我们重视：一是"诗的灵感"的定义的改变。在《中国现代诗学》中，除了保留《新诗的创作与鉴赏》中诗的"灵感是诗人的主观世界与客观世界最愉快的邂逅"之外，增加了"是诗人消除心物冲突后的心灵升华"② 一句话；二是论述了灵感的模糊性特征，指出"模糊性则是诗的灵感所特有"，立论的前提是"诗与散文的一个根本区别，就在于散文是外视点文学，而诗是内视点文学。因此，作为无对象的心灵艺术，模糊性是诗的本质特点之一"③。通过前后不同论述的对比，吕进改造和发展了滨

---

① 吕进：《诗的灵感》，载《新诗的创作与鉴赏》，重庆出版社1982年版，第147页。

② 吕进：《抒情诗的生成（上）》，载《中国现代诗学》，重庆出版社1997年版，第136页。

③ 同上书，第144页。

田正秀的视点理论，使之中国化、本土化和现代化，增添了现代诗学的审美内涵。

总之，滨田正秀的《文艺学概论》中的"视点"理论对吕进诗学是有影响的，但经吸纳和本土化改造，吕进诗学以审美内视点为起点，然后延伸到抒情诗的语言和灵感，吕进不但全面超越了滨田正秀既有的观点，而且为异域诗学理论的中国化和现代化作出了难能可贵的探索。

第二节　中国古典诗学的影响

吕进毕生致力于中国现代诗学的建构。众所周知，和中国现代诗学有血脉姻亲的无疑是民族古典诗学。吕进通过与民族古典诗学的对话，重建富有民族性和现代性的中国现代诗学。中国古代诗学对吕进诗学的影响是多方面的，如果从对话与重建的角度看，我们不妨进行溯源和比较：古典诗学的"情志"说与吕进诗学的审美视点；古典诗学的"言意"观与吕进诗学的艺术媒介；古典诗学的社会功能与吕进诗学的精神重建。通过比较，中国古典诗学对吕进诗学的影响，或许更为清晰。

一、古典诗学的"诗言志""诗缘情"与吕进诗学的审美视点

吕进首次提出"诗的审美视点"是在《诗的审美视点》一文中，提出"诗的审美视点即内视点"[1] 的看法。从注释看，这篇文章写于 1987 年或 1988 年。1988 年，吕进发表《论诗的文体可能》一文，语词表述上"诗的内视点"取代了"诗的审美视点"的提法："所谓内视点，也可以说就是直接观照心灵的视点。"[2] 两相比较，后者的提法比前者要清晰很多。在这篇文章中，吕进第一次把"内视点"和古典诗学的"言志"说、"缘情"说联系起来：

　　中国古代最有代表性的两个诗论都承认诗是心灵体验的直接表现。起源最早的（可能产生于周代的）"言志"说和晋代陆机的"缘情"说均如此。《说文》干脆说"诗，志也"，比毛诗序的"诗者，志之所

---

① 吕进：《诗的审美视点》，载《新诗文体学》，花城出版社 1990 年版，第 5 页。
② 吕进：《论诗的文体可能》，同上书，第 33 页。

之也。在心为志，发言为诗"更直接。段玉裁说："序析言之，许（慎）浑言之也。"自是不移之论。对"志"历来有各种界说，但多以"情志"并称。所以，与"诗缘情以绮靡"一样，也是以感情的对象化作为诗的使命。也就是"内视点"的古代说法。①

在这里，吕进基于中国现代诗学的建构，与古代诗学进行对话。在《中国现代诗学》的第二章《抒情诗的审美视点》一文中，吕进对"内视点"的理论渊源进行阐述，其中之一就是民族古典诗学：

> 我国古代'言志说'和'性情说'两个抒情诗理论实际上都是对内视点的发现，二者的区别无非是一个强调情的规范化，一个强调情的未经规范的自然本质而已②。

自此，吕进搭建起诗的内视点与古典诗学"诗言志""诗缘情"沟通的桥梁。

"诗言志"说是中国诗学"开山的纲领"（朱自清语）。"诗言志"作为一个诗学命题的提出，始见于《今文尚书·尧典》："诗言志，歌永言，声依永，律和声。"此后它在司马迁的《史记·五帝本纪》、郑玄的《诗谱序》、刘勰的《文心雕龙·明诗》等典籍中出现，后人对它的解释可谓见仁见智。尽管诗的抒情性早早确立了，但提出"诗缘情"的是西晋陆机，他在《文赋》中称"诗缘情而绮靡，赋体物而浏亮"。朱自清对陆机的"诗缘情"给予了充分肯定，认为是"诗言志"之外的一个新标目。至此，中国古代两个著名的诗学理论或双峰并峙，或此起彼伏。总体上看，"诗缘情"说占据中国古代诗学理论的要津。"诗缘情"的提出，确定了抒情诗的主体地位，抒情诗并向其他文体渗透，形成了中国文学的诗性特征。

今人陈良运对陆机的"诗缘情"说，从中国诗学的整体着眼，作出了高度评价，认为"诗之美，实质上是诗人情感之美，或说，'情'是诗歌生命力的美感表现，陆机是中国诗学史上自觉进入这诗歌美学命题的第一人"③。陈

---

① 吕进：《论诗的文体可能》，载《新诗文体学》，花城出版社1990年版，第48页。

② 吕进：《抒情诗的审美视点》，载《中国现代诗学》，重庆出版社1997年版，第22页。

③ 陈良运：《"诗缘情而绮靡"》，载《中国诗学体系论》，中国社会科学出版社1998年版，第146页。

良运是从新诗创作起步转入中国诗学研究的，早期以新诗研究知名，是"上园派"诗学理论家之一，著有《新诗的哲学与美学》等。后来转入中国诗学批评史研究，成绩不凡。陈良运所言的诗之美即情感之美，换一种表达方式，诗的视点就是情感视点即内视点。陈良运的见解和吕进的观点，是相通的。

吕进所言"情志并称"符合古代诗学理论实际。挚虞在《文章流别论》中指出"夫诗虽以情志为本，而以成声为节"，刘勰在《文心雕龙·附会》中也提到"以情志为神明，事义为骨髓，辞采为肌肤，宫商为声气"，此后"情志"并称，互为一体。较早对"情志"作出解释的是孔颖达，他在注疏《左传正义·昭公二十五年》时云"在己为情，情动为志，情志一也"。"志"较多群体政教伦常，"情"更多个体生命体验，无论是群体使命意识还是个体生命意识，诗总是由内而外的，心灵的触动是诗的起点，古人所言的"诗以情志为本"也就是诗的内视点。

吕进认为，抒情诗的内视点方式有三种：以心观物、化心为物、以心观心。吕进这种诗学的理论渊源，来自古代诗学的心物交感理论。刘勰在《文心雕龙·物色》中写道："诗人感物，联类不穷；流连万象之际，沉吟视听之区。写气图貌，既随物以宛转；属采附声，亦与心而徘徊"，这里的"随物以宛转"则化心为物，以物为主；"与心而徘徊"就是以心观物，以心为主。这种心物交感，都是传统诗学中的"兴"，即兴发感动，是内心与外物的双向交流和共感。以心观心，即反躬内视，禅悟顿悟，妙手偶得。当然，吕进关于诗的三种内视点方式，不是截然分开的，而是相互交融相互转换的。

概言之，诗的审美视点即内视点，是吕进对现代诗学理论作出的重要贡献。吕进的理论动机是对新诗长期以来"作诗如作文"谬论的清算，从学理上确定新诗的文体可能。诗的内视点理论，是吕进对中国古代诗学"诗言志""诗缘情"理论的现代诠释，反过来，恰恰证明了中国古典诗学对吕进诗学的影响。

二、古典诗学的"言不尽意"与吕进诗学的艺术媒介

诗的艺术媒介，是吕进诗学的重要组成部分。如果说诗的内视点侧重于诗的体验，那么诗的艺术媒介则偏重于诗的传达。诗心体验人皆有之，但不

是每个人都是诗人，把心上的诗变成纸上的诗，需要传达，需要艺术媒介，而诗没有现成的媒介，只有向一般语言借用媒介。因此吕进认为"诗是语言的超常结构"①。有些文学理论教材认为"诗是最高的语言艺术"，其实这是一种似是而非的观念。无可否认，曹雪芹的《红楼梦》是最高语言艺术，但不是诗；孔子的《论语》是最高语言艺术，也不是诗。这里的诗，指文体意义上的诗。因此，"诗是语言的超常结构"比"诗是最高的语言艺术"更具文体意义和学理价值，更有科学性。从艺术媒介的角度，吕进区分了诗歌语言和散文语言的不同本质，厘清了诗歌语言的文体属性，认为"散文有文学语言作媒介，诗却没有现成的媒介；诗以一般的语言组构独特的语言方式。可以说，作为艺术品的诗是否出现，主要不在它'说什么'，而在'怎么说'。离开独特的语言方式，诗便不复存在。"② 所谓诗人，永远是"常恨言语浅，不及人意深"的人，是在诗的艺术媒介面前既无可奈何又雄心勃勃的人。诗是无言的沉默，没有"忘言"就没有诗；诗是本真存在的言说，没有"寻言"也就没有诗。从"忘言"到"寻言"，是诗的生成法则，恰如吕进所说的："诗人获得审美体验时是'忘言'的，诗人将体验物态化时又得从'忘言'走向'寻言'。而'寻言'由于诗没有现成的艺术媒介变得十分艰难。从这个角度，可以说诗人就是饱受语言折磨的人，或者，诗人就是与语言搏斗并且征服语言的人。"③ 从"忘言"到"寻言"的过程，就是从"言"到"意"的过程，而"言"和"意"之间的桥梁是"象"，即古人所言的"立象以尽意"。吕进诗学的诗的艺术媒介，本质上是古代诗学"言""意"关系的现代阐释，是"言不尽意"的现代形态。

最早提出"言不尽意"的是庄子，《庄子·天道》云："世之所贵者，书也。书不过语，语有贵也。语之所贵者，意也。意有所随；意之所随者，不可以言传也。"在庄子这里，"言不尽意"是一个哲学命题。"言不尽意"在《易经·系辞上》中也有表述："子曰'书不尽言，言不尽意。'然则圣

---

① 吕进：《论诗的文体可能》，载《新诗文体学》，花城出版社 1990 年版，第 41 页。

② 吕进：《熟读〈新诗三百首〉，不会吟诗也会吟——〈新诗三百首〉前记》，载《吕进文存》（第 3 卷），西南师范大学出版社 2009 年版，第 438 页。

③ 吕进：《抒情诗语言的正体》，载《中国现代诗学》，重庆出版社 1997 年版，第 115 页。

人之意，其不可见乎？子曰：'圣人立象以尽意。'"庄子的这种观点，是魏晋玄学思想的源头。而魏晋时期是文学的自觉时代，受玄学思想的影响，"言不尽意"从哲学命题向文学命题转变，在陆机和刘勰那里，被提到美学的层面得到讨论。陆机在《文赋》中所言"文不逮意"也就是"言不尽意"的意思。诗歌所传达的并不是日常生活经验，而是诗人的诗性生命体验，这种体验是人人心中有、个个笔下无的，是非个人化的，因此"言不尽意"具有了诗学价值。

中国古典诗学的"言不尽意"对吕进诗学的艺术媒介的影响主要体现在以下三个方面：

一是在诗与禅层面上，推崇体验和感悟。面对源远流长、异常丰富的民族古典诗学，中国现代诗学想要寻求突破，当然难乎其难，而唯其困难重重，才有价值和意义，才有前途和生命力。对此，吕进有清醒的认识，他说："中国传统诗学太丰富了，它的触角伸向诗学的每一个领域。这可能成为中国诗学寻求新变所因袭的重负，但首先是中国诗学寻求新变的一种富有。"①　不以传统诗学为"重负"，而以之为"富有"，寻求启发和创新，正是吕进建构现代诗学的路径之一。中国古典诗学，是真正意义上的形象诗学，诗和禅走得很近，这和民族文化、哲学、语言文字有深刻的联系。吕进认为："诗禅相同也好，诗禅相似也好，都是在'悟'字上实现诗禅相通。禅学的核心就是'悟'。""中国诗学的'悟'，是不用公式和概念去破坏那无言的体验。它力求使诗保持为诗，让诗的魅力在'悟'中更加妙不可言，而不是相反。'悟'是审美主体与审美客体的一种融合，是诗学家进入诗的内部化为诗本身。"②　这正是吕进对古典诗学民族特色的深刻体认，也是吕进现代诗学的自觉追求。严羽的《沧浪诗话》以禅喻诗，堪称精妙，着眼于诗美体验的不可传达，"学诗浑似学参禅，妙处难于口舌传"（游潜《梦焦诗话》），但诗终究要借助语言媒介来表现，因此只能以"不说破"代替"说不破"。对这一悖论，吕进阐明了诗与禅的相异之处，"诗是无言的静默，是只可意会的体验。在这一点上，诗与禅是相通的。但诗人不能像禅家那样在'悟'字上驻足，他在'忘言'之后还得寻言。"③　"寻言"就是诗

<hr>

① 吕进：《诗学：中国与西方》，载《中国现代诗学》，重庆出版社 1997 年版，第 16 页。
② 同上书，第 13—14 页。
③ 吕进：《抒情诗的生成（下）》，同上书，第 167 页。

的艺术媒介。那么，诗的艺术媒介有何奥秘呢？吕进以其感悟和体验，给人以睿智的回答和无尽的回味：

> 诗歌有非语言化、陌生化和风格化的语言，它拒绝散文语言的价值标准，它在内视世界里活跃，因此，它是自由的艺术。但是，诗歌语言却是很不自由的语言。可以说，诗凭借语言媒介成了最自由的艺术，但是语言却由于成为诗的媒介而成了最不自由的语言。①

二是在诗思寻言上，推崇言外意和象外趣。如上所述，禅是一片化机，有悟无言；诗是一派天机，有悟还得有言。言不尽意，非言不尽意，而意不尽言也。这种意不尽言的诗学旨趣，用刘勰的话说就是"文外之重旨"，古典诗学由此生发出言外之意，象外之象，味外之旨，韵外之致，这种诗学追求使古典诗歌含蓄空灵，诗论亦然。所谓"但见性情，不睹文字"，"不著一字，尽得风流"，"言近而旨远"，"含不尽之意见于言外"等，都是古典诗学对不可言说的言说的形象描述。诗重暗示，贵含蓄，以"不说破"来代替"说不破"。且看吕进从诗的艺术媒介的角度对言外意和象外趣的阐释：

> 诗的真味是诗人的审美体验。而这是一种不可言出的内视体验，所谓"只可意会，不可言传"。可以说，诗的创作总是面临这样一个奇妙的难以克服的矛盾：欲言那"不言"，欲唱那无声。于是，诗人一般就走两条路：或者，去写那引起诗美体验之"象"；或者，去写那诗美体验引起之"意"。诗美体验不可言，于是或言它的因，或言它的果，以期导引读者领悟这内视体验。换句话说，诗人写象言意，他的诗笔下的象与意其实只有暗示性、指示性意义，象外、意外才真正是诗之所在，所谓"象外精神言外意"。②

这是深得诗之"真味"的妙语。既是对古典诗学言不尽意的深刻体悟，又是对诗的艺术媒介、诗的内视点的现代阐释。立片言以居要，寓万千于简一。吕进历来反对诗论的晦涩，真正的诗学理论呈现的面貌都是朴素的，所

---

① 吕进：《抒情诗的艺术媒介》，载《中国现代诗学》，重庆出版社 1997 年版，第76 页。

② 吕进：《抒情诗的媒介特征（下）》，同上书，第 98 页。

谓大道至简、返璞归真是也。

三是在话语方式上，推崇诗话和类概念。诗话，既是中国古典诗学的话语形态，也是中国诗学的理论范式。在体系建构上，西方诗学泛指文学艺术，无论是亚里士多德的《诗学》还是黑格尔的《美学》，都具有体系庞大、逻辑严密的特点，注重概念的厘定和辨析，注重抽象演绎和推理，西方人的科学思维得到充分展示。中国古典诗话，所话者诗也，非诗文体理论著作一般称"文"或"艺"，如《文赋》《文心雕龙》《艺概》等，只有诗才享有诗话的特权。我国古代诗话特别发达，诗话著作汗牛充栋。诗话是中华民族思维特质和艺术气质最集中的体现。古代文论和诗话，广泛地使用类概念或准概念，具有鲜明的民族特色。吕进的现代诗学无论是在体系建构还是在术语使用上，都吸收了民族诗话的优点，这一点不难辨别。据不完全统计，吕进在其著述中征引的中国古典诗话不下百余种，或详或略，或述或释。在民族诗话中，类概念使用广泛，"中国传统诗学喜欢运用类概念"，"类概念具有模糊性，对诗学而言，模糊也许就是精确，更接近诗美本身"。① 吕进的观察和理解是精准的，类概念的使用与民族文化、哲学有关，与形象思维有关，应该说是民族智慧的结晶。中国诗学中的意象、意境、物境、境界等都是类概念，它的内涵在具体上下文中，这些从来没有被科学界定的概念，体现的恰恰是中国诗学的丰富性和开放性。张德明就中国古典诗话对吕进诗学的影响及其诗学意义作了深刻分析，他指出：

> 以感悟为诗性言说的基础，以象喻式批评为主要话语方式，以类概念为范式策略，以"以少总多"为学术笔法，由此建构起来的吕进诗学，体现了鲜明的"诗话"特征，既赋予了吕进诗学话语独特的学术品位和理论个性，使他在中国现代诗学领域占据着重要位置，也给中国现代诗学的学术发展和理论创新积累了宝贵经验。②

吕进诗学的审美视点，就是一个类概念，它有黑格尔的元素，但和黑格尔的本义不同；它有滨田正秀的影子，但和滨田正秀有别；它和古典诗学"肉眼闭而心眼开"有本质联系，但古典诗学没有"视点"这个概念。吕进

---

① 吕进：《诗学：中国与西方》，载《中国现代诗学》，重庆出版社 1997 年版，第 14—15 页。

② 张德明：《论吕进诗学话语的"诗话"特征》，《西南大学学报（社会科学版）》2013 年第 4 期。

没有对审美视点进行科学的界定，但他谈论诗与散文的本质区别，谈论诗歌语言的弹性和音乐性，谈论诗家语等，都是从诗的审美视点切入的，审美视点没有机械的定义，但含义丰富，无处不在。这是吕进诗学的特色之一，揭示了民族古典诗学对吕进诗学的深刻影响。

三、古典诗学的"情志为本"与吕进诗学的精神重建

1997 年，吕进在《新诗呼唤振衰起弊》一文中，首次提出"诗歌精神重铸"的诗学命题；2004 年，吕进在《中国现代诗学的两个课题》一文中，把诗歌精神重建作为 21 世纪中国现代诗学的前沿课题之一；2005 年，吕进在《三大重建：新诗，二次革命与再次复兴》一文中把"诗歌精神重建"作为"三大重建"目标之一。由此可见，"诗歌精神重建"是吕进在 20 世纪与 21 世纪之交萦回思考的诗学命题。2008 年，吕进在回顾自己的学术道路时，写下这样两段文字：

> 关于新诗的振衰起弊的讨论为新诗"号脉"，指出了存在的种种弊端。比如中国新诗不见"中国"：中国的现状与历史，中国人的生存状态、生活状态、情感状态，中国人身外的文化世界和身内的精神世界，都在个人化的写作中被消解了。不要"中国"，却又埋怨诗在当代中国走向边缘，岂非逻辑混乱。

> 关于诗歌精神重建，我提出，中心是对于诗歌与社会、时代、个人的科学性把握。诗歌从来都是以它的从个人出发的独特审美对社会心理的精神性影响来对社会进步、时代发展内在地发挥自己的作用，实现自己的社会身份，从而成为社会与时代的精神财富。①

这里体现了吕进不但对新诗当下现实保持强烈关注，而且为新诗的前途忧心忡忡。这种担忧不无道理。新诗从 20 世纪 80 年代中后期以来，语言的探索与实验有深度与广度，新诗"向内转"本来有其合理性，但一旦过头，新诗就和社会现实渐行渐远，和群体生活无关痛痒，失去了诗歌应有的温情和力量。诗与社会的话题，或者说诗的社会功能，本来是旧话题，但也是历久弥新的话题。21 世纪初，吕进关于诗歌精神重建的命题，是古典诗学的

---

① 吕进：《守住梦想——我的学术道路》，《东方论坛》2008 年第 6 期。

功能论在现代中国的回响。

中国古典诗学的优良传统之一，是重视诗的社会功能，强调情志合一。

人们对"诗言志"的"志"的理解，一般是指社会政教伦常，即《毛诗序》所言的"发乎情，止乎礼义"。《诗大序》从理论上确定了儒家诗教的正统地位，诗歌应为伦理政教服务，诗被抬高到无以复加的地步："故正得失，动天地，感鬼神，莫近于诗。先王以是经夫妇、成孝敬、厚人伦，美教化，移风俗。"在这种观念驱使下，诗沦为政教的附庸。孔子的诗学思想，主要体现在兴、观、群、怨上。《论语·阳货》云："子曰：小子何莫学夫诗——诗，可以兴，可以观，可以群，可以怨，迩之事父，远之事君，多识于鸟兽草木之名。"孔子对诗的社会功用的认识，体现在两个方面：一是强调诗的伦理、教化作用；二是通过影响人的情感和心理，实现诗的净化功能。前者打上深深的时代烙印，后者至今仍具有生命力。可以说，"诗言志"作为民族诗学的元命题，在诗与社会联系上，确定了诗的道德价值。

陆机提出的"诗缘情"，显然是对"诗言志"的反拨，上承屈原《离骚》的政治情感，中为汉末、魏晋五言诗的个体情感代言，下启唐代律诗绝句，这里的"情"不再是某种道德观念或政治伦理的图解，而是个体生命的独特体验和性情的自然流露。"诗缘情"说的提出，标志着诗歌本体审美价值的确立。

"诗言志""诗缘情"的并峙而立，或合流归一，形成了中国古代诗学的审美观。这种审美观，挚虞在《文章留别论》中称为"情志为本"，强调"诗言志""诗缘情"的融通交汇，或以"志"为本，或以"情"为根。如果说，"志"指向群体生活，更多社会性的群体意愿，那么，"情"则指向个体的本真存在和生命体验。中国诗学是情志的统一，是群体与个体、理性与感性、天道与人道的交汇和共鸣。优秀的诗人，是既"言志"又"缘情"的，如杜甫，一方面恪守儒家诗教，希望自己的诗歌有益于社会，"致君尧舜上，再使风俗淳"；另一方面又把个人情感与国之命运联系在一起，"万里悲秋常作客，百年多病独登台"。现代诗人艾青亦然，"为什么我的眼里常含泪水"是诗人个人之"情"，"因为我对这土地爱得深沉"是中华民族救亡图存之"志"。

吕进用"两立式存在"来描述中国诗歌自《诗经》《楚辞》以来的传统："中国诗歌自'风骚'开始从来就是两立式存在：社会抒情诗与自我

抒情诗的互补结构。前者关注外时空，后者关注内时空；前者干预社会，后者干预心灵。"① 这里的"两立式存在"，就是古代诗学的"言志"和"缘情"。

对 20 世纪中国新诗的审美价值，吕进用"社会关怀"和"生命关怀"来概括新诗与社会的联系：

> 诗歌总是具有双重关怀：生命关怀和社会关怀。时代对于诗歌总是有严格的选择：在不同的时代，诗就会偏重不同的关怀。现代中国长期处在战争和动荡中，表现社会关怀的诗长期充当主流话语是最自然不过的诗歌现象。但是，不能让抒写生命关怀的诗埋没，而且，就本质来说，诗是最人性的艺术，是人的本真存在的言说，是人的终极价值的产物。因此，即使是抒写社会关怀的诗，也应当通过人性的渠道、生命的渠道、诗的渠道实现与社会的联结②。

这里的"社会关怀"和"生命关怀"，前者偏重"志"，后者侧重"情"，"双重关怀"就是"情志为本"，就是"情""志"的统一。

吕进关于新诗精神重建的诗学命题，是基于 20 世纪 80 年代后期以来新诗的精神危机提出来的，有鲜明的现实语境，有突出的诗学价值：

> 新诗出现的精神危机主要表现为新诗的社会身份和承担品格的危机。在艺术上有了长足进步的同时，新诗又在相当程度上脱离了社会与时代。诗回归本位，绝不是诗回归诗人狭小的自我天地。回归本位以后的新诗如何更好地体现先进文化的前进方向，重建与社会、时代的诗学联系，重建诗的承担精神，在"诗就是诗"的前提下，增添诗的社会含量和时代含量。③

吕进在充分肯定 20 世纪 90 年代以来新诗艺术进步的同时，坦陈新诗在承担时代精神、保持社会联系上的不足，新诗一度偏枯，犹如温室的花朵，鲜艳而没有活力，纤弱而难以承受风霜。有些诗人小处敏感，大处茫然，在文化转型、民族崛起的时代际遇中变得自恋和冷淡。新时期以来新诗研究界

---

① 吕进：《新诗，与新中国同行》，载《现代诗歌文体论》，广西师范大学出版社 2003 年版，第 164 页。
② 吕进：《二十世纪下半叶的中国新诗研究》，《文学评论》2002 年第 5 期。
③ 吕进：《现代诗学的两个前沿问题》，《河南社会科学》2004 年第 3 期。

有"南吕北谢"之美称：谢冕不遗余力地为新诗的艺术创新叫好，为诗人取得的点点滴滴的艺术进步鼓掌，体现了一个新诗批评家扶植新人、奖掖后进的热情和激情，继承了北大胡适、废名开创的不破不立、欲立先破的新诗先锋精神；吕进致力于新诗文体建设，返本开新，守常求变，审视新诗之得失，权衡创作之利弊，不偏不倚，持正守中，继承了闻一多开创的新诗传统，重视新诗诗体建设和诗人人格建设，有破有立，立为根本。"南吕北谢"呈现的是新诗研究的"两立式"结构，是两种互为补充的学术范式，吕进、谢冕和其他学者共同推进了新时期新诗研究。对此，我们不难理解吕进提出的新诗精神重建的诗学价值。

对于 20 世纪 90 年代以来甚嚣尘上的新诗个人化写作，吕进保持清醒和冷静，看到了新诗艺术探险中的生机，也看到了生机中的危机，这个危机就是诗人的自抚摸现象弥漫开来。诗人在自我中沉迷，淡出社会，在某些理论家的误导下，以艺术创新之名，割裂诗与社会的正常联系，漠视诗歌应有的社会功能。对此，吕进进行了辩证反思：

> 无论有多么个性化的文体特征，诗却与其他文体一样，与社会、与时代处于无须、无法割断的联系中，其区别无非是联系渠道的不同而已。并非诗一沾上社会与时代就会贬值甚至毫无价值。因为，一方面，诗是一种社会现象，诗人总是属于自己的时代；另一方面，关心中国改革开放的中国读者要求诗不仅具有生命关怀，也要具有社会关怀；最后，中国诗歌史、新诗史上的不少名篇佳作都是以艺术地关注社会、拥抱时代获得读者承认和喜爱的。①

吕进这里提到的"社会关怀""生命关怀"，依然是中国古代诗学"诗言志""诗缘情"的传统的回响，就是古典诗学的"情志为本"，只是"言志""缘情"被赋予了新的含义，是中国古典诗学诗教传统的现代阐释。诗人关心自己，也应该关心他人；入乎其内，出乎其外；食人间烟火，与时代拥抱。诗人的胸怀与艺术成就是成正比例的，古人所言的有第一等胸襟方有第一等真诗，诗人者不失其赤子之心也，都是这个道理。今天，当然不再提倡"诗无邪"的封建道德，但民族古老的诗教传统依然有它的合理性，"兴

---

① 吕进：《三大重建：新诗，二次革命与再次复兴》，《西南师范大学学报（社会科学版）》2005 年第 1 期。

观群怨"的诗的功能应该被赋予现代价值。吕进诗学的生命关怀与社会关怀、文体自觉与时代自觉的命题，在全球化的今天，越发体现出它的文化价值。

第三节　中国现代诗学的影响

中国现代诗学对吕进诗学的影响是多方面的。若从 20 世纪诗人或新诗理论家来考察，这种影响可谓或隐或现。所显者，一是艾青，二是刘半农、闻一多和何其芳；所隐者，当属梁实秋。下面分而述之。

一、艾青对吕进诗学的影响

总的说来，吕进对艾青的接受，早期偏重以艾青的诗及其《诗论》尝试建立自由诗的审美规范，中后期则对艾青的"散文美"理论持保留意见，而倾心艾青新诗的格律化倾向。吕进的诗学思想中，始终把艾青作为诗人人格建设的典范。

艾青进入吕进诗学研究的视野，是在 1980 年。同年 10 月，吕进就艾青的诗集《归来的歌》写了评论文章《令人欣喜的归来》。从文章看，吕进用艾青的《诗论》阐释艾青的诗。这个思路，说它稚嫩，但稚嫩得可爱；说它奇特，又确实与人不同。暂且不论这篇评论写得如何，从文章透露的信息来看，吕进喜欢艾青的诗，熟读艾青的诗，对艾青的《诗论》下过工夫。吕进熟读艾青的诗，不但指艾青的诗集《归来的歌》，还有《艾青诗选》。这篇文章，吕进完整地引用了艾青《诗论》中的三段文字，甚至用艾青的"主观世界与客观世界最愉快的邂逅"来指代"灵感"，可见吕进对艾青《诗论》的偏爱。在《给新诗爱好者》一书中，有一篇附录《诗人艾青》，这篇附录后面有一个"译者附记"："原文题目为《艾青的诗及其翻译》，这里译出的是该文的第一部分。"① 吕进是俄语专业毕业的，吕进翻译这篇文章不但是把苏联学者研究艾青的学术成果介绍给中国学者，更是喜欢艾青及其诗歌的个性流露。可见，吕进诗学研究之初，打上了艾青的烙印。

吕进早期尝试以艾青的诗阐释自由诗的美学要素。在吕进数量不菲的诗

---

① 吕进：《诗人艾青》，载《给新诗爱好者》，重庆出版社 1984 年版，第 200 页。

学短论中，艾青的诗是最常被征引的。《披文以入情》援引了艾青的诗《向太阳》，《意象的技巧》引用了艾青的诗《雪落在中国的土地上》，《无理而妙》征引了艾青的诗《一个黑人姑娘在歌唱》，《"点"大于"面"》援引了艾青的诗《小白花》，《不即不离》引用了艾青的诗《山核桃》，《片言百意》引用了艾青的诗《古罗马的大斗技场》，《诗出侧面》援引了艾青的诗《给女雕塑家张得蒂》，《"不尽意"与"达意"》援引了艾青的诗《树》。这些不完全统计，来自吕进的专著《一得诗话》。《一得诗话》是偏重新诗赏析的普及读物，吕进选择艾青的诗作，作为赏析的文本，无疑是有眼光的。从诗美的角度说，民族古典诗歌和新诗应该是共通的，所以吕进选择新诗史上有成就的诗人的作品，尤其是新时期以来诗人的新作，避免了其他学者同类著作中只谈古诗不谈新诗的弊端。《一得诗话》应该属于吕进建构现代诗学体系的素材准备。在吕进的《新诗文体学》和《中国现代诗学》中，艾青的诗就成了"常客"，艾青的《诗论》成了重要的理论资源。比如，在《新诗艺术表现中的虚与实》一文中，吕进先引用了艾青《诗论·主题与题材》中的一段论述，然后以艾青的诗《古罗马的大斗技场》和《墙》为例，阐述前者偏重实写，后者侧重虚写；言犹未尽，吕进再以艾青的诗《大西洋》为例，阐述虚实相生的表现手法；最后又以艾青的诗《仙人掌》和《拣贝》为例，阐释艾青的诗美。再如，在《抒情诗的审美视点》中，吕进以艾青的《光的赞歌·回声》为例，阐释抒情诗遵循体验第一的规范。吕进对艾青诗歌的解读，看重自由诗之为诗的美学要素，认为艾青丰富和发展了新诗的表现技巧，继承和发扬了民族诗歌的审美传统。

在吕进的诗学体系中，艾青是诗人人格建设的典范。新时期新诗对历史的反思中，艾青充当了"第一提琴手"。

> 从流放到归来，艾青弹琴的手居然一点也不僵硬。《烧荒》、《鱼化石》、《希望》、《海水和泪》、《盆景》、《墙》、《古罗马的大斗技场》、《光的赞歌》，使艾青成为诗歌交响乐队的"第一提琴手"。艾青依然是艾青。而且，更富有哲人气质，更深沉。在理论上，他写了关于《诗人必须说真话》的专论①。

---

① 吕进：《新时期十年：新诗，发展与徘徊》，载《新诗文体学》，花城出版社 1990 年版，第 163 页。

因此吕进认为，在新时期新诗对历史的反思中，艾青作出了实践和理论上的双重贡献。吕进以艾青为例，阐述了大诗人是主体自觉性和时代自觉性的统一。

　　　艾青之所以成为艾青，正在于他对旧中国农村的审美化程度很高的忧郁，正在于他对太阳与火把的向往。从在牢狱里呈给大堰河的礼赞到归来后呈给光的礼赞，艾青的诗是时代的情绪和沉思。①

在《中国现代诗学》中，吕进以艾青的诗《光的赞歌》为例，认为"诗人的使命意识最突出地体现在那些奏出时代主旋律的篇章——这样的诗人往往被誉为民族的代言人，时代的良知"，"诗人歌唱的情感是一种非个人化的艺术情感，充满着强烈的使命感，所以，这歌声中有一种令人仰慕的人格精神"。②

吕进尽管没有像骆寒超一样，写出艾青新诗研究的专著，也没有像龙泉明一样，写出艾青新诗研究的专章，但艾青进入吕进的诗学视野，比骆寒超和龙泉明要早。骆寒超眼中的艾青，是诗人创作论的艾青；龙泉明眼中的艾青，是新诗发展史的艾青；吕进笔下的艾青，是新诗文体建设的艾青。以新诗文体研究独擅的吕进，论文《论艾青的叙事诗》收入吕进的《现代诗歌文体论》一书中，可见吕进对艾青的看重。近年来，吕进写了不少诗学随笔，旁涉诗坛掌故，其中《右边出事的艾青》是上乘之作。

吕进后期诗学研究中，对艾青的"散文美"理论是扬弃的，较多地关注艾青诗歌中的格律化倾向，在吕进看来，"郭沫若和艾青先后提出的'裸体美人'论和'散文美'论，占领了自由诗的理论要津，在推动新诗发展的同时，也对自由诗的无规范状况的形成产生了影响"③。所以，艾青对吕进现代诗学的影响，偏重于新诗文体建设中的艾青，即自由诗之为诗的审美要素和诗人人格建设的诗学价值。

二、刘半农、闻一多和何其芳对吕进诗学的影响

2003 年，吕进发表《论中国现代诗学的三大重建》，2005 年，吕进发

---

① 　吕进：《大诗人的特征》，载《新诗文体学》，花城出版社 1990 年版，第 192 页。
② 　吕进：《抒情诗人的修养》，载《中国现代诗学》，重庆出版社 1997 年版，第 266 页。
③ 　吕进：《论新诗的诗体重建》，载《现代诗歌文体论》，广西师范大学出版社 2003 年版，第 148—149 页。

表《三大重建：新诗，二次革命与再次复兴》。"三大重建"理论的提出，是具有历史意义和时代意义的诗学课题，其中"诗体重建"理论是吕进诗学形式思想的总结。

"诗体重建"的内涵是什么？吕进认为："新诗是从'诗体大解放'中诞生的。从'诗体大解放'到'诗体重建'是合乎逻辑的发展，没有形式感的诗人绝对不是优秀诗人。提升自由诗、完形格律体新诗、增多诗体，是诗体重建的三大美学使命。"① 吕进的"诗体重建"理论将对 21 世纪新诗形式建设具有重要意义。从现代格律诗理论的发展看，吕进"诗体重建"的诗学思想，吸收了刘半农、闻一多、何其芳等诗学理论的合理内核。

第一，吕进的"增多诗体"的主张来自刘半农。吕进认为："新诗 80 多年中，不乏在诗体重建上创作实验和理论探索的先行者，刘半农就是最早的一位。他的《我之文学改良观》是一篇最早的讨论诗体重建的文献。他提出的'破坏旧韵，重造新韵'、'增多诗体'等主张，现在也具有诗学价值。"② 由此可见，刘半农"增多诗体"的诗学价值引起了吕进的共鸣。

刘半农的《我之文学改良观》一文，原本是响应胡适、陈独秀、钱玄同提出的"文学革命""文学改良"主张的，壮大新文化运动声势，他在文中提出"韵文之当改良者三"："第一曰破坏旧韵，重造新韵"；"第二曰增多诗体"；"第三曰提高戏曲对于文学上之位置"。③ 刘半农这种观点对早期白话诗颇具建设性，体现了刘半农的文体意识。刘半农的"增多诗体"是以英国诗歌、法国诗歌和中国古典诗歌为参照，希望创造出新诗繁复多样的诗体来。吕进之所以对刘半农的"增多诗体"旧话重提，是由 21 世纪初新诗的历史处境决定的，自由诗的"一枝独秀"和现代格律诗的式微，不利于新诗生态的多元化。"增多诗体"诗学的价值，在于鼓励诗人在新诗文体上探索和实验，创造出具有民族特色和时代精神的相对成熟的诗体来。

第二，吕进的"诗体重建"思想吸收了闻一多的现代格律诗理论。吕进认为："闻一多将新诗从'爆破'推向'建构'，从'破格'推向'建

---

① 吕进：《守住梦想——我的学术道路》，《东方论坛》2008 年第 6 期。

② 吕进、刘静：《余光中的诗体美学》，载吕进：《对话与重建——中国现代诗学札记》，西南师范大学出版社 2002 年版，第 359 页。

③ 刘半农：《我之文学改良观》，载张若英编：《中国新文学运动史资料》，上海书店 1982 年版，第 70—73 页。

格'，将新诗推入了第二纪元。闻一多以'三美'为核心的现代格律诗理论，至今对于中国现代格律诗建设保持了一定影响。"① 应该说，这种看法符合历史实情。但是，真正体现吕进对闻一多诗学批评且有较多独立见解的文章是《作为诗评人的闻一多》。吕进把闻一多置于整个 20 世纪、21 世纪的诗歌现象、诗学现象中考察，挖掘闻一多对当下新诗建设尤其是新诗诗体建设的意义，从而避免了从新诗史打量闻一多的单一视角。闻一多是 20 世纪新诗史上罕见的多面手，较之艾青，闻一多是全才、通才。闻一多诗学理论的穿透力和影响，在 21 世纪还会持续发酵。吕进的《作为诗评人的闻一多》重申了闻一多诗学理论于现代诗学本体论、发展论的重要价值。吕进认为闻一多是系统、完善、深入、具体地提出现代格律诗理论的第一人，充分肯定了闻一多建设现代格律诗、探索具有诗质的自由诗的多元思想。吕进论证了闻一多对新诗外在节奏的理论内涵和价值，在此基础上，吕进阐述了自己的诗学思想：

> 外在节奏才是诗的专属。正是后者充当了诗与散文在形式上的分界线。可以武断地说，内节奏只能称为文学艺术的音乐精神，外节奏才能称为音乐性。没有音乐性，诗就不再成其为诗了。②

吕进从闻一多对诗的"工具"与"做"的论述中，引申出对诗歌传达中的限制与自由的辩证思考，从而对自由诗的"自由"进行清洗：

> 诗人，这里指现代格律诗人，尤其指自由诗人，要有形式制约感。对于诗而言，从来没有绝端的、漫无边际的"自由"。失去形式制约感的诗人不是真诗人。在他获得了他认定的自由的时候，他失去了写诗的自由。格律诗与自由诗的确有所不同。然而在同为诗歌上它们没有区别。③

总之，闻一多对吕进诗学的影响，较为集中地体现在这篇文章中，其后吕进提出诗体重建的诗学思想，从闻一多这里找到了历史依据，增加了说服力和厚重感，也为当下新诗诗体建设乃至新诗的出路找到了

---

① 吕进：《论中国现代诗学的三大重建》，《文艺研究》2003 年第 2 期。

② 吕进：《作为诗评人的闻一多》，载《现代诗歌文体论》，广西师范大学出版社 2003 年版，第 201 页。

③ 同上书，第 204 页。

路标。

　　第三，何其芳的现代格律诗理论对吕进的影响。1936 年，何其芳和卞之琳、李广田共同出版诗集《汉园集》，因此三人并称为"汉园三诗人"。1938 年何其芳和卞之琳奔赴延安，从事抗战宣传活动和文化艺术工作。面对抗战根据地的人们，何其芳的诗学观念大有改变。1944 年何其芳对新诗的形式进行反省，他说：

　　　　中国的新诗我觉得还有一个形式问题尚未解决。从前，我是主张自由诗的。因为那可以最自由地表达我自己所要表达的东西，但是现在，我动摇了。因为我感到今日中国的广大群众还不习惯于这种形式，不大容易接受这种形式。而且自由诗的形式本身也有其弱点，最易流于散文化。恐怕新诗的民族形式还需要建立。这个问题只有大家从研究与实践中来解决。①

　　何其芳对新诗形式的反省为其在 20 世纪五六十年代探索新诗的形式建设尤其是现代格律诗的建设埋下了伏笔。在五六十年代关于新诗形式问题的讨论中，何其芳的观点主要有：一是认为读者更习惯于格律诗；二是古典诗歌五言七言律诗绝句有局限，不足以解决新诗的形式问题，因此要重建现代格律诗；三是既要符合现代汉语的特点，又要有鲜明的节奏和押韵。1953 年何其芳在《关于写诗与读诗》一文中，比较系统地谈到了他的现代格律诗主张：

　　　　虽然自由诗可以算作是中国新诗之一体，我们仍很有必要建立中国的现代格律诗；但这种格律诗不能采用古代的五七言体，而必须适合现代的口语的特点；现代的口语的基本单位是词而不是字，而且两个字以上的词最多，因此我们的格律诗不应该是每行字数整齐，而应该是每行的顿数一样，而且每行的收尾应该基本上是两个字的词；中国古代的诗都是押韵的，中国的语言同韵母的字很多，押韵并不太困难，因此我们的格律诗应该是押韵的，而不必搬运欧洲的每行音组整齐但不押韵的无韵诗体②。

---

　　①　何其芳：《谈写诗》，载《何其芳文集》（第 4 卷），人民文学出版社 1983 年版，第 62 页。

　　②　何其芳：《关于写诗与读诗》，同上书，第 467 页。

何其芳的现代格律诗理论，较之闻一多又推进了一步，注重现代汉语口语的特点，注重诗行顿数相等，注重押韵。何其芳的现代格律诗理论，在艺术实验上具有可操作性。

如果说，吕进的诗体重建理论是对闻一多诗学理论的阐释和延伸，那么，吕进的新诗格律诗思想较多吸收了何其芳的现代格律诗理论。

从《新诗的创作与鉴赏》的写作和成书来看，现代格律诗进入吕进的学术视野是比较早的，吕进吸收了何其芳《诗歌欣赏》《关于写诗与读诗》的一些见解，这不但从《新诗的创作与鉴赏》参考文献中可见，而且体现在吕进诗学观点的表述中。在《新诗的创作与鉴赏》中，"现代格律诗"被作为《本质篇》中第三章《诗的形式》的第四节进行专题讨论。吕进首先论述了现代格律诗存在的必要性和必然性："自由诗并不能全部取代格律诗。这是因为：1. 现代生活的某些内容更适宜于用格律诗来表现；2. 很多读者习惯于格律诗传统。"[①] 然后梳理了新诗史上闻一多和何其芳建设现代格律诗的主要观点和贡献，吕进认为："格律诗派的主要贡献是在西方现代格律诗的经验与汉语诗歌的结合方面。五十年代，何其芳在这一课题上也有较为宝贵的理论贡献。"[②] 最后，吕进对 20 世纪现代格律诗理论的诗学价值进行了概括："（1）格律，是我们民族诗歌的重要特点，也是民族诗歌欣赏习惯的重要特点"；"（2）中国新诗史的一个现象值得注意：在节奏和押韵上讲求一定的规律的自由诗（或称'半自由体'）与日俱增。闻一多、徐志摩、郭小川等用这类形式写出了不少受人欢迎的诗章"；"（3）不应笼统地说，格律会给新诗造成限制。实际上，世界上任何一种文学样式都会有它作为一种'样式'的限制"；"（4）中国现代格律诗的探索焦点，是如何借鉴中国古典诗歌、西方现代格律诗和民歌的某些特点，运用现代汉语，建立一定格律以充分表现当代人的诗情"；"（5）建立与自由诗并存的现代格律诗，主要是艺术实践问题"。[③] 置于 1981 年撰写的《新诗的创作与鉴赏》的语境中，吕进对现代格律诗的理论阐释起点高，成熟早，识见深，善于从纷繁复

---

① 吕进：《中国现代格律诗》，载《新诗的创作与鉴赏》，重庆出版社 1982 年版，第120 页。

② 同上。

③ 同上书，第 120—122 页。

杂的诗歌创作现象中提炼出体现艺术规律的本质的东西，这为他后来系统阐述诗体重建的理论奠定了坚实的学术基础。

《现代格律诗的新足音——〈黄淮九言抒情诗〉序》是吕进的一篇短文，这篇短文也许并不引人注目，但它却是一篇力作，标志着吕进在继《新诗的创作与鉴赏》之后对现代格律诗理论思考的深化。

在《现代格律诗的新足音》一文中，吕进的现代格律诗思想包括以下三个方面：第一，对自由体新诗偏枯的现象进行反思和批评。吕进认为，"中国新诗有个奇特现象：只有自由诗"，"格律诗在中国式微，自由诗成为中国新诗的全体（不只是一体、不只是主体了）"①。第二，从文体学的角度肯定诗人创作现代格律诗的意义。吕进指出："新诗格律学只能是描述性科学：它的使命在于概括、抽象业已出现的诗歌现象，而绝不是人为地设想、规定某种格律模式。因此，诗人的艺术实验在中国现代格律诗的创立过程中具有第一位意义。"②吕进考察了新诗的发展趋势，认为大体讲求一定格律的半自由体新诗，是未来新诗发展的一个方向。第三，吕进对现代格律诗的实质进行了理论探讨。在对"格律"进行厘定后，吕进从"节奏式""韵式""段式"三个方面界定现代格律诗的外延，然后从现代汉语语音的角度，深入探讨格律诗的实质，指出："诗歌格律实质上是诗歌形式技巧中的部分语音问题，所以诗的格律的主要依据是语言文字的语音特点"，"创立中国现代格律诗就必须把握现代汉语言文字的语音特点"。③从学术的传承和创新看，吕进对20世纪早期刘半农"重造新韵"的主张赋予新的阐释和含义，弥补了朱光潜的《诗论》中对新诗音韵未置一词的空白，具有一定的理论价值。

综上所述，刘半农、闻一多和何其芳对吕进现代诗学思想的影响，是明晰可见的。吕进的"诗体重建"的诗学思想一定程度上整合了刘半农、闻一多和何其芳的诗学理论，有坚实的理论基础，也有深刻的现实意义。

---

① 吕进：《现代格律诗的新足音——黄淮〈九言抒情诗〉序》，载《新诗文体学》，花城出版社1990年版，第144页。

② 同上书，第145页。

③ 同上书，第146页。

三、梁实秋的新人文主义思想对吕进诗学的影响

从吕进的著作来看，直接征引梁实秋的有关论述并不多，是否可以说梁实秋的文艺批评思想或者说他所秉持的新人文主义思想对吕进没有影响？并不是。当新诗面临相似的历史语境时，梁实秋的诗学理论似乎又找到了历史的回音，那就是吕进诗学。梁实秋对五四早期白话新诗的反省、批评和吕进对 20 世纪 80 年代中后期"第三代诗"、对 90 年代先锋诗的思考，两者所持的文化立场和诗学观念，表现出一定程度的相似性。

概言之，梁实秋的新人文主义思想对吕进现代诗学的影响，主要体现在新诗形式观念、语言观念和诗人人格建设三个方面。

先说新诗形式观念。

就五四一代的文学批评家来说，梁实秋的新诗文体意识是比较突出的，尤其是他的新诗形式观念要比同时期其他诗人和理论家清醒。白话新诗从无到有，是一个具有文化里程碑意义的事件，新诗从而取代旧诗成为 20 世纪中国人表达思想感情的主要诗歌形式。五四前后，白话新诗充当"文学革命"的急先锋，成为第一爆破手，完成了中国文学、中国文化现代转型的历史使命。早期白话新诗的兴奋点在白话而不在诗，非诗化倾向引起了不少诗人和学者的反省。针对胡适的"诗体大解放"，梁实秋是持批评态度的，他认为：

> 旧诗之种种无聊的过度的不合时宜的桎梏，固有解脱之必要，且此种解脱之趋势在适之先生之前亦已略发其端倪，但是我们却不该于解脱桎梏之际而遂想求打破一切形式与格律。自由是要的，放肆是要不得的；镣铐是要不得的，形式与格律仍是要的。①

梁实秋为新诗的形式和格律辩护，并把新诗的形式看作诗的"躯体"：

> 诗，就是以思想情绪注入一个美的形式里的东西。这形式若适当，不但不对内容发生束缚的影响，而且还能使那一缕缕的思想，一团团的情绪得一美丽动人的躯体。②

---

① 梁实秋：《现代文学论》，载《梁实秋批评文集》，珠海出版社 1998 年版，第 163—164 页。

② 同上书，第 167 页。

较之郭沫若的"裸体美人"论，梁实秋的这种观点具有诗学价值。梁实秋虽然没有像闻一多一样提出新诗格律的"三美"理论，但他和闻一多所持的新诗立场并无二致。尽管"新月"诗派的新诗格律化运动盛极一时，但随着闻一多改行、徐志摩丧命而渐渐偃旗息鼓，到了20世纪30年代，现代派诗歌崛起，自由体新诗成为诗坛的主角。此时的梁实秋，对散漫、没有节制的自由诗不无批评：

> 白话诗运动起初的时候，许多人标榜"自由诗"（vers libres）作为无上的模范……我们的新诗，一开头便采取了这样的一个榜样，不但打破了旧诗的格律，实在是打破了一切诗的格律。这是不幸的。因为一切艺术品总要有它的格律，有它的形式，格律形式可以改变，但不能根本取消。我们的新诗，三十年来不能达于成熟之境，就是吃了这个亏。①

梁实秋的新诗形式观念，是他新人文主义思想中理性、节制精神的体现。

"诗是以形式为基础的文体"，这是吕进诗学著述中多处可见的一句话。对新诗文体的反思和重构，是吕进现代诗学思想的重要内容，而这种反思，吕进是从新诗的原点出发的，也就是反思五四新诗爆破之后在形式方面所留下的历史后遗症以及近百年来新诗形式诸多悬而未决的问题。21世纪初，吕进提出"诗体重建"的课题，是对新诗形式问题的总结和前瞻。梁实秋认为，诗歌不分中外，只有新旧，强调新诗在借鉴外国诗歌艺术技巧的同时，更要向旧诗即民族古典诗歌学习，这种以民族诗歌审美传统为本位的价值立场，和吕进倡导的域外诗歌艺术经验的民族化、民族古典诗歌的现代化，两者的新诗审美理想何其相似乃尔。

再说新诗的语言观念。

梁实秋的新诗语言观念主要体现在两个方面：一是强调新诗的音乐性，音乐性是诗歌语言区别于散文语言的显著标志，梁实秋认为："我们没有理由反对诗之音乐性，诗虽然在今日不能再'被诸管弦'，不能再有'旗亭画壁'那样的韵事，但至少还可以'朗诵'，可以吟咏。"② 梁实秋这种观点

---

① 梁实秋：《文学讲话》，载《梁实秋批评文集》，珠海出版社1998年版，第228页。
② 同上书，第226页。

是对五四早期新诗"作诗如作文"的反拨。梁实秋在清华大学读书时开始关注新诗音乐性问题，1923 年 1 月梁实秋在《清华文艺增刊》上发表《诗的音韵》一文，这是他现存较早的一篇新诗理论文献，可见他早期对新诗理论的鼓吹和热情，他后来热心于新诗批评便是顺理成章的事。在这篇短文中梁实秋提出"要创造新诗的新音韵"，如果在"韵脚""平仄""双声叠韵""行的长短"① 四个方面着力，就能达到目的。梁实秋的这种观点和刘半农的"创造新韵"的见解如出一辙，梁实秋是否受刘半农的影响不得而知，但梁实秋在这篇文章里提到诗的"音乐的美"，把诗的音乐美和音韵联系在一起，是有创见的。二是推崇新诗语言的自然，反对晦涩和欧化。胡适的白话诗理论，以寻求言文一致、语言表达自然作为新诗合法性基础。在早期创作中，新诗只有白话没有诗的现象普遍存在，20 世纪 20 年代象征派诗歌的语言摆脱了白话的幼稚，但某种程度上走向了中西杂糅、文白夹杂的误区。徐志摩是天才型的诗人，他全面实践了闻一多的新格律诗主张，诗歌语言富有音乐性，既清新又自然。20 世纪 30 年代现代派诗歌崛起，新诗语言的晦涩和欧化现象渐趋严重。梁实秋对胡适白话新诗的"自然"理论是认同的，但他对"自然"的理解不同于胡适，梁实秋认为"文字要求'自然'，这'自然'是琢磨后的'自然'，不是原始粗陋的'自然'"②，并非胡适所言的"有什么话，说什么话"。这种"自然"观缘于梁实秋的新诗审美观，在他看来新诗要明白清楚而又含蓄有味，不宜艰深晦涩故弄玄虚，因此他对现代派诗歌的欧化倾向是持批评态度的："十几年来，新诗反有趋向糊涂晦涩的趋势。"③"近来有人专往晦涩的路上走，以为晦涩即是深奥，其实这是极不健康的现象。"④"模仿拙劣的翻译文字，弄到句子冗长意义晦涩的地步，或是不必要的模仿欧美人的语气，弄到趣味恶劣的地步，那都可以说是品斯下矣！"⑤ 梁实秋对新诗象征派、现代派诗歌语言晦涩的批评，尽管责之甚苛，但也算有感而发。从维护民族诗歌语言纯洁性的角度看，他的良药苦口、忠言逆耳似的批评对推进中国现代诗学是有建设意义的。

---

① 梁实秋：《诗的音韵》，载《梁实秋批评文集》，珠海出版社 1998 年版，第 2—3 页。
② 梁实秋：《"五四"与文艺》，同上书，第 250—251 页。
③ 梁实秋：《现代文学论》，同上书，第 167 页。
④ 梁实秋：《文学讲话》，同上书，第 224 页。
⑤ 梁实秋：《"五四"与文艺》，同上书，第 251 页。

　　吕进对诗歌语言的论述有很多独到之处，撇开纯粹的理论阐述，单单着眼于吕进对"第三代诗"语言的口水化、散文化、非诗化、粗俗化的批评，我们发现，在倡导新诗语言的健康和尊严上，梁实秋和吕进是一致的。

　　次说诗人的人格修养。

　　梁实秋对诗人人格的阐述是从文学表现人性的角度展开的，在梁实秋看来，"文学是人性的描写"①，"人有理性，人有较高尚的情操，人有较严肃的道德观念，这便全是我们所谓的人性"②。围绕诗人人格建设，梁实秋从两个方面展开。一是区分诗人情感和常人情感，"诗人写的情感是人类共有的常态的情感，不是他自己特殊的或怪癖的或反常的情感经验"③。二是提出诗人要加强人格修养，认为诗人在修养上需要具备下述条件："第一，一个诗人对于人生要有浓厚的兴趣"；"第二，诗人要摈弃名利观念"；"第三，诗人要培养正义感"④。在梁实秋看来，诗人和诗是互为彼此的，诗人修养的好坏，在诗的境界和品格上都有体现。"诗和诗人是不能分开的。要作诗，先要作诗人。诗人除了他的必需有的运用文学那一套技能之外，还更要紧的是培养他的人格。"⑤ 应该说，加强诗人的修养，推进新诗建设，这一点上梁实秋和闻一多、宗白华并没有不同，但从文学表现人性的角度来阐释，梁实秋的观点更有穿透力和说服力。

　　诗人人格修养，原本就是诗学理论的重要方面，古今中外概莫能外。新诗史上，郭沫若、宗白华和田汉的《三叶集》中早有讨论，梁宗岱的《诗与真》《诗与真二集》中也有论述，朱光潜的《诗论》和郭小川的《谈新诗》偶有涉及。谈得比较多的是艾青的《诗论》和臧克家的《学诗断想》，但诗人谈诗以吉光片羽的随想录居多。在 20 世纪 80 年代美学热、诗歌热的语境中，诗论家关注较多的是诗艺诗美，从那时出版的诗学理论著作中可见一斑，如杨匡汉的《诗美的积淀与选择》、杨光治的《诗艺·诗美·诗魂》、陈良运的《诗的哲学与美学》等，一定程度上对诗人人格修养、人格建设的关注并不多。从 20 世纪 80 年代中后期到 21 世纪初，基于对"第三代诗"

---

①　梁实秋：《文学讲话》，载《梁实秋批评文集》，珠海出版社 1998 年版，第 221 页。
②　同上书，第 222 页。
③　同上书，第 224 页。
④　梁实秋：《诗与诗人》，同上书，第 245—247 页。
⑤　同上书，第 248 页。

和 90 年代先锋诗的反思，对诗人人格修养保持较高理论热情的有两位诗学批评家，一个是吕进，另一个是郑敏。吕进在他的专著《新诗文体学》和《中国现代诗学》中都有对诗人人格修养、人格建设的专论，郑敏在其专著《思维·文化·诗学》中也不乏卓见。

吕进从新诗史的角度考量，以艾青、臧克家为例，认为大诗人有三个基本特征："对外部世界持开放态度"，"对读者持开放态度"，"对民族传统持开放态度"①。吕进认为浮躁是 20 世纪 80 年代难以推出大诗人的时代病，因为大诗人的产生需要很多积累："首先是人生积累"，"其次是文化积累"，"再次是哲学修养"②。在吕进看来，"诗人，总是关注民族和人类命运与心灵的哲人"，"诗是艺术，不是技术；诗是心灵与心灵、人格与人格的呼应"，"一个民族需要诗人，是这个民族心理健康、心智发育良好的象征"，"真诚与博爱应该是目前诗人最需要的人格精神"。③ 诗坛要走出沉寂，吕进认为"必须呼唤诗人的人格建设"。在 20 世纪 80 年代新诗美学热潮中，具有这种冷静、清醒的诗学家是不多的，从喧哗中看到沉寂，从繁华中看到危机，这是吕进区别于其他诗学家之所在。他对诗人人格建设的呼吁，时至今日都没有过时，依然热言在耳，作钟磬音。

《诗，生命意识与使命意识的和谐》一文写于 1989 年 1 月，是吕进从整体上、宏观上对 20 世纪 80 年代诗坛进行反思的文章。吕进没有从纯理论的角度进行阐述，而是紧密联系"第三代诗"退潮后留下的印迹，对现代诗学的一些重要问题进行探索。

比如，吕进把诗人人格分为现实人格和审美人格，对诗人就是常人的流俗观点提出质疑：

> 八十年代流行一种说法：诗人就是普通人，不要把诗人说得太高。然而，诗人如果能与普通人完全同义，世界还需要诗人干吗？这个事实的含义十分清楚。④

---

① 吕进：《大诗人的特征》，载《新诗文体学》，花城出版社 1990 年版，第 191—193 页。

② 吕进：《新诗的沉寂年代》，同上书，第 201 页。

③ 同上书，第 202 页。

④ 吕进：《诗，生命意识与使命意识的和谐》，同上书，第 208 页。

又如，吕进对诗的功能亦即诗的价值进行阐述，提出了新颖有价值的看法：

> 诗既有宣泄功能，又有净化功能……宣泄不是诗歌的终端目标，宣泄的目的是为了将诗美光亮投进读者心灵，提高读者对美的领悟性，净化读者心灵。
>
> 诗是对人性的追求与补偿。诗人的职责在于提高同时代人的人生质量，以人格力量和道德力量帮助读者。①

在此基础上，吕进对20世纪50年代末的"伪现实主义"诗歌和80年代中期的"伪现代主义"诗歌提出批评，认为诗人的力量是人格的力量，诗的力量是真诚的力量，诗的语言是纯净的民族语言。

《抒情诗人的修养》《诗人的人格建设》分别构成了吕进《中国现代诗学》第十四章的主体内容及附录，也是20世纪现代诗学理论著作中不多见的专题专章，篇幅尽管不长，但不无特色。在《抒情诗人的修养》中，吕进对诗人与常人进行了辨析，突出了诗人的人格特征。吕进认为："诗人是常人，这是就其现实人格而言。但是当诗人作为诗人而站立在人群中的时候，他就必须通过非常人化去获得审美人格"；"诗人的人格精神的核心，一是他作为诗人在诗中的状态，二是他作为诗人对自己使命的把握。前者就是诗人的非个人化问题，后者就是诗人的使命意识问题"。② 从诗人的使命意识出发，吕进引申出一系列具有诗学价值的闪光论述，如"原生态的个人感情不可能成为艺术的对象"，"诗人决不能只是自己心灵的迷恋者和乳母"，"优秀的诗人总是与时代同步、与民族同心的"，"诗是诗人对现实世界的一种美的升华与净化"。③ 这篇文章，吕进以诗人的人格修养开其端，以诗人的艺术修养（含文化修养、哲学修养）结其尾，对诗人的修养进行了深入而透彻的阐释。作为附录的《诗人的人格建设》，近似一篇短评，一方面体现了吕进对《抒情诗人的修养》一文思考的深入，可以看作这篇文章的余论；另一方面针对"第三代诗"的某些流弊，提出对策和建议，增

---

① 吕进：《诗，生命意识与使命意识的和谐》，载《新诗文体学》，花城出版社1990年版，第210页。

② 吕进：《抒情诗人的修养》，载《中国现代诗学》，重庆出版社1997年版，第262—263页。

③ 同上书，第264—265页。

强文章的针对性和现实意义。针对不少"第三代诗"内容上的无病呻吟和沉迷个人小天地，谢冕把它概括为"自我抚摸"，吕进把它概括为"自我迷恋"，两位诗学家的认识和判断惊人的一致。吕进对 20 世纪 80 年代诗坛的乱象提出了批评：

> 近年诗坛上的矫情的作品委实不少："超前"的"失落"，做作的"孤独"，人工的"荒诞"。进一步说，近年诗坛上的矫情人也不少：以最出世的宣言求得最入世的获取；以最反权威的姿态遮掩最强烈的权威欲望，等等。中国诗人群中出现了一些自我迷恋者。①

吕进在肯定"第三代诗"创作生命体验有所深入的同时，也指出"第三代诗"审美人格建设滞后，因此诗人的人格建设成为 20 世纪 90 年代现代诗学的重要课题。

两相比较，梁实秋和吕进对诗人人格的论述，二者在论述的角度上有相近之处，在诗人与常人、诗人的修养方面都有鲜明的观点。梁实秋的论述属于诗学随笔，较多个人的感想和体会，点到为止；吕进的论述属于诗学理论，层层深入，结构严谨，逻辑性强。梁实秋偏重从文学表现人性的角度来阐释，带有鲜明的新人文主义色彩；吕进的诗学同样具有人文主义思想光辉，主要是针对"第三代诗"反崇高、反语言、低俗化的宣言和创作而言的，吕进诗学的现实性和时代感强，理论价值凸显。

概言之，梁实秋的新人文主义思想对吕进的现代诗学是有潜在影响的。缘由有三：

第一，从新诗发生学层面看，对五四白话新诗的反思，是两者诗学理论的起点。梁实秋是五四时期成长起来的文学批评家，他对新诗批评的贡献不可低估。在清华大学就读时，梁实秋与闻一多分别就康白情的诗集《草儿》、俞平伯的诗集《冬夜》进行评论，后来合作刊出《〈冬夜〉〈草儿〉评论集》，成为早期的新诗批评文献。梁实秋对胡适的《尝试集》、冰心的诗集《繁星》《春水》和郭沫若的《女神》都进行了评论。从美国哈佛大学留学回来后，梁实秋写了一些诗学随笔和论文，多数是对五四前后新诗创

---

① 吕进：《诗人的人格建设》，载《中国现代诗学》，重庆出版社 1997 年版，第 276 页。

作的批评和理论阐发。而吕进的新诗研究也是从阅读五四早期白话新诗及其新诗理论文献起步的，吕进自述他在 1981 年前"系统地阅读了从田汉、宗白华、郭沫若著《三叶集》、谢楚桢著《白话诗研究集》、闻一多与梁实秋著《〈冬夜〉〈草儿〉评论集》、汪静之著《诗歌原理》、草川未雨著《中国新诗的昨日今日和明日》以降几乎所有能找到的新诗论著"①。可见吕进诗学研究的起点在五四，这和梁实秋无异，而且梁实秋的诗评也在吕进的阅读范围内，吕进或多或少受其影响是不辩自明的。

　　第二，从民族文化立场看，守护和发展民族诗歌审美传统和人格理想，是两者共同的选择。梁实秋是美国哈佛大学白璧德的弟子，深受乃师新人文主义思想影响，崇尚古希腊经典，推崇孔子。在诗学理论上，守护民族诗歌审美传统，如格律、音韵、形式等，坚持新诗向古典诗歌学习的发展方向，价值取向是捍卫民族传统文化。较之梁实秋，吕进的诗学理论更具开放性和科学性，"最重要的就是如何在开放环境中保持、扬弃、丰富、发展本民族诗歌的优秀传统"②，"在开放环境中推动诗歌的新变，有两个相互联系的侧面，一是外国艺术经验的本土化，一是民族传统的现代化"③。吕进对民族诗歌传统是从文化的角度考量的，在吕进看来，"民族传统首先是一种文化精神，一种道德审美理想"，"中国诗歌的优秀传统的首要表现，是诗以国家和整个人群社会为本位。它对个人命运的咏叹和同情，常常是和国家兴衰的关注联系在一起的"。④ 在坚守民族文化的价值本位上，吕进和梁实秋无异，两者的诗学理论都具有人文主义光辉。

　　第三，从新诗发展境遇看，"现代派"诗歌和"第三代诗"的语言流弊，前者体现在晦涩上，后者体现在凡俗化、口水化上，是梁实秋和吕进先后面对的诗学问题。如前所述，梁实秋对新诗的欧化倾向和艰深晦涩是大加批评的，因为他所持守的是民族诗歌的语言美学和形式美学；吕进对"第三代诗"的批评，主要集中在新诗语言的凡俗化倾向，亦即新诗语言的非诗化倾向，因此吕进呼吁诗人要珍爱民族语言，重视诗歌语言的净化机能。

　　① 吕进：《守住梦想——我的学术道路》，《东方论坛》2008 年第 6 期。
　　② 吕进：《传统诗歌与诗歌传统》，载《中国现代诗学》，重庆出版社 1997 年版，第 198 页。
　　③ 同上书，第 199 页。
　　④ 同上书，第 202 页。

较之梁实秋对现代派诗歌语言晦涩的大加鞭挞，吕进对"第三代诗"语言凡俗化的批评算是温和的、善意的。

综上所述，梁实秋的新人文主义思想对吕进的现代诗学是有潜在的影响的，梁实秋的新诗理论和新诗批评是吕进现代诗学的学术资源之一。

第二章　吕进诗学的演进轨迹

吕进的诗学研究与新时期文学同步，他是从新诗创作转入新诗理论研究的。据笔者所查，吕进最早的完整的新诗研究论文可能是《读郭小川抒情诗漫墨》，文后有具体的写作时间和地点："一九七九年暮秋草于四新村"①。吕进认为郭小川的诗在思想上有创见，在艺术上有创新。这篇文章洋洋洒洒万余字，不是"草"成的"急就章"，而是"经"心之作。此外，还有写于 1980 年 10 月的新诗评论《令人欣喜的归来——读〈归来的歌〉》，写于 1980 年 11 月的《果园交响诗——青年诗人傅天琳剪影》。这三篇文章，可以看作吕进诗学研究的发端。2016 年 2 月，吕进在国家级诗歌刊物《诗刊》发表论文《现代诗学的辩证反思》。时至今日，吕进诗学研究还是现在进行时。如果从 20 世纪 70 年代末算起，吕进诗学研究的脚步将要踏上第 50 个台阶。用著作等身来描述吕进诗学研究的成果，并非虚言；用蜚声海峡两岸和港澳、东亚东南亚、大洋彼岸来叙述吕进诗学的影响，也非夸张。本章以时间为经，以诗学代表作为纬，将吕进诗学研究分为四个时期，探讨吕进诗学演进的轨程，揭示吕进诗学思想的发生、发展、成熟和完善，以及不同时期吕进诗学研究的特点、成就和影响。

第一节　酝酿与萌芽期

吕进的诗学研究，是从新时期新诗批评起步的，这给吕进诗学以良好影响，并形成吕进诗学的基本品格：注重作品，注重当下，从作品中提炼理

---

① 吕进：《读郭小川抒情诗漫墨》，载《给新诗爱好者》，重庆出版社 1984 年版，第 125 页。

论，用理论来审视创作，再用当下创作来发展和完善理论。从作品到理论，再从理论到作品，这种双向驱动构成吕进诗学研究的当下性、理论性和前瞻性，带来吕进诗学研究求实、创新、贴近时代的学术品格。

吕进的《果园交响诗——青年诗人傅天琳剪影》是一篇充满诗意的新闻特写，文中时见诗歌对散文的"侵犯"，抒情对叙述的"包围"。尽管不是一篇严谨规范的诗学论文，但能贴近诗来写，贴近人来写，写得生动活泼，犹如河流有一种流动的美。这篇文章的意义，在于新诗研究者与诗人的互动，发现诗人，发现作品，关注当下，立足地域，为诗代言。此后吕进欣然为诸多重庆诗人和重庆籍的诗人写诗评，且多鼓励和表扬，可以从这篇文章中找到"胎记"。如果说《果园交响诗》是一篇充满诗意的报告文学，那么，写于 1985 年的《傅天琳：从果园到大海》就是一篇规整有致的高质量的评论文章，有理论，有角度，用理论阐释作品，用作品发展理论，吕进诗学批评的个性初见端倪。《由〈绿色的音符〉所想到的》也是吕进评论傅天琳诗集的论文，这篇文章写作时间不详，已具新诗批评的模样，但和《傅天琳：从果园到大海》一文比较，还稍缺厚度，逻辑结构上也不够严谨。

1982 年 8 月，吕进为前辈诗人方敬写了一篇诗学随笔《光的追求——诗人方敬素描》。说它是一篇随笔，是因为它没有理论文章常见的枯燥，但有理论色彩，把理论融于叙述之中，感情不时溢出笔墨，以叙述流畅、文风亲切凸显特色。1982 年 8 月，吕进写了《诗香域外来——诗歌翻译家邹绛速写》一文，这篇文章写得老到，借用文中一个小标题就是"老树春深更著花"。上述两篇文章是吕进写给自己的领导和同事的，他们是吕进诗学研究的领路人，是吕进时时刻刻可信赖的全天候的忘年交，因此笔端常见感情。

写于 1980 年 10 月的《令人欣喜的归来——读〈归来的歌〉》，是吕进诗学体系中艾青元素的开篇之作。同年 5 月，艾青的诗集《归来的歌》由四川人民出版社出版。吕进的评论《令人欣喜的归来》可能不是当时最具理论水平的评论，但应该是很早的一篇专论，体现了吕进对新诗出版现状、创作现状的关注，吕进对新诗当下现实发言的理论风格也于此可见。吕进后来的诗学理论体系建构及其对当下新诗重大理论问题的思考和阐释，也可以追溯到这篇文章中，吕进诗学的当下性、时代性和前瞻性于此埋下伏笔。

写于 1979 年暮秋的《读郭小川抒情诗漫墨》，就目前所见，可能是吕进最早最完整的新诗批评论文。这篇文章万余字，无论是作品分析、理论概括、成果清理，还是推出学术新见、行文表述，都有可取之处。吕进诗学研究的素养和潜质，在这篇文章中得到充分检视。这篇文章，为吕进后来的诗学研究打下了良好基础，树立了信心。毕竟在 20 世纪 80 年代初成长起来的诗学理论家中，吕进属于"自学成才"（20 世纪 70 年代末和 80 年代早期，他自学过的中外文艺理论著作，似乎比中文专业文艺理论工作者还要多，这从吕进早期著作的参考文献中可见），而且他又是俄语专业毕业，因为热爱诗歌、喜欢新诗创作而走上新诗研究的道路。在专业背景和学术训练上，吕进和谢冕明显不同。谢冕 1955 年毕业于北京大学中文系，毕业后留校，留校后和洪子诚等一起整理当代中国新诗史料，早早走上新诗研究的道路，得到良好的学术训练，为他后来在新诗史研究、新诗思潮研究等奠定了基础。吕进的新诗研究，除了在外部环境上得到了老诗人方敬的帮助和支持外，其他都是白手起家，早期创建中国新诗研究所，"创业艰难百战多"，而后才打开一片天地的。功夫不负有心人，谢冕和吕进成为新时期以来令人瞩目的现代诗学研究的优秀学者。

从文章《读郭小川抒情诗漫墨》本身看，不是"漫墨"，而是"经"心之作，此文打上 20 世纪 70 年代后期新诗批评的学术烙印，冒出吕进诗学研究的"新芽"。前者指文章的结构安排，后者指吕进的学术新见和语言表述。从思想和艺术两个方面来评价作品，是 20 世纪 50 年代以来文学评论的流行套路，非但新诗、小说如此，即使古典诗歌研究也如此。当时文学评论批评的标准就是思想性和艺术性。在 20 世纪六七十年代，尹在勤的贺敬之研究，晓雪的艾青研究，李元洛的郭小川研究，他们在研究思路上都是沿着思想性、艺术性展开的，这是当时的风气。从《读郭小川抒情诗漫墨》的参考文献来看，吕进参考过李元洛、谢冕、晓雪和艾青的有关著作，系统地细读过郭小川的诗，说明吕进对研究对象和研究现状是熟悉的，重视学术清理，研究的前期工作准备充分。这篇文章的最大特色是吕进的不少"新芽"冒出了。比如：

> 新诗的刷新，首先是思想的刷新。不过所谓诗的思想，只能是指诗人的个人创见，而不是政策图解、社论分行。①

---

① 吕进：《读郭小川抒情诗漫墨》，载《给新诗爱好者》，重庆出版社 1984 年版，第 108 页。

郭小川抒情诗在艺术上的创新精神，在诗体探索上表现得十分突出。我们即以此作一番讨论。在我们时代，比起小说家、戏剧家、散文家，诗人负有探索一套新体诗歌的形式的历史使命。在这方面，也许郭小川算是实绩最大的一位探索者。①

所摘引的这些文字，是文章中闪光的论述，足以窥斑见豹。放在当时特定的背景中，尽管春天来了，但冬天凛冽的空气还没有退去，写这种文章是需要理论勇气的。所摘引的片段，稍有不慎，可能被扣上反政治、唯形式的帽子。而且从援引的文字看，吕进诗学体系中诗与时代的命题，诗体重建的命题，在这篇文章中留下了最早的足迹。

吕进无以计数的诗话文字、诗论短章，没有具体的写作年代，我们只能根据《新诗的创作与鉴赏》《给新诗爱好者》《一得诗话》等著作的出版年份来推断，而且这些推断只能给出大致判断。据此我们认为，1979—1980年是吕进诗学思想的萌芽和酝酿期。他从诗人批评入手开展新诗研究，对郭小川、艾青、傅天琳等诗人进行评论，重视作品的分析和鉴赏，理论深度可能弱一点，但对诗的感悟力强，文风朴实亲切有感染力，学术研究上坚持言必己出独立思考，吕进作为一个优秀诗学学者的潜质和素养得到充分展现。

第二节　探索与实践期

吕进的《新诗文体学》一书前有臧克家的序文《吕进的诗论与为人》，这篇序写于 1989 年 2 月 13 日；后有吕进的题跋《新诗文体的净化与变革》，写于 1989 年 2 月 15 日凌晨；尽管《新诗文体学》出版于 1990 年 3 月，但根据前序后跋来看，《新诗文体学》一书于 1988 年冬已经结稿。1981 年吕进开始写作《新诗的创作与鉴赏》，该著作的《后记》写于 1982 年 5 月，1982 年 10 月重庆出版社出版《新诗的创作与鉴赏》。据此，我们认为，1981—1988 年是吕进诗学的探索与实践期，其中《新诗的创作与鉴赏》是吕进诗学体系的开端，《新诗文体学》是吕进诗学体系的发展。下面分而述之。

---

① 　吕进：《读郭小川抒情诗漫墨》，载《给新诗爱好者》，重庆出版社 1984 年版，第 119 页。

一、《新诗的创作与鉴赏》：吕进诗学体系的开端

在吕进的诗学思想中，《新诗的创作与鉴赏》体现了吕进建构中国现代诗学体系的努力和能力，奠定了吕进新诗研究的领域和方向，并以亲切朴实的文风在读者群中广受欢迎，为新时期的新诗理论著作带来清新之风。

如果将《新诗的创作与鉴赏》置于 20 世纪 60 年代至 80 年代初期新诗研究的语境中考察，我们会发现吕进的新诗研究与前期、同期的其他学者相比，有诸多不同之处：第一，区别于诗人批评论。比如，尹在勤、孙光萱的贺敬之研究（《论贺敬之的诗歌创作》，上海文艺出版社 1983 年版），晓雪的艾青研究（《生活的牧歌——论艾青的诗》，人民文学出版社 1981 年版），李元洛的郭小川研究（《诗卷长留天地间》，人民文学出版社 1982 年版）等。1978 年党的十一届三中全会以后，新诗研究恢复活力，但首先进入学者研究视野的是新诗创作富有成就的诗人，有些专著在论述上依然带有"阶级性""人民性"等意识形态的话语特征。第二，区别于新诗流派或思潮研究。比如，钱光培、向远的《现代诗人及其流派琐谈》（人民文学出版社 1982 年版），陆耀东的诗人群体研究（《二十年代中国各流派诗人论》，中国社会科学出版社 1985 年版），孙玉石的象征诗派研究（《中国初期象征派诗歌研究》，北京大学出版社 1985 年版）。陆耀东、孙玉石突破了新诗研究的禁区，为新诗断代史研究带来了思想解放的力量。如果说陆耀东、孙玉石的新诗研究以史的厚重见长，那么吕进的《新诗的创作与鉴赏》则以论的灵动突出。第三，区别于诗人谈创作。比如，臧克家的《诗与生活》（四川人民出版社 1981 年版）和《甘苦寸心知》（四川人民出版社 1982 年版）、郭小川的《谈诗》（上海文艺出版社 1978 年版）、艾青的《诗论》（人民文学出版社 1980 年版）等。诗人谈创作的优势是容易说到点子上，和诗贴近；不足之处是吉光片羽不成体系，感性多于学理。在诗人谈创作中，臧克家的理论修养高，艾青的诗性思维最突出。第四，区别于同期的新诗理论著作。比如，易征的《诗的艺术》（广西人民出版社 1978 年版），这是从文学期刊诗歌编辑角度来谈诗的，由单篇的随笔、论文构成，理论建树并不多；又如谢文利、曹长青著的《诗的技巧》（中国青年出版社 1984 年版），这是一本由臧克家题字、谢冕作序的诗歌艺术普及性读物，涉及新诗和古诗，内容丰富，对提高读者欣赏水平有帮助，但体系逻辑性不强，理论深度有限，理论

术语偏旧。

20 世纪 70 年代末到 80 年代早期，从出版的新诗理论著作来看，新诗研究活力和朝气得以恢复，一批学者如吕进、孙玉石、陆耀东、谢冕等引人注目，他们以各自的研究领域和学术个性成为新时期新诗研究耀眼的"星星"。1982 年吕进的《新诗的创作与鉴赏》由重庆出版社出版，吕进以新诗基础理论研究即新诗文体研究进入学术界的视野。1983 年《中国出版年鉴》对吕进的《新诗的创作与鉴赏》进行了重点推介与评价：

> 《新诗的创作与鉴赏》是一部篇幅较大的研究新诗艺术规律的专著，它的优点是论述着墨于新诗区别于古诗所具有的那些特殊规律，并对不同品种的新诗的具体规律作较细的探讨，避免了套用一般文学理论或古典诗论来研究新诗的弊病。①

应该说这个评价是公允的，对吕进新诗文体研究的基本方法和独特价值的认识是到位的。从 1982 年到 1991 年，吕进的《新诗的创作与鉴赏》先后出版三次，发行量达 42600 册，这对一本新诗理论著作来说，简直是奇迹。20 世纪 80 年代是诗的年代，也是美学的年代，诗歌热和美学热是那个特定年代的标志，诗歌书籍和美学书籍走俏热销。吕进的《新诗的创作与鉴赏》发行量大，受益的读者群体广，几乎成为当时新诗爱好者追捧的书籍，一时洛阳纸贵，其中有些读者因阅读此书而与缪斯结缘，走向新诗创作和新诗研究的道路。

从 1982 年 10 月出版的第一版来看，《新诗的创作与鉴赏》共计 26 万 7 千字，首次发行 3 万 7 千册。著名诗人臧克家为本书封面题字，字体刚劲婀娜，书卷气十足；唐苏设计封面，一条蓝丝带系着两片黄桷树的树叶，装帧设计素雅大方。责任编辑是杨本泉。杨本泉在 20 世纪 90 年代曾撰文《持久不衰的赞赏》，对本书的出版、反馈、评论进行回顾和追述，喜悦之情溢于言表。

《新诗的创作与鉴赏》是吕进诗学的处女作，也是他的成名作。这本著作分本质篇、创作篇和鉴赏篇，凡九章：什么是诗，诗的内容，诗的形式，社会主义新诗，诗的灵感，诗的构思，诗的修辞，诗的品种和诗的鉴赏。此

---

① 　转引自吕进：《守住梦想——我的学术道路》，《东方论坛》2008 年第 6 期。

外，还有"附录新诗话"和"后记"。吕进在《后记》中有这么一段话：

> 　　近年来虽然出现了一些较有影响的新诗论著，但也有两种比较常见的现象：一是从一般的文艺理论出发去研究新诗，一是硬搬古典诗论作为评论新诗的准绳。二者的共同点是对新诗本身的艺术规律缺乏足够的重视。新诗创作在呼唤着新诗理论，新诗创作的突破与发展在呼唤着新诗理论的突破与发展。①

由此看来，吕进撰写《新诗的创作与鉴赏》的动因是寻求"新诗理论的突破与发展"。于今观之，《新诗的创作与鉴赏》实现了他的初衷，突破了习见的陈说，开拓了新诗研究的空间，不但是吕进诗学体系的开端，而且是新时期以来自成体系的新诗文体理论著作的开篇之作，正如颜同林所说：

> 　　《新诗的创作与鉴赏》作为吕进诗学体系的雏形，在历史的冲刷中打下了时代的烙印，为吕进建构具有中国气派与个性色彩的中国现代诗学体系涂上了颇为厚实的一笔②。

《新诗的创作与鉴赏》是吕进现代诗学体系的开端，但这个开端带有明显的早熟的气质，诗人的体悟和理论家的思辨并而具之，有许多为人称道的地方。第一，抢占理论制高点。从吕进征引的引文和注释看，有两套学术质量一流的文艺理论丛书进入了他的学术视野：一是人民文学出版社出版的外国文艺理论丛书，如朱光潜翻译的莱辛的《拉奥孔》、罗念生翻译的亚里士多德的《诗学》、朱光潜翻译的《歌德谈话录》等；二是商务印书馆出版的汉译世界学术名著丛书，如朱光潜翻译的黑格尔的《美学》等。这两套丛书于1979—1981年先后进入国内学术界。此外，民族古典诗话著作如王国维的《人间词话》、严羽的《沧浪诗话》、钟嵘的《诗品》等都在吕进征引的文献中，还有五四以来的新诗理论著作、苏联的"别、车、杜"的理论著作，同样多得难以胜数。第二，解读作品的基本功扎实。有论者统计了《新诗的创作与鉴赏》一书中，吕进讨论的古今中外诗人达100多人，全引或部分引用的诗歌作品有百首以上，可见吕进对作品的解读和分析颇有功

---

① 吕进：《新诗的创作与鉴赏》，重庆出版社1982年版，第375页。
② 颜同林：《吕进诗学体系建构中的奠基作——重读〈新诗的创作与鉴赏〉》，《重庆教育学院学报》2004年第1期。

力，领悟性好。第三，理论概括力强。吕进善于从各家不同的学说和纷繁复杂的诗学现象中，抽象出具有诗学价值的概念和命题来，体现出很强的理论能力。第四，历史的、美学的科学精神与辩证思维相结合。前者是马克思主义的研究态度和研究方法，尊重历史，把作品的艺术性放在具体的历史语境中考察；后者指西方逻辑思辨，也包含东方哲学的辩证思维。吕进自述《新诗的创作与鉴赏》只写了一年，但据笔者看来，吕进前期的学术准备和诗学准备，可能至少十年。起点高，视野开阔，思辨能力强，体现出吕进作为一个诗人型学者的才情和风采。

就"新诗理论的突破"来说，《新诗的创作与鉴赏》最大的亮点是"诗的定义"："诗是歌唱生活的最高语言艺术，它通常是诗人感情的直写。"①什么是诗，是任何一个诗学研究者绕不过的原点问题，也是一个众说纷纭的问题；什么是诗，对读者来说好比一千个读者有一千个哈姆雷特，言人人殊。吕进的回答，犹如千军万马之中取上将首级——难度决定了高度。

吕进的"诗的定义"的内涵包括三个方面：一是诗与生活的关系，二是诗与语言的关系，三是诗人与诗的关系。三重关系中吕进用"歌唱"这个词来贯通。从诗与生活的关系看，诗是心灵世界的艺术；从诗与语言的关系看，诗的本质是它的音乐性；从诗人与诗的关系看，不同时期、不同诗人在与现实的审美关系上千差万别，由此带来诗歌风格的多样性和差异性。吕进的"诗的定义"突破了文学理论教材通常以意象、意境来界定诗歌的陈说，纠正了个别教材以典型来界定诗歌的谬误。同时，吕进的"诗的定义"为他后来从审美视点、艺术媒介等方面深入探讨诗的本质特征，预设了广阔的空间。这正是由突破而带来的发展。

《新诗的创作与鉴赏》之所以是吕进诗学体系的开端，主要体现在三个方面：一是奠定了吕进诗学研究的主要领域，即新诗之为诗的文体特征，此后吕进长期致力于新诗理论的辨正和辨误；二是初显吕进构建诗学体系的努力和能力，保持诗学思想的连贯性和发展性；三是发展中国诗学感悟性、体验性的民族话语特征，文风亲切朴实，语言睿智多趣，娓娓道来，与读者为友，具有亲和力和感染力。

总之，无论是从吕进诗学思想的发展看，还是从吕进诗论的个性化话语

---

① 吕进：《诗的本质》，载《新诗的创作与鉴赏》，重庆出版社 1982 年版，第 20 页。

特征看，《新诗的创作与鉴赏》都是吕进诗学体系的开端。

二、《新诗文体学》：吕进诗学体系的发展

1990 年 3 月，吕进的《新诗文体学》由广州花城出版社出版，这是他继《新诗的创作与鉴赏》《给新诗爱好者》《一得诗话》之后的第四本个人学术专著；1987 年他主编的《上园谈诗》由重庆出版社出版。由此可见，1981—1990 年，是吕进现代诗学研究的第一个十年，也是他新诗研究的丰收期，他的新诗文体理论研究成果得到学术界、诗歌界的广泛认可和充分肯定，树立了他在新诗理论界的威望，并成为"上园派"中的理论领袖。尤其是作为国家社科基金课题成果的《新诗文体学》的出版，取得了新诗基础理论研究的突破，是吕进诗学体系纵深发展的重要标志，这一时期是吕进诗学研究的实践和探索期。

第一，对《新诗的创作与鉴赏》的一些诗学观点，吕进作了更深入的论证和理论概括。比如，从"诗的定义"出发，吕进把新诗之美概括为"内容的抒情美""形式的音乐美"和"语言的精炼美"三个方面，指出"这三者的融合就是诗美的本质。"① 吕进用"抒情美"来代替诗的意境美，体现了他对诗歌观念的创新，也符合 20 世纪新诗主潮的审美特性。当然，吕进的诗学观念是发展的，进入 20 世纪 90 年代以后，吕进深入阐述了诗是以形式为基础的语言艺术，诗的本质是音乐美而非精炼美，这种自我扬弃正是吕进诗学不断发展的体现。又如，在《感情，诗的直接内容》一文中，吕进对"诗的定义"的后半句"它通常是诗人感情的直写"作了更深一层的论证和发挥，新诗创作中如何处理个人的情感，如何化感情为诗，这篇文章尽管写于 1983 年，但在今天看来依然有启发意义和诗学价值。吕进认为"感情，是诗的直接内容，这就决定了：诗的创作过程不但是化现实为感情的过程，也是化客观为主观的过程"②，应该说，这些观点至今仍新鲜，符合诗歌创作实际，经得起时间的检验。

第二，对《新诗的创作与鉴赏》未曾涉及的重要诗学命题，吕进进行了补充和阐释。"诗家语"是吕进诗学体系的一个重要命题，1983 年吕进开

---

① 吕进：《论诗美》，载《给新诗爱好者》，重庆出版社 1984 年版，第 14 页。

② 吕进：《感情，诗的直接内容》，同上书，第 18 页。

始写作并发表短文《诗家语》，2014 年吕进在《文艺研究》第 5 期发表长篇论文《论诗家语》，时间跨度整整 40 年。这个诗学命题本来产生于宋代，见诸宋人魏庆之著的《诗人玉屑》（上册）第六卷。从宋代诗话的语境看，宋人有以禅说诗的习惯，"诗家语"应该和佛家语、禅语有相似之处，但这个概念在明清乃至民国都没有得到合适的阐释，似乎从宋以后就被打入"冷宫"。这个诗学概念的复活是吕进"打捞"出来的，并成为吕进现代诗学体系的一个标志性话语。从收入《给新诗爱好者》的《诗家语》一文来看，吕进对诗家语的阐释非但填补了《新诗的创作与鉴赏》的一些重要诗学命题的空白，而且吕进的论述时至今日依然精辟，既和中国古典诗歌的审美范式贴近，也和 20 世纪欧美文学理论著作如韦勒克、沃伦的《文学理论》等对文学语言的论析相似，而后者在 1984 年 11 月才经刘象愚等人翻译后由生活·读书·新知三联书店出版。对此我们只能解释为：诗家语不但是一个诗歌语言问题，也是一个诗学哲学问题，而诗人创造诗家语，无论古今中外在思维上难免趋同。因此可以说，对诗家语的阐释，是吕进对中国现代诗学作出的一个重要贡献。

据吕进自述，"有的读者来信说，《新诗的创作与鉴赏》多次谈到虚实问题，但又语焉不详，令人遗憾"[1]，《新诗艺术表现中的虚与实》一文是吕进对读者反馈意见的回应。此文后来收入《新诗文体学》和《对话与重建——中国现代诗学札记》中，可见作者还是看重的。把虚实相生的艺术理论讲清楚不难，因为古代文论有太多类似的论述；但把新诗虚实相生的艺术手法和特色讲清楚却比较困难，因为前人或避而不谈或轻描淡写。吕进谈论新诗艺术表现的虚和实，观点也许并不新颖，但论述方法上有创新：一是引用黑格尔的"清洗"理论来谈虚实形象，二是以艾青的新诗为例和以艾青的《诗论》为理论依据来探讨虚实手法——这样避免了和前人雷同，在材料的选择和论述角度上带来了创新，给读者以新的启迪和思考。

第三，新诗文体学研究取得实质性突破。《新诗文体学》的出版标志着吕进在新诗文体研究领域取得实质性突破，是吕进新诗基础理论研究的重要阶段性成果。这本专著前有臧克家的序文《吕进的诗论与为人》，后有作者自己的题跋《新诗文体的净化与变革》，作为《花城诗歌论丛》之一出版。

---

[1]　吕进：《前记》，载《给新诗爱好者》，重庆出版社 1984 年版，第 2 页。

这套丛书以《艾青谈诗》开其端，以张同吾的《诗潮思考录》殿其后，从作者阵营看，由诗坛老诗人和活跃的理论家组成，整体质量颇高。80 多岁的著名诗人臧克家为吕进的《新诗文体学》写序《吕进的诗论与为人》，殊为难得。臧克家对吕进新诗研究的科学求实的精神，朴实亲切的文风，以及两人之间相知相惜的情谊，娓娓道来，知吕进其人，论吕进之文，奠定了吕进在新诗研究界的地位和影响。

《新诗文体学》之所以是吕进诗学研究的重要阶段性成果，主要体现在四个方面：

首先，提出了具有原创性的诗的"审美视点"说。

吕进从诗与现实的审美关系上，提出了诗的本质在于观照世界的独特方式，即审美视点上。这是一个具有原创性的理论创新，可以说是 20 世纪 80 年代新诗基础理论研究取得的一个突破。诗的"审美视点"的正式提出，是在《诗的审美视点》一文中，文章从视点的角度，把文学分为外视点文学和内视点文学两类，进而提出"诗与散文的根本异质在视点"，"诗在散文的未及、未尽、未能、未感的地方证明自己的价值；它是外在世界的内心化、体验化、主观化、情感化"①。应该说《诗的审美视点》一文的价值，是提出了诗的"审美视点"说，但真正对"审美视点"进行深入阐释的是《论诗的文体可能》这篇宏文，该文从"视点：散文偏向绘画，诗偏向音乐"出发，探讨了诗的"视点特征""媒介"及"媒介特征"，最后落脚于"诗的文体自觉"，洋洋洒洒，创见频出，从"视点"引出诗的语言、诗的结构等一系列富有启发性的见解。这是继"诗的定义"之后吕进诗学体系的第二个原创性关键词，构成了吕进诗学体系的核心概念之一。可以说，《论诗的文体可能》是 20 世纪 80 年代吕进单篇论文中最具有理论厚度的论文。这篇论文发表于 1988 年，时至今日，观点没有过时，经得起时间检验，也许这就是新诗文体研究的魅力。这篇文章的再展开、再深入，后来构成了吕进《中国现代诗学》一书的"半壁江山"，因此，论文《论诗的文体可能》是吕进《新诗文体学》一书的灵魂，而《新诗文体学》标志着吕进诗学研究的深入探索与实践。

其次，对新诗的种类进行文体审视。

---

① 吕进：《诗的审美视点》，载《新诗文体学》，花城出版社 1990 年版，第 4—5 页。

　　从文体角度打量新诗已有的种类，叙事诗、小诗、寓言诗、散文诗、现代格律诗等进入了吕进的诗学理论视野。如果说《诗的审美视点》《论诗的文体可能》《诗的弹性技巧》《诗人是文明的"原始"人》等论文是吕进诗学体系的点的深入，那么《论叙事诗》《关于小诗》《寓言诗的特征》《散文诗的语言》《现代格律诗的新足音》等篇章则是吕进诗学体系的面的拓展，是新诗品种的文体论。从文体学进行审视，既有助于发现诗人创作的个性，又便于抽象提炼出新诗类别的文体共性，发现新诗之为诗的共同艺术规律。比如，在《论叙事诗》一文中，吕进认为"叙事诗的灵魂是抒情"，"叙事诗之所以不是小说或其他非诗的叙事文学，就因为它具有分明的抒情气质"①。文章首先通过相同的文类即叙事诗和抒情诗的比较，指出叙事诗"用两只眼睛看世界：一只观察内心生活，一只观察外在现实。叙事诗是情与事有辨正意味的斗争与和谐"②。继而通过不同文类即叙事诗与小说的比较，认为"叙事诗的基本特征是它的双重性"③，也就是说主体性和客体性的统一。吕进对叙事诗文体特征的把握是准确的，有助于丰富读者对叙事诗的认识，同时对诗人遵循文体规律、提高叙事诗创作水平也是有启发和帮助的。《寓言诗的特征》是吕进的一篇诗学散论，言之有物，言之有序，言之成理，在不疾不徐的叙述中，寄寓着吕进不凡的识见：

　　　　同别的诗的品种一样，寓言诗的所长在心灵的表现，它拙于心灵以外的世界的描绘。复杂的故事会影响寓言诗的特殊诗味。寓言诗人总是寓深于浅，然后借彼喻此，借小喻大，借远喻近，借古喻今，借物喻人，促进读者的联想与思考。④

　　吕进深刻把握了寓言诗的文体共性和个性，对寓言诗的一般艺术规律的概括是精彩的。

　　《现代格律诗的新足音——黄淮〈九言格律诗〉》是一篇体现吕进现代格律诗思想的诗评，吕进在闻一多和何其芳现代格律诗理论的基础上，产生了一些相对成熟的新思考，表面看是一篇诗评，但实际是一篇现代格律诗诗

---

① 吕进：《论叙事诗》，载《新诗文体学》，花城出版社1990年版，第85页。
② 同上书，第87页。
③ 同上书，第90页。
④ 吕进：《寓言诗的特征》，同上书，第116页。

论，是吕进诗体重建思想的源头。

概言之，吕进对新诗品种的论述和批评，在他的诗学体系中比重并不大，篇目也不多，但从一个侧面体现了吕进诗学研究的双重视野：从文体看新诗，从新诗看文体，这种复调的理论视野构成了吕进诗学研究的特点之一。

再次，以新时期诗歌为例，拓展新诗文体的外部研究。

《新诗文体学》是由单篇论文构成的专著，编排上有四个隐形模块：新诗文体研究、新诗品种研究、新时期新诗研究、诗人作品研究。虽然作者没有明说，但明眼人应该看得出来，第一、二模块是新诗文体的内部研究，而第三、四模块是新诗文体的外部研究。新诗文体的内部研究，偏重于新诗之为诗的质素，如视点、媒介、语言、音乐性等形式要素；而新诗文体的外部研究，偏重于诗与现实、诗与时代、诗与读者等话题。1985 年前后，新时期文学"朦胧诗"已经退潮，"第三代诗""乱花渐欲迷人眼"。面对诗坛新情况，吕进加强了对新时期诗歌的研究，发表了一些有识见有分量的文章，如《新时期十年：新诗，发展与徘徊》《新时期诗歌的逆向展开》《新诗的沉寂时代》等。这些文章一方面体现了吕进善于从纷繁复杂的新诗现象中，抽象出具有时代特征的诗学命题，体现了高屋建瓴的学术视野；另一方面通过分析诗人作品，在微观层面上深入把握新诗流变的肌理，立论谨慎，切合诗人创作的实际，于细微之处见功力。

《新时期诗歌的逆向展开》是一篇对 20 世纪 80 年代新诗逆向展开进行分析的长文，吕进从诗与外部世界、诗与读者、诗与传统、诗的价值四个维度对新时期诗歌第三阶段的诗美进行全景式的扫描，诗史的视野和诗论的烛照互为一体，吕进期待新时期诗歌出现领头的大诗人。

在《新诗的沉寂时代》一文中，吕进对 80 年代早期"朦胧诗"退潮后诗坛的处境进行了概括，探讨了诗坛沉寂的主要原因：诗的失重，导致诗坛的沉寂。这是从诗歌审美视点的角度对新诗现象作出阐释的评论文章，提出了一些富有启发的诗学命题。吕进认为，诗人的人格建设，是诗歌避免失重、诗坛走出沉寂的通途。吕进对诗人的界定颇有深意："诗人，总是关注民族和人类命运与心灵的哲人"，"真诚与博爱应该是目前诗人最需要的人格精神"，"诗是艺术，不是技术；诗是心灵与心灵、人格与人格的呼应"①。这是一个

---

① 吕进：《新诗的沉寂时代》，载《新诗文体学》，花城出版社 1990 年版，第 202 页。

诗学家的理论勇气，也是诗坛久违的声音，针砭时弊，旨在建设，具有重要现实意义。

吕进诗学体系的诗歌观念、诗歌精神重建的诗学命题，可以追溯到《新诗文体学》。在这部专著中吕进有几篇文章或详或略谈到了诗人人格建设问题，如《新诗的沉寂时代》《大诗人的特征》《诗，生命意识和使命意识的和谐》等，这些文章都是有感而发的，可能是针对个别"第三代诗"肆意贬低、解构诗人之为诗人的崇高感而撰文驳斥的。由此可见，吕进诗学有强烈的现实关怀和道德理想，他的新诗文体研究绝不局限于诗歌的形式、语言、结构、媒介、视点等理论研究，这些理论研究的背后，还有浓浓的家国情怀和现实关怀。

吕进对新时期诗歌的批评，拓展了新诗文体研究的外部空间，新诗文体理论研究的活力和有效性得到了检验。新诗文体基础理论研究是吕进诗学研究的主体。新诗品种研究，新时期诗歌批评，文化转型期的诗体批评，文体视野中的诗人创作论，这些构成了吕进诗学研究的多侧面，因此，"一体多侧"（一个主体，多个侧面）是吕进诗学体系的架构，而这种构架的最初成型是在《新诗文体学》中，《新诗文体学》是吕进诗学体系的发展，标志着吕进诗学研究的深入探索和实践。

最后，推进了新诗文体研究的方法论。

比如，在《诗学的基点是理解》一文中，吕进认为诗学的研究对象具有独特性，研究对象的独特性带来诗学的独特性，诗学属于精神科学，"诗学的基点是理解"，"对'吟唱'和'吟唱'者的理解。不能用非诗标准要求诗，不能用非诗人标准要求诗人。"[1] 在吕进看来，不同个性气质、心理结构、文化结构和美学追求的诗人都期待被理解，但从现代诗学看，理解是基点，目的是超越，从诗中发现精神世界里具有诗学价值的永恒的东西。又如，在《诗学的三个基本意识》一文中，吕进有感于新时期"诗歌理论既出新又浮浅，既活跃又混乱，并没有有效地拥有对诗歌运动的吸引力与影响力"[2]，提出诗学研究应当加强三个意识——创新意识、求实意识、多元意识。这篇文章写于1987年，但文中提出的一些诗学问题到现在都没有过时。

---

① 吕进：《诗学的基点是理解》，载《新诗文体学》，花城出版社1990年版，第150—151页。

② 吕进：《诗学的三个基本意识》，同上书，第152页。

在吕进的著作中，这篇文章可能貌不起眼，但其中不乏闪光的论述，不少诗学问题依然是前沿性问题。例如，吕进在谈论诗歌的现实主义问题时认为："作为创作方法，诗歌的现实主义内涵就有些模糊不清。夸大地讲，这似乎是一部还没有打开的书"①；在谈论诗歌理论创新时吕进认为："诗是特殊的精神现象，求实地领会和把握诗人的歌唱是不容易的事情。但没有这种领会与把握，诗论就是建立在沙滩上的大厦。从新时期诗歌建设着眼，时代需要对创作现象进行抽象与升华的基本理论研究，尤其需要实践的诗学。"② 总之，吕进提出了很多前沿性课题，且都具有启发性，尤其在论述的角度上具有方法论意义。

第三节　独创与体系建构期

如果说《新诗的创作与鉴赏》是吕进的成名作，那么《中国现代诗学》则是吕进的代表作。《中国现代诗学》由重庆出版社于 1991 年 12 月首次出版，1997 年 5 月第二次印刷。《中国现代诗学》的出版，标志着吕进作为现代诗学理论家、批评家的成熟，奠定了吕进在 20 世纪中国现代诗学批评史的地位。如果从诗学文体理论的角度考察，可以说吕进的《中国现代诗学》是继王国维的《人间词话》、朱光潜的《诗论》、艾青的《诗论》之后的重要收获，是 20 世纪中国新诗文体理论的集大成之作。

1991 年 12 月，重庆出版社推出吕进的《中国现代诗学》，《重庆日报》当即以"本报讯"进行了头版报道，新闻标题是《潜心钻研，厚积薄发，吕进〈中国现代诗学〉出版》。新闻报道的正文为：

诗评家吕进新著《中国现代诗学》问世，本书是吕进教授承担的国家课题的最终成果。经我国一流专家组成的科学学术出版基金指导委员会投票确认后，重庆出版社将《中国现代诗学》作为 1991 年重点图书出版。《中国现代诗学》由审视中西诗学的概念、形态与发展的相似与相异出发，在广阔开放的理论视野中，推出一个以马克思主义文艺观

① 吕进：《诗学的三个基本意识》，载《新诗文体学》，花城出版社 1990 年版，第154 页。

② 同上书，第 155 页。

作指导的比较严整的中国现代诗学体系，它注意吸取西方诗学精华，但实现了对西方诗学的本土化转换；注意发掘、发挥源远流长、自成特色的中国传统诗学的丰厚积累与巨大优势，但实现了对中国传统诗学的现代化转换。全书二十章，从研究诗的审美视点起始，在比较严整的理论构架中，提出了种种新说，代表了本学科的前沿，是中国新诗理论的重要收获。老诗人冰心题写了书名。①

《重庆日报》之所以把吕进的《中国现代诗学》的出版放在报纸头版位置进行报道，可能缘于对重庆本土优秀人文学者的肯定和对《中国现代诗学》学术价值的宣传。从新闻稿的报道看，突出了吕进《中国现代诗学》的诗学价值及学术方法，在客观报道与价值判断上找到合理的平衡点。

《中国现代诗学》的出版，既是 20 世纪 90 年代吕进学术研究工作的阶段性小结，也是 20 世纪进入尾声阶段中国现代诗学理论建设的总结。因此，《中国现代诗学》的问世具有双重意义。就前者来说，吕进的自我陈述明晰，他说：

> 在繁忙的生活中，我设计出采用间断的方式两步走的计划。第一步是写出一些论文，第二步是在业已出版的几部拙著（包括文体研究论文集《新诗文体学》）的基础上，写出一部专著来，这就是《中国现代诗学》。

> 我有幸承担了"中国新诗文体学"这个国家项目。这个项目包括了两个阶段性成果：论文集《新诗文体学》和专著《中国现代诗学》。前者已由花城出版社出版。而本书的出版，就意味着国家项目"中国新诗文体学"的最后结题。②

这里告诉我们，《新诗文体学》和《中国现代诗学》是互为一体的，没有《新诗文体学》就不会有《中国现代诗学》，而《中国现代诗学》的本质是中国现代诗学文体学，从文体理论的角度打量、反思和重建中国现代诗学，是吕进诗学研究的方法和旨趣。

1991 年，对吕进而言是他积攒了半生的力量终于破门而出，为 20 世纪

---

① 转引自吕进：《守住梦想——我的学术道路》，《东方论坛》2008 年第 6 期。
② 吕进：《〈中国现代诗学〉书后》，载《中国现代诗学》，重庆出版社 1997 年版，第 381 页。

中国新诗理论增添了厚重一笔，《中国现代诗学》是20世纪现代诗学不可多得的理论成果。吕进从1981年写作《新诗的创作与鉴赏》到1991年出版《中国现代诗学》，整整10年，10年积累，10年艰辛，10年乃成。因此，无论是从20世纪中国现代诗学理论建构还是从吕进诗学发展演进看，《中国现代诗学》标志着吕进诗学体系的完成。

对任何诗学学者来说，完成一个独创的诗学体系的建构，绝非一朝一夕之功。鉴于重庆出版社在1997年5月再次印刷《中国现代诗学》，吕进也在1997年4月写了《重印后记》，而且《中国现代诗学》的第二章到第六章的内容，是对《论诗的文体可能》一文的深度展开，此文发表于1988年。因此，如果不包括前期的探索和积累，1989—1997年是吕进诗学体系的独创与建构期，其中1989—1991年是吕进诗学体系建构的"黄金三年"。

关于写作《中国现代诗学》的初衷和追求，吕进自述道：

> 《中国现代诗学》力求沟通中国传统诗学和现代诗学，在"通"中求"变"；力求融合中国现代诗学与西方诗学的精蕴，在"博"中求"新"。在古今中外的碰撞中，本书提出了中国现代诗学的理论体系。这个体系是以对中国新诗的观照方式和语言方式的把握作为核心的。①

从《中国现代诗学》的框架结构和主要内容看，吕进的夫子自道可谓低调实诚。从20世纪中国现代诗学理论发展看，真正有理论体系建构的著作少之又少。撇开单篇新诗批评论文不提，就著作来说，郭沫若、田汉、宗白华的《三叶集》，草川未雨的《中国新诗坛的昨日今日和明日》，废名的《谈新诗》，梁宗岱的《诗与真》，朱光潜的《诗论》，朱自清的《新诗杂话》，艾青的《诗论》，李广田的《诗的艺术》等，都是20世纪上半叶新诗理论批评值得称道的著作。其中废名的《谈新诗》和朱自清的《新诗杂话》重作品解读，理论从作品分析中得出，理论不多，但有分量。梁宗岱的《诗与真》和朱光潜的《诗论》重中外诗学比较，视野开阔，奠定了中国现代诗学的学术范式，尤其是朱光潜的《诗论》，完全不同于传统的中国诗学

---

① 吕进：《导言》，载《中国现代诗学》，重庆出版社1997年版，第1页。

批评史，虽然朱光潜言说的对象是"中国诗"，但他得出的结论具有真正的现代诗学意义。艾青的《诗论》是诗人之论，重感悟重体验，感性有余，理论不足。20世纪下半叶，艾青的《诗论》从50年代到80年代不断重版，篇幅也略有增加，足见艾青的影响。臧克家侧重新诗批评，何其芳的新诗理论水平较高。新时期以来，谢冕在新诗诗人论、新诗诗潮论领域显露出不凡的才华，艺术感觉敏锐，行文激情洋溢，《谢冕文学评论选》《中国现代诗人论》《文学的绿色革命》《诗人的创造》《地火依然运行》《新世纪的太阳》等著作，至今魅力不减。吴思敬的《诗歌的基本原理》，体现了作者良好的理论修养，但囿于历史条件的局限，框架稍显陈旧。20世纪90年代以来，思想淡出，学术凸显，不少诗学学者写出了自己的传世之作，为新诗研究培养了学术梯队，为文化传承作出了贡献，谢冕、吕进、孙玉石、陆耀东、吴思敬、王光明、蓝棣之、龙泉明等都是这个领域的优秀学者。总体上看，20世纪新诗研究，批评重于理论，自成体系的理论著作不多见，吕进的《中国现代诗学》，无论是开阔的学术视野、完整的结构体系、行文的轻快活泼，还是理论的自成一家，都是继朱光潜的《诗论》以来具有时代性和开放性特点的自成体系的现代诗学理论著作。

吕进的《中国现代诗学》问世以来，好评如潮。

傅宗洪是第一个以书评的形式对《中国现代诗学》的学术特色作出中肯评价的学者。傅宗洪认为：

> 这部论著的可贵之处表现在它不是远离诗歌现象的言玄说怪，而是热情敏锐地面对丰富的新诗创作实绩进行理性的思考和科学的描述，既有对现象的动态考察，又有理论的抽象与升华。
>
> 这部著作的另一个可贵之处，便是它表现出的中国风格：在诗学观念上，论著以抒情诗为中心（而抒情诗是中国诗史的主要构成部分，是民族诗歌最辉煌的篇章）；在诗学形态上，注意保持和发展中国诗学的领悟性特征，摒弃了对西方诗学术语的生搬硬套，也摒弃了西方诗学那种以公式和概念抽象鲜活的诗歌现象。①

也有评论者认为，吕进"终于为中国现代诗学创建了一个新的颇是完

---

① 傅宗洪：《一部"通"中求"变"的诗学论著——读吕进新著〈中国现代诗学〉》，《诗刊》1992年第12期。

整的理论体系"①。

从学理上较为全面地阐释吕进诗学体系及学术品格的学者是蒋登科。蒋登科从吕进与中国现代诗学、吕进诗学研究的学术取向、吕进诗学体系的超越性、吕进诗学体系与新时期中国诗学、吕进诗论的学术品格五个方面，系统地阐释了吕进诗学思想的发生、发展、形成和特点，尤其在吕进诗学体系的超越性和吕进诗论的学术品格方面，颇多创见，第一次指出"吕进的诗学体系是一个开放的、崭新的诗学体系，主要体现在它的求实性、创新性和兼容性等多方面"②。

吕进诗学体系是博大的，不少学者已经作出了中肯评价，而且随着时代的发展，当我们重新打量吕进的《中国现代诗学》时，又有新的发现。在笔者看来，吕进现代诗学体系的鲜明特色有三：

首先，以抒情诗为本位，以诗的审美视点和艺术媒介来刷新传统的"诗言志""诗缘情"的观念，实现现代诗学观念的突破和飞跃。

吕进在《论诗的文体可能》一文中，有这样一段话：

中国古代最有代表性的两个诗论都承认诗是心灵体验的直接表现。起源最早的（可能产生于周代的）"言志说"和晋代陆机的"缘情"说均如此。《说文解字》干脆说"诗，志也"，比毛诗序的"诗者，志之所之也。在心为志，发言为诗"更直截了当。段玉裁说："序析言之，许（慎）浑言之也。"自是不移之论。对"志"历来有各种界说，但多以情志并称。所以，与"诗缘情以绮靡"一样，也是以感情的对象化作为诗的使命，也就是"内视点"的古代说法。③

这段文字也许不为读者或研究者所重视，但要准确理解吕进的诗学观念及其与中国古典诗学的深刻联系，这段文字不应该被忽略。"诗言志"被朱自清誉为中国诗学的"开山的纲领"。"诗缘情"是陆机在《文赋》中提出来的。魏晋时期是中国文学的自觉时代，陆机的"缘情"说更具有诗是生

①　阿红：《一个新体系的构建——序〈吕进诗论选〉》，载《吕进诗论选》，西南师范大学出版社1995年版，第2页。
②　蒋登科：《吕进与中国现代诗学的体系建构》，《西南师范大学学报（社会科学版）》，2000年第5期。
③　吕进：《论诗的文体可能》，载《新诗文体学》，花城出版社1990年版，第48页。

命本真存在的言说的价值和意义。纵观中国诗学批评史，陆机的"诗缘情"
比"诗言志"的影响要大。吕进通过词源学考察，发现"诗言志"和"诗
缘情"后来渐渐趋向情志合一，这是符合中国诗学理论发展实际的。从这
个层面讲，吕进发现了现代诗学内视点学说和古代诗学"诗言志""诗缘
情"学说的内在联系，在心灵体验和感情对象化方面古今通约，并无二致。
因此，吕进的诗的内视点学说，是古代诗学"诗言志""诗缘情"学说的现
代延伸，体现了吕进致力于古代诗学和现代诗学对话与沟通的努力，体现了
吕进现代诗学观念创新的追求。内视点学说的提出，是现代诗学观念的飞
跃，是对传统诗学观念的突破。

　　在吕进看来，诗的审美视点就是诗人与现实的审美关系，它不是现实是
什么，而是现实在诗人眼里像什么，它是经过诗人心灵淘洗的现实。在普通
人眼里，太阳是红色的；但在诗人眼里，太阳可能是黑色或白色的。这个黑
色或白色的太阳，就是诗人心灵观照的太阳。常人与诗人的区别，在于对外
物的感受方式和体验方式的不同。在诗与散文的异质上，吕进把散文等偏重
叙事的文学归诸外视点文学，把诗歌尤其是抒情诗归诸内视点文学，视点不
同，文学特质也不同：

　　　　外视点文学叙述世界，内视点文学体验世界。外视点文学具有较强
　　的历史反省功能，内视点文学以它对世界的情感反应来证明自己的优
　　势。外视点文学显示客观世界的丰富，内视点文学披露心灵世界的
　　精微。①

　　在这里，吕进通过审美视点的比较，指出抒情诗在心灵体验和内心精微
上为散文所不及。这是富有洞察力和概括性的发现。中国古代哲学、诗学和
外国近现代心理学、哲学均有近似的论述。

　　《史记·商君列传》云："反听之谓聪，内视之谓明，自胜之谓疆。"司
马迁的意思是指反躬内视，屏息静气，才能内心澄明。晋代挚虞在《贤良
对策》中说"反听内视，求其所由"，是说人在心灵世界里安顿生命，也就
是说内心世界的深度与精微为外物所不及。这种体己方式，后来演绎为文艺
创作的心理活动，如陆机在《文赋》中所描述的："其始也，皆收视反听，

----

　　① 吕进：《抒情诗的审美视点》，载《中国现代诗学》，重庆出版社 1997 年版，第
21 页。

耽思傍讯，精骛八极，心游万仞。"在中国古典文献中，"内视"就是求之于心的内观、内省，古代哲学、诗学、佛学、禅学中都有近似的论述。这种内视的特点，决定了中国诗学本质上是体验诗学。吕进所言的"内视点就是心灵视点，精神视点"[①] 也就是说，诗是诗人心灵体验的产物，而不是外在经验的结果；心灵体验是诗的领域，外在经验是散文的领域。体验的最高境界是虚静，恰如苏轼在《送参寥师》所言的"欲令诗语妙，无厌空且静。静故了群动，空故纳万境"，"诗语妙"和"空且静"，就是诗与内视点关系的微妙揭示。这种求诸己的内心体验，用庄子的话说就是"逍遥游"，"乘天地之正，而御六气之辩，以游无穷"；用刘勰的话说就是"神思"，"寂然凝虑，思接千载；悄然动容，视通万里"。中国古代文论，其实就是诗论，是以诗为言说对象的，所以，吕进的现代诗学的内视点学说，是有古代文论和诗论作为理论基础的。诗将外在的经验世界转化为内在的体验世界、心灵世界，这种体验方式，吕进把它概括为三种：以心观物、化心为物、以心观心。这些概括是准确的，符合诗人创作的心理活动。西方美学的审美距离说、移情说都有这种类似的论述。但真正把诗人这种内心体验表达得妙不可言又恰切无比的是刘勰："既随物以宛转"，"亦与心而徘徊"。西方现代心理学有物理世界、心理世界的概念，也有物理境和心理场的概念，这些概念用之于文艺学，其实就是散文和诗的差异。近代王国维在《人间词话》中，把古代诗论和西方哲学、心理学结合起来，提出了一些有诗学价值的概念，如"客观之诗人"与"主观之诗人"，"有我之境"与"无我之境"等。今人朱光潜沿着这个思路，把古代诗论与西方的移情、直觉说结合起来，对诗的意境、境界等作了新的阐释。吕进的思路也是一样的，他的审美视点说是把中国古代诗论和黑格尔的哲学美学、滨田正秀的文艺学、韦勒克和沃伦的文学理论等结合起来，从中国诗歌创作的实际出发，提炼出诗的内视点学说。

吕进在《中国现代诗学》的第二章《抒情诗的审美视点》中有这样一段文字：

　　我国古代"言志说"和"性情说"两个抒情诗理论实际上都是对

---

① 吕进：《抒情诗的审美视点》，载《中国现代诗学》，重庆出版社 1997 年版，第 22 页。

内视点的发现，二者的区别无非是一个强调情的规范化，一个强调情的未经规范的自然本质而已。在诗的创作过程中一些诗人有"肉眼闭而心眼开"的说法，"心眼"就是内视点。①

由此可见，吕进在现代诗学的内视点和古代诗论之间打开了通道。

2003 年，吕进旧话重提："文学有两种审美视点：散文的和诗的。对此，迄今没有专文论述，但是中外学者触及这个范畴的言论却不少"，"以心灵化的体验方式和音乐化的表现方式为特征的内视点是不同于外视点的，这才是散文与诗的根本区别之所在"②。这显然是对诗的内视点学说进行总结，意在说明现代诗学领域期待观念更新。

如果说诗的内视点偏重诗的体验方式，那么诗的媒介则偏重诗的言说方式。在吕进的现代诗学体系中，两者是互为表里的。吕进指出：

> 作为艺术品的诗能否出现，取决于诗人的审美视点和诗人将诗美体验告诉读者的语言方式。内视点是心灵解除了它的物质重负的视点，是富有音乐精神的视点；与此相应，音乐性也成为诗的首要媒介特征。音乐性，是诗歌语言与非诗语言的主要分界。③

在这里，吕进指明了诗的审美视点与艺术媒介的内在关系。诗是无言的沉默，诗是寂静之音。从体验方式说，诗和禅是一样的。"吾心似秋月，碧潭清皎洁。无物堪比伦，教我如何说"，这种"如何说"就是沉默，用罗兰·巴特的话说就是"非语言"。所以宋人严羽在《沧浪诗话》标举"妙悟"说，诗的体验、感觉如禅一样，是不可传达的。但诗终究要形诸文字，这就必须有语言媒介。吕进认为，诗没有现成的媒介，它从一般语言里借用媒介，诗是一般语言的非一般化，也就是语言的超常结构。西方美学家也表达了类似的观点，阿恩海姆认为：

> 艺术家与普通人相比，其真正的优越性在于：他不仅仅能够得到丰富的经验，而且有能力通过某种特定的媒介去捕捉和体现这些经验的本

---

① 吕进：《抒情诗的审美视点》，载《中国现代诗学》，重庆出版社 1997 年版，第 22 页。
② 吕进：《论中国现代诗学的三大重建》，《文艺研究》2003 年第 2 期。
③ 吕进：《抒情诗的媒介特征（上）》，载《中国现代诗学》，重庆出版社 1997 年版，第 81 页。

质和意义，从而把它们变成一种可触知的东西……一个人真正成为艺术家的那个时刻，也就是他能够为他亲身体验到的无形体的结构找到形状的时候①。

阿恩海姆所讲的虽然是一般艺术原理，但同样适用于诗。诗人之所以是诗人，是因为通过"特定的媒介""他能够为他亲身体验到的无形体的结构找到形状"，也就是化体验为形式、化无为有、化无形的内心体验为有声的音乐性形式。

吕进认为诗的艺术媒介是它独特的语言方式，也就是音乐性。任何语言都有声音，但不一定具有音乐旋律。诗歌主要是通过词语的多样组合而产生音乐性的，也就是格律、音韵，从而获得节奏化的时间和空间。因为诗歌追求音律节奏，所以韦勒克、沃伦认为"诗是一种强加给日常语言的'有组织的破坏'"②。语词与语词的组织，打破了一般语言的结构，产生诗的音乐性。美国著名诗人艾略特也持同样的看法：

> 一个词的音乐性存在于某个交错点上：它首先产生于这个词同前后紧接着的词的联系，以及同上下文中其他词的不确定的联系中；它还产生于另外一种联系中，即这个词在这一上下文中的直接含义同它在其他上下文中的其他含义，以及同它或大或小的关联力的联系中。③

这段不甚精炼的表述，说白了就是"诗是语言的超常结构"，这种迥异于散文的结构（词与词的组合）带来诗的音乐性。

总之，从审美视点到艺术媒介，在吕进诗学思想中是不分彼此的，在诗人创作中也是同步完成的。吕进的这种诗学思想，是他对中国现代诗学理论的突出贡献，无论从中国古代诗论文献还是从西方现代文学理论来看，吕进关于诗的审美视点和媒介的论述，都能接受中西诗学、哲学、心理学的检验，经得住时间的淘洗。

其次，以诗的灵感、诗人寻思、诗思寻言来构建和阐发新诗的生成

---

① ［德］鲁道夫·阿恩海姆：《艺术与视知觉》，腾守尧等译，中国社会科学出版社 1984 年版，第 225 页。

② ［美］韦勒克、沃伦：《文学理论》，刘象愚等译，生活·读书·新知三联书店 1984 年版，第 182 页。

③ ［英］T. S. 艾略特：《诗的音乐性》，载《艾略特诗学文集》，王恩衷编译，国际文化出版公司 1989 年版，第 181 页。

机制。

对读者来说，诗是怎样产生的，同样的题材为什么诗人写成了诗而不是写成散文，也许永远是一个谜。诗人是诗的缔造者，从心上的诗到纸上的诗，从灵感的萌发到诗美的传达，诗人最有发言权。但诗人的解释往往是零碎的、片段的、不成体系的，郭沫若是这样，臧克家是这样，前苏联的马雅可夫斯基也是这样，他们毕竟是诗人，不是理论家。因此，把诗歌生成的原理讲清楚，无疑落到了诗学理论家头上。在吕进看来，诗的生成可以分为三个阶段：获得灵感、诗人寻思、诗思寻言。应该说，这是迄今为止对诗的生成最合理的解释。究竟诗是怎么生成的，在 20 世纪八九十年代一直是新诗理论研究的短板。吕进的研究无疑对这一领域作出了有益的探索，当然还有很多空白尚需填充。在《中国现代诗学》中，第八、九、十章分别是《抒情诗的生成》（上、中、下），其实它就是诗歌创作论，和《新诗的创作与鉴赏》"创作篇"的第五、六、七章相对应，只是在论述方式和理论深度上已经截然不同——在《新诗的创作与鉴赏》中还停留在现象的描述上，到了《中国现代诗学》已经是理论的深究了。吕进的《抒情诗的生成》（上）谈的是灵感，吕进认为"灵感使诗人由动入静，进入审美静观；灵感使诗人由散而聚，诗人在客观世界里的长期积累突然向一个体验奔跑、集中、融合"①。吕进把诗歌创作中灵感不期而至的心理状况与中国古代文论的"虚静"联系起来，应该属于突发奇想的理论创新，毕竟中国传统文论中是没有"灵感"一词的。但灵感降临的心理活动和心理状态，在刘勰的《文心雕龙》和陆机的《文赋》中都有不少形象的描绘和论述，这意味着现代文学理论术语和古典文论审美概念进行置换的时候，需要想象力和理解力。当然把灵感和虚静联系起来，有没有现代心理学的科学性，还需论证，但这种理论探索是值得鼓励和发扬的。比如，郭沫若自述诗集《女神》创作过程中很多不可自遏的写作状态，近乎癫狂，那是一种灵感爆发的状态，符合郭沫若青春期写作的个性特征，这种特征用古典文论的"虚静"来解释，或许有些勉强。"佳作本天成，妙手偶得之"，可能更接近诗歌创作的灵感。在《中国现代诗学》第八章"抒情诗的生成（上）"中，吕进从四个方面

① 吕进：《抒情诗的生成（上）》，载《中国现代诗学》，重庆出版社 1997 年版，第134 页。

概括了灵感的特点：短暂性、消融性、不可重复性、模糊性；而在《新诗的创作与鉴赏》中，吕进把灵感的特点概括为突发性、强烈性、不重复性、抒情性和音乐性等。两相比较，"模糊性"取代了"抒情性和音乐性"，是一个明显进步，符合灵感来兮的自然状态。吕进对诗歌灵感的模糊性的论述，尽管篇幅稍短未曾展开，但不乏闪光之处。吕进指出："诗的灵感是没有内容的，模糊的。从另一个角度讲，诗的灵感是体验，而不是思维。非思维性也使得诗的灵感带上模糊性。"① 这些论述具有不俗的诗学心理学价值。

在《抒情诗的生成（中）》中，吕进把诗的灵感分为体验性灵感和创造性灵感两种。体验性灵感是心上的诗，把心上的诗化为纸上的诗，必然的过程就是酝酿构思，这个过程吕进称为寻思。吕进认为，寻思，是抒情诗生成的第二个阶段，"寻思是诗人自觉地审视体验性灵感的过程，是诗人自觉地保持和发展自己艺术个性的过程"②。吕进把诗的寻思分为两种类型：立象与建构。吕进对寻思立象的类型作了细分，诸如描叙性意象、虚拟性意象等；吕进把诗的建构看作建造意象与意象之间的联结方式，建造抒情诗的本体结构。应该说，吕进的这种观点既切合诗歌创作实际，又具有一定的理论概括力。

吕进认为："寻言是抒情诗生成的第三个阶段。寻言的实质就是诗的修辞。"③ 诗是无言的沉默，从心上的诗到纸上的诗，从诗心体验到诗质呈现，离不开诗的修辞诗的创造，没有寻言就没有诗，常人与诗人的区别是诗的寻言，即诗的修辞。吕进把中国新诗的修辞方式概括为五种方式：虚实相生、时空转换、象征、转品、跳跃，并认为这些修辞方式的美学本质是虚实相生。从诗的生成看，"灵感与构思通过寻言才最后纳入诗的规范，获得诗的外形。获得灵感—寻思—寻言，一首诗就诞生了"④。如前所述，置于20世纪90年代初的历史语境中，这是对诗的生成的合理的解释。吕进把诗的创造分为环环相扣的三个环节，突破了同时期其他诗学理论著作局限于诗的灵感、诗的构思等大同小异的论述，吕进把诗歌生成的基本原理讲清

---

① 吕进：《抒情诗的生成（上）》，载《中国现代诗学》，重庆出版社1997年版，第143页。
② 同上书，第149页。
③ 同上书，第166页。
④ 同上书，第169页。

楚了，且具有一定的理论深度，尽管在象征、时空转换等方面依然有待开掘。

　　总之，吕进对抒情诗生成的阐述，鲜明灵动，体现了良好的理论概括力。在20世纪90年代前后新诗基础理论著作中，吴思敬的《诗歌基本原理》出版于1987年2月，由工人出版社出版。在《诗歌基本原理》的第二编《创作论》中，吴思敬从诗的发现、诗的构思、诗的传达、诗歌的艺术辩证法四个方面阐释诗歌的生成，采用条分缕析的方法，进行了较为详尽的探讨，代表了20世纪80年代中期现代诗学基础理论取得的阶段性成果。吴开晋的《现代诗歌艺术与欣赏》由河北人民出版社于1987年1月出版，也谈到了"诗的灵感""诗的构思""诗的意境""诗的独创和发现"等，显然属于诗的创作论，论述上有可取之处，但诗学观念刷新不够。到了20世纪90年代初期，吕进的《中国现代诗学》关于抒情诗生成的论述，已经不再停留在诗歌生成现象的描述，而是着眼于诗歌创作心理学，吸纳民族古典文论和西方诗论的资源，理论概括力强，诗性思维带来行文的轻快活泼。及至2005年，杨匡汉的《中国新诗学》问世，也有一些章节是探讨诗歌生成的，尤其是第四章《诗思的呈现方式》，理论深度有突破，但基本停留在1995年他出版的《诗学心裁》上，缠绕的叙述掩盖了闪光的论点和思想的锋芒，虽名为《中国新诗学》，其实是专题论文集。因此，吕进关于抒情诗生成的论述，既是完整的又是灵动的，是迄今为止合理的阐释，也许他的结论不一定能得到广泛认可，但他运用诗歌心理学的研究方法是别开生面和富有启发意义的。

　　最后，立足当下，为新诗文体建设和诗人人格建设重塑人文传统。

　　作为致力于现代诗学体系建构的著作，吕进的《中国现代诗学》区别于朱光潜《诗论》的重要标志是，前者具有鲜明的当下感，这种当下感体现在两个方面：一是对新时期以来新诗的运行轨迹进行描述和理论抽象；二是提出诗人人格建设的重大理论课题。朱光潜的《诗论》一定程度上是中国诗学，他讨论的对象是"中国诗"，即中国古典诗歌，而新诗只是一个陪衬，洋洋可观的《诗论》只有一篇"附录给一位写新诗的青年朋友"，未免失之单薄。当然朱光潜的《诗论》依然属于中国现代诗学范畴，他的批评方法和体系架构非古典诗学能比，朱光潜开启了中国现代诗学中西比较研究的标准范式，《诗论》的学术意义和价值不可低估。但从新诗发展着眼，吕进的《中国现代诗学》一定程度上弥补了朱光潜《诗论》的不足，具有鲜明的时代性。

吕进用正题—反题—合题这种三段论式结构来描述 1976—1988 年新诗的运行轨迹。吕进认为：20 世纪 70 年代末到 80 年代初，是新诗抒情诗发展的正题，由诗坛的"归来者"和"朦胧派"诗人领潮，实现了中国传统诗歌美学的复苏和胜利；20 世纪 80 年代中期，广义上的"第三代诗"作为传统诗歌美学的反叛，是新诗的发展由正题阶段转入反题阶段；20 世纪 80 年代中后期新诗进入合题阶段，诗人的生命意识与使命意识、文体自觉与时代自觉处于和谐状态，保持双向展开的态势。

"朦胧诗"和"第三代诗"，以及 20 世纪 90 年代的先锋诗歌，一直是新诗研究的热门。这个领域内辛勤耕耘的学者不少，取得的成就也可观，成果质量颇高，代表性的学者有谢冕、王光明、程光炜、陈超、陈仲义、耿占春、张清华、罗振亚等。他们注重对 20 世纪 80 年代中期以来"第三代诗"和先锋诗艺术创新的挖掘，注重从现代派诗歌艺术嬗变的角度来阐释，既有宏观的思潮研究，也有诗人个案研究。最早对 20 世纪 80 年代后期新诗潮作出全面解读的是谢冕的《地火依然运行》，由上海三联书店于 1991 年出版。如果说谢冕对诗坛新人的鼓励多于对新诗艺术的审视，那么吕进对"第三代诗"的反思多于对新诗艺术探险的认同。谢冕习惯于从文学思潮嬗变的视角肯定新诗艺术的创新，吕进习惯于从新诗文体的角度打量新诗思潮退潮后的沉淀；谢冕为大海涨潮时的浪花飞溅所迷醉，吕进为大海退潮后沙滩留下的珠贝而倾心。一个激情洋溢，一个冷静睿智。

且看 20 世纪 80 年代中后期新诗潮退潮后在吕进眼里所留下的"珠贝"："'第三代'努力写出普通人的生命体验，是有价值的"①，"'第三代'凸现了中国新诗进一步发展的基点——生命体验，这是不小的功勋"②。吕进强调"第三代诗"的诗学意义，即个体生命体验的深度对开拓新诗的表现视域所具有的积极意义。

再看新诗潮退潮后在吕进眼里所留下的"砂砾"："'第三代'则是传统

---

① 吕进：《抒情诗的最新轨迹（下）》，载《中国现代诗学》，重庆出版社 1997 年版，第 235 页。

② 同上书，第 238 页。

诗美学的否定与反叛者"；"'第三代'则是离开民族诗歌的形式因素的远游"①。吕进对"第三代诗"的共同特征从两个方面进行了概括：一是反崇高精神，反理想主义；二是反语言，反意象。在吕进看来，"第三代诗""宣言与作品存在着强烈反差，宣言多于作品"②。应该说吕进对"第三代"诗的批评是公正和温和的，是其是，非其非，既不求全责备苛之甚严，也不罔顾事实违心拔高，体现了一个诗学学者科学理性的精神。

　　善于从纷繁复杂的诗歌现象中抽象出现代诗学的某些本质规律，是吕进特有的本事。吕进对新时期以来新诗的文体批评以及理论提升，构成了吕进《中国现代诗学》的一个侧面。《中国现代诗学》的第十一章到第十四章（含附录4、5、6）是从民族诗歌传统和五四以来新诗传统出发，从新诗文体的角度切入，描述1978年以来新诗运行的轨迹，探寻其得失，以重塑新诗的人文传统。比如，对20世纪70年代末期新诗的"归来者"和"朦胧诗"诗人，吕进认为：

　　　　七十年代末期的中国新诗是由"归来者"和"朦胧诗"人领潮的。二者在表现方式和语言态度上明显地有较大反差。在诗与时代、诗与人民、诗的理想主义与公民感上，二者却是认同的。

　　　　或许可以认定，七十年代末期中国新诗的高潮（这是继"五四"时期、抗战时期之后的又一个高潮）是传统诗诗美学的复生与胜利。这个高潮与中国传统诗歌的入世、济世、忧患意识显然相通。③

　　吕进深入探讨了"归来者"诗人、"朦胧诗"诗人与民族诗歌传统的关联，认为"在'说真话，抒真情'上'归来者'和'朦胧诗'人都继承了中国诗歌的优秀传统"④。吕进这种从大处着眼、高屋建瓴的诗学眼光，给人以豁然贯通的感觉，这是新诗文体学研究的优势，也是新诗文体学研究的高度。吕进没有对"归来者"诗人和"朦胧诗"诗人逐一评论，非不能也，非不愿也，而是兴趣在新诗文体发展上，致力于现代诗学基本原理的总结和

----

① 吕进：《抒情诗的最新轨迹（下）》，载《中国现代诗学》，重庆出版社1997年版，第230页。
② 同上，第237页。
③ 吕进：《抒情诗的最新轨迹（上）》，同上书，第217页。
④ 吕进：《抒情诗的最新轨迹（下）》，同上书，第221页。

提升，推进新诗文体建设。比如，吕进对新时期"朦胧诗"的论述，他认为"'朦胧诗'对习以为常的诗美规范的挑战，强化了诗坛的创新空气与探索意识，对推动中国新诗艺术的发展是有功勋的"①，这种结论符合新诗发展的事实，理论价值不低，经得起时间的检验。

新诗文体研究不同于西方诗学语言学研究。新诗语言研究是新诗文体的内部研究，是新诗之为诗的形式研究；新诗的社会学研究是新诗文体的外部研究，它包括诗与时代、诗与读者、诗的社会功能、诗的现实主义问题、诗人的人格建设等。吕进的现代诗学体系，赓续了民族古典诗学和五四以来现代诗学的人文主义传统，其中关于诗人的修养、诗人的人格建设是吕进现代诗学体系中不可忽略的组成部分。

吕进对诗人人格的论述，确实精彩。

在吕进看来，诗人人格是指审美人格，而审美人格和现实人格是密不可分的。

> 诗人是常人，这是就其现实人格而言。但是当诗人作为诗人而站在人群中的时候，他就必须通过非常人化去获得审美人格，这样，他才能寻觅到感应世界和反躬内视的诗心。②

吕进把诗人与常人、审美人格与现实人格区分后，继而阐述了诗人人格的内涵：

> 诗人的人格精神的核心，一是他作为诗人在诗中的状态，二是他作为诗人对自己使命的把握。前者就是诗人的非个人化问题，后者就是诗人的使命意识问题。③

在吕进看来，非个人化是常人转变为诗人的通道，"洗掉了自己作为常人的俗气与牵挂"。"诗人的非个人化，就是常人情感向诗人情感的转变，个人情感向艺术情感的转变。没有这种转变，就没有诗。"④ 显然，吕进吸收了清代钱泳"文要养气，诗要洗心"的合理内核，但比钱泳要平易要通

---

① 吕进：《抒情诗的最新轨迹（下）》，载《中国现代诗学》，重庆出版社 1997 年版，第 225 页。
② 吕进：《抒情诗人的修养》，同上书，第 262 页。
③ 同上书，第 263 页。
④ 同上。

达，具有现代诗学理论色彩。在此基础上，吕进延伸到对诗人使命意识的阐释：

> 诗人要非个人化，不但必须对诗的艺术本质要有透彻的把握：原生态的个人感情不可能成为艺术的对象；而且必须对诗人的使命要有清醒的理解：诗人绝不能只是自己心灵的迷恋者和乳母，美的创造就是非个人化的标准。①

吕进这种观点是对黑格尔和朱光潜的普视理论的运用和发挥，也是对中华民族传统文化民族本位、普世价值的延伸。

> 优秀的诗人总是与时代同步、与民族同心的。在写诗的时候，诗人会将自己作为审视对象，反躬内视，将自己作为常人的朦胧混沌的体验提高、净化为诗美体验，而后再用诗的媒介将这一体验传达给读者。"提高、净化"就是诗人对美的创造，就是诗人使命意识的体现②。

在这里，吕进从现代诗学的基本原理即诗的生成与传达上把诗人的使命意识讲清楚了，显然区别于艾青的《诗论》和郭小川的《谈诗》的有关论述。诗人谈论使命意识，艾青也好，郭小川也好，他们基于对祖国的热爱和忠诚，无不带有鲜明的政治色彩和时代精神，但遗憾的是学理性不足，一定程度上削弱了诗人之论的诗学价值。吕进以艾青的诗《光的赞歌》为例，论证了常人蒋海澄和诗人艾青的区别，论证了诗的非个人化和诗人的个性化的统一，指出诗的最高境界是诗人的人格精神："诗人的使命意识最突出地体现在那些奏出时代主旋律的篇章——这样的诗人往往被誉为民族的代言人，时代的良知。"③《诗人的人格建设》是吕进的《中国现代诗学》中的一篇附录，一篇短评，文章尽管不长，可以看作第十四章《抒情诗人的修养》的结论或余论。吕进直言不讳地指出20世纪90年代中国新诗的美学使命是加强诗人的人格建设。吕进把诗人的人格建设作为一个重要的诗学命题提出来，连同新诗的文体建设，一并付诸1993年国际华文诗歌研讨会进行学术交流和讨论，不但得到了国内外学术界的肯定，也获得了诗歌界的认同。

---

① 吕进：《抒情诗人的修养》，载《中国现代诗学》，重庆出版社1997年版，第264—265页。

② 同上书，第265页。

③ 同上。

第四节　反思与完善期

1997 年 5 月，吕进的《中国现代诗学》由重庆出版社重印，吕进在《〈中国现代诗学〉重印后记》中说："现代诗学建设是新诗即将走完本世纪岁月时的一个众人瞩目的课题，诗坛现状充分显示了理论的重要性"，"我正在主持国家课题'文化转型与中国新诗'。如果顺利的话，我想明年将会给读者捧上一部新著，专门谈谈文化转型期的中国现代诗学。"① 这些坦诚的自白，意味着吕进为自己的诗学研究画上了一个逗号—— 一段旅程的结束，是另一段旅程的开始。如果说，《中国现代诗学》标志着吕进诗学体系的完成，那么，《文化转型与中国新诗》意味着吕进站在新旧世纪之交对新诗的回眸与远眺。

在吕进看来，中国新诗有两个一直没有得到解决的问题："一是'诗与现实'，即诗的艺术性、纯粹性与诗的现实性、社会性的矛盾；一是'诗与散文'，即诗与散文在美学建构上的异质。"② 吕进提出这两个问题，最早是在 1988 年他发表的《论诗的文体可能》一文中，这两个问题，构成了吕进新诗文体研究的内涵和外延，是吕进诗学研究的逻辑起点。"诗与现实"是新诗文体的外部研究，"诗与散文"是新诗文体的内部研究，它们是同一问题的两个侧面，可以说，吕进诗学研究是沿着这两个问题平行展开的。对"诗与散文"的异质研究，吕进侧重于精耕细作；对"诗与现实"的研究，吕进又是大刀阔斧、高屋建瓴的。21 世纪以来的吕进现代诗学研究，一方面沿袭了既有的研究思路，在新诗文体内部研究上精耕细作，不断发展和完善新诗的基础理论；另一方面在百年新诗与现实的问题上，吕进提出了一些富有诗学价值的重大课题和时代主题。

20 世纪末 21 世纪初，知名学者、"九叶诗派"老诗人郑敏发表了一系列论文，在诗学界和理论界反响颇大，如《中国新诗八十年反思》《新诗能向古典诗歌学些什么?》《今天新诗应当追求什么》《新诗与传统》《企图冲击新诗的几股思潮》《我们的新诗遇到了什么问题?》《诗人必须自救》等，

---

① 吕进：《〈中国现代诗学〉重印后记》，载《中国现代诗学》，重庆出版社 1997 年版，第 383—384 页。

② 吕进：《论诗的文体可能》，载《新诗文体学》，花城出版社 1990 年版，第 25 页。

话题主要集中在对"第三代诗"、90 年代先锋诗割裂民族诗歌传统、盲目追随西方后现代主义诗歌、个别诗人玩世不恭的批评上。在世纪之交的敏感时刻，郑敏的反思和批评，引起了诗歌界、理论界的争鸣，在此语境中，吕进发出了自己强有力的声音。

1997 年 6 月 19 日，吕进在《人民日报》发表理论文章《新诗呼唤振衰起弊》，这篇文章是吕进在完成他的诗学体系建构之后对新诗进行全面反思和理论完善的标志。现在看来，此文最大的特色是有感而发，切中时弊，吕进在文中指出：

> 近年一些中国诗却不见"中国"，中国的现况与历史，中国人的生存状态、生活状态、情感体验，中国人身外的文化世界和身内的精神世界，都在诗中消失了。文字游戏，语言狂欢，"解构"崇高，眼光只看得见自己鼻尖的肤浅之作，使人大倒胃口。不要"中国"，又叹息诗在当代中国成了边缘文化，岂非逻辑混乱！

这些批评文字一针见血，吕进把这种玩诗的人称为伪诗人。

20 世纪末诗坛的乱象，给人们提供了反思的契机。如果说郑敏的系列论文，批评多于反思，反思多于建设；那么，吕进的系列文章偏重对新诗芜杂现象的清理，对 90 年代新诗脱离时代的切中肯綮的批评，提出新诗振衰起弊的良方。以反思为契机，加强新诗文体建设，推进新诗精神重建、诗体重建和新诗传播方式变革，提高共识，形成合力，是吕进新世纪的诗学追求，标志着吕进诗学思想的不断完善。这种追求和完善，要而言之，体现在三个方面：

第一，在诗与散文异质上，提出完善自由诗、倡导格律诗、增多诗体的著名观点。吕进的诗体重建的思想，是从对自由诗的反思开始的。1997 年，吕进在《新诗呼唤振衰起弊》一文中，认为自由诗弊病有二：其一是诗的音乐性自由，其二是诗的篇幅上自由。1999 年，在《从文体看中国新诗》一文中，吕进肯定了自由诗的发展有历史的外在的原因，也肯定了自由诗在言说人的生命本真存在方面取得的艺术经验，但对自由诗的反思更清晰了：

> 在文体角度看，自由诗建设的中心问题是诗美规范的确立。任何艺术都有自己的美学规范，这是常识。规范带来局限，但正是这局限才带来属于诗的美。优秀诗人就是善于化局限为美、化局限为无限的人。离

开规范，何以言诗。从这个视角看，"自由诗"的冠名是不确切的，从来没有享有绝对自由的艺术。自由诗的"自由"相当有限。如果"自由"失度，"诗"也就消失了。可以说，正是对自由诗的"自由"、新诗的"新"的误读，影响了中国新诗的诗体重建①。

从对自由诗的反思，提出诗体重建的设想，是合乎诗学理论逻辑的，吕进接着阐述了诗体重建两大美学使命：规范自由诗，倡导现代格律诗。2002年，吕进在《21世纪：中国现代诗学的两个课题》中，对诗体重建的构想又有了新的阐释：

> 提升自由诗、成形现代格律诗是诗体重建的两大美学使命。自由诗的冠名并不科学。凡艺术都没有无限的自由。当自由诗体被误读为随意性诗体的时候，它就必然缺乏审美规范力，也必然失去具有几千年审美积淀的中国读者。自由诗体的自由必然建造在语言的不自由上，即诗的美学提升上。自由诗是舶来品，因此与西方近现代诗歌的沟通与对话是自由诗体的美学提升途径之一。现代格律诗成熟的标识是成形，成形的关键是诗语的音乐性。任何一种诗歌，其音乐性总来自该民族语言的语音体系，因此，实现现代格律诗的建构，必须与中国古代诗歌进行沟通与对话。②

在这里，吕进指明了诗体重建的途径是沟通与对话——与西方近现代诗歌的沟通与对话，与中国古代诗歌的沟通与对话。2003年，吕进在《文艺研究》上发表《论中国现代诗学的三大重建》，旗帜鲜明地提出中国现代诗学面临的三大美学使命：在中国跨入现代以后的诗歌观念重建，实现"诗体大解放"以后的诗体重建，现代传媒条件下的诗歌传播方式重建；并指出实现与中国古代诗学、西方现代诗学的对话，是三大重建的必要条件。2005年1月，吕进发表《三大重建：新诗，二次革命与再次复兴》一文，深入阐明了新诗"二次革命"的必要和内容，把事关新诗发展命脉的"三大重建"的任务推到诗歌界、学术界的面前，引起了强烈反响。

---

① 吕进：《从文体看中国新诗》，载《现代诗歌文体论》，广西师范大学出版社2003年版，第109页。

② 吕进：《21世纪：中国现代诗学的两个课题》，载《对话与重建——中国现代诗学札记》，西南师范大学出版社2002年版，第36页。

总之，吕进从新诗自由诗和格律诗并存的两立式结构中，通过反思自由诗的弊端，提出诗体重建的构想，丰富和完善了新诗文体理论，对推进新诗的现代化建设具有重要理论价值。

第二，在诗与现实（时代）同构上，提出新诗精神重铸的诗学命题。

吕进认为，不到百年历史的新诗，仅仅是中国诗歌有待成熟与完美的现代形式而已，新诗像民族古典诗歌一样，真正被社会接纳、被读者接纳"飞入寻常百姓家"，还有很长的路要走。因此，五四以来实现"精神大解放"之后的新诗，如何在时代自觉和文体自觉上保持平衡，是新世纪新诗发展的题中正义。有目共睹的事实是，20 世纪 80 年代中后期以来，不少新诗渐渐脱离了时代与社会，沦为诗人的呓语。与社会民众生活脱轨，与社会发展现实脱节，与民族国家命运脱离，使新诗陷入了生存性精神危机。对此，吕进提出了新诗精神重建的命题：

> 诗回归本位，绝不是诗回到诗人狭小的自我天地。回归本位以后的新诗如何更好地体现先进文化的前进方向，重建与社会、时代的诗学联系，重建诗的承担精神，在"诗就是诗"的前提下，增添诗的社会含量和时代含量，从而保持在新世纪中的发展，这是有社会责任感的诗人和诗评家的共同担忧和共同思考。当前诗歌精神重建的中心，是对诗歌与社会、时代关系的科学性把握。①

从学理的角度，阐释诗人与时代的互动关系，是吕进现代诗学的一个重要侧面，也是吕进诗学的生命力所在。吕进把诗与时代、诗与现实这个古已有之又历久弥新的命题，真正上升到学理层面，揭示它的诗学价值和意义。吕进认为："诗歌与政治和时代是一种对话关系。诗不能逃避社会和时代，但是诗歌常常超越现时政治与时代。诗歌以它的审美通过对社会心理的精神性影响来对社会进步、时代发展内在地发挥自己的作用，实现自己的社会身份，从而成为社会与时代的精神财富。"② 吕进以诗人由己及人、以一己之体验和时代之共感作为诗的普视价值；吕进强调诗人的内省和自我观照，实现审美人格的净化，作为诗人与社会保持联系的通道；所谓诗人的时代自

---

① 吕进：《21 世纪：中国现代诗学的两个课题》，《对话与重建——中国现代诗学札记》，西南师范大学出版社 2002 年版，第 33 页。

② 同上书，第 34 页。

觉，就是诗人自觉对社会最广大的人群保持生命关怀和怜悯之心。诗，不是梦呓的代名词，而是千千万万普通人群的苦难和幸福的象征。"为什么我的眼里常含泪水，/因为我对这土地爱得深沉"，艾青的这两句诗，是诗人与时代的写照，是新世纪诗歌精神重铸的路标。

第三，在诗学研究方法上，呈现出文化反思和融史入论的新变。

从历时性角度看，吕进迄今出版了的三本个人论文集选本，形成了吕进诗学研究的"三级跳"，奠定了吕进诗学研究的历史地位。1995 年 9 月，西南师范大学出版社出版《吕进诗论选》，"全书分 5 辑。第一辑是诗学研究；第 2 辑是诗论；第 3 辑是诗运研究；第 4 辑是诗人论；第 5 辑是序。附录是几篇与我的诗学研究与教学有关的文章"①。这是吕进诗学研究的第一本个人选本，凡 43 万字。此选本意义有二：其一是国内高校第一家新诗研究实体机构中国新诗研究所成立近十年之际的礼物，十年耕耘，十年乃成；其二是中国新诗研究所学术带头人的论文选集，夯实了西南大学中国新诗研究所的发展基础，初步形成了体现所格所风的学术面貌，标志着吕进成为西南大学（原西南师范大学）人文科学领域学术带头人。2002 年 4 月，西南师范大学出版社出版吕进的《对话与重建——中国现代诗学札记》，计 33 万字，同属于吕进主编的《西南师范大学中国现当代文学研究文丛》之一，这是吕进作为西南师范大学中国现当代文学学位点学术带头人，向作为直辖市的重庆及其重点学科交出的一份答卷，吕进成为这个学科的灵魂式人物。2003 年 10 月，吕进的《现代诗歌文体论》由广西师范大学出版社出版，合计 22 万字，隶属于钱中文、童庆炳主编的《新时期文艺学建设丛书》第 6 辑，这套丛书把新时期以来在文艺学领域取得重要研究成果的学者全部囊括，是文艺学研究领域一线梯队学者的集中演出。从北碚到北京，吕进完成了自己学术旅程的"三级跳"。较之《吕进诗论选》和《对话与重建——中国现代诗学札记》，《现代诗歌文体论》最为精粹，学术含金量最高，但也留下一丝遗憾，那就是《论中国现代诗学的三大重建》《三大重建：新诗，二次革命与再次复苏》等论文未曾收录，"二次革命"与"三大重建"是吕进诗学思想的不断发展和完善，是对百年新诗的深刻反思和建设，已经得到了国内外诗学界的肯定。吕进的现代诗学"二次革命"与"三大重建"理论的提

① 吕进：《后记》，载《吕进诗论选》，西南师范大学出版社 1995 年版，第 527 页。

出，是与他对百年新诗的文化反思分不开的。将新诗置于中国文化与西方文化、现代文化与传统文化中考察，对转型期中国新诗发展前景的把握和中国主流诗人的再定位，是吕进诗学研究的新视角。

在《文化转型与中国新诗》一文中，吕进将新诗置于五四以来中国文化转型中考察，认为"没有对文化转型的准确把握，就谈不上对自身历史、现状及前景的深刻反思"①。吕进从中西文化的时间差、空间差的维度，深入论证了中国诗学不同于西方后现代主义诗学的现代品质以及中国诗学与生俱来的民族文化性格，对跨世纪的中国新诗的前景作出前瞻：

> 中国新诗在文化转型期的现代寻求，首先是诗歌精神的现代重铸。这种重铸，要充分注意中国文化和西方文化的时间差和空间差，避免对文化转型的误读。既是现代的，又是中国的，这是现代主流中国诗歌应有的品格。②

针对"第三代诗"、后现代主义诗歌中流传甚广的"诗人就是常人"，吕进从文化的角度进行了辨析："'诗人就是常人'的命题，除了在调整诗人与读者的关系、认同平凡生命上有一定意义外，可以说没有任何诗学价值。"③ 对90年代新诗表现社会荒诞和非理性的作品，有些诗歌理论家保持沉默；对甚嚣尘上的"诗人就是常人"，也有个别批评家为之鼓噪——对此，吕进是辩证反思的，我们且读下面一段文字：

> 在生活时间里，诗人是普普通通的常人，有常人的七情六欲。然而在价值时间里，当诗人以诗的方式感悟世界和表现世界的时候，诗人却必然、必须、必定有别于常人。除了语言策略、技巧能力之外，如果不能将日常生活经验提升为审美体验，如果不能用终极关怀代替世俗关怀，如果不能赋予个人身世感以普视性光辉，诗人就没有真正进入诗人状态，就不可能得到优秀诗作。诗是生命的清洁工，消解诗和诗人价值的结果，诗就变得浮浅、平庸、狭隘甚至猥琐，与大多数中国读者的审美需要、人生哲学乃至生存境况错位，从而失去艺术魅力。'诗人就是

---

① 吕进：《文化转型与中国新诗》，载《现代诗歌文体论》，广西师范大学出版社2003年版，第142页。
② 同上书，第146页。
③ 同上书，第144页。

常人'是一种后现代季候病，其病根就是对诗的道德审美理想的拒绝。①

在这里，吕进从诗学文化出发，对"诗人就是常人"进行了学理辨误，直言"诗人就是常人"的实质是反文化，是对民族诗歌传统道德理想的解构。和吕进持相近观点的有"九叶诗派"著名诗人和学者郑敏，他直呼"诗人必须自救"，并痛陈伪先锋诗的面貌：

> 伪先锋确已存在，伪装失去理性只是其中的一类。另一类则是以污秽为美，令人无法在它的面前保持一个文明人的尊严，这种反文化的时髦口号被认为可以抬高诗歌的原创性。这些扭曲的心态正在吞噬不少年轻人的才华，追其根由不外乎急于获得先锋的荣誉和宣泄自我的压抑感，而并不涉及真正的诗观，应当认清这是"非诗"的因素对今天诗坛的干扰。②

两相比较，吕进和郑敏对伪先锋诗、对反文化的非诗化的批评是温和又不失严厉的，体现了作为诗学理论家、批评家的良知和责任。

1997年以来，吕进的诗学研究，在保持原来灵动活泼的基础上，加强了对新诗发展史和新诗理论批评史的梳理，融史入论，这种研究意识给吕进现代诗学带来了可喜的变化。应该说，这种变化是吕进有意为之的。在《中国现代诗学》的《重印后记》中，吕进提到"对于本书也有不同打量，例如用'史'的眼光来看待'论'，因而认为本书忽略了'史'的这一资料或那一资料"③。对于不同意见，只要是善意友好的，吕进都乐于倾听和采纳。现代诗学研究有不同的范式，也有不同的领域，如果是新诗思潮研究，属于文学史领域，无疑以史为主，这个领域涌现了陆耀东、孙玉石等一批优秀的学者；如果是诗学基础理论研究，那就属于文艺学范畴，当然以论为主，以理论思辨为特色。吕进的诗学研究属于后者。《从文体看中国新诗》一文和《论诗的文体可能》比较，前者较多吸收了一些史料，灵动而

---

① 吕进：《文化转型与中国新诗》，载《现代诗歌文体论》，广西师范大学出版社 2003 年版，第 144 页。

② 郑敏：《一种新诗：世纪末迷人的疯狂》，载《思维·文化·诗学》，河南人民出版社 2004 年版，第 199 页。

③ 吕进：《重印后记》，载《中国现代诗学》，重庆出版社 1997 年版，第 383 页。

不凝滞，尤其是文中"新诗文体发展的简要过程"部分，从文体角度对新诗发展史的简要梳理，为后文立论奠定了基础。前者对自由诗的质疑和反思，丰富和发展了《论诗的文体可能》的一些观点，行文依然简洁省净，尤其是对格律诗的讨论，有许多新的发现，一定程度上填补了一些格律诗诗体研究的空白。《二十世纪下半叶的中国新诗研究》一文，可以说是吕进版的新中国新诗理论批评简史，文章以史带论，论从史出，行文不失轻快活泼，又增添些许厚重和稳健。《新诗，与新中国同行》一文几乎是《二十世纪下半叶的中国新诗研究》的"姊妹篇"。这篇文章简要梳理了新中国成立50年以来新诗的发展历史，是吕进版的"当代新诗史"，梳理的目的旨在提出事关新诗发展命脉的三大课题：新诗的精神重建、新诗的诗体重建、诗人在当代中国的定位。这些篇什不约而同地体现了吕进对新诗史的重视，有助于改变评论界个别同仁对吕进诗学研究重论不重史的偏见。总之，吕进现代诗学是一个开放系统，吕进不但对现代诗学理论不断进行深化和完善，而且在研究方法上不时调整，既保持自己的个性，又带来可喜的新变。

第三章　吕进诗学体系的构成（上）

　　本章和第四章讨论吕进诗学体系的构成。吕进长期致力于新诗文体研究，也就是新诗之为诗的基础理论研究。相对来说，新诗基础理论研究比新诗诗人研究、新诗思潮研究的难度要大。新诗基础理论研究虽然和新诗同步，但较之新诗批评要薄弱得多，而且不少新诗理论似是而非，真正具有学理价值能接受时间检验的新诗理论也不多，一些感性化的诗人之论亟待从学理上进行抽象与升华，一些公式化、概念化、政治化的诗学理论也需要辨误和去伪，古典诗学理论和西方诗学理论需要现代化、本土化置换，因此，新诗基础理论研究，创新难度大，对研究者的综合素养要求高，在新诗研究领域属于一块难啃的硬骨头。难度决定了高度。

　　吕进的新诗文体研究，从新诗之为诗的形式要素看，吕进在诗的定义、诗的形式、诗的结构、诗的语言、诗的功能、诗的分类等方面，都有突破和创新。本章从诗的定义、诗的形式、诗的结构三个方面探讨吕进诗学体系的构成。

第一节　诗的定义

　　《新诗的创作与鉴赏》是吕进的成名作，是新时期以来国内第一部系统研究新诗文体理论的专著，它对引领读者正确认识新诗、提高新诗鉴赏水平、培养纯正的审美趣味具有导夫先路的作用。这部专著以其深入浅出的理论和亲切温婉的叙述，对普通读者具有亲和力。话题虽旧，但非老生常谈，而是旧中出新，吕进在常见的诗学理论中不掠前美，不袭前说，言必己出，陈言务去，以一己之体验发前人之未见，因此这部专著的理论价值不俗。

　　如果说《新诗的创作与鉴赏》是吕进诗学理论体系的雏形，那么该书的开篇第一章《什么是诗》是为吕进诗学理论大厦奠基的"第一柱"——无论吕进诗学理论体系多么繁复，吕进诗学话题的展开、诗学意义的探讨乃至学术视野和方法，都在该书的第一章《什么是诗》中埋下伏笔，可以说它为吕进诗学体系的个性风格奠定了基调。

什么是诗，如何界定诗的内涵和外延，从古今中外已有的成果来看，这是一个纷繁复杂、人言人殊的概念，也是诗学研究领域的"哥德巴赫猜想"，无数诗学理论家都有征服这一"哥德巴赫猜想"的冲动和信心。在这一"哥德巴赫猜想"面前，吕进无疑属于胜利者。

"诗是歌唱生活的最高语言艺术，它通常是诗人感情的直写。"[①] 这是吕进的答卷。

也许有人认为这个定义太简单、太平凡，但是这个概念于今看来依然概括了诗之为诗的特征，体现了新诗百年发展主潮的事实，不但有含金量，而且较之 20 世纪 80 年代国内高等院校中文系普通使用的文学理论教材中诗的定义，其保鲜度和生命力都不逊色。比如，以群主编的《文学理论基础》，蔡仪撰写的《文学概论》等，从文学体裁的角度对诗进行了界定，术语使用上偏重形象、意境等传统文论话语，详尽而完备，知识无误，但概念厘定基本和新诗无关，更与新诗的发展现实无涉，诗的概念停留在正确的常识上——面面俱到，没有突出诗的本质属性，更忽略了 20 世纪以来新诗已经取代古典诗歌成为诗歌创作主要形式的客观事实。

吕进的这个定义，是一个与时俱进、具有学术个性和含金量的概念。

首先，这个定义以其理论创新得到了认可和肯定。1982 年 10 月，重庆出版社首次出版吕进的专著《新诗的创作与鉴赏》，这本专著最引人注目的是"本质篇"中第一章《什么是诗》，这个定义的推出，得到了诗学理论家的关注和讨论，并走进了大学文学概论的课堂。《新诗的创作与鉴赏》推出后，吕进得到学术同行和诗友的一些宝贵意见，这些意见原本是私人书信，后来经由《当代文坛》发表，引发了对诗的讨论和争鸣。有些争鸣文章，后来收录在吕进编的《上园谈诗》一书中。通过如切如磋的争鸣，吕进的"诗的定义"得到广泛认可和肯定，并成为 20 世纪 80 年代以来关于诗的经典定义之一。

---

① 吕进：《诗的本质》，载《新诗的创作与鉴赏》，重庆出版社 1982 年版，第 20 页。

争鸣的焦点是对"诗的定义"的赞赏及不同看法。

比如，袁忠岳认为："'诗是歌唱生活的最高语言艺术，它通常是诗人感情的直写。'对此，我是赞同的，但也有修正。其中'歌唱'二字抓得准、抓得好。"① 同时，袁忠岳认为"'歌唱生活'似乎不太全面，有偏向'诗如画'之嫌"，并建议改为"诗是歌唱生活与心灵的最高语言艺术"②。

对袁忠岳的意见，诗人穆仁提出了不同的看法："我不赞成在'诗是歌唱生活的最高语言艺术'的定义中加上'心灵'二字。"③

刘光致对吕进关于"诗的定义"表示赞赏："我之所以特别赞赏'歌唱'二字，就是因为它包含着情感性和音乐性，准确地概括了诗的基本特征。情感性是内容的基本特征，音乐性是形式的基本特征，'歌唱'正是它的统一。这两个字多么简练！既有丰富的理性内容，又很富于形象，用得多么好啊！"④ 刘光致并对吕进欣然相告："您的大作对我的教学有很大的帮助，我早就在教学中采用了你的基本观点"，"我在教'文学概论'时，讲诗的定义，只用了'诗是歌唱生活的最高语言艺术'一句话。"⑤

而在吕进致袁忠岳的书信中，吕进对"诗的定义"做了新的阐释和解读："书中的'定义'，我是从三个方面思考的：一是诗反映社会生活的途径的独特性；二是诗反映社会生活的媒介的独特性；三是诗的作者与作品关系的独特性"。"所谓'歌唱'，就是化生活为感情，就是生活的心灵化。即是说，感情不仅仅是从生活到诗的中介，而是诗的直接的内容。"⑥

饶有意思的是，这些有关诗的学术交流和探讨，从书信的落款日期看，从 1984 年持续到 1986 年，一本诗学专著的问世，引起三年多持续不断的讨论和争鸣，这在中国现代诗学史上是不多见的。

更有意思的是，2008 年 6 月吕进在回顾自己的学术道路时，对这个"诗的定义"作了自我重释及补充：

---

① 吕进：《关于〈新诗的创作与鉴赏〉的通信》，载《上园谈诗》，重庆出版社 1987 年版，第 315 页。
② 同上书，第 316 页。
③ 同上书，第 326 页。
④ 同上书，第 331 页。
⑤ 同上。
⑥ 同上书，第 322 页。

其实，这个定义对诗的美学本质有三个方面的考虑。一，诗与生活的关系；二，诗与语言的关系；三，诗的作者与作品的关系。定义的后半句正是谈的作者与作品的关系。

如果说，诗歌定义是《新诗的创作与鉴赏》的核心，那么，"歌唱"就是这个定义的核心。

第一，所谓"歌唱"，就是化客观为主观，化事件为感情，化物理世界为心灵世界，它与"叙述"相对。

第二，所谓"歌唱"是指诗的音乐美。[①]

应该说，吕进的自我陈说对我们准确了解"诗的定义"的内涵和外延很有帮助。在吕进看来，前面的三个"关系"是诗的外延，"歌唱"是诗的内涵。

综合诸多诗学学者在 20 世纪 80 年代的讨论交流以及 2008 年吕进的自我陈说，"诗的定义"之所以迥异于文学理论教材习见的"意象说""意境说"，是因为它从新诗文体着眼，从诗的内涵和外延两方面来把握诗的本质特征。因此，它是一个原创性高的定义，发前人之未发，道前人之未道。

有比较才有鉴别。吕进的《新诗的创作与鉴赏》成稿于 1981 年，出版于 1982 年，倘若参照 1980 年前后出版的同类诗学理论著作对诗的界定，更能体现吕进的"诗的定义"的创新性。比如，易征的《诗的艺术》，由广西人民出版社出版于 1978 年，他的第一篇文章是《诗要用形象思维》，作者从形象思维的角度来界定诗歌，立论的依据是《诗经》的比、兴手法和《毛主席给陈毅同志谈诗的一封信》，虽然这个观点正确，但没有新意。谢文利、曹长青所著的《诗的技巧》由中国青年出版社出版于 1984 年，该书的第一章《诗与诗人》首先阐释的就是"什么是诗"，他们对诗的界定用三个长句来表达，近 100 字，可见他们整合了文学理论教材的界定，这个定义没有知识性错误，且面面俱到，可谓大而全。1987 年工人出版社出版的吴思敬的《诗歌基本原理》，吴思敬认为"诗是生命的律动"[②]，使用的是类概念，受郭沫若"内在律"的影响，在心理诗学层面上有创新。因此，综合 20 世纪 80 年代现代诗学理论著作，吕进的"诗的定义"是第一个从文

---

① 吕进：《守住梦想——我的学术道路》，《东方论坛》2008 年第 6 期。

② 吴思敬：《诗歌基本原理》，工人出版社 1987 年版，第 73 页。

体角度以新诗为言说对象的定义，突破了以形象、意境、意象等古典诗学术语界定诗歌的习见，其中"歌唱"一词尤其鲜活灵动，跳出了纯理论概念难免刻板的窠臼。

其次，这个定义的诗学高度来源于对诗的共时性考察。

把诗歌这一语言艺术与音乐、绘画相比较，更能体现诗之为诗的特质。古今中外不少美学家、理论家都乐此不疲。我国古典诗歌理论有"诗中有画"一说，缘于苏东坡评价唐代王维的诗"味摩诘之诗，诗中有画；观摩诘之画，画中有诗"。德国 18 世纪美学家莱辛著有《拉奥孔》一书，又名为《论画与诗的界限》，专题探讨诗与画的同构与异质，当然这里的"诗"泛指文学。从比较文学、比较美学的角度，探讨诗与画之异同，宗白华、朱光潜和钱钟书都深有创见，宗白华的《美学散步》、朱光潜的《〈拉奥孔〉译后记》、钱钟书的《旧文四篇》都是这方面的力作。但从中国现代诗学的角度借助图画这一造型艺术来探讨诗的特征，最早提出的是宗白华。宗白华在《新诗略谈》中认为："想在诗的形式方面有高等技艺，就不可不学习点音乐和图画（及一切造型艺术，如雕刻建筑），使诗中的词句能适合天然优美的音节，使诗中的文字能表现天然画图的境界。"① 其后是闻一多。闻一多在《诗的格律》一文中，旗帜鲜明地提出了新诗的"音乐的美""绘画的美""建筑的美"。闻一多的"三美"理论是 20 世纪新诗形式建设具有理论光辉的诗学理论，这和闻一多本人是诗人兼画家有关。

吕进在《新诗的创作与鉴赏》的第一章《什么是诗》中，对种种不同的"诗的界说"择其要者进行了"回眸"，这是一种必要的学术清理，是对前人学术成果的尊重，目的是在前人止步的地方前进。如果说钱钟书的《中国诗与中国画》是比较文学领域阐述的最为透彻的长篇宏文，那么宗白华的《美学散步》就是从诗、画、音乐等方面对中国艺术精神阐述非常到位的一本传世之作。吕进的"回眸"，意在从媒介的角度，打量诗、画、音乐的异质与渗透。在诗学基础理论研究方法上，吕进和朱光潜趋同，重比较，重阐释。与朱光潜的学理深究不同，吕进意在简明到位地勾勒诗、画、音乐在媒介表现上的不同，表述上主要运用富有体验性和感悟性的诗话式的语言。通过诗与画在内容、塑造形象、媒介上的多方面的比较，吕进对

---

① 宗白华：《新诗略谈》，载《美学散步》，上海人民出版社 1981 年版，第 245 页。

"诗如画"这一中外已成定论的观点提出自己的质疑，认为"'诗如画'是不科学的界说"，进而大胆地提出自己的创见："诗是画的'降低'——它要表现客观现实，但不长于精细地描绘客观现实；但它更是画的'提高'：对于诗，直观世界太局促了。它从画中解放出来，从直观的物质的狭小的小天地中解放出来，从贫乏的直观的小溪奔向广阔的感情大海。"① 在著名美学家宗白华和徐复观的眼中，"诗如画"包含着中国艺术精神，宗白华用"空间意识"来阐释，徐复观用"融合"一词来立论，应该说都是一家之言。在吕进的笔下，他用"提高"与"降低"、"小溪"与"大海"等形象化的语言来描述诗与画的区别，贴切又生动；同时"直观"一词巧妙地指出画是空间艺术，暗示音乐是时间艺术，为下文探讨诗歌与音乐的区别埋下了伏笔。

在吕进看来，诗与音乐等质是不科学的界说："诗与音乐显然的异质之处，是诗虽然寻求音乐美，但它不是单纯的声音艺术。诗并不把声音当做表达内容的唯一媒介或主要媒介，对诗来说，这一媒介是语言。"② 但诗具有音乐美，因为诗的形式本质就是音乐美。

通过与绘画和音乐的比较，吕进确定了诗的艺术属性，在他看来，诗不仅是普遍的艺术，也是最高的艺术，是"时间艺术"和"空间艺术"的统一。比较的目的，是为后文提出"诗的定义"奠定基础。

总之，吕进的"诗的定义"的诗学高度缘于他开阔的学术视野和比较的研究方法，吕进直接从莱辛、黑格尔、歌德、鲁迅、宗白华、朱光潜等中外文艺批评家的经典著作中吸取滋养，因此他的"诗的定义"和流行的一般院校的文学理论教材对诗的界定拉开了距离。

再次，这个定义的诗学厚度来源于对诗的历时性梳理。

新诗自诞生以来，现代诗人或学者对什么是诗的问题，不乏一些独立见解，并具有一定的诗学价值。这里不妨列举几例。

"诗=（直觉+情调+想象）+（适当的文字）"③，这是郭沫若眼中的诗。郭沫若以其诗集《女神》奠定了新诗的地位，他认为诗不是"做"出来的，而是"写"出来的，推崇心中诗意诗境的纯真的表现，在他眼里真诗都是

---

① 吕进：《诗的界说举隅》，载《新诗的创作与鉴赏》，重庆出版社 1982 年版，第 12 页。
② 同上书，第 16 页。
③ 杨匡汉、刘福春编：《中国现代诗论》（上编），花城出版社 1985 年版，第 55 页。

生的颤动、灵的喊叫。所以郭沫若的这个概念，既是诗的，又是反诗的；心理学层面是诗的，语言学层面是非诗的。

"诗是具有音律的纯文学"①，这是朱光潜的"诗的定义"。朱光潜从诗与散文的分野入手，肯定了诗之为诗的本质特征——音乐性，朱光潜在其《诗论》中对中国诗歌的音乐性阐述甚详，令人信服，应该说朱光潜的"诗的定义"是极具现代诗学意义的。

在艾青看来，"诗是由诗人对外界所引起的感觉，注入了思想感情，而凝结为形象，终于被表现出来的一种'完成'的艺术"②，这里是指诗的生成，指诗歌寻思寻言的过程，它是诗人之论，熔铸了艾青自己的心理体验和创作经验。

> 诗是一种最集中地反映社会生活的文学样式，它饱含着丰富的想象和感情，常常以直接的方式来表现，而且在精炼与和谐的程度上，特别是在节奏的鲜明上，它的语言有别于散文的语言。③

何其芳对诗的界定，在当代文论史上影响颇大，几乎成为文学理论教材的金科玉律，这是与何其芳作为著名学者、诗人以及他在中国社会科学院文学研究所的地位决定的。应该说，何其芳对诗的界定体现了深厚的学养和水平，但在理论概括方面稍逊于朱光潜。

吕进的"诗的定义"显然吸纳了上述四家学说的合理内核，在此基础上推陈出新，表达了自己的观点。

吕进吸收了郭沫若的"抒情"说。在郭沫若看来，"诗的本职专在抒情"④，"抒情诗是情绪的直写"⑤。而在吕进的"诗的定义"中，"诗通常是诗人感情的直写"，"直写"二字来自郭沫若无疑，但吕进对郭沫若的概念有所校正和选择，吕进认为"诗的内容本质在于抒情，它是生活的感情

---

① 朱光潜：《诗论》，生活·读书·新知三联书店 1984 年版，第 111 页。
② 艾青：《诗论》，人民文学出版社 1982 年版，第 172 页。
③ 何其芳：《关于写诗和读诗——一九五三年十一月一日在北京图书馆主办的讲演会上的讲演》，《何其芳文集》（第 4 卷），人民文学出版社 1983 年版，第 450 页。
④ 郭沫若：《论诗三札》，载杨匡汉、刘福春编：《中国现代诗论》（上编），花城出版社 1985 年版，第 60 页。
⑤ 郭沫若：《论节奏》，同上书，第 111 页。

化"①，应该说后者更严谨。诗是以形式为基础的文体，五四时期郭沫若推崇自由体新诗，不受形式束缚，追求绝端的自由、绝端的自主，标举"裸体的美人"，这在新诗的五四时期无可厚非，但对新诗的文体建设价值不大。所以吕进强调"诗的内容本质在于抒情"，既吸收了郭沫若的合理观点，又暗含对郭沫若忽略新诗形式的批评。

吕进认为"诗是最高的语言艺术首先表现在它的音乐美"②，并以何其芳的诗《欢乐》为例进行解读。吕进从音乐美的角度来区分诗歌语言和散文语言，应该说继承了朱光潜和何其芳的诗学观。从学理的探究看，朱光潜建树颇多，他的《诗论》几乎就是一本诗歌音乐美的专论，但朱光潜言说的对象是中国诗，准确地说是中国古典诗歌，新诗只是稍稍提及而已。吕进的言说对象是中国新诗，新诗应该在形式美、音乐美方面有大的作为，以取得与民族古典诗歌同样的成就。吕进的这种变中求通的诗学思想，他后来阐述为民族诗歌传统的现代化。

总之，吕进的"诗的定义"吸纳了前人的合理内核，有修正，有补充，推陈出新，是一个具有学术史价值和诗学价值的概念。

最后，这个定义的诗学个性缘于它是开启吕进诗学体系之门的钥匙。

1995 年 5 月，西南师范大学出版社推出《吕进诗论选》，这是吕进诗学研究的第一个个人选本。《吕进诗论选》是继《新诗的创作与鉴赏》《新诗文体学》和《中国现代诗学》之后吕进诗学研究重要成果的集中展示。阿红以《一个新体系的构建》为题为该书作序，率先提出吕进诗学体系的概念，其后蒋登科撰文《对吕进诗学体系的简单理解》，首次对吕进诗学体系进行了比较详细的解读。因此可以说《吕进诗论选》的推出，标志着吕进诗学体系的成形，标志着吕进作为一个优秀的现代诗学理论家的成熟。

那么，开启吕进诗学之门的钥匙是什么呢？

《吕进诗论选》分五辑，其中第一辑的开篇之作是《什么是诗》。这无异于告诉我们，"诗的定义"才是开启吕进诗学体系之门的钥匙。

早在 1984 年 8 月吕进写给穆仁的信中，曾经提起："由这一点出发，可以引出一系列诗学命题，诗人与人民，诗人与时代，诗人与世界……既然和

---

① 吕进：《诗的本质》，载《新诗的创作与鉴赏》，重庆出版社 1982 年版，第 20 页。
② 同上书，第 30 页。

其他文学样式不同，诗通常是诗人感情的直写"，"'定义'的核心是'歌唱'，各个侧面都是由此生发出来的"①。吕进的这段夫子自道未必引人注意，但此言不虚。

"诗的定义"是吕进新诗文体研究的理论高地。据此俯视而下，许多新诗的内部问题和外部问题，经由文体重审，缠夹不清、似是而非的诗学理论误区渐次被澄清。

吕进认为，"诗不直接反映生活，而是直接表现人的情感"，"诗的内容本质在于抒情，它是生活的感情化"②。基于这种认识，吕进把抒情诗作为现代诗学讨论的重中之重，抒情诗的审美视点及其特征，抒情诗的艺术媒介与媒介特征，抒情诗的生成，抒情诗的轨迹，抒情诗人的修养等，这些重要的诗学理论问题，在吕进的《中国现代诗学》一书中得到了全面而深刻的阐释，其中在抒情诗的审美视点与艺术媒介两个方面，吕进识见尤深，在前人裹足不前的地方探险，披荆斩棘，开辟出现代诗学理论的一片新天地。内视点也好，艺术媒介也好，前辈学者如宗白华、朱光潜等，笔下虽偶有涉及，但始终来不及讲清楚，或许是因为战争年代无暇他顾，或许是因为史无前例的"文化大革命"无情剥夺了学术年华，又或许是有意留待后人详而述之，到了 20 世纪 80—90 年代，吕进完成了这个使命，把抒情诗的内视点和艺术媒介等美学问题阐述清楚了。吕进能把这个问题讲清楚，一个重要的原因是基于他对诗的个性化认识："诗反映生活的特征：它不是叙述生活，而是歌唱生活。"③

之所以说吕进的"诗的定义"是个性化的原创定义，是因为他的有关新诗文体理论的研究，基本上是从这个定义出发而逐层展开和深入的，比如《论诗的文体可能》《诗的弹性技巧》《新诗艺术表现中的虚与实》《论诗美》《感情，诗的直接内容》《诗家语》《诗的生成》《诗的寻思》《诗的寻言》《诗，生命意识与使命意识的和谐》《诗人是文明的"原始人"》等，这些独立成篇的论文，或从诗与生活的关系立论，或从诗与语言的关系探讨，或从诗作与诗人的关系剖析，既体现吕进诗学研究的横向拓展，又见证

① 吕进：《关于〈新诗的创作与鉴赏〉的通信》，载《上园谈诗》，重庆出版社 1987 年版，325 页。

② 吕进：《诗的本质》，载《新诗的创作与鉴赏》，重庆出版社 1982 年版，第 20 页。

③ 同上书，第 21 页。

吕进诗学研究的纵向深入。

总之，从新诗抒情诗的角度看，吕进的"诗的定义"体现了 20 世纪80—90 年代中国现代诗学文体理论的水准，构成了吕进现代诗学理论体系的"第一柱"。

第二节　诗的形式

"诗是以形式为基础的文体"，这是吕进诗学思想的总纲。诗的语言是形式，也是内容；内容寓于形式中，没有形式就没有诗；诗与非诗的差别不在内容，而在形式，没有形式的规约，诗与非诗的界碑就抹平了。新诗文体学研究，是新诗之为诗的形式特质研究。这种形式特质，既是民族诗歌源远流长的审美积淀，也是中国读者鉴赏和接受诗歌的阅读习惯，是民族诗歌生命力的血脉所在。吕进的现代诗学，一定程度上是新诗之为诗的形式诗学，但不是形式主义诗学。爱情、友情、亲情、乡情、家国情怀，是任何文学体式共有的主题和内容，但用新诗来传达，就得遵循诗的规则，是诗而非散文，而非小说，而非戏剧。诗人的情感不是形式的，但诗人情感的传达是有形式的，要符合诗歌形式的要求，应具有诗歌形式的审美特质。所谓像诗一样，终究不是诗，是诗的意蕴向非诗文体的渗透，是非诗文体获得诗的审美内涵的体现。就诗来说，吕进现代诗学是形式诗学；就诗人来说，吕进现代诗学不是形式主义诗学。前者，吕进强调对新诗之为诗的文体规范，对诗歌形式要素的倚重；后者，吕进强调诗人的人格修养、人格魅力，诗人以家国关怀为上，以民族代言人为尊。吕进诗学是建立在新诗形式基础之上的传承民族审美理想和道德理想的现代诗学，而诗的形式是吕进诗学大厦的底座。

总括说来，吕进对诗的形式的研究，首先是从诗与画、诗与音乐的异质入手的，同时厘清诗与散文的差异，进而提炼出视点和媒介两个诗学概念，建立自己的诗学理论支点。研究方法上，吕进较多地借鉴了朱光潜、宗白华、闻一多、钱钟书和莱辛的方法，并吸收了他们的研究成果。但审美视点、媒介、弹性等诗学概念的提出和内涵的阐释，是吕进在前人止步的地方而推进的学术创新。吕进对新诗形式探究的目的，是推进新诗的民族化、现代化建设。

一、诗与画、诗与音乐的异质

作为最高语言艺术的诗，它与其他艺术门类如图画、音乐等有何本质区别，这是论诗的逻辑起点。有比较才有鉴别，而且把诗与画放在一起论述，是中外诗学家、美学家的共同旨趣。宋代大文豪苏轼以"诗中有画""画中有诗"来评价王维的诗。古罗马美学家贺拉斯在《诗艺》中就有"诗歌就像图画"的观点。莱辛的名著《拉奥孔》又名《论诗与画的界限》。朱光潜在他的《诗论》中，第七章专门讨论《诗与画——评莱辛的诗画异质说》。《旧文四篇》是钱钟书的一本文艺批评论著，其中第一篇文章就是《中国诗与中国画》。宗白华是著名美学家，《美学散步》是他的代表著作之一，其中收录有1949年他写的《中国诗画中所表现的空间意识》一文。黑格尔的巨著《美学》更是花了不少篇幅讨论诗与画。《新诗的创作与鉴赏》是吕进的成名作，该书"本质篇"的第一章《什么是诗》之第二节《诗的界说举隅》中，就诗与画、诗与音乐等质进行了辨析。吕进对前人的观点进行了梳理、归纳和明辨，提出诗画异质说，认为："'诗如画'是人类艺术不成熟阶段的产物，是诗歌本质尚未被充分把握的时代的产物。""诗画有相通处，但从根本上讲，它们是异质的。这种异质表现在它们的内容、塑造的形象、塑造形象的媒介的极大差别。"① 在名家众说纷呈的背景下，要提出自己的看法有难度，唯其有难度，才有价值，对此，吕进作出了自己的判断："'诗如画'不是科学的界说。诗是画的'降低'——它要表现客观现实，但不长于精细地描绘客观现实；但它更是画的'提高'：对于诗，直观世界太局促了。它从画中解放出来，从直观的物质的狭小天地中解放出来。"② 吕进这种观点至今保鲜，置于20世纪80年代初期更是难能可贵。及至80年代中期，吕进发现绘画和散文在审美视点上有诸多相似之处，也就是说，绘画和散文靠近的时候，也就是诗与散文拉开距离的时候。

诗与音乐的联姻，要早于诗与画。"诗言志，歌永言，声依永，律和声"，《今文尚书·尧典》中的这段文字，是我国诗歌和音乐联姻的最早文献。远古时期，"诗"则"寺"，是庙堂的祭辞和祷告，是唱出来的。朱光

---

① 吕进：《诗的界说举隅》，载《新诗的创作与鉴赏》，重庆出版社1982年版，第7页。
② 同上书，第12页。

潜在《诗论》中考察了原始诗歌所保留的诗、乐、舞同源的痕迹。诗是时间的艺术，画是空间的艺术，这是西方古典美学的主流观点。如果说美学家偏重诗和音乐的同构，那么诗学家注重诗和音乐的异质。在吕进看来，"诗虽然寻求音乐美，但是它不是单纯的声音艺术。诗并不把声音当做表达内容的唯一媒介或主要媒介，对诗来说，这一媒介是语言"，"诗的语言是义与音的交融，因此，诗所表达的情感内容就远比音乐具有明确性"。① 这是吕进20世纪80年代初的观点，到了80年代中后期，他从审美视点的角度，对诗与音乐的异质性有了更深刻的阐释，"诗与音乐明显异质：诗是一次完成的（音乐是二次完成的）；诗的媒介不是单纯的声音（音乐的声音直接成为目的）；诗使情感状态得到具象化（音乐是抽象的）"②。也就是说，作为内视点的诗与音乐，诗依然有自己的特性，尽管不及音乐纯粹，但遵循情感第一的原则，表现出内心体验。

二、诗与散文的异质

诗与散文的异质，是新诗文体学的基础理论之一，也是中国现代诗学的重要理论问题。中国现代诗学中，20世纪20年代穆木天作为早期象征派诗人，理论修养不俗，有较好的新诗文体意识，他要求划清诗与散文的界限，他希望中国诗人找一种诗的思维术、诗的逻辑学。"诗的世界固在平常的生活中，但在平常生活的深处。诗要暗示出人的内生命的深秘。诗是要暗示的，诗最忌说明的。说明是散文世界里的东西。"③ 应该说，穆木天的诗学见解比之同期的郭沫若要胜出一筹。20世纪30—40年代朱光潜在《诗论》的第五章《诗与散文》中探讨二者的差异，这是朱光潜的得意之作，曾在清华大学做过专题学术演讲，朱自清的日记也有记载。应该说，朱光潜对诗与散文的异质性研究，代表了20世纪上半叶最高的理论水平。

20世纪80年代以来，吕进在这个领域持续耕耘，取得了丰厚的成果，无论是深度还是广度上都超越了前人，代表了20世纪新诗文体领域基础理

① 吕进：《诗的界说举隅》，载《新诗的创作与鉴赏》，重庆出版社1982年版，第16页。

② 吕进：《论诗的文体可能》，载《新诗文体学》，花城出版社1990年版，26页。

③ 穆木天：《谭诗——寄沫若的一封信》，载杨匡汉、刘福春编：《中国现代诗论》（上编），花城出版社1985年版，第98页。

论研究的水准。

首先，吕进从审美视点上论述了诗与散文的异质。

审美视点是创作主体与客体之间的一种审美观照方式。吕进把审美视点分为内视点和外视点。内视点偏重音乐，外视点偏重绘画。诗与音乐接近内视点，散文与绘画接近外视点。吕进认为：

> 诗与散文在审美视点上十分不同：前者偏向表现内心生活的音乐，后者钟情再现外在世界的绘画。也可以说，散文叙述世界，而诗体验世界；散文以它较强的历史反省功能显示自己的优势，而诗以它对世界的心灵反应证明自己的存在；散文展示外宇宙的丰富，而诗披露内宇宙的精微①。

吕进的这段话从理论上阐释了穆木天所说的诗的逻辑学，尤其是"人的内生命的深秘"。所谓诗的逻辑学，诗的思维术，其实就是诗的视点。艾青论诗注重感觉，他认为"如果诗人是有他们的素质的，我想那应该是指他们对于世界的感觉的特别新鲜，和对于文字的感觉的特别亲切"②，在这里前一个"感觉"指内心体验，后一个感觉指"诗家语"。艾青虽然不是诗学理论家，但他是诗人，他创作经验丰富，他把这种"感觉"当作诗人的"素质"，即诗人区别于散文家、小说家之所在，不能不说是独具慧眼。诗人总是诗学理论最高的裁决者。

其次，吕进从艺术媒介上阐释了诗与散文的异质。

诗与散文的差异，中外都有一些形象的表述。比如，吴乔在《围炉诗话》中把散文比喻为煮饭，把诗歌比喻为酿酒；法国象征主义诗人瓦莱里把散文喻之为走路，把诗歌喻之为跳舞。这些比喻接近诗与散文的异质。吕进不仅从审美视点上区别了诗与散文，而且从艺术媒介上阐释了两者之间的差异。吕进认为：

> 诗与散文的艺术媒介十分不同。散文有文学语言作媒介，诗却没有现成的媒介；诗以一般的语言组构独特的语言方式。可以说，作为艺术品的诗是否出现，主要不在它"说什么"，而在"怎么说"。离开独特

---

① 吕进：《熟读〈新诗三百首〉，不会吟诗也会吟》，载《吕进文存》（第3卷），西南师范大学出版社2009年版，第438页。

② 艾青：《诗论》，人民文学出版社1980年版，第177页。

的语言方式，诗便不复存在。一般语言一经纳入这种语言方式，就获得了非语言化、陌生化、风格化的品格，由实用语言幻变为灵感语言。①

从艺术媒介看，诗歌没有现成的媒介，一般文学语言不构成诗的媒介，诗从文学语言中借用媒介，也就是说诗是超越一般文学语言的特殊媒介。例如，李白的诗句"凤去台空江自流"，三个蒙太奇镜头构成一组画面，叶维廉从语言的角度进行了分析，"诗人设法将自己投射入事物之内"，"抽取一些联结的媒介，他依赖事物间一种潜在的应合，而不在语言的表面求逻辑关系的建立"。② 诗和散文不同，"凤去""台空""江自流"这种"潜在的应合"是诗的媒介特征。

最后，诗家语是诗歌语言区别于散文语言的显著标志。

叶维廉在《中国诗学》中说到一个有趣的事情，他和洛夫、张默陪郑愁予去大贝湖游玩，"我们看到湖边上有一个牌子，上面写着'禁止的鱼'，我说'这是现代诗的语言呀！'但走近一看，不是'禁止的鱼'而是'禁止钓鱼'，'禁止的鱼'是诗的，'禁止钓鱼'却变成散文了"。③ 叶维廉说的完全正确。"禁止钓鱼"是叙述，"禁止的鱼"是体验，前者是客观描绘，后者是主观想象。美籍华人、著名学者叶维廉是双语写作的诗人，"禁止的鱼"是诗家语。诗家语是诗歌语言的表征，吕进指出："散文要很好的描绘、叙述外在世界，在具象化过程中就要注重习以为常的生活逻辑和思维逻辑。而构成诗的结构的规律，本质上是非逻辑的。诗是主观体验，诗富梦幻色彩，它拒绝习见的逻辑。"④ "禁止钓鱼"是生活逻辑，是散文的语法结构；"禁止的鱼"是非逻辑的，不合散文语法，但合乎诗的逻辑；不具有文法意义，但具有诗的意味。

三、诗的形式的核心：音乐性

通过诗与散文的比较，朱光潜认为诗为有音律的纯文学，"音律的最大

---

① 吕进：《熟读〈新诗三百首〉，不会吟诗也会吟》，载《吕进文存》（第 3 卷），西南师范大学出版社 2009 年版，第 438 页。

② 叶维廉：《中国现代诗的语言问题》，载《中国诗学》，生活·读书·新知三联书店1996 年版，第 263 页。

③ 同上书，第 268 页。

④ 吕进：《论诗的文体可能》，载《新诗文体学》，花城出版社 1990 年版，第 31 页。

的价值在它的音乐性"①。通过诗和音乐的比较，朱光潜认为诗与乐的共同命脉是节奏。朱光潜从生理学和心理学的角度，把节奏分为主观节奏和客观节奏。在朱光潜看来，诗的节奏是语言的节奏和音乐的节奏的统一，构成节奏的要素主要有声、韵和顿等。应该说，朱光潜从文艺心理学的角度，运用中西比较的方法，对"中国诗"的形式要素的分析是透彻的。朱光潜《诗论》的言说对象是中国诗，也就是中国古典诗歌，新诗只是旁涉而已。

和朱光潜不同，吕进是从审美视点和艺术媒介的角度来讨论诗的形式的，而且是中国新诗的形式。新诗，是吕进言说的对象，古典诗歌仅是旁参和佐证。

> 诗是以形式为基础的文体。离开形式，诗便会立即消失。外视点文学将审美体验化为内容，内视点文学将审美体验化为形式。对艺术媒介的把握是对诗的把握的中心。②

在吕进的诗学思想中，诗的形式的核心是音乐性。

> 音乐性，是诗歌语言与散文语言的主要分界，是诗首要的媒介特征。
>
> 音乐性，是中国古诗的优势，也是中国新诗的贫瘠。
>
> 新诗的音乐性包括内在音乐性和外在音乐性两个层次。内在音乐性指的诗情呈现出的音乐状态。外在音乐性指的诗的段式与韵式。内外音乐性的中心是节奏。③

通过这三段文字，吕进把新诗的形式特征概括得简明到位。吕进对新诗形式的看重，就是对新诗音乐性的看重，就是对新诗文体建设和新诗未来的看重。

吕进从诗与音乐相近的视点出发，敞开诗歌音乐性的大门，发现了不少惊人的奥秘。朱光潜在《诗论》中花了大量篇幅讨论中国诗的节奏与声韵，以及中国诗何以走上"律"的道路，功底非常深厚，学贯中西不是虚名，

---

① 朱光潜：《诗与散文》，载《诗论》，生活·读书·新知三联书店 1984 年版，第 121 页。

② 吕进：《抒情诗的艺术媒介》，载《中国现代诗学》，重庆出版社 1997 年版，第 71 页。

③ 吕进：《抒情诗的媒介特征（上）》，同上书，第 78 页。

在他之前关于中国诗的音乐性（声、韵、顿）的系统研究是少有人涉足的领域，朱光潜有拓荒之功，无人可以取代。但从读者接受的角度说，朱光潜的论述未免有一种钻牛角尖的感觉。也许吕进对诗歌音乐性的阐述不及朱光潜之深，也不及朱光潜之透，但比朱光潜要清得多。且读下面一段文字：

> 音乐性是诗与散文的主要分界。从诗歌发生学看，诗与音乐从来就有血缘关系。依照流行的说法，诗的音乐性的中心是节奏。节奏有内外之分。内在音乐性是内化的节奏，是诗情呈现出的音乐状态，即心灵的音乐。外在音乐性是外化的节奏，表现为韵律（韵式，节奏的听觉化）和格式（段式，节奏的视觉化）。内在音乐性就是音乐精神，它其实是一切艺术的最高追求。一切高品位的艺术都因心灵性而靠近音乐。只有外在音乐性才是诗的专属，它是诗的定位手段。①

在这里，吕进把诗的音乐性以及一切艺术的音乐精神，三言两语讲得清清楚楚、清清爽爽、清清透透，丝毫不缠绕，这很不简单。诗，本来是不容易说清的；诗的音乐性，更是说不清的——二者的主观性、抽象性太强，不容易把握，但吕进用不到200字的篇幅就说得明明白白。对诗的音乐性的阐释，是吕进为中国现代诗学作出的重要理论贡献。音乐性，也是吕进诗学中形式因素的核心。

第三节　诗的结构

一、吕进对诗的结构的描述

吕进把诗的结构分为表层结构和深层结构两个部分，前者包含诗的外在节奏和内在节奏，后者由意象、主观体验和哲学构成。在《中国现代诗学》一书中，吕进用一个表来呈现诗的结构②：

---

① 吕进：《从"诗体解放"到"诗体重建"》，载《文化转型与中国新诗》，重庆出版社2000年版，第388页。

② 吕进：《抒情诗的媒介特征（上）》，载《中国现代诗学》，重庆出版社1997年版，第86页。

抒情诗	表层结构	外在节奏（段式，韵式）
		内在节奏（诗情呈现的音乐状态）
	深层结构	意象（诗美世界） 主观体验（内视世界）
		哲学（审美观）

　　吕进把这个结构称为诗的多层面结构。吕进认为，"诗的表层结构的基础是节奏，由内在节奏而外在节奏，后者是诗的定位手段"。"在各种文学样式中，诗与哲学的血缘最近。诗的最深的内蕴（由此生发出各层次、各侧面）是哲学。深层结构的表层是意象，而意象则由诗人主观体验而来。"[1]也就是说，诗的结构是一个由表及里、由浅及深的整体——对诗人创作来说，是二而一、一而二、互为一体同步完成的，没有先后之分；对读者鉴赏来说，从诗形的分析到诗质的领悟，由外而内，产生审美愉悦，引起共鸣，净化情感。因此吕进所言的诗的多层面结构，其实质就是诗的整体结构。

　　关于诗的多层面结构，吕进在他的《新诗文体学》中，称之为非逻辑结构，吕进也用一个表来呈现[2]：

诗歌	表层结构	段式（诗行、诗段）
		节奏式（狭义节奏式、韵式）
	深层结构	主观体验（内视世界）
		哲学（审美观）

　　吕进对诗的结构的解读是："表层结构的基础是节奏式，深层结构的基础是哲学。表层结构的实质是音乐性与弹性的诗歌语言，它是诗的定位手段。深层结构的实质是内视性、体验性，它是诗的深度。"[3] 这段文字言简意赅，对诗的表层结构、深层结构的构成及其实质，做了清晰的解读。

　　如果将上述两个表格进行对比，我们会发现吕进对诗的结构的思考不断深入，对自己的观点进行修正和完善。这一细则，体现了一个学者求实创新

----

① 吕进：《抒情诗的媒介特征（上）》，载《中国现代诗学》，重庆出版社1997年版，第87页。

② 吕进：《论诗的文体可能》，载《新诗文体学》，花城出版社1990年版，第31页。

③ 同上。

和严谨精进的学术品格。前一表格收入 1991 年出版的《中国现代诗学》中，后一表格收入 1990 年出版的《新诗文体学》中，时隔一年，时间短矣，但修改痕迹明显可见，而且解读也有所不同。

以外在节奏和内在节奏来区分诗的表层结构，显然比以段式和节奏式来区分要合理和科学。段式（诗行、诗段）是新诗最基本的外在特征，即分段（节）和分行。但外在节奏和内在节奏能把新诗诗体区分开来，自由体诗诗无定节，节无定行，但有诗情起伏，有内在的音乐状态，如郭沫若的诗集《女神》和艾青的多数新诗，尤其是艾青写于抗战时期的诗篇，尽管不押韵，没有韵脚，分节分行都有随意性，但诗情的音乐状态强烈，有冲击感和震撼力。所以吕进以外在节奏和内在节奏来区分诗的表层结构，实际上就是区分了新格律诗、半格律半自由诗和自由诗，把新诗史上不同流派和风格的诗都囊括进去，这无疑具有科学性和概括力。

在诗的深层结构中，两相比较，多了"意象（诗美世界）"。"意象"使"主观体验"具象化。诗心体验呈现于意象，意象是诗的物化形态，使看不到听不见的诗心体验变得可触可感。诗是意象的艺术，没有意象，犹如小说没有人物、故事和情节。这一修改之处，体现了吕进对诗歌艺术规律的深刻理解和把握。

二、诗的结构的要素分析

这里以吕进的《中国现代诗学》中抒情诗的结构为准，进行简要的分析。

（一）表层结构

诗的表层结构的实质是音乐性，音乐性的中心是节奏，而节奏有外在节奏和内在节奏之分。段式和韵式构成诗的外在节奏。段式是指新诗分节分行。自由体诗诗无定节，节无定行，自由性和流动性强，诗节或长或短。长的达数行乃至十几行不等，短的诗节只有区区一行两行，而且行无定字，行无定句。在形式上，把这种无定段（节）、无定行、无定字，形式上随意、散漫和自由的新诗称为自由诗。自由诗是新诗的舶来品，是白话新诗"诗体大解放"的产物，早期新诗诞生之初，受外国诗歌的影响，如美国诗人惠特曼的《草叶集》。自由诗顺应了五四时期打破桎梏、解放思想的时代要求，郭沫若的诗集《女神》奠定了自由诗的历史地位，成为新诗的奠基之作，自此自由诗成为新诗的主要诗体。

新格律诗，或称现代格律诗，也是新诗的重要诗体。较之自由诗，新格律诗在诗节上或整饬归一或错落有致，有视觉上的建筑美；在音韵上，基本上有规律可循，或抑扬顿挫、朗朗上口，或一唱三叹回旋往复，音乐性比较突出。现代格律诗创作，新诗文体意识的觉醒，是从"新月派"诗人闻一多、徐志摩等人开始的，他们的新格律诗创作，不但有鲜明的理论主张，追求新诗的"音乐的美""绘画的美"和"建筑的美"，而且在创作上取得了不俗的成绩，时至今日，后人无出其右者。

如果说现代格律诗的节奏主要体现于外在的段式和韵式上，那么自由诗的节奏以内在节奏为主。也就是说，自由诗并非没有节奏，自由诗的节奏以诗情的内在起伏所呈现的音乐状态为主。对新诗内在节奏的追求，以郭沫若和戴望舒较为突出，艾青是集大成者。但艾青后期的新诗创作，格律化倾向比较明显，一定程度上体现了向现代格律诗的回归。

五四时期郭沫若对自由诗的鼓吹，可谓惊世骇俗，比如"诗应该是纯粹的内在律，表示它的工具用外在律也可，便不用外在律，也正是裸体的美人"，"我想我们的诗只要是我们心中的诗意诗境之纯真的表现，生命源泉中流出来的 Strain，心琴上弹出来的 Melody，生之颤动，灵的喊叫，那便是真诗，好诗"。① 郭沫若标举"内在律"，也就是内在节奏，鼓吹"裸体的美人"，亦即自由诗。郭沫若的这种观点，是他五四时期狂飙突进、个性解放的体现，他对个性的追求和对诗的追求是一致的。但从诗学角度来说，它不具有普适性，不能当做诗的基本原理，仅仅是郭沫若在特定时期个人化的追求。事实上，就在同一时期，郭沫若也写了一些音韵和谐、节奏鲜明的新诗，如《天上的街市》等。

戴望舒的《雨巷》是自由诗，但有鲜明的节奏，一韵到底，回环往复，叶圣陶赞誉甚高。戴望舒后来深受法国象征主义诗歌的影响，不再注重新诗的外在节奏，而追求新诗的内在节奏，即诗情的起伏上。他认为："诗的韵律不在字的抑扬顿挫上，而在诗的情绪的抑扬顿挫上，即在诗情的程度上"，"新诗最重要的是诗情的 Nuance 而不是字句上的 Nuance"，"韵和整齐

---

① 郭沫若：《论诗三札》，载杨匡汉、刘福春编：《中国现代诗论》（上编），花城出版社 1985 年版，第 52—54 页。

的字句会妨碍诗情，或使诗情成为畸形的"。① 以戴望舒为代表的"现代派"诗人重表现手法的暗示隐喻，重诗情的内在起伏，重语词的精致婉约，诗形不整饬也不芜乱，一定程度上体现了 20 世纪 30 年代自由诗的艺术成就。

艾青以新诗的"散文美"理论和追求把自由诗推向高峰，是自由诗创作取得最高成就的诗人，也是 20 世纪享有世界声誉的诗人。他的自由诗，不是说不要诗的形式，而是不要诗的形式主义；不是说不要诗的音韵节奏，而是不被音韵所束缚；他更多的是吸收散文语言自然、形象、健康和富有生活气息的特点。抗战时期，艾青的自由诗把中华民族的抗争和新生表现出来了，诗情饱满、充沛，回肠荡气，有鲜明的内在节奏。

诗是有语言的节奏，有节奏的语言，无论是自由诗还是现代格律诗，节奏都是新诗的命脉。现代格律诗和自由诗，在结构上诚如吕进所言，前者偏重外在节奏，后者侧重内在节奏。

（二）深层结构

在吕进看来，诗的深层结构由意象（诗美世界）、主观体验（内视世界）和哲学（审美观）组成。如果说诗的表层结构回答了什么是诗，那么，诗的深层结构回答了诗是如何形成的。

意象是中国具有民族特色的诗学术语，是意中之象，是经过诗人感情的化合与点染而注入诗人意趣和情操的物象，它是诗美的载体，没有意象就没有诗，意象是诗美的呈现。优秀的诗人，总有自己独具特色的意象，田园的一树一木，一花一草，熔铸了陶渊明毫无挂碍、一派天机的诗情。艾青笔下的太阳、土地和火把，还有他忧伤的歌，是一个民族苦难而又不屈的象征。意象是诗人诗心体验的产物，是心与物的交融，是心与心的感应，是一个丰富而独特的心灵世界。"采菊东篱下，悠然见南山"，"悠然"是陶渊明刹那间的主观体验；"人烟寒橘柚，秋色老梧桐"，一"寒"一"老"是李白漂泊无归的心灵写照，是诗人特有的体验。这种主观体验，是诗人心灵世界的展示，心灵体验强烈与否，深刻与否，与诗的价值大小成正比。"雪落在中国的土地上，/寒冷在封锁着中国呀"，如果没有家国之忧，如果没有与千

---

① 戴望舒：《望舒诗论》，载杨匡汉、刘福春编：《中国现代诗论》（上编），花城出版社1985 年版，第 161 页。

千万万难民同胞一起流浪的经历，艾青不会有这种诗句，这里的切肤之"寒"不仅指冬天的气候，更是诗人的心灵体验。

诗人审美观的终极底蕴是哲学，吕进把哲学看作诗歌结构的最深层，无疑是有见地的。中国古典诗歌之所以脍炙人口，传诵不衰，从根本上讲它有中国文化的底蕴和中国哲学的底蕴，这不是百年新诗暂时能抗衡的。天人合一的中国哲学，深深影响中国的诗歌艺术。对新诗创作来说，诗人的传统文化底蕴、中外哲学修养、国际视野，都是推进新诗发展的重要因素。

三、吕进的诗的结构的诗学价值

（一）突破了古典诗学诗歌结构起承转合的陈说

众所周知，中国古典诗歌的成熟诗体是律诗和绝句。对中国古典诗歌的结构，古人一般用起、承、转、合来概括。元朝杨载在《诗法家数》中首列起承转合为律诗要法——首联破题，颔联接题，颈联转题，尾联结题。明人范德机的《木天禁语》在杨载的基础上，也是用起、承、转、合四字来概括诗的结构和作诗方法——以律诗言之，首联为起，颔联为承，颈联为转，尾联为合，并援引杜甫的诗和《诗经》为例进行分析。到了清代，诗学理论家叶燮在《原诗》中也持这种见解，认为律诗首句如何起，三四句如何承，五六句如何接，末句如何结。自此，起承转合成了诗法，成了诗歌做法及其结构安排的习见。到了晚清，邹弢更是把诗的结构绝对化，他认为五古七古五七律绝，总不外作文之法起承转合四字。这样，诗的结构和散文的结构渐渐固化，而且混为一谈。当然，也有一些诗学家对这种机械的观点持批评态度，比如王夫之和沈德潜，前者主张以情事为起合，要求生气灵动，妙合无垠；后者要求行所不得不行，止所不得不止，羚羊挂角，无迹可求。从上述简单的梳理来看，古典诗学关于诗的结构的论述相对还是单一的，起承转合的结构论固有其合理性，但不能把绝对化，而且诗的结构和散文的结构应该有所区别，不能放之四海而皆同。

吕进对诗的结构的描述，符合百年新诗发展实际，符合新诗自由体诗和现代格律诗的结构要素，吕进对古典诗学起承转合的机械结构论保持警惕，从表层结构和深层结构两个方面来概括诗的结构，尽管不是十全十美的，但突破了古典诗学起承转合结构论的成见，是现代诗学理论的重要收获。

　　（二）从文体角度把诗的结构提升到新诗本体高度

　　在《新诗文体学》中，吕进把诗的结构称之为非逻辑结构，同时是一个多侧面的审美结构。前者是从诗与散文的文体差别着眼的，后者是从诗与读者的互动关系着眼的。诗的结构为什么称之为非逻辑结构呢？且听吕进的解释：“散文要很好地描绘、叙述外在世界，在具象化过程中就要注重习以为常的生活逻辑和思维逻辑。而构成诗的结构的规律，本质上是非逻辑的。诗是主观体验，诗富梦幻色彩，它拒绝习见的逻辑。”① 由此可见，所谓非逻辑结构也就是非散文结构。诗与散文的审美视点是不同的：诗是内视点，体验世界；散文是外视点，叙述世界。关于诗与散文的文体差异，1926 年象征派诗人穆木天有不少精辟的见解。他认为：“诗的世界是潜在意识的世界。诗是要有大的暗示能。诗的世界固在平常的生活中，但在平常生活的深处。诗是要暗示出人的内生命的深秘。诗是要暗示的，诗最忌说明。说明是散文的世界里的东西。诗的背后要有大的哲学，但诗不能说明哲学。”② 这段文字对诗区别于散文的文体特征做了生动的阐述。吕进显然吸收了穆木天的合理内核，并把它提升到诗的内视点高度，提出诗的结构是非逻辑结构的看法。

　　著名学者和诗人郑敏认为，诗与散文的分野是因为诗的内在结构，“诗与散文的不同之处不在是否分行、押韵、节拍有规律，二者的不同在于诗之所以成为诗，因为它有特殊的内在结构（非文字的、句法的结构）”③。郑敏以古今中外诗歌为例，分析了诗的两种内在结构——展开式结构和高层式结构，最后得到的结论是“诗的内在结构不是文字，也不是思想，而是化成了文字的思想，与获得思想的文字以及它们的某种逻辑的安排”④。郑敏的这个观点和吕进关于诗的结构尤其是深层结构的看法是一致的，“化成了文字的思想”指诗人的审美观和哲学，“获得思想的文字”指诗的意象。但郑敏忽略了诗之为诗的表层结构，片面强调它的内在结构即深层结构，似乎

---

　　① 吕进：《论诗的文体可能》，载《新诗文体学》，花城出版社 1990 年版，第 31 页。

　　② 穆木天：《谭诗——寄沫若的一封信》，载杨匡汉、刘福春编：《中国现代诗论》（上编），花城出版社 1985 年版，第 98 页。

　　③ 郑敏：《诗的内在结构——兼论诗与散文的区别》，载《诗歌与哲学是近邻——结构—解构诗论》，北京大学出版社 1999 年版，第 3 页。

　　④ 同上书，第 24 页。

有些偏颇了。

吕进从诗歌与散文的审美视点出发，把诗的结构分为表层结构和深层结构，应该说这是具有新诗本体特征的理论创新。

（三）强调诗外工夫，凸显诗人文化修养的重要性

吕进的新诗文体研究，不是静态的新诗语言研究，而是动态的文体建构研究。吕进不但对新诗的文体要素进行研究，而且对诗人的文化素养、人格心理开展研究，即使他对新诗诗人的评论，比如他对闻一多、臧克家、余光中等诗人的评论，也是从文体着眼的。新诗文体学是吕进现代诗学的基石。在吕进的现代诗学中，诗和诗人是新诗研究的两个侧面，是互为一体的，因此不难理解吕进把哲学作为诗的深层结构之一，因为哲学和诗在本源上同宗的。现代著名诗人郑敏借用海德格尔说得既形象又贴切的一句名言"诗歌与哲学是近邻"来指称自己多年来的学术研究和创作。吕进所言的诗的结构中的哲学，是指诗人的审美观，也可以看作诗人的艺术修养、人格修养等。宋代诗人陆游有句诗是"汝果欲学诗，工夫在诗外"，"诗外"即指人生阅历、文化水平、艺术修养、人格心理等。吕进把诗人的艺术修养和人格修养看作诗外工夫。吕进吸收了梁实秋、康白情、宗白华、艾青等人的见解，从民族诗歌传统和当下新诗创作出发，融入自己的理解，"没有哲学修养，就很难在天人关系的总体观上开拓诗的天地"，"在拥有生活积累和写诗才能的情况下，诗人的文化修养既决定着他的内在视野的开阔性，也决定着他感应世界的敏锐性与深邃性"。① 也就是说，诗人的艺术修养和人格修养，决定他的审美观，而审美观是诗人才情、功力和趣味的综合表现，有什么样的审美观就有什么样的诗，诗的意象的选择，音韵的安排，境界的大小，都体现在诗人的审美观上。天人合一是中国哲学、中国文化的总纲，也是中国艺术的精神实质。"天地与我并生，万物与我为一"，这种天人合一的思想为民族古典诗歌注入了时空意识、生命意识和超脱精神，成就了古典诗歌的灿烂华章。在吕进的现代诗学中，诗的结构不是静态的、机械的结构，而是动态的文体建构，其中关乎诗人艺术修养、哲学修养的审美观，是新诗文体建设中不可忽略的重要因素。

---

① 吕进：《抒情诗人的修养》，载《中国现代诗学》，重庆出版社 1997 年版，第 273 页。

第四章 吕进诗学体系的构成（下）

本章承上一章，从诗的语言、诗的功能、诗的分类三个方面分析吕进诗学体系的构成，以揭示吕进诗学的内在肌理以及吕进诗学体系各个要素之间的逻辑关系，通过近景式的剖析，凸显吕进为 20 世纪中国现代诗学理论建设所作出的贡献。

第一节 诗的语言

从"诗是歌唱生活的最高语言艺术"到"诗是语言的超常结构"到"诗家语"，这是吕进对诗歌语言的阐释。从诗学观点的提出看，三者几乎同步；但从现代诗学的内涵看，又是渐次深入的，贯穿于吕进诗学体系的始终。吕进对诗歌语言的阐述，之所以较之其他诗学理论家有更多的发现和创见，是因为他在古代诗论、西方文论、审美视点和艺术媒介之间架构起了诗歌语言的四维空间和立交桥。

一、"诗是歌唱生活的最高语言艺术"

"诗是歌唱生活的最高语言艺术，它通常是诗人感情的直写。"① 这是吕进早期对诗的本质的概括，也是吕进早期的诗歌语言观。"歌唱"两字，是这个定义的灵魂，画龙点睛，鲜活灵动，如神来之笔，吕进刹那间找到一个最贴切、最灵动、最有表现力的词语来表达他对诗的思考。冒出地表的"歌唱"一词，平常潜藏在吕进的地壳里。艾青的《诗论》中有这么一句

---

① 吕进：《诗的本质》，载《新诗的创作与鉴赏》，重庆出版社 1982 年版，第 20 页。

话："我生活着，故我歌唱"①。艾青是为 20 世纪中国新诗赢得世界声誉的诗人，也是 20 世纪中国新诗富有成就的诗人。"我生活着，故我歌唱"是艾青的自画像，艾青终其一生，为祖国歌唱，为民族歌唱。吕进敬重艾青，是无须争辩的事实。艾青的诗和诗论，是吕进乐意援引的材料，这在吕进的诗论中屡见不鲜。《令人欣喜的归来——读艾青〈归来的歌〉》是吕进早期的一篇论文，从落款看写于 1980 年 10 月 16 日凌晨；《右边出事的艾青》是 2012 年吕进发表在《重庆晚报》的一篇回忆性散文，文章第一句话是"如果要求只举出一位中国现代诗人，那么，我觉得应该是艾青，他算是新诗最重要的领潮人吧"②，艾青在吕进心中的地位于此可见。因此，如果说吕进的"诗的定义"是吕进迈入新诗理论批评界的入场券，那么这个定义背后有艾青的影子。

"歌唱"是艾青的姿态，是艾青作为一个诗人的标志性身份。他的《光的赞歌》中有这样的诗句："我也曾经用嘶哑的喉咙歌唱/在不自由的岁月里我歌唱自由/我是被压迫的民族我歌唱解放/在这个茫茫的世界上/我曾经为被凌辱的人们歌唱/我曾经为受欺压的人们歌唱/我歌唱抗争，我歌唱革命/在黑夜把希望寄托给黎明/在胜利的欢欣中歌唱太阳。"这些诗句吕进在《抒情诗人的修养》一文中也引用过，吕进把艾青作为诗人人格修养的标杆。艾青的《光的赞歌》写于 1978 年，发表在 1979 年第 1 期的《人民文学》上，是艾青"归来"后的代表作之一，后被收入诗集《归来的歌》，1980 年由四川人民出版社出版。1980 年 10 月，吕进为艾青的诗集《归来的歌》写了评论。吕进对艾青这一"歌唱"的诗人是敬佩的，对艾青《诗论》中"我生活着，故我歌唱"这一诗人之论是熟稔的。因此，吕进的"诗的定义"中的"歌唱"一词或许是受到艾青的启发，或许是从艾青这里获得的灵感。

艾青的"我生活着，故我歌唱"仅仅是诗人感性之言，并不具备理论层面的诗学价值，而吕进的"诗是歌唱生活的最高的语言艺术"中"歌唱"一词是一个内蕴深厚的诗学术语，为什么有这种差异呢？这和吕进接受和扬弃何其芳的诗学理论有关。

什么是诗？何其芳有他的理解和看法："诗是一种最集中地反映社会生

---

① 艾青：《诗论》，人民文学出版社 1982 年版，第 184 页。
② 吕进：《岁月留痕》，西南师范大学出版社 2013 年版，第 47 页。

活的文学样式，它饱含着丰富的想象和情感，常常以直接抒情的方式来表现，而且在精炼与和谐的程度上，特别是在节奏的鲜明上，它的语言有别于散文的语言。"① 何其芳的这个定义，是 20 世纪 80 年代众多文学理论教材乐于援引的经典定义。吕进对何其芳的观点有选择性地吸纳和扬弃，吸纳的是"常常以直接抒情的方式来表现"，扬弃的是"最集中地反映社会生活的文学样式"。应该说，"反映社会生活"不是诗的长处，而且"反映"带有客观再现的特点，更适合叙事文体比如小说等。诗以主观表现见长，吕进的"歌唱"一词突出了诗歌抒情主体的地位和作用，是准确的、形象的、贴切的。对此，吕进有自己的解释，他说：

> 我提出"歌唱"是诗反映生活的独特途径，这是指的诗的抒情性，在我看来，这是诗的内容本质。"歌唱"是与"叙述"相对而言，有的读者以为是与"暴露"相对而言，实属误解。
>
> 所谓"歌唱"，就是化生活为感情，就是生活的心灵化。即是说，感情不仅仅是从生活到诗的中介，而且是诗的直接内容。②

在这里，吕进的"歌唱"一词具有了诗学价值和意义："歌唱"是抒情性的代名词，抒情性是诗的本质属性；"歌唱"是诗人的主观体验，是心物交感的结果。应该说，吕进的"诗的定义"排除了叙事文体的杂质，比何其芳的定义更准确一些。

艾青的"我生活着，故我歌唱"，是不具有诗学价值的诗人随感，吕进通过对何其芳诗学理论的创造性吸收和扬弃，提出"诗是歌唱生活的最高语言艺术"这一观点，既保留了艾青诗人之言的感性特征，又呈现出诗学家逻辑思辨的理论风采，从而具有诗学意义和价值。

吕进认为，诗作为最高的语言艺术，主要体现在两个方面，一是诗的音乐美，二是诗的精练美。在吕进看来，前者是诗歌语言和散文语言的主要分野，音乐美使诗的语言变成抒情的语言、谈心的语言；而散文语言则变成叙述的语言、办事的语言。精练美是指诗歌语言以一当十、以少胜多。20 世

---

① 何其芳：《关于写诗和读诗》，载《何其芳文集》（第 4 卷），人民文学出版社 1983 年版，第 450 页。

② 吕进：《关于〈新诗的创作与鉴赏〉的通信》，载《中国现代诗学》，重庆出版社 1997 年版，第 51—52 页。

纪 80 年代初吕进这些闪光的论述，今天看来，无疑是他在诗学道路上艰难跋涉的第一步。

二、"诗是语言的超常结构"

如果说"诗是歌唱生活的最高语言艺术"体现了 20 世纪 80 年代初吕进的诗学语言观，那么"诗是语言的超常结构"则是 90 年代前后吕进的新诗语言观。从"诗是歌唱生活的最高语言艺术"到"诗是语言的超常结构"，不单单是吕进诗学语言观念的因时刷新和与时俱进，而且体现了吕进现代诗学思想的演进轨迹和守常求变的学术追求。

"诗是语言的超常结构"这一诗学观点，最早见于吕进的论文《论诗的文体可能》，这篇文章发表于 1988 年第 3 期的《西南师范大学学报》，后来收入专著《新诗文体学》中，成为吕进的代表作之一。论文从诗与散文在美学建构上的异质出发，探讨新诗之为诗的文体可能，鞭辟入里，层层深入，新见迭出，迄今为止依然是新诗文体学领域的优秀论文。从媒介的角度看，吕进提出"诗是语言的超常结构"[1] 的观点，这是一个具有诗学本体意义的语言观，它的主要内涵大抵包括四个方面：

第一，诗没有现成的媒介。"绘画的媒介是色彩和线条，音乐的媒介是声音，舞蹈的媒介是形体，文学的媒介是语言，等等。诗却是没有现成媒介的艺术。如果把诗歌语言当做字典语言对待，就会闹笑话。"[2] 散文语言和诗歌语言之间的本质差异，使诗没有现成的媒介，诗只好向一般语言借用艺术媒介。

第二，诗的艺术媒介是它独特的语言方式。在吕进看来，"所谓诗的语言方式，就是诗独特的用词方式、语法规范和修辞法则。具体说来一般语言在诗中成为内视语言，灵感语言，实现了（在散文看来的）非语言化、陌生化和风格化。"[3] 吕进从非语言化、陌生化和风格化三个方面概括了诗的语言方式。那么，什么是诗的非语言化、陌生化和风格化？对此，吕进有自己独到的见解："非语言化，就是诗歌语言的意味强化，意义弱化；它的体

---

① 吕进：《论诗的文体可能》，载《新诗文体学》，花城出版社 1990 年版，第 41 页。
② 同上书，第 41 页。
③ 吕进：《抒情诗的艺术媒介》，载《中国现代诗学》，重庆出版社 1997 年版，第 71 页。

验功能发展到最大限度，交际功能退化到最大限度；它由推理性符号转换为表现性符号"，"非语言化使一般语言披上了诗的光彩，蕴涵了诗的韵味"。① 也就是说，诗是一般语言的非一般化，它是诗人内心诗美体验的外在呈现，是读者心上有、笔下无的具有无限韵味的美的世界。在吕进看来，"陌生化，就是诗歌语言对散文语法与修辞规范的抛弃，或者说，就是诗歌语言遵循自己独特的语法与修辞规范"②。古典诗论中没有"陌生化"这一表述，但和"陌生化"有一个近似的概念，叫"无理乃妙"。所谓"无理"就是指诗歌摆脱了散文的逻辑——散文的修辞方式和语法规范，打破常规带来诗的审美张力。吕进认为："风格化，就是诗歌语言独立价值的实现。"③也就是说，"风格化"就是诗人个性化的标志，比如艾青抗战时期的诗歌，"太阳""土地""火把"等形成艾青诗歌特有的意象系统和忧郁气质，口语的自然、流畅带来艾青诗歌的散文美。

第三，诗的独特的语言方式取决于审美视点。吕进认为："外视点文学将审美体验化为内容，内视点文学将审美体验化为形式。对艺术媒介的把握是对诗的把握的中心。诗人在审美活动中的体验没有凝固为音乐、没有显形为绘画，而是构成诗，和诗人使用的艺术媒介的性质直接相关。"④ "作为艺术品的诗能否出现，取决于诗人的审美视点和诗人将诗美体验告诉读者的语言方式。内视点是心灵解除了它的物质重负的视点，是富有音乐精神的视点；与此相应，音乐性也成为诗的首要媒介特征。音乐性，是诗歌语言与非诗语言的主要分界。"⑤ 诗歌和心理学有天然的联系，古人云"在心为志，发言为诗"就是这个意思。诗歌创作也好，诗歌欣赏也好，本质上都是心理活动。从心上的诗到纸上的诗，前者是心理体验，后者是语言传达。不是独特的语言传达方式就不可能产生诗，充其量是散文，乃至蹩脚的散文；内视点摆脱外在物质的束缚，反躬内省，在情感世界里发酵，情感酵素凝结为诗。吕进的审美视点理论揭示了诗歌生成的心理学奥秘。审美视点和艺术媒

---

① 吕进：《抒情诗的艺术媒介》，载《中国现代诗学》，重庆出版社 1997 年版，第 71 页。

② 同上书，第 73 页。

③ 同上书，第 74 页。

④ 同上书，第 71 页。

⑤ 吕进：《抒情诗的媒介特征（上）》，同上书，第 81 页。

介的一而二、二而一，是诗人寻思、诗思寻言的统一。

第四，一般语言的非一般化，至言无言，至苦无迹，是抒情诗语言的正体。新诗草创初期，胡适鼓吹"作诗如作文"，无疑具有文化学意义，白话文突破文言文的藩篱而成为现代中国人的生活语言和工作语言；但从诗学角度看，胡适严重抹平了诗歌和散文的界限，给新诗带来长期的后遗症。现代诗学学者对胡适的观点多有反思，穆木天不无偏激的认为胡适是新诗的罪人。但穆木天认为写诗要用诗的思维术，是有见地的。但什么是诗的思维术，不少学者又语焉不详，对此吕进作出了自己的回答："诗歌有非语言化、陌生化和风格化的语言，它拒绝散文语言的价值标准，它在内视世界里活跃，因此，它是自由的艺术。但是，诗歌语言却是很不自由的语言。可以说，诗凭借语言媒介成了最自由的艺术，但是语言却由于成为诗的媒介而成了最不自由的语言。"① 这就是说，语言在诗和散文中的地位、作用是一样的，对诗来说语言既是内容又是形式，语言是媒介又是目的，诗是语言的超常结构，这是诗歌区别于散文的重要文体特征。"语不惊人死不休"是诗人的追求，恰如吕进所说的"诗人获得审美体验时是'忘言'的，诗人将体验物态化时又得从'忘言'走向'寻言'。而'寻言'由于诗没有现成的艺术媒介变得十分艰难。从这个角度，可以说诗人就是饱受语言折磨的人，或者，诗人就是与语言搏斗并且征服语言的人。"② 这种至言无言、至苦无迹、大巧若拙、平淡天然的语言，才是抒情诗语言的正体。

总之，在《新诗文体学》和《中国现代诗学》中，吕进从艺术媒介和审美视点的角度，深入探讨诗之为诗的语言特征，取得了丰厚的理论成果，将前人的研究大大推进了一步，标志着吕进作为一个独具个性和创见的诗学理论家的成熟。

审美视点和媒介是吕进诗学思想的基点，"诗是语言的独特方式"，"诗是语言的超常结构"，是吕进对诗的语言的本质概括，具有重要的诗学意义。吕进对民族古典诗论熟稔于心，引用的古典诗论尽管不多，但很精当，缘于他对民族诗论深刻的理解和恰到好处的应用，用两个字来概括吕进之于民族古典诗论，那就是"能出"，这是吕进不同于陈良运和李元洛的地方。

---

① 吕进：《抒情诗的艺术媒介》，载《中国现代诗学》，重庆出版社 1997 年版，第 76 页。

② 吕进：《抒情诗的语言的正体》，同上书，第 115 页。

在"上园派"诗学理论家之中，陈良运的古典文论、诗论的功底最厚，他大学时期热爱新诗并创作，20世纪80年代早中期从事新诗理论批评，但他能"入"不能"出"，所以后来和新诗理论批评渐行渐远，在古代诗论研究上取得了瞩目成果。李元洛的古典诗学功力深厚，精于鉴赏，是20世纪80年代早期有知名度的新诗批评家，但他也不能"出"，被古典诗歌、散文罩住，转向诗化散文的写作，最后和新诗理论形同陌路。所以，如果对民族古典诗论不能"出"的话，那么对现代诗学理论的建构也难以走远，这是吕进给后来人的启发。

吕进之于西方文论，如果用两个字来概括，那就是"能入"。吕进阐释诗的语言特征，征引了索绪尔、雅各布森的语言学理论，援引了美国新批评理论家韦勒克、沃伦的观点，还有俄国形式主义文论家的看法，更有德国诗人歌德的见解，凡此等等，不能不说吕进的诗学视野开阔，理论修养精湛，对西方文论采取兼收并蓄的态度，唯其能入，才不会被西方文论一叶障目。吕进的诗的语言理论，表面看是诗思寻言，其实还暗合了德国存在主义哲学家海德格尔关于诗歌与语言的一些观点。吕进的诗思寻言还有另一层意思，则语言寻诗，也就是说，语言要听取诗的召唤。吕进的诗学语言观和海德格尔哲学语言观的异同，留待有心人来阐释。

三、"诗家语"

"诗家语"是吕进诗学体系中具有标志性的诗学术语之一。《诗家语》作为单篇论文，最早见于1984年重庆出版社出版的吕进的《给新诗爱好者》一书，且这篇文章标有具体的写作时间：1983年8月22日。从此，"诗家语"这一术语散见于吕进的论文和专著中。2013年12月4日，吕进在《重庆晚报·副刊》发表《漫说诗家语》，这是一篇带有启智色彩的诗学随笔。从《诗家语》到《漫说诗家语》，两者时差整整40年。2014年，吕进在《文艺研究》第5期发表《论"诗家语"》一文，这是一篇万余字的优秀论文。如果说写于1983年的《诗家语》属于吕进的试笔之作，充满诗美的发现，而内容未曾展开；如果说《漫说诗家语》是一篇诗学随笔，深入浅出，雅俗共赏；那么，《论"诗家语"》则是严谨规范的论文，是对"诗家语"现代诗学意义的深入开掘。从共时性角度讲，"诗家语"这篇大文章吕进写了40年；从历时性角度讲，"诗家语"从宋代王安石穿越到21世的吕进，可谓"千年等一回"。诗学研究有很多范式，不同的学者有不同的追求，有些喜欢跑马圈地、天女散花，不时切换研究领域；有些喜欢掘地凿井，数十年如一日，穷年不舍——吕进属于后者。

"诗家语"出自宋人魏庆之所著的《诗人玉屑》卷之六："王仲至召试馆中，试罢，作一绝题云：'古木森森白玉堂，长年来此试文章。日斜奏罢《长杨赋》，闲拂尘埃看画墙。'荆公见之，甚叹爱，为改作'奏赋《长杨》罢'，且云：'诗家语，如此乃健。'"① 这是一则诗歌掌故，记录王安石为士子改诗的事情。王安石确实是行家里手，他稍稍调整语序，原诗的意蕴则大有改观，并说是"诗家语"。何谓"诗家语"，王安石没作解释。在浩如烟海的诗话典籍中，也没有人对"诗家语"进行阐释，这一具有诗学意义的术语差不多被遗忘了。从魏庆之的《诗人玉屑》的语境看，"诗家语"的本义指诗与散文的不同语言范式，诗要遵循诗的语言方式，避免散文语言的侵入。

把"诗家语"从布满尘埃的典籍中打捞出来，并赋予现代诗学价值，此功当属吕进。

在《论"诗家语"》一文中，吕进的主要观点如下：作为言说方式的诗家语，来自一般语言，但又有自己独特的词汇、语法、逻辑、修辞，它是一般语言的最高程度的提炼与强化，此其一。其二，诗家语是超越一般语言的一般语言，是极端的自由与极端的不自由的统一；其三，诗的内蕴要清洗，诗家语也要清洗，常见的有时空清洗和形象清洗，在清洗的同时，建构诗的言说方式就要从一般语言里进行诗意的选择；其四，诗家语富有音乐性和弹性，前者指诗的节奏，后者指诗歌语言的暗示性，以"不说出"来传达"说不出"。

暂且不议《论"诗家语"》一文的诗学价值，先看看它的现实意义和方法论价值。吕进发表在《重庆晚报》的《漫说诗家语》一文是这样结尾的："为说心中无限事，随意下笔走千里，这绝对不是把握了诗家语精妙的诗人。"明眼人都知道，这是不动声色的有感而发，是对目下新诗拖沓冗长的含蓄的批评。"为说心中无限事"，即诗是最自由抒发内心世界的艺术；"随意下笔走千里"是诗人对诗歌篇幅最不自由的背叛。诗是"空白"的艺术，

---

① 魏庆之：《诗人玉屑》（上，卷之六），上海古籍出版社 1978 年版，第 143 页。

是一与万的统一，不明诗家语的精妙，诗则越界为分行的散文。就方法论价值来说，吕进为民族古典诗论的现代化打开了一扇窗。古代文论的现代化转换，在文论界喊了很多年，但成效不理想，某种程度上讲，依然是把刘勰的还给刘勰，把严羽的还给严羽，把司空图的还给司空图，把王夫之的还给王夫之，如此等等，原地踏步。古代诗论如果不结合百年新诗的发展历史，难有春天到来花满开的生命力。从吕进对"诗家语"的阐述看，民族诗论现代化的道路还很长，吕进给后人树立了榜样。

　　总之，吕进对诗家语的阐释，是对诗歌语言纯洁性、纯净性、纯正性、纯粹性的高贵血统的守护，提防散文意识、叙事文学对诗歌领地的入侵，带有鲜明的文化理想主义情怀。

第二节　诗的功能

　　1987 年 3 月，吕进发表《诗学的三个基本意识》一文，提出现代诗学研究要有创新意识、求实意识和多元意识；2013 年 12 月 4 日，吕进在《重庆晚报·副刊》发表诗学随笔《诗的公共性》一文，提出公共性是诗的生命底线，是诗的社会性存在的基础。两篇文章写作的时间跨度，前后有二十余年，但提出的问题有一些是相同的，比如：一个社会、一个民族为什么需要诗？读者需要什么样的诗？诗人何为？吕进的探索与回答，关涉诗的社会属性、价值和功能等，它们构成了吕进诗学体系的组成部分。在吕进看来，诗的功能既有社会功能，也有审美功能，诗的功能与诗的价值是同步的。

一、诗的社会功能

　　20 世纪 70 年代末，新诗度过寒冬迎来了春天。80 年代早期，新诗唱响了春天的故事。新诗创作的丰收，带来了理论研究的活跃。新时期诗歌理论研究，建树收获颇多，但遗留问题也不少。面对新情况，吕进提出了自己的思考："新时期诗歌力图全面恢复诗的社会功能。在这样的努力下，对诗与时代、诗与人民、诗与诗人等一系列至关紧要的命题就需要有崭新的回答。"①

――――――――――

　　①　吕进：《诗学的三个基本意识》，载《新诗文体学》，花城出版社 1990 年版，第 153 页。

可见吕进对诗的社会功能的探讨，是围绕诗与时代、诗与诗人、诗与读者等层面而展开的。

（一）诗与时代

诗与时代是一个古老的话题，这个话题得从"诗言志"说起。

按照朱自清先生的说法，"诗言志"是中国诗学的"开山的纲领"（《诗言志辨》）。何谓"志"？许慎《说文解字》将"志"释为"从心，之声"，"之"在甲骨文里是"往"的意思，所以"志"就是"心之所往"。闻一多先生在《歌与诗》一文中认为"志"有三个意义：记忆、记录和怀抱。当然，这里的"怀抱"还不包括个人抒情，仅仅指向群体性的功利性的意愿。远古时期，没有"诗"，只有"寺"，说明"诗"是原始宗教活动的祷告或祈愿，后来才有了带"言"字偏旁的"诗"，也就是《毛诗序》所说的"在心为志，发言为诗"。所以"诗"最早是一种庙堂乐章。

"诗言志"的完整表述最早是在《尚书·尧典》："诗言志，歌用言，声依永，律和声"。《毛诗序》云："故正得失，动天地，感鬼神，莫近于诗。先王是以经夫妇，成孝敬，厚人伦，美教化，移风俗。"这里强调的是诗的政教作用。从《尚书·尧典》到《毛诗序》，"诗"有了基本定型的理论形态。孔子论诗以"思无邪"（《论语·为政》）来概括，后来发展为中和之美的温柔敦厚的诗教，也就是《论语·八佾》所言的"乐而不淫，哀而不伤"，确定了诗的颂美和怨刺并存的社会功能；再后来又增加"兴""观""群""怨"的辅助功能，以供君子立身行事及执政者教化天下之用。"诗言志"的政教作用与审美功能并具，奠定了中国诗学的基本取向，也成为诗与时代割舍不断的千古渊源。

对诗与时代这一源远流长的古老话题，吕进有何新说呢？

吕进从民族诗歌传统和百年新诗实际出发，用"时代自觉""生存关怀""使命意识"等术语来刷新既有的诗歌观念，强调新诗与时代保持密切联系，发挥为民族代言、感人向善的作用。

近百年的历史，是中华民族争取民族解放和独立的历史，是中华民族新生和崛起的历史。百年新诗的主潮、主调和民族命运休戚相关，诗人对民族命运的关注、对民族苦难的沉吟、对民族新生的欢呼是新诗的主旋律，诗人以其强烈的使命感和时代体验，成为民族的代言人。闻一多、艾青、戴望舒、穆旦、何其芳、臧克家、舒婷、北岛……在他们的诗篇里，有民族苦难的热泪和对民族解放、民族新生的讴歌。《死水》《我爱这土地》《我用这残损的手掌》《赞美》等都是为民族代言的优秀诗篇，今天读来依然回肠荡气，鼓舞人心。百年新诗遗传了古典诗歌的优良基因，承继了民族诗歌的优秀传统，对新诗的中国风格，吕进指出：

> 中国诗歌追求与时代同步，与人民同心，由是，它十分重视教化功能……诗是笑声与泪珠的凝结，诗是美的天使。从传统的道德审美理想出发，中国诗歌总是期望感人向善，净化心灵①。

当民族的生存压倒一切的时候，诗人们走出书斋，走出个人的小天地，走向抗日的大战场，为民族的解放和独立鼓与呼、唱与歌，于是有了艾青，有了戴望舒，有了穆旦，有了何其芳，有了臧克家。诗人的时代自觉，诗人的社会关怀，成为新诗的风向标。"优秀的诗人，总是与时代同步、与民族同心的。在写诗的时候，诗人会将自己作为审视对象，反躬内视，将自己作为常人的朦胧混沌的体验提高、净化为诗美体验，而后再用诗的媒介将这一体验传达给读者。"② 诗在承担时代使命的时候，只能以诗的方式来承担，以诗美来传达，进而实现诗与时代的功能。新时期的"归来者"诗人和"朦胧诗"诗人，给新诗创作带来了生机和活力，在表达民族忧患和民族精神上得到认可，正如吕进所言，"新时期的动人歌唱无一例外地都出现在人生探索与时代探索的交叉点上，出现在丰富的人生体验与丰富的时代经验的交叉点上"③。新诗这种融时代自觉和文体自觉、时代经验和人生体验于一体的追求，是古老的"诗言志"的现代形态，是对民族诗歌传统的开放，也是对现代社会的开放，有开放就有包容，能包容就能成长，如长江之水，滔滔不绝。

（二）诗与诗人

如果说诗与时代的关系，一般指诗与社会生活的联系；那么诗与诗人的关系，则偏重诗与诗人内心生活的联系。前者侧重"诗言志"，后者强调"诗缘情"。"诗缘情"是陆机提出来的，他在《文赋》中提出"诗缘情而

---

① 吕进：《传统诗歌与诗歌传统》，载《中国现代诗学》，重庆出版社 1997 年版，第 205 页。

② 吕进：《抒情诗人的修养》，同上书，第 265 页。

③ 吕进：《新时期十年：新诗，发展与徘徊》，载《新诗文体学》，花城出版社 1990 年版，168 页。

绮靡，赋体物而浏亮"的观点。朱自清在《诗言志辨》中对陆机的"诗缘情"评价颇高，认为陆机指明了当时五言诗的方向。今人陈良运在朱自清的基础上深入开掘，认为"诗缘情"是中国诗歌美学的宣言，诗之美首先是诗人情感之美，"诗缘情"使"诗咏性情"摆脱了政教的束缚而进入诗美的世界。

从百年新诗发展的历史看，诗人对社会生活的关怀和对内心生活的关切，是并行不悖的。如果说现实主义诗人较多关注社会生活的广度，表现出较多的生存关怀；那么现代主义诗人则更多关注内心生活的深度，表现出较多的生命关怀。"七月派"诗人和"九叶派"诗人，他们同中有异，异中有同，他们对家国民族命运的关注和呼喊是共同的，对内心生活的省察和体验是不同的。前者用诗歌去战斗，充满热血和激情；后者用诗歌去探险，在艺术世界里潜游。"归来者"诗人和"朦胧诗"诗人更多对历史的反思和民族的期盼；"第三代诗"更多自我沉醉和内心的烛照。只要是诗的，具有审美价值，都是合理的，恰如吕进所说的："对诗而言，内容与形式是否完美统一，决定着一首诗的完整性与审美价值。'性情'纳入诗的语言方式，才有诗；审美价值高的'性情'纳入优美的诗的语言方式，才有好诗"，"诗的'性情'既不是先天的自然感情，也不是后天的社会感情。二者并不能直接入诗。中国诗论讲的'情兴'，就是心物冲突消除后的一种升华与净化。"[1]诗人因情起兴，经过处理的没有杂质的纯净的情感，是真切的美好的情感，无论是社会情感还是个体情感，都具有审美价值，都具有诗性。诗是诗人个体情感最强烈的语言艺术，情感由内而外，诗人入乎其内，出乎其外，生命体验和时代体验在诗中融为一体，这样的诗才具有感染力。对"第三代诗"，吕进肯定了新诗在生命体验方面所取得的进步，同时指出这种探险不能偏离诗的轨道，要防止语言的非诗化和情感丑陋化的侵入。"诗是诗人对现实世界的一种美的升华与净化"[2]，不管诗人的情感如何隐秘，但前提是真诚的、美好的，而非粗鄙的、丑陋的。人们欣赏李商隐的《无题》诗，尽管难懂，但它是好诗，因为诗人的情感是美好的，是可以咀嚼和回味的，丝毫不因为诗人内心的隐秘而影响其艺术价值。这，或许就是吕进所言的诗

---

① 吕进：《抒情诗人的修养》，载《中国现代诗学》，重庆出版社 1997 年版，第 262 页。
② 同上书，第 265 页。

的情感的升华和净化，正是这种情感，诗人和诗达成了默契。

（三）诗与读者

诗歌发挥社会功能的桥梁是读者。没有读者的诗，只能是半成品、次品或废品。诗的鉴赏离不开读者，诗的接受与传播更离不开读者。读者参与诗的再创造。诗人对读者的拒绝，只会带来读者对诗的排斥。没有读者的诗，只能是纸上的文字或符号。诗在寻找读者，读者在寻找诗，读者和诗的相遇，才是最美的相遇。吕进是新时期以来罕有的重视读者、尊重读者、具有读者意识的现代诗论家，他有许多关于诗歌鉴赏、诗歌传播和诗歌读者的阐释，精妙绝伦，启人深思。这里稍举两例。比如，"诗人不但为读者创造诗，也为诗创造读者"，"一代读者的追求影响诗的审美取向，一代读者的响应性状态提高诗的审美价值。优秀诗人并不故意去造成'轰动效应'，但是他珍视读者的共鸣。优秀诗人用心灵写作，以形式表达心灵"。① 即使用这段话来观照民族古典诗歌，道理也充分。古典诗歌的成熟，是律诗绝句形式的成熟；而这种形式的成熟，与其说是诗人创造的，不如说是诗人和读者共同创造的，成为民族诗歌审美心理积淀，成为"有意味的形式"。反观新诗的不足，其中之一是没有相对成熟的形式，影响新诗的传播和接受。再如，"诗对读者的选择，读者对诗的选择，是关系诗歌兴衰的选择。如果诗只是诗人的一种个人的自娱，或者只是诗人小圈子中的自赏，诗就不可能在诗人与读者之间建立默契"②。这段话吕进是在 20 世纪 80 年代末说的，当时诗坛存在的问题，迄今依然有增无减。诗坛的沉寂、新诗所遭遇的读者的冷遇、新诗的边缘化处境，一定程度上是诗与读者的阻断。新诗如何创造读者，尊重读者，赢得读者，依然是新诗发展的重要课题。吕进对诗歌读者问题的阐释，既有重要的理论意义，更不无深刻的现实意义。

二、诗的审美功能

如果说诗的社会功能体现诗的时代自觉，那么诗的审美功能体现诗的文体自觉。在吕进看来，诗的审美功能主要有二：

一是诗与语言。诗既可以宣泄，也可以净化，但宣泄的目的是为了净

---

① 吕进：《抒情诗人的修养》，载《中国现代诗学》，重庆出版社 1997 年版，第 267 页。
② 吕进：《在求实的气氛中勇敢探索——中国新时期诗歌研讨会开幕词》，同上书，第 262 页。

化。从创作层面讲，"诗人写诗往往是为了解脱外部对情感的重负，是为了一吐积愫"①，吕进这种看法符合诗歌创作实情，也就是古人所说的"诗可以怨"。钱钟书有一篇名文《诗可以怨》，详尽探讨了诗歌宣泄情感的功能，古今中外的诗例信手拈来，侃侃而谈。刘勰所言的"蚌病成珠"，韩愈所言的"不得其平则鸣"，欧阳修所言的"诗必穷而后工"，都是指诗对情感的宣泄。但"宣泄不是优秀诗歌的终端目标，宣泄的目的是为了将诗美光亮投进读者的心灵，提高读者对美的领悟性，净化读者的心灵"②。而语言是实现诗歌净化功能的唯一的媒介，"优秀诗歌的语言足以影响一个民族的语言习惯和语言质量，所谓'不学诗，无以言'"，"诗要实现净化语言的功能，诗人就要珍爱民族语言，提高自身的语言水平"③，如果说诗的使命是净化，那么承担这一使命的是语言，语言是实现诗美的通途。诗的探索和实验，主要表现在语言上，"在不少诗人笔下，语言的语义性减弱，体验性增强；指称性减弱，表意性增强；'意义'减弱，'意味'增强；意指错位赋予诗歌语言陌生化与风格化。"④ 吕进对"朦胧诗派"诗人和"第三代诗"诗人的语言创新，给予了充分肯定，认为其具有文体自觉的诗学意义。

二是诗与传统。这里指新诗要对民族诗歌、民族艺术的优秀传统持开放的态度。开放的态度，包含在批判中继承，在继承中批判，既不能泥古不化，又不能全盘抛弃，要有选择地兼收并蓄。"人生代代无穷已，江月年年望相似"，"今人不见古时月，今月曾经照古人"。民族诗歌优秀传统，犹如天空中的明月是永恒的，是民族审美意识的心理积淀，蕴含民族诗歌的人格理想和审美趣味，是新诗发展的源头活水。吕进诗学思想的开放性和丰富性，体现在他对民族诗歌优秀传统的尊重，他的诗学思想既是历史的，又是美学的，因此具有时代的穿透力。"中国新诗只有将优秀传统作为拥抱当代的立足点，才可能更彻底更有效的自我刷新。每一个时代诗的发展，都要受到先前的诗歌优秀传统的制约。任何一位诗人，不管他多么有天才，他都生活在传统中，他都得依靠传统诗歌业已取得的艺术经验和成就，从而在艺术

---

① 吕进：《诗，生命意识与使命意识的和谐》，载《新诗文体学》，花城出版社 1990 年版，第 210 页。

② 同上。

③ 同上书，第 211 页。

④ 吕进：《新时期诗歌的逆向展开》，同上书，第 181 页。

的道路上实现民族诗歌审美发展的接续。"① 这段话吕进是在 20 世纪 80 年代中后期说的，但现在来看依然没有过时，今后也不会过时。吕进尊重传统，他的诗学思想具有辩证法魅力。有些前卫诗人抛弃传统，奢谈创新，好像是要抓住自己的头发想要飞离地球一样，让人笑掉大牙。对民族诗歌优秀传统的尊重，就是对历史的尊重，民族诗歌优秀传统犹如血液，流淌在每一个诗人的身上。

三、诗的功能与诗的价值

吕进认为诗的功能是多方面的，比如陶冶性情、净化心灵、歌唱生活等，它与诗的价值成正比。从诗的使命意识看，诗人的位置与他所承担的社会使命是一致的，优秀的诗篇能奏出时代主旋律的篇章，优秀的诗人被誉为民族的代言人和时代的良知，比如艾青、臧克家、闻一多、穆旦等；从诗的生命意识看，追求诗的纯粹性和永恒性，进行语言探险和实验，表现出新诗文体自觉，诗人的主观体验和自我观照，促使新诗的本质回归，提高新诗的审美价值，这些都是新诗应有的审美功能。总之，诗不能回避社会使命，理当寻求社会价值，但必须遵循诗的艺术规律；诗要提高审美属性，纯诗的追求无可厚非，但诗人和其他人一样是社会关系的总和，不能淡化甚至漠视诗歌应有的社会功能。在吕进看来，诗是社会功能和审美功能的统一，是时代自觉和文体自觉的统一，是诗人使命意识和生命意识的统一。21 世纪初，吕进提出诗歌精神重建的重大诗学命题，吕进认为：

> 作为心灵艺术的诗歌理应在这个大时代背对嘲弄意义、反对理性、解构崇高、取消价值的思潮，承担起自己的美学责任，创造中国诗歌的现代版本和现代诗歌的中国版本。应当指出，中外优秀诗歌无一例外地都具有"不纯性"——杰出的诗人不但要关怀艺术技法，还要关怀人的终极价值，更要发挥公共文化人、社会良知的功能，通过诗的渠道投入时代大潮，消解旧价值观，建构新价值观，参与对现实的"诗意的裁判"（恩格斯语）和人们精神家园的建造。②

---

① 吕进：《传统诗歌与诗歌传统》，载《中国现代诗学》，重庆出版社 1997 年版，第 214 页。

② 吕进：《现代诗学的两个前沿问题》，《河南社会科学》2004 年第 3 期。

诗歌精神重建的命题，其实就是要实现诗的审美价值和社会价值的统一，在两者之间寻找最佳的平衡点，主流诗人应该校正自己在时代的位置，创造出无愧这个时代这个民族的优秀诗作。

第三节　诗的分类

新诗分类学是吕进现代诗学体系的组成部分之一。从 20 世纪 80 年代初成名的现代诗学学者的著作来看，专章专节探讨新诗种类的著作是不多的，个中原因主要是每个学者现代诗学研究领域的侧重点不同。在笔者有限的阅读中，对新诗分类学有一定兴趣并进行专门探讨的学者，除了吕进之外，要数吴开晋了。吴开晋在其《现代诗歌艺术与欣赏》一书中，将叙事诗、散文诗、讽刺诗、寓言诗、哲理诗、儿童诗纳入诗的体裁与类别中逐一探讨，作出阐释，代表了 20 世纪 80 年代中期新诗分类学研究的水平。但明眼人一看就知道，吴开晋的分类没有标准可言，有些随意性，而且将小诗排除在外，不符合新诗发展的实际。吕进对新诗的分类研究，比其他学者起步早，在这个领域里多年耕耘，凿井掘泉，因此比其他学者收获也多。1982 年吕进出版的《新诗的创作与鉴赏》中，创作篇的第八章"诗的品种"属于专章探讨；在 1990 年出版的《新诗文体学》中，吕进就叙事诗、小诗、寓言诗、散文诗、现代格律诗等作了专题阐述；在 1991 年出版的《中国现代诗学》中，吕进用三章（第十五章、第十六章、第十七章）篇幅，对诗的分类进行了探讨，是迄今为止较为详尽的新诗分类研究；2000 年后吕进致力于新诗诗体研究，这是他的新诗分类学研究的自然延伸和批评实践。因此，新诗分类学研究不但是吕进诗学研究的重要领域，而且是他现代诗学思想的组成部分，他在这个领域的辛勤耕耘和取得的成果，让人肃然起敬。

一、分类的标准

吕进把审美视点和诗的语言作为新诗的分类标准。这一分类标准具有简明性和可操作性，可以从繁复芜杂的新诗创作中抽象出具有诗学意义的新诗品类，夯实新诗研究的文体基础。

从百年新诗的发展看，胡适的《尝试集》是中国第一部个人诗集，尽管有些诗作还带有旧体诗的痕迹，但白话站稳了脚跟，在诗的面前抬起了头，白话文取代文言文成为现实，成为各体文学使用的语言。胡适作为新诗的"开山祖师爷"，无论是在创作上还是在理论上都是有历史贡献的。1921年出版的郭沫若的诗集《女神》，成为新诗的奠基之作。继而小诗风靡一时，冰心的《繁星》《春水》、宗白华的《流云小诗》等，都是小诗的翘楚之作；此时前后，散文诗也蔚为壮观，数量不菲，鲁迅的《野草》成为散文诗的经典。及至"新月"诗派成长壮大，现代格律诗创作呈一时之盛。20世纪三四十年代，无论是现实主义诗歌还是现代主义诗歌，无论是抒情短诗还是长篇叙事诗、讽刺诗、街头朗诵诗，这些诗歌都和国家民族命运联系在一起，新诗创作呈现空前的活跃。20世纪50—60年代初，新诗有短暂的回光返照，诗的民族形式讨论活跃，政治抒情诗取得一些成果，贺敬之、郭小川的"楼梯体""新辞赋体"新诗在形式上有创新。"归来者"诗人和"朦胧诗"诗人，带来了新时期诗歌的繁荣，20世纪80年代耿林莽、郭风的散文诗，孔孚的山水诗有一定的特色。"第三代诗"喧哗骚动，标志着新诗"向内转"。20世纪90年代的先锋诗在叙事上有创新，带来了新诗审美的异质性。自20世纪90年代至今，新诗自由诗一体独大，现代格律诗势单力薄。吕进提出"诗体重建"的设想，引起国内外诗界的广泛关注和思考。一百年来新诗取代旧诗，成为现代中国人表达思想感情的主要诗歌体裁，这种风景，借用陶渊明的《桃花源记》来说，就是"忽逢桃花林，夹岸数百步，芳草鲜美，落英缤纷"。

但问题来了，面对品类繁多的新诗，如何分类？既要尊重事实，把握规律，突出主线；又要避免芜杂，分清主次，有科学依据——看似简单的问题，其实并不简单。

吕进从审美视点和诗的语言的角度对新诗分类，简洁明了，具有学理性，这取决于吕进对诗的本质规律的把握。一是坚持中国诗歌"大而化之"的分类学传统。这种分类标准，最早可以追溯到《诗经》，后人把《诗经》分为风、雅、颂三类，是从表现内容上区分的。沈约的"四声八病"理论带来了诗歌格律化契机，为唐代律诗、绝句的成熟奠定了基础。所以同样是五言诗或七言诗，唐以前称之为古体诗，唐和唐以后称之为近体诗。这是从格律上区分的，也是大而化之的分类标准。二是承传中国诗学感悟性特点。中国诗学批评术语，偏重描述性和体验性，不是逻辑的严密的界定，而是感性的模糊的描绘，具有准概念或类概念的特点，这种特点和中国文字的属性有关，和中国天人合一的哲学有关。吕进的新诗分类基于两个向度：一是

"中国诗的一般规律和中国新诗区别于中国古诗所独具的特殊规律，也包括不同类型的新诗更为特殊的个别规律"①；二是既"注意到诗歌分类的历史性"，又"注意到诗歌分类的模糊性和例外性"②。吕进新诗分类学是中国诗学民族传统和现代特质、共性和个性的合一，具有科学性和开放性品格。

从审美视点考察，吕进将新诗分为内视点诗歌和双重视点诗歌。

内视点诗歌，偏重诗人内心世界的披露，偏重诗歌的音乐性，广义的抒情诗及其抒情诗的变体，都属于内视点诗歌，比如小诗、山水诗、爱情诗、咏物诗等。

双重视点的诗歌，是指以内视点为基础、以外视点为补充、音乐性和形象性并具的诗歌，主要有叙事诗、散文诗、寓言诗、讽刺诗、剧诗等，这些诗歌不同程度上有叙事性存在。

从语言方式来分类，切入的角度比较多。比如，从有无格律的角度，新诗可以分为自由诗和现代格律诗。自由诗诗无定节，节无定行，行无定字，一般以诗情的内在起伏为原则来建行定节，偏重内节奏；格律诗遵循一定的韵式和段式，或整齐归一或参差有致或对称回环，用韵也有规律可循，偏重外节奏。

二、新诗分类举隅

吕进对新诗的分类研究，不是为分类而分类，而是通过分类，通过不同种类诗歌的比较，从个性中发现共性，从共性中找到个性，来把握新诗的文体特征，为新诗的文体研究奠定基础。吕进对新诗的分类学研究，不乏精彩独到的发现和阐述，这里仅以叙事诗和现代格律诗为例，略加分析。

（一）叙事诗

吕进对叙事诗颇有研究，而且从《新诗的创作与鉴赏》的"创作篇"第八章第一节"叙事诗"来看，无论是观点还是材料，无论是语言表述还是结构安排，吕进都呈现出早熟的诗学家的气质。《叙事诗》一节毕竟写于1981年，其时以艾青领头的"归来者"诗人带来了新诗创作的春天，但新诗理论研究的春天并没有如约而至。前人虽有一些零星的对叙事诗的论述，一般停留在主观印象的描述上，而理论深度不够，如茅盾的《叙事诗的前

---

① 吕进：《诗的分类》（上），载《中国现代诗学》，重庆出版社 1997 年版，第 278 页。
② 同上书，第 279 页。

途》。从新诗创作来看，叙事诗的创作从 20 世纪 20—40 年代都有长篇佳作，朱湘的《王娇》、孙毓棠的《宝马》、艾青的《火把》、李季的《王贵与李香香》等堪称代表；在 20 世纪 60 年代，闻捷的《复仇的火焰》、李季的《杨高传》等都名重一时，这些长篇巨构是新诗史上的力作，因此加强对叙事诗的研究很有必要。可以这样说，吕进对叙事诗的研究起步早，在新时期文体理论研究中具有拓荒的性质，完全不同于 20 世纪 60 年代对叙事诗的政治社会学研究；而且叙事诗研究难度大，可资借鉴的理论资源不多。

且看吕进在《叙事诗》一文中，或详或略分析的叙事诗作品：《古诗无名人为焦仲卿妻作》《木兰诗》；郭小川的《白雪的歌》《一个与八个》《月下》《秋日谈心》；马雅可夫斯基的《列宁》；艾青的《吹号者》《他死在第二次》《火把》；普希金的《茨冈》《高加索的俘虏》；邓海南的《红蝴蝶》；力扬的《射虎者及其家族》；李季的《王贵与李香香》；阮章竞的《漳河水》；张志民的《死不着》。吕进在这篇文章中从抒情、结构、语言三个方面分析了叙事诗的文体特征，理论上吸收了《汉书·艺文志》、何其芳、黑格尔的有关论述，横向上将叙事诗与鲁迅的小说《阿 Q 正传》进行了比较。置于 1981 年新诗研究复苏的初期，吕进对叙事诗的研究，无论是纵向、横向的比较研究方法，还是列举的中外叙事诗作品，以及文章结构的安排，都体现出吕进作为一个诗学家的开阔的视野和善于从繁复的诗歌作品、诗学现象中抽象出本质规律的整合能力。吕进将诗歌分类学看作中国诗学体系的重要组成部分，这种思想萌芽于《新诗的创作与鉴赏》，成熟于《中国现代诗学》，在 20—21 世纪之交的若干论文比如《从文体看中国新诗》《论新诗的诗体重建》《论中国现代诗学的三大重建》中得以完善。

如果说《新诗的创作与鉴赏》对叙事诗的讨论以材料丰富见长，那么收入《新诗文体学》中的《论叙事诗》一文，以观点的鲜明、深刻而独树一帜。比如，吕进认为叙事诗是"用两只眼睛看世界"："抒情诗的着眼点是内心生活，它不打算对外在现实进行广泛、细致的描绘与叙述。叙事诗却用两只眼睛看世界：一只观察内心生活，一只观察外在现实。叙事诗是情与事有辩正意味的斗争与和谐"，"它仿佛是现实世界，其实是诗的太阳重新照亮的世界"①。看得出来，吕进对叙事诗的论述，从注重材料的分析到注

---

① 吕进：《论叙事诗》，载《新诗文体学》，花城出版社 1990 年版，第 87—88 页。

重理论的提升，从现象的描述到诗美本质的概括，显示出清醒的文体意识，体现出一个现代诗学理论家的不断成熟。

在《中国现代诗学》中，吕进对叙事诗的论述，重点在叙事诗诗美特征的概括，吕进认为"叙事诗有三个美学特征：叙事结构的抒情性，意象的复调性，语言方式的二重性"，并认为"双重性的审美视点是叙事诗最本质的诗美特征"①。通过前后对比，可见吕进对叙事诗的思考稳中求变，"两只眼睛"和"双重性的审美视点"是前后一致的地方，但"意象的复调性"即叙事诗意象的自指性和他指性是一个新观点，体现了吕进对叙事诗的思考不断走向深入。

（二）现代格律诗

在 20 世纪 90 年代早期出版的《中国现代诗学》中，吕进对现代格律诗的观点主要体现在三个方面：第一，格律诗出现的必要前提是全民族有一个公认的格律标准，从这个角度讲，中国迄今还没有真正意义上的现代格律诗。第二，中国现代格律诗的格律标准的确立，需要长期且丰富的艺术实践。因此，诗人的实验具有第一位的意义。第三，诗歌格律的实质就是诗歌形式技巧中的部分语音问题。中国现代格律诗的实验必须建立在现代汉语言文字语音特点的基础上。进入 21 世纪以后，吕进对现代格律诗又有许多新的看法，这里列举一例："无论哪种民族的诗歌，格律体总是主流诗体，何况在中国。中国新诗急需倡导、壮大现代格律诗，争取在现有基础上将现代格律诗建设迅速推向成熟。严格地说，自由诗只能充当一种变体，成熟的格律诗才是诗坛的主要诗体。"② 吕进提出"诗体重建"的构想，其中之一就是"倡导格律诗"，这是平实之论，无论同意不同意，自由诗"一枝独秀"是诗坛的偏枯现象，不应该如此。没有成形的现代格律诗，自由诗越来越在自由的道路上裸跑，和诗脱轨，这不利于新诗的健康成长和发展。吕进提出的"诗体重建"的构想，是一个富有诗学价值的真命题，但目前不具备重建现代格律诗的外在条件：一则社会普遍浮躁，能沉下心来探索现代格律诗的诗人不多，尤其是有才华的年轻诗人不多，格律诗建设更需要创新性思维，需要智力、体力和精力；二则现代格律诗建设需要闻一多似的领头人，

① 吕进：《诗的分类》（中），载《中国现代诗学》，重庆出版社 1997 年版，第 294 页。
② 吕进：《论新诗的诗体重建》，载《现代诗歌文体论》，广西师范大学出版社 2003 年版，第 153 页。

需要诗人、诗学家、语言学家、语音学家、传统媒体、现代媒体的多方联动，需要一种实诚的探索的氛围。

吕进对现代格律诗的关注和思考，同步于他的现代诗学研究，并一以贯之。在 1982 年出版的《新诗的创作与鉴赏》中，"现代格律诗"单列于"诗的形式"之一节；在 1990 年出版的《新诗文体学》中，《现代格律诗的新足音》一文，标志着吕进的现代格律诗诗学思想的成熟，这篇文章他提出了许多有价值的看法和观点，他后来提出的关于现代格律诗的思考和提出诗体重建的构想，都是此文的延伸和发挥。进入 21 世纪，吕进用自由诗比参现代格律诗，用现代格律诗反思自由诗，体现了吕进现代诗学辩证法思想。吕进是继闻一多、何其芳之后对现代格律诗理论深有建树的诗学家，这应该引起诗学理论界的关注和热情。

三、新诗分类学的意义

吕进的新诗分类研究，是对新诗文体发展规律的描述和把握，拓展了新诗研究的畛域。在现代诗学学者中，对新诗种类进行整体研究并不多；在单一诗体研究上，有些学者的成果值得肯定，比如许霆对十四行体新诗的研究和对现代格律诗的研究，是新诗分类学研究厚重沉实的成果。吴思敬的《诗歌基本原理》是一部出版比较早的诗学理论著作，作者建构现代诗学基础理论的努力清晰可见，但对新诗的种类一字不提，难免是一个小小的遗憾。吴开晋的《现代诗歌艺术与欣赏》是 20 世纪 80 年代中期出版的诗学专著，内容丰富，他对诗的格律和诗的体裁有专章探讨，但开拓深度不够，停留在一般性的叙述上。2005 年杨匡汉的《中国新诗学》出版，洋洋洒洒近三十万字，属于颇有深度的专题探讨，但对新诗种类一字不提，也留下一点缺憾。中国新诗发展史，一定程度上是新诗诗体发展史。谢冕长于新诗史研究、新时期诗歌研究、新诗思潮研究和诗人论，对推进 20 世纪新诗研究作出了重要贡献，但新诗种类没有进入他的研究视野。谢冕在《地火依然运行》一书中，提出现代意象诗、现代史诗、现代学院诗、现代工业诗、现代军旅诗、现代边塞诗等概念，这些都是对诗歌表现题材的分类，不是严格意义上的新诗分类学。值得一提的是王光明的《现代汉诗的百年演变》，对自由诗、格律诗、散文诗进行专章探讨，颇有学理深度。因此，新诗种类研究属于现代诗学研究的薄弱环节，吕进以自己多年不舍的努力和探索精神，辛勤耕耘。20 世纪 80—90 年代吕进注重新诗品类研究，21 世纪以来吕进注重诗体研究，都取得了可喜的成果，为后来者深入研究奠定了坚实的基础。

吕进的新诗分类研究，属于新诗文体研究的范畴。在研究路径上，他注重作品，看重个案，通过文体理论对作品的观照，抽象和提炼出新诗种类的一般诗美和特殊诗美，这在诗学研究上具有方法论价值，给后人颇多启发。

吕进的新诗分类研究，是吕进诗学研究领域和特色的呈现。新诗文体研究，属于新诗基础理论研究，是对新诗之为诗的文体特征的把握。新诗的发生和和动态演进，新诗思潮的萌生和变革，一定程度上体现在新诗种类上。对新诗种类的研究，可以深化和推进新诗其他领域的研究，也可以对新诗未来发展做出前瞻性的思考和判断。

大约从 1997 年开始，吕进将大部分精力放在新诗诗体个案研究上，主要成果体现在《文化转型与中国新诗》一书上，这是中国现代诗学研究的一个大冷门，一方面体现了吕进不赶时髦不凑热闹的学术个性，不为表面的繁荣所迷惑，对 20 世纪 90 年代以来热得烫人的先锋诗研究、"现代派"诗歌研究，吕进不为所动，而是着力于自己多年耕耘的新诗文体领域；另一方面，百年新诗创作经验的沉淀，不在新诗思潮流派上，而在新诗诗体探索上，对新诗诗体建设成果进行清理，对推进新诗进步有积极意义，对年轻诗人创作少走弯路有实质性的帮助。而且，吕进从新诗文体共性的研究，到新诗诗体特性的研究，到"诗体重建"课题的提出，呈现出内在的诗学逻辑，是一个诗学家独立思考的学术品格的体现。

第五章　吕进诗学的话语范式

　　吕进诗学话语是有体系性和个性特色的，这不仅在于诗评家以富有学理性的诗学言说，对诸多诗学问题进行了鞭辟入里的剖析与阐释，诚如阿红曾这样称赞吕进诗学的那样："他建立的这个新诗学体系，具有鲜明的中国性、现代性、科学性、实践性"①；他还通过移借、化用一些诗歌术语，创设出不少具有理论表现力和学术阐释度的话语范式，这些范式包括"诗家语""审美视点""媒介""弹性""文体"等。本章将对这些话语范式加以细致分析，进而从一个特定角度将吕进诗学的理论深度和独创性特点呈现出来。

第一节　诗家语

　　在吕进的诗学话语中，"诗家语"应该是非常重要的理论范式。这一范式不仅反复出现于吕进的诗学论文与专著之中，而且毫不夸张地说，它还贯穿了吕进近四十年的学术思考与诗学体系建构的始终。分析吕进"诗家语"观的理论内涵，不仅有利于我们深入认识吕进诗学思想的丰富性与深刻性，而且还有利于我们对当代诗歌创作做出更正确的价值评判，从而有力地促进其健康的发展与有序的提升。

　　"诗家语"一词并非吕进的首创，而是出自宋代诗人王安石之口。宋人魏庆之编《诗人玉屑》卷六载："王仲至召试馆中，试罢，作一绝题云：'古木森森白玉堂，长年来此试文章。日斜奏罢《长杨赋》，闲拂尘埃看画

---

① 阿红：《一个新体系的构建——序〈吕进诗论选〉》，载《吕进诗论选》，西南师范大学出版社 1995 年版，第 3 页。

墙.'荆公见之,甚叹爱,为改作'奏赋《长杨》罢',且云:'诗家语,如此乃健.'"在王安石看来,"日斜奏赋长杨罢"才是劲健的"诗家语","日斜奏罢长杨赋"则只是平常乃至平庸的诗句。为什么同样的词语经过不同的编排,便会出现"如此乃健"的"诗家语"与意味淡寡的平常语之别呢?"诗家语"的美学玄机究竟存于何处,古人对此似乎并未确切言明。直到现代,这个问题才由著名学者周振甫先生做了细致阐发。在《诗词例话》里,周振甫设专节来论述"诗家语"之义,并指出:"王安石说的'诗家语',就是说诗的用语有时和散文不一样,因为诗有韵律的限制,不能像散文那样表达。要是我们用读散文的眼光去读诗,可能会忽略作者的用心,不能对诗作出正确的理解,那自然体会不到它的好处,读了也不会有真感受。"① 这样的解释还是比较到位的。不过,作为重要诗学术语,很长时间以来,"诗家语"只是被用于古典诗词的创作、鉴赏与批评之中,而不被用于新诗之中。成功地将其移借过来,用以系统阐释新诗的创作与鉴赏的,正是吕进先生。从 1982 年出版的第一部诗学著作《新诗的创作与鉴赏》,到 2014 年 5 月在《文艺研究》上发表篇幅达 16000 余字的《论"诗家语"》长文,我们能清楚地认识到,"诗家语"已然构成了吕进诗学的重要理论符号,它在吕进的诗学话语建构中一直扮演着重要角色,发挥着不可忽视的学术功能和作用。

　　吕进的第一部诗学专著《新诗的创作与鉴赏》由"本质篇""创作篇""鉴赏篇"三部分构成,其中属于"本质篇"的第三章"诗的形式"和属于"创作篇"的第六章"诗的修辞"已初步涉及"诗家语"的话题。"诗的形式"一章论及新诗所具有的音乐美、排列美和精炼美等特征,并指出,"音乐美是诗的语言与散文语言的分水岭"②,"诗的篇幅小、文字少,每个词、每个句子都要十分精炼。诗要洗刷成晶体,去掉一切拖泥带水的成分。诗中重要词句,通过各种排列方式(单独成行、重要词语的跳跃等)而得到突出"③。"诗的语言来源于日常语言,但前者不是后者的复制,而是后者的加强形式。诗的语言不同于日常语言,是由诗的抒情决定的有较高价值的艺术语言。它不但有音乐美、排列美,而且有一切文学样式都望尘莫

---

① 周振甫:《诗词例话》,中国青年出版社 1962 年版,第 8 页。
② 吕进:《诗的形式》,载《新诗的创作与鉴赏》,重庆出版社 1982 年版,第 71 页。
③ 同上书,第 90 页。

及的精炼美。"① "诗的语言的几种词义的并含，即诗的语言的弹性，是诗的语言特有的精炼美。"② 上述论说虽未标以 "诗家语" 的诗学范式来直接点明，但其实都是 "诗家语" 的题中应有之意。因为此中言及的 "音乐美" "精炼美" "弹性" 等要素，正是吕进在后期谈论 "诗家语" 时反复阐释的内容。从这个角度上，我们不妨说，吕进《新诗的创作与鉴赏》的学术实践，为他后来提出 "诗家语" 概念并加以系统阐发作了厚实的理论铺垫。

1984 年出版的《给新诗爱好者》是吕进的第二部学术专著，在这部专著中，吕进将 "诗家语" 列为单独一节来具体阐释，这可以看作吕进诗学话语建设的一个重要信号，它意味着 "诗家语" 作为一个具有极大理论阐释力的话语范式，正式出现于吕进的诗学言说之中。在这一节不足 3000 字的篇幅中，"诗家语" 作为关键词就出现了 20 次之多，足见其频率之高。而围绕 "诗家语" 所作的理论概述，不仅言之凿凿、铿然有声，闪烁着灵性和智慧的光芒，从而构成了吕进诗学言说中极为精彩的部分，而且还为其后期诗学理论的不断发展和深化埋下了伏笔。例如下述语句，"诗家语来自日常语，但又有自己独特的词汇、语法、逻辑、修辞，它是日常语的最高程度的提炼与强化"③；"诗家语不但要表达感情世界，而且它自身的音乐美也形成鉴赏者的鉴赏内容"④；"只求'文理能通'，实际上是在运用日常语，而并没有寻求到诗家语。诗家语并不总是接受通常'文理'的裁判"⑤；"诗家语是超越日常语的日常语"⑥；"非日常语化的日常语，是诗家语的极诣"⑦，等等，都是吕进对新诗创作中的 "诗家语" 进行的精彩的学术概括和理论总结，为我们准确理解新诗的成功要诀和美学精髓提供了重要指南。

吕进的《一得诗话》出版于 1985 年，在这部专著中，诗评家以诗话的形式阐释了若干重要诗学问题，其中论及的 "无理而妙" "诗出侧面"

---

① 吕进：《诗的形式》，载《新诗的创作与鉴赏》，重庆出版社 1982 年版，第 104 页。
② 同上书，第 115 页。
③ 吕进：《诗家语》，载《给新诗爱好者》，重庆出版社 1984 年版，第 22 页。
④ 同上书，第 22—23 页。
⑤ 同上书，第 24 页。
⑥ 同上。
⑦ 同上书，第 25 页。

"'不尽意'与'达意'"等话题，都可以说是围绕"诗家语"来做文章的。如论述"无理而妙"时，吕进提到了三种情态，即"情出常态""诗出常格""形出常规"，并总结为："可以说，在大多数情况下，不摆脱常态、常规、常格的束缚，诗就成不了抒情艺术。"① 吕进所说的"无理而妙"的三种情态，都是由诗家语所生发出来的，是由诗家语所促成的。没有"无理而妙"的诗家之语，抒情诗就无法呈现"情出常态""诗出常格""形出常规"的艺术妙境。因此，在论述完"无理而妙"的三种情态后，吕进接着对"诗家语"作了一定阐释，他说："古人称诗家语为'醉中语'。……在'醒'者眼中，诗家语是违背常理、颠三倒四的语言。但这正是诗之'善'者。"② 在论述"诗出侧面"的诗学观时，吕进指出："诗歌技法中有'侧面用墨'。不落墨于吟咏之物，而着笔于它给人的印象或反响，或着笔于相关、相似、相反的事物，就是这种技法的精髓。"③ 这里隐含着这样的意思：诗家语一般情况下并非直接吟咏之物，而是"侧面用墨"之言。在此基础上，吕进后文中也特别指出了"锤炼'诗家语'"的重要性④。谈到"'不尽意'与'达意'"的诗学话题时，吕进认为："好诗，都是'不尽意'与'达意'的统一。"⑤ 在这一节的结尾处，吕进写道："前引的孟子的话的全句是：'言近而旨远者，善言也。'大诗人都是'善言'者。"⑥ 也就是说，在吕进看来，大诗人都是善于使用"诗家语"的语言大师。

《新诗文体学》和《中国现代诗学》这两部专著，在吕进的诗学言说和体系建构中具有里程碑意义，两部著作分别出版于 1990 年和 1991 年，著作中不少章节都对"诗家语"作了更深刻的阐发。在《新诗文体学》中，吕进论及"诗的通感"时，开章明义指出："'诗善醉'。这'醉意'的表现之一就是通感。"⑦ 随后，吕进阐释道：诗家语即为"醉言"，无论是"主观性通感"，还是"客观性通感"，都是以"诗家语"来表现"各种感觉的

---

① 吕进：《无理而妙》，载《一得诗话》，四川文艺出版社 1985 年版，第 48 页。
② 同上。
③ 吕进：《诗出侧面》，同上书，第 100 页。
④ 吕进：《无理而妙》，同上书，第 106 页。
⑤ 吕进：《"不尽意"与"达意"》，同上书，第 151 页。
⑥ 同上书，第 158 页。
⑦ 吕进：《诗的通感》，载《新诗文体学》，花城出版社 1990 年版，第 19 页。

有无相通、彼此相生、此叩彼应"的①。在《论诗的文体可能》一节里，吕进指出"诗是语言的超常结构"，在充分认可韦勒克、沃伦关于"诗是一种强加给日常语言的'有组织的破坏'"的文学观念的基础上，吕进将这种"破坏"具体概括为两方面，即"破坏"词义、"破坏"语法，并认为："破坏"的结果，产生了特殊的语言，中国人称为"诗家语"，西方人叫做"poetic diction"。②《论新诗语言的精炼美》一节里，吕进将通向精炼美的途径概括为"选词的独特性""词的组合的独特性""句法的独特性"三种③，其实正是在论述诗家语生成的几种方式。

作为国内第一部体系完备的"现代诗学"论著，吕进《中国现代诗学》的学术价值不言而喻，这部著作中的大量篇幅都可以说是围绕"诗家语"来立论的。第四章《抒情诗的艺术媒介》写道："诗没有现成媒介，它只好向一般语言借用艺术媒介。诗的创作就是诗美体验与一般语言的碰撞，碰撞的目标是使内在符号和外在符号相和谐。"④"所谓诗的语言方式，就是诗独特的用词方式、语法规范和修辞法则。具体说来，一般语言在诗中成为内视语言，灵感语言，实现了（在散文看来的）非语言化、陌生化和风格化。"⑤"内视语言"，"非语言化、陌生化和风格化"正是"诗家语"的基本特征。第五章《抒情诗的媒介特征（上）》，吕进主要论述抒情诗的"音乐性"问题，他认为："新诗的音乐性包括内在音乐性和外在音乐性两个层次"，"内在音乐性是指诗情呈现出的音乐状态。音乐表现内心生活，并凭借最不便于造成空间形象的声音直接渗透到鉴赏者的内心。诗也是内心艺术，虽然它比音乐更带明确性和具体性。情绪的强烈起伏形成新诗的内在旋律"。⑥ 第六章《抒情诗的媒介特征（下）》中，吕进着重阐释了抒情诗的"弹性"特征，他指出："诗的弹性包括词语弹性、句构弹性以及由语言创造的意象弹性。"⑦"诗篇弹性的炉锤之妙，全在事物之间、情感之间、物我

---

① 吕进：《诗的通感》，载《新诗文体学》，花城出版社 1990 年版，第 19 页。
② 吕进：《论诗的文体可能》，同上书，第 40 页。
③ 吕进：《论新诗语言的精炼美》，同上书，第 52—56 页。
④ 吕进：《抒情诗的艺术媒介》，载《中国现代诗学》，重庆出版社 1997 年版，第 65 页。
⑤ 同上书，第 71 页。
⑥ 吕进：《抒情诗的媒介特征（上）》，同上书，第 85 页。
⑦ 吕进：《抒情诗的媒介特征（下）》，同上书，第 92 页。

之间在语言上的联系和重叠。"① 吕进还深刻地指出，诗的弹性是创作现象与阅读现象的统一，"诗的弹性是一种创作现象"。"诗人的诗美体验和笔下的诗句（意象、意念）总是出现不对称性。……诗人在写作中总是这样：他表现什么，并不就写什么；诗人写什么，并不就是在表现什么。这就是所谓的意指错位。错位，可以将抽象的心灵体验具象化，而具象化就给了诗减少可述性、增大可感性的机会，也给诗摆脱文体局限的机会，同时也给诗带来了弹性。"② 同时，"诗的弹性也是一种鉴赏现象。诗人只把自己的诗篇看作诗美创造的阶段性成果。他同样看重下一个阶段性使命——让诗篇将读者变为合作者，变为半个诗人。诗篇以弹性技巧有意地给读者足够的鉴赏暗示，怂恿读者到'象外''意外''言外''诗外'等诗句之外的弹性天地里漫游"③。吕进所阐释的抒情诗的音乐性与弹性等诗学命题，无不是对"诗家语"所具有的美学特征的高度概括和精彩剖析。

此外，《诗家语：一种特殊的言说方式》《"诗家语"的审美》《论"诗家语"》④ 等论文，也分别从不同角度，对"诗家语"之要义进行了集中阐释。由此可见，对"诗家语"的思考与阐发，贯穿着吕进学术生涯的始终，甚至可以说，"诗家语"已然构成了吕进诗学体系建构中最为关键、不可或缺的理论基石，构成了吕进诗学话语的核心范畴。

语言之于诗歌，其意义极为重大，这在中外诗家那里已是共识。宋人欧阳修语曰："诗家虽率意，而造语亦难。若意新语工，得前人所未道者斯为善也。"（《六一诗话》）足见其对诗歌中独特语言之看重。德国人弗里德里希说："语言的最高作用力是诗歌"⑤，并认为"诗歌是一种偏远的建筑"⑥，毋庸置疑，这"建筑"的基本材料正是"语言"。诗人诺瓦利斯甚至用带有

---

① 吕进：《抒情诗的媒介特征（下）》，载《中国现代诗学》，重庆出版社 1997 年版，第 95 页。

② 同上书，第 98 页。

③ 同上书，第 99 页。

④ 三篇论文分别发表于《重庆邮电学院学报》2005 年第 1 期、《人民日报》2009 年 11 月 16 日和《文艺研究》2014 年第 5 期。

⑤ ［德］胡戈·弗里德里希：《现代诗歌的结构》，李双志译，译林出版社 2010 年版，第 114 页。

⑥ 同上书，第 126 页。

神秘主义色彩的话语表述道，在一首诗里，"每个词都是召唤"①。因此笔者认为，吕进始终以"诗家语"为诗学关键词，来展开自己的理论言说，这既是诗评家具有的敏锐学术洞察力的生动体现，也是他对新诗本源性问题和理论内核有着深刻理解与独到发现的具体反映。

"诗家语"观已经在吕进的论文与著作得到了系统和深入的阐发，那么，我们该如何理解这一诗学观念的理论内涵呢？在笔者看来，吕进"诗家语"观的理论内涵，主要体现在这样几个方面：

其一，新诗的文体个性。在论述"诗家语"之于新诗关系时，吕进常常将散文语言与诗歌语言两者相提并论，在比较中鉴别出"诗家语"的独特性来，他说："文学语言有两种：散文的和诗的。虽然二者都来源于生活语言，它们又有很大区别。我国古典诗论将诗歌语言称为'诗家语'，指出它与散文有别，这颇有见地。一般地讲，散文语言是叙述语言，理智语言；诗歌语言是抒情语言，灵感语言。前者因此更接近生活语言，而后者则是生活语言的更高程度的升华，是散文语言的加强形式。"② 将散文与诗歌两种文体的语言形式结合到一起加以观照，是较能说明"诗家语"的审美特性，从而清楚地认识到新诗作为一种特定的文学文体在语言运用上是有不寻常之处的。与此同时，吕进始终强调"诗家语"对于建立新诗艺术个性的重大意义，某种程度上也体现着诗评家对新诗近百年发展历史的独特理解与深度反思。我们知道，新诗是在胡适"有什么话，说什么话；话怎么说，诗怎么写"的审美约定上生成并发展起来的，胡适的观念对于诗人放开手脚大胆创作起到了极大保障作用，但在一定程度上也使得中国新诗长期未能摆脱诗意单薄、诗性不足的痼疾，吕进指出："在语言上，胡适在新诗初期提出'诗国革命何自始，要须作诗如作文'。其实，这样的设想意味着中国新诗在艺术的真正革命并没有开始。它给初期新诗创作和新诗理论建设带去迷茫，类似主张的后遗症是忽视新诗形式的理论建设和忽视新诗媒介学的意义，于是，新诗与散文的分界模糊了。"③ 意思是说，按照胡适的诗学设想，

---

① ［德］胡戈·弗里德里希：《现代诗歌的结构》，李双志译，译林出版社 2010 年版，第 29 页。

② 吕进：《论新诗语言的精炼美》，载《新诗文体学》，花城出版社 1990 年版，第 50 页。

③ 吕进：《论诗的文体可能》，同上书，第 49 页。

新诗将与散文一直混淆在一起，无法凸显出自我个性来。在此基础上，吕进反复强调"诗家语"的重要性，正是要突出新诗在形式和媒介上的独特性，突出新诗所具有的文体个性，以补救胡适当年的理论过失，从而将新诗创作迅速拉回到正确的轨道上去。而吕进等批评家在 21 世纪之初极力倡导的"新诗二次革命"论，某种程度上也可看作其一直坚持的"诗家语"观自然催生出的学术成果。

　　其二，新诗创作的美学要诀。诗歌创作的过程，就是从"寻思"到"寻言"的艰难过程，即将自己对于宇宙人生的深切体验与感受梳理清楚，然后用诗化的语言将这种体验与感受表达出来，"诗人在'忘言'中寻思，在寻思之后还得重新寻言"①。如果说体验与感受是诗歌创作的基础与前提的话，那么寻找到恰切的"诗家语"来表情达意则构成了诗歌创作中最关键的一环，也就是催生诗歌的艺术要诀。那么，如何在诗歌创作中让简明有效的"诗家语"浮出水面呢？吕进提出了"清洗"与"选择"两种路径。在《论"诗家语"》中，吕进指出："诗歌创作的基本要义是黑格尔所说的'清洗'。诗的内蕴要清洗，诗家语也要清洗。诗是'空白'的艺术，清洗杂质是诗的天职。体验世界常常是说不出的，高明的诗人常常善于以'不说出'来传达'说不出'。"② 阐明了"清洗"的重要意义之后，吕进接着又着重分析了诗歌创作中的两种清洗方式，即"时空清洗"与"形象清洗"，并征引臧克家、艾青、徐志摩等人的诗作来具体说明。创作"诗家语"的另一路径是"选择"，吕进认为："在清洗的同时，建构诗的言说方式就要从一般语言中进行诗意的选择。"③ 那么诗意选择的方式包括哪些呢？吕进重点分析了三种方式，即"词的选择""词的组合的选择""句法的选择"④。由此可见，吕进的"诗家语"观，一定程度上为新诗创作提供了某种具有操作性的诗学方案。

　　其三，新诗的价值评判标准。客观地说，新诗并没有形成一种永恒不变的审美标准，这是因为：首先，新诗所要表现的现实生活是纷繁复杂的，它呼唤着多种多样的艺术表达，各种艺术表达也因此获得了存在的合法性；其

---

① 　吕进：《论"诗家语"》，《文艺研究》2014 年第 5 期。
② 　同上。
③ 　同上。
④ 　同上。

次，人们的审美趣味是多种多样的，对新诗文体可能的认识也将是各自不同的；最后，文学的本质也是多元化的，并不存在唯一性，这也决定了文学语言的多样性。不过，对于发展不足百年的中国新诗来说，又必须建立一种相对稳定的价值批判标准，用以规范其创作和批评秩序。从这个角度说，吕进的"诗家语"观，正是为中国新诗的价值评判提供的一种切实可行的审美标准。吕进认为，新诗应该具有"音乐美""精炼美""弹性"等艺术优长，并说"音乐美是诗歌语言与非诗语言的主要分界"①，"新诗语言以它的精炼作为与生活语言的主要区别之一"②，"一与万，简与丰，有限与无限，是诗家语的美学。诗人总是两种相反品格的统一：内心倾吐的慷慨与语言表达的吝啬。弹性是诗对其他文学样式的明显优势，是诗的能量与生命的显示"。③ 以吕进的"诗家语"观作为新诗衡量尺度，我们可以得出结论说，好的新诗应该是具有"音乐美""精炼美""弹性"的诗歌，也就是以"诗家语"为基本的美学材料而构建起来的内容与形式和谐统一的诗歌。

其四，新诗鉴赏的基本立足点。从《新诗的创作与鉴赏》这第一部专著开始，吕进的诗学言说和理论建构都是将创作者和阅读者共同纳入观照视野的，都体现着诗歌创作学和读者反应批评二者的统一，他的"诗家语"观自然也不例外。在吕进看来，"诗家语"既是诗人创作过程中必须努力寻找和探求的独特话语方式，也是读者阅读和欣赏诗歌时重点关注的地方。"在诗这里，诗歌语言会不断提醒人们主要应注意自己的存在，赞叹自己的美丽：诗不是情感的'露出'，而是情感的'演出'；读诗，其实主要就是读诗的语言。"④ 尤其是对"诗家语"所具有的弹性特征的体味和领悟，读者阅读中的再创作发挥着不可忽视的作用，"诗的弹性有时也来自读者的创造。和其他文学作品的受众不同，诗歌读者在文化素质、艺术修养上的要求要高得多，被称作是'半个诗人'。诗篇大于诗人。有时候，诗人无意于弹性技巧，诗篇却因为遇到读者饱满的想象力而饱满起来，诗篇在读者的鉴赏

---

① 吕进：《论"诗家语"》，《文艺研究》2014年第5期。
② 吕进：《论新诗语言的精炼美》，载《新诗文体学》，花城出版社1990年版，第59页。
③ 吕进：《论"诗家语"》，《文艺研究》2014年第5期。
④ 吕进：《诗家语：一种特殊的言说方式》，《重庆邮电学院学报（社会科学版）》2005年第5期。

活动中获得比诗人的抒情初衷更大的内涵。扩展地说，不同鉴赏者的不同审美规范的交替带来了诗义的更大丰富"①。

其五，新诗的本体论建构。之所以吕进的诗学言说中，对"诗家语"的阐释占据了很大的篇幅，是因为诗评家不只是从表现论的层面来分析新诗的审美现象，更是从本体论的角度来言说新诗的语言形式特征和特定艺术功能的。换句话说，吕进是将新诗中的"诗家语"作为主要的诗学内核，来建构新诗本体论的。在谈论"新诗的文体自觉"时，吕进深刻地指出："内视点和语言的超常结构规定着诗的文体可能性。因为是内视点文学，所以诗的历史反省功能不如散文。诗只能以它对时代的情感反应证明自己的优势。因为是语言的超常结构，所以诗必须具备音乐性和弹性，只有在这个轨道上才能谈诗歌语言的风格化与个性化。"② 吕进的意思是说，诗歌语言的超常结构以及由此生成的音乐性和弹性，构成了诗之为诗的内在根源和先决条件，"诗家语"为诗歌的文体独特性提供了可能性保障。

第二节　审美视点

在吕进的诗学话语中，"审美视点"也是一个不可忽视的诗学范式，甚至可以说是吕进独特的诗学体系构建中不可或缺的要素之一。诗评家阿红指出："吕进营造的中国现代诗学理论体系，突出地表现在他凝视诗的海洋、文学的海洋，一下子从审美视点的差异，顿悟出诗和非诗文学的文体差异。审美视点是作者与实界的审美关系，感受实界的心理方式与表现实界的艺术方式。"③ 这段话着重强调了"审美视点"在吕进诗学体系建构中的重要意义。更有论者指出，吕进诗学中"最具创新性和学术影响力的是诗歌视点理论和诗歌媒介理论"④，这个观点是站得住脚的。

事实上，吕进的"审美视点"理论来源于多学科之间的集中考辨与学

---

① 吕进：《论"诗家语"》，《文艺研究》2014 年第 5 期。
② 吕进：《论诗的文体可能》，载《新诗文体学》，花城出版社 1990 年版，第 48 页。
③ 阿红：《一个新体系的构建——序〈吕进诗论选〉》，载《吕进诗论选》，西南师范大学出版社 1995 年版，第 3 页。
④ 熊辉：《西方美学观念的转换与中国现代诗学体系的建构——论黑格尔对吕进诗学思想的影响》，《中外诗歌研究》2008 年第 4 期。

理综合，立足于跨学科的理论视野，而不只是某种单一的诗学描述。吕进的一位早期弟子在一篇回忆老师的文章中，如此简明扼要地述说道："（吕进的）视点理论涉及哲学、心理学、美学、语言学等诸多学科。"① 确乎如此，我们从吕进"审美视点"所下的定义中就能清晰地窥见。吕进认为："所谓审美视点，就是诗人和现实的美学关系，更进一步，就是诗人和现实的反映关系，或者说，诗人审美地感受现实的心理方式。在对于物质媒介感觉终止的地方，艺术才真正开始。换个说法，艺术与现实总是有缝隙的，这种缝隙的完全弥合，也就意味着艺术的毁灭。"② 这段话告诉我们，可以从"审美视点"层面把握诗人与现实的关系，"审美视点"由此具有了观照现实人生的方法论意义。同时，"审美视点"是"诗人审美地感受现实的心理方式"，这是从心理学和美学角度对"审美视点"的精彩诠释。

在对"审美视点"理论加以系统阐释时，吕进也注重从文体学角度出发，来思考诗歌与非诗文体（散文）之间的视点差异。吕进指出："从审美视点观察，文学可以分为两类：一类是外视点文学，即非诗文学（尤其是戏剧）；另一类是内视点文学，即诗和其他抒情文体（尤其是抒情诗）。外视点文学叙述世界，内视点文学体验世界。外视点文学具有较强的历史反省功能，内视点文学以它对世界的情感反应来证明自己的优势。外视点文学显示客观世界的丰富，内视点文学披露心灵世界的精微。"③ 在这段话里，吕进以"视点"为理论观察视角，来言述诗与非诗的基本差异。他认为诗与非诗文体的差别在于视点上的内与外的分野，这分别强调了诗歌的心灵化特征与非诗文体的现实化特征。在此基础上，吕进反复强调的"外视点文学叙述世界，内视点文学体验世界""外视点文学显示客观世界的丰富，内视点文学披露心灵世界的精微"等观念，在相互比照的视野之中将诗歌尤其是抒情诗的审美个性鲜明彰显出来。

正因为"审美视点"上的差异性，使诗与散文在艺术生成机制和对接世界的路径上构成某种相对乃至互补关系，以"审美视点"来阐释诗歌便

---

① 胡兴：《金秋时节忆恩师》，《中外诗歌研究》2008 年第 4 期。
② 吕进：《抒情诗的审美视点》，载《中国现代诗学》，重庆出版社 1997 年版，第 20—21 页。
③ 同上书，第 21 页。

构成了一种能接近诗歌本体的学术基点。吕进论述道：

> 散文对外在世界的感受终止的地方（自愿的终止、无可奈何的终止，等等），正是诗的领地。诗在散文未及、未尽、未能、未感的地方显露自己的价值：它是外在世界的内心化、体验化、主观化、情态化。散文的外视点有超越时空和生活现象的极大自由，但在心灵生活中它的灵敏度却并不理想。如果说，散文探索"外宇宙"，诗就在探索"内宇宙"；如果说，散文寻觅外深化，诗就在寻觅内深化；如果说，散文在外在世界徘徊，诗就在内心世界独步。散文是作家与世界的对话，读者倾听散文；诗是诗人在心灵天地中的独白，读者偷听诗歌。
>
> 诗与散文的根本异质在审美视点的同中的不同，由此在审美对象、审美方式、审美体验、审美表现、审美功能上分道扬镳。离开审美视点而言诗只能是隔靴搔痒。在西方，所谓荷马方式和圣经方式其实也就是外视点文学和内视点文学。不同审美视点带来不同的文体可能。①

吕进基于"审美视点"的学术基点，对诗歌文体与非诗文体的精彩辨析，并不只是为了在共时性层面上对各种文学文体进行全方位的烛照，而是为了从一个特定的孔道深入下去，来挖掘抒情诗的内在美学奥秘。于是，以"内视点"为关键词，吕进对诗歌的个性特征展开了一系列的论述。

首先，吕进用"内视点"理论，对传统诗论中的"言志说"和"缘情说"进行了新的阐发。"内视点就是心灵视点，精神视点。我国古代'言志说'和'缘情说'两个抒情诗理论实际上都是对内视点的发现，二者的区别无非是一个强调情的规范化，一个强调情的未经规范的自然本质而已。"②在《诗言志辨》里，朱自清曾对"诗言志"这个传统诗学话语的来龙去脉进行了细致的考辨，并从"献诗陈志""赋诗言志""教诗明志""作诗言志"等几个层面对"诗言志"的内涵加以深入剖析。朱自清说："诗歌从外交方面看，诗以言诸侯之志，一国之志，与献诗陈己志不同。"③"酬酢的赋

---

① 吕进：《抒情诗的审美视点》，载《中国现代诗学》，重庆出版社 1997 年版，第 22 页。

② 同上。

③ 朱自清：《诗言志辨》，华东师范大学出版社 1996 年版，第 16 页。

诗，一面言一国之志，一面也流露着赋诗人之志，他自己的为人。"① 由此可见，"诗言志"之"志"包含的层面是多向度的。与此同时，朱自清也对"诗缘情"的由来作了一定阐述，他指出："'诗言志'一语虽经引申到士大夫的穷通出处，还不能包括所有的诗。《诗大序》变言'吟咏情性'，却又附带'国史……伤人伦之废，哀刑政之苛'的条件，不能断章取义用来指'缘情'之作。《韩诗》列举'歌食''歌事'，班固浑称'哀乐之心'，又特称'各言其伤'，都以别于'言志'，但这些语句还是不能用来独标新目。可以'缘情'的五言诗发达了，'言志'以外迫切地需要一个新标目。于是，陆机《文赋》第一次铸成'诗缘情而绮靡'这个新语。'缘情'这词组将'吟咏情性'一语简单化、普遍化了，并骤括了《韩诗》和《班志》的话，扼要的指明了当时五言诗的趋向。"② 毫无疑问，朱自清在史料的挖掘整理上是功力深厚的，对"诗言志"与"诗缘情"这两个诗学话语的辨析也很到位。显然，朱自清是利用传统的学术方法来研究和阐释这两个诗学话语的，并没有引入新的理论视角。从这个角度上说，吕进以审美视点理论来重新阐释"诗言志"和"诗缘情"两个抒情诗理论范畴，无疑是富有创新性的。

其次，采用审美视点理论，吕进还对现代新诗史上一些有影响的有关新诗的定义进行了纠偏。例如，著名诗人何其芳曾于 1953 年在北京图书馆举办的讲座上对诗歌作了这样的定义："诗是一种集中反映社会生活的文学样式，它包含着丰富的想象和感情，常常以直接抒情的方式来表现，而且在精炼与和谐的程度上，特别是在节奏的鲜明上，它的语言有别于散文的语言。"③ 吕进认为，何其芳对诗歌下的这个定义并非是完全准确的，还有一些值得商榷的地方。他说："'精炼''想象'和'感情'不是诗歌专利；诗是心灵性很强的艺术，它的审美视点是内视点，而不是外视点，和散文不同，诗与生活的'反映'关系是通过'反应'来实现的；诗与散文在语言上的区别不止于'节奏'，二者在语言上的区别不在语言，而在不同的语言方式；定义对现代派诗歌和后现代诗歌缺乏概括力。"④ 在吕进看来，何其

---

① 朱自清：《诗言志辨》，华东师范大学出版社 1996 年版，第 17 页。
② 同上书，第 37—38 页。
③ 何其芳：《关于写诗和读诗》，作家出版社 1956 年版，第 27 页。
④ 吕进：《20 世纪下半叶的中国新诗研究》，《文学评论》2002 年第 5 期。

芳关于诗歌定义的不妥之处，就是没有将诗歌与散文的实际差别说清楚，只是用"精炼""想象"和"感情"等语词来概述诗歌的审美特性是远远不够的，因为"'精炼''想象'和'感情'不是诗歌专利"；仅仅以"节奏"来言说诗歌的语言个性也是不够的，因为"诗与散文在语言上的区别不止于'节奏'，二者在语言上的区别不在语言，而在不同的语言方式"。吕进尤其强调说，何其芳的定义对于现代派和后现代诗歌的艺术特性根本没有概括出来。吕进立足于审美视点的理论角度，将诗歌视作"心灵性很强的艺术"，因而他对何其芳诗歌定义提出的商榷，是显得有理有据的。

最后，也是最为重要的一点，吕进以"内视点"为基本的学理基础，对诗歌的创作过程进行了极其精彩的言说和诠释。在吕进看来，诗人进行诗歌创作最关键是找到诗歌的审美视点："诗人要进入诗的世界，首先要获得诗的审美观点。不同的审美观点，使不同文学品种创作者在哪怕面对同一审美对象时，也显现出在审美选择和艺术思维上的区别。诗情体验变为心上的诗，还只是诗生成的第一步。心上的诗要成为纸上的诗，就要寻求外化、定型化和物态化。审美视点是内形式，言说方式是外形式，即诗的存在方式。从内形式到外形式，或曰从寻思到寻言，这就是一首诗的生成过程。诗体是诗歌外形式的主要因素。换个角度说，寻求外形式主要就是寻求诗体。"① 诗人在创作时，一旦找到了审美视点，也就意味着找到了诗情抒发的正确路径，接下来将内心之情衍化为诗就比较顺畅了。诗人所找到的审美视点是什么呢？吕进告诉人们，就是"内视点"，或曰"心灵视点""精神视点"："所谓内视点，也可以说就是直接观照心灵的视点。外视点通过中介观照心灵，诗超越了这种中介"，"诗人由外在世界回归最深层的内心世界，他在内心世界独步时的自白就是诗"。② 对于内视点的突出和强调，体现了吕进对抒情诗生成机制的独特领悟和科学认知。吕进不仅对抒情诗生成中内视点的重要性进行了反复强调，还系统地剖析了抒情诗"内视点"的三种方式，他指出："抒情诗的内视点有三种存在方式。第一种基本方式是以心观物，即现实的心灵化。诗人以心观物时总是倾心于表现性较强的事物。第二种基本方式是化心为物，即心灵的现实化。以心观物的诗，其意象是具象的抽

---

① 吕进：《对话与重建——中国现代诗学札记》，载《吕进文存》（第 3 卷），西南师范大学出版社 2009 年版，第 323 页。

② 吕进：《论诗的文体可能》，载《新诗文体学》，花城出版社 1990 年版，第 33 页。

象；而化心为物的诗，其意象则是抽象的具象。第三种基本方式是以心观心，即心灵的心灵化。以心观心是原生态心灵向普视性心灵的升华。"吕进对"内视点"所具有的三种方式的细致划分，对于诗人如何进入诗歌创作世界并创造出较有质量的作品而言，是不乏深远的启示意义的。尽管吕进反复强调诗歌的审美视点就是内视点，也就是心灵视点或者精神视点，但他却不断提醒人们，诗歌创作并不是要与现实世界脱离关系，而是要与当下时代保持密切关联："内视点是进入创作状态后启用的。诗人应当摆脱的误解在于想从诗与外在世界的脱离中寻觅诗的永恒。内视点的灵敏度与诗人对外在世界的体验程度和把握外在世界的深刻程度一致。诗的最高价值在于言众人之未言与难言。诗只能在自己的时代里寻求不朽。"吕进的这段话，是对那些脱离现实、闭门造车的无病呻吟者提出的重要忠告，某种意义上也有助于我们更深入理解诗歌的内视点特征。

此外，吕进的审美视点理论中，还涉及某些有关诗歌创作的技法问题。吕进曾说："由审美视点所制约，诗不需要，不容许也不长于对外在现实进行广泛的描绘。先用散文眼光打量世界，然后再给这'打量'以诗的装饰，这不是诗人的工作，而是伪诗人的路径。在外在现实中，诗人的内视点寻找着属于自己的对象。散文一般不是在时间上成点而是在空间上成面，诗与此恰成相对，是在空间上成点，时间上成面。诗寻求的往往只是单纯、简洁的'点'，然后在时间中展意驰情。一种色彩、一点光亮、一点声音都可以成诗。"① 在这里，吕进利用内视点理论，在比较诗与散文的差异中，将诗歌创作的基本原理极为简练和精到地陈述出来。吕进还说："主观性和意象性，这就是抒情诗的两大视点特征。"② 这句话既概述了抒情诗的一些特点，又强调诗人写作必须注重抒发主观情志，同时要善于利用意象来抒情表意的创作方略。

由此可见，"审美视点"构成了吕进诗学话语的重要范式，对"审美视点"内涵和要点的把握，对我们深入理解吕进诗学的精髓是意义重大的。

---

① 吕进：《抒情诗的审美视点》，载《中国现代诗学》，重庆出版社 1997 年版，第 23 页。

② 同上书，第 44 页。

第三节　弹　性

　　"弹性"在吕进诗学话语中有着不可忽视的分量，在对新诗的艺术质地、语言特性和鉴赏方法等方面的阐述中，吕进都使用了"弹性"这个诗学术语。众所周知，"弹性"是一个常用的物理学名词，它是指"弹性是指物体在外力作用下发生形变，当外力撤销后能恢复原来大小和形状的性质"；同时，"弹性"也是一个经济学术语，是指"一个变量相对于另一个变量发生的一定比例的改变的属性"①。那么，什么是诗歌中的"弹性"呢？吕进解释道："诗的语言的几种含义的并含，即诗的语言的弹性，是诗的语言特有的精炼美。"② 也就是说，诗歌的"弹性"体现为一首诗可以同时蕴含着多重意义，或者说，对于一首诗的阅读，读者可以从很多角度切入，窥见不同的艺术风景。在吕进看来，诗歌的弹性美与其精炼美是彼此关联、相互诉说的，它们如同一枚硬币的两面，彼此依附在一起，"诗的语言的弹性美，实际上也可以属于诗的语言的精炼美的范畴"③。自然，讲求语言的精炼优美其实是一切文学创作的共同特征，这一点吕进也能清醒地意识到。不过，吕进又特别强调了诗歌作为"文学中的文学"在语言精炼性追求上的至高无比，他说："一切样式的文学都追求精炼。然而，诗的精炼程度最高。诗总是体现着两种对立元素的融合：一与万，少与多，辞约与意丰，有限与无限，'尽精微'与'致广大'；诗人总是兼有两种品格：内心倾吐的慷慨与语言付出的吝啬。古典诗论说：'意余于辞，虽浅而深。'就是对精炼的一个说法。"④ 由此可见，理解了诗歌精炼美的特性，也就大体懂得了诗歌弹性美的旨归。

　　诗歌弹性的获得主要来自这种文体特殊的语言构造，与散文相比，诗歌语言更含蓄简练，更有韵味，也更值得玩味，美学"弹性"也更鲜明，这正如吕进所说："和散文语言相比，诗的语言是以一当十、以少胜多的。和

---

① 　见百度百科，"弹性"词条。
② 　吕进：《诗的形式》，载《新诗的创作与鉴赏》，重庆出版社 1982 年版，第 115 页。
③ 　同上书，第 119 页。
④ 　吕进：《毛泽东的"新体诗歌"观》，载《吕进文存》（第 4 卷），西南师范大学出版社 2009 年版，第 45 页。

散文语言相比，诗的语言更富弹性和跳跃，每个字都有广阔的天地。"① 那么，诗歌语言是如何生成"弹性"的呢？在吕进看来，诗歌语言的弹性主要有三个来源：第一，运用比喻而获得弹性。吕进认为，诗歌中的比喻是不可或缺的，"比喻，在诗歌创作中具有极端重要性。其他文学样式（甚至科学著述）有时也用比喻，主要目的是加强语言的形象性和生动性。而诗中的比喻本身往往作为诗歌形象成为一首诗重要的、不可或缺的组成部分。对于不少诗人来说，取消了诗中比喻，诗篇本身也就不复存在了"②。而比喻的弹性生成出自其"喻之多边"性："比喻的两个事物有时可以从多方面作比。钱钟书称这种语言现象为'喻之多边'。'喻之多边'带来弹性。"③吕进还以舒婷《落叶》上的诗句"残月像一片薄冰"为例来加以言说。吕进如此分析："'喻之多边'使'薄冰'一词获得弹性。为什么残月像薄冰？读者可作多方面想象：A. 残月与薄冰在颜色上相似；B. 残月与薄冰在亮度上相似；C. 残月与薄冰在形状上相似；D. 春寒料峭，夜色沁凉，残月像薄冰一样给人冷意；E. 诗人心灵中重现了过去的'阴暗的回忆，深刻的震撼'，因而感到料峭，以致将残月看做薄冰，等等。实际上，这五种理解相互并没有排他性，它们可以并含。"④ 这个例子生动揭示了比喻使诗歌语言充满弹性的功能与特征。第二，语言双关而获得弹性。吕进分析艾青《巴黎》（"人们告诉我/因罢工而停电/已经第三天/劳资双方停止谈判/胶着在黑暗里"）这首诗时说："什么样的'黑暗'？一方面，指的是停电后的黑暗，另一方面，指的是资本主义巴黎的黑暗。词义双关使'黑暗'一词获得弹性。"⑤ 第三，违反语法常规而获得弹性。学俄语出身的吕进，对俄语的语法规范较为熟悉，他将汉语与俄语对照之后阐述道："比起俄语这样的语言来说，汉语语法不够严密，这正为诗的语言的弹性提供了特有的好条件。"⑥ 汉语语法本来就不够严密，这为诗人不遵常理、大胆组构词语提供了很大的机会，有创造力的诗人更是善于穿越语法的天然屏障而编制出别具

---

① 吕进：《诗的本质》，载《新诗的创作与鉴赏》，重庆出版社1982年版，第32页。
② 吕进：《诗的修辞》，同上书，第201页。
③ 吕进：《精炼美》，同上书，第117页。
④ 同上。
⑤ 同上。
⑥ 同上书，第118页。

一格的语言装配来，诗歌的弹性应运而生。吕进着重分析了白桦《阳光，谁也不能垄断！》一诗，指出诗人在这首诗中对"一点"这个词语的词类转换处理得极为绝妙，"白桦充分利用了汉语一些词语的属多种词类的状况，让'一点'从一个词类迅速转变为另一个词类，使诗情步步深入"，"从召唤人们的副词'一点'，引出体现现状的数量词'一点'，再跳跃到表达人们行动意志的动词'一点'。词类变化赋予了'一点'以弹性。'一点'的词类在诗中的交叉是不满与希冀的交叉，困难与勇气的交叉，现状与未来的交叉。'一点'获得了弹性，而读者获得了玩味思索的天地。"① 吕进充分肯定了弹性在诗歌美学中的重要性，他曾说："弹性，是诗对其他文学样式的明显优势，是诗的能量与生命的显示。"② 基于此，吕进提醒诗人深入懂得和准确使用弹性技巧是相当关键的，因为这种技巧已然构成了"写诗的基本技巧"③。

　　吕进还从总体与细部等层面对弹性技巧作了系统阐释。总体来说，"弹性技巧致力于事物之间、情感之间、物我之间在语言上的联系与重叠，致力于语言的'亦一亦万''似此似彼'的'模糊'美。这种诗篇的炉锤之妙，全在'模糊'"④。具体而言，诗歌中的弹性技巧有几种表现形态呢？吕进将其概述为四种。第一，这一形象与那一形象的联系与重叠。吕进用富有诗意的语言描述了这种弹性技巧："落墨于诗笺上的是一个完整的诗歌形象。借助弹性语言作桥梁，它又暗示着、朝向着另一个深邃的世界，那里，有另一个或纷呈迭出一群形象在等待。"⑤ 第二，具体与抽象的联系与重叠。对于诗歌中具象与抽象的关系，吕进曾进行过富有辩证的诗学阐释："诗是具象的抽象。太重于具象，就变成绘画；太重于抽象，就变成音乐。具象的抽象本身就包含二重性：笔下具象，笔外抽象，古人所谓'象外''昧外''诗外''笔墨之外'指的正是具象与抽象的交织。情隐景显，隐显交织就构成弹性。言近旨远，近远交织就构成弹性。"⑥ 对诗歌抽象与具象之间相

---

① 吕进：《精炼美》，载《新诗的创作与鉴赏》，重庆出版社1982年版，第119页。
② 吕进：《论诗的弹性技巧》，载《上海谈诗》，重庆出版社1987年版，第299页。
③ 同上书，第300页。
④ 同上书，第301页。
⑤ 同上。
⑥ 吕进：《抒情诗的媒介特征（下）》，载《中国现代诗学》，重庆出版社1997年版，第96页。

关联的弹性技巧，吕进这样来解释："诗的使命在于使心理结构模型化，在于使情感成为可见的东西。但是，许多情感活动和情绪状态难以为语言所表达。而这些'不可言之理，不可述之事'，这些'只可意会，难以言传'的内心生活又恰恰是诗所倾心的处所。于是，诗人求助于形象。形象是活生生的个性，它虽然在表达的明确性上也许逊色于语言，却能给读者以某种非语言所能传达的领悟。"① 第三，不同语法现象的联系与重叠。吕进所指出的在诗歌创作中呈现的不同语法现象，即为"词类跳跃""词序反常""造句奇特"等，这些现象的出现，使诗歌的弹性得以产生。针对诗人刘舰平《北京时间》中的这几行诗句"清晨/拥挤的公共汽车/挤干了北京时间的水分"，吕进精彩地分析道："形容词'拥挤的'和动词'挤干了'在'挤'字上巧妙重叠起来。原因与结果重叠了，现象与本质重叠了，北京风情与作者对它的评价重叠了，诗的弹性是由词类的变换而产生的。"② 第四，这个词语与那个词语在语音上的联系与重叠。这就是我们常说的语言的谐音双关，这种语言现象也能生成诗歌的弹性。

有论者曾这样评价过吕进的第一部学术专著《新诗的创作与鉴赏》："他遴选、鉴赏优秀诗人的经典作品，始终从创作与鉴赏相互拉动的流变过程中去把握中国新诗。"③ 这个评语是比较精准的。事实上，在整个诗学研究过程中，吕进始终是将创作与欣赏联系在一起来思考各种诗学问题，进行学术阐发的。在吕进的诗学话语范式中，"弹性"即是一个创作与鉴赏兼容的诗学概念。吕进曾这样指出："诗歌鉴赏过程中文本与读者的二重性的交织，就构成弹性"，"诗的弹性突出地显示了诗人与读者的互动关系"④，"从诗歌鉴赏的角度着眼，最好的诗人总能将读者变为合作者，变为半个诗人。……诗歌鉴赏过程中本文与读者的二重性的交织，也构成弹性"⑤。在前面的分析中我们不难发现，吕进有关诗歌语言弹性的三个来源的论述，主要是针对诗歌创作而言的，而吕进指出的诗歌中的四种弹性技巧，则是同

---

① 吕进：《论诗的弹性技巧》，载《上园谈诗》，重庆出版社 1987 年版，第 303 页。
② 同上书，第 307 页。
③ 颜同林：《吕进诗学体系建构中的奠基之作——重读〈新诗的创作与鉴赏〉》，《重庆教育学院学报》2004 年第 1 期。
④ 吕进：《弹性：诗人与读者的互动关系》，《诗潮》1996 年第 12 期。
⑤ 吕进：《论诗的文体可能》，载《新诗文体学》，花城出版社 1990 年版，第 45 页。

时指向创作与鉴赏的。在《中国现代诗学》中，吕进明确阐明了弹性既指创作现象又指鉴赏现象的观点。他说："诗的弹性是一种创作现象。诗人的诗美体验和笔下的诗句总是出现不对称性。意指错位给了诗摆脱文体局限的机会，同时也给诗带来弹性。""诗的弹性也是一种鉴赏现象。诗的鉴赏活动既具有相应性的特征，即它要受到诗的审美结构的某种规范；诗的鉴赏活动又具有相异性的特征，它是鉴赏者对诗的感应、发现、创造与丰富。"①

　　吕进诗学话语中的"弹性"这一范式，与英美新批评中的几个概念，如"张力""含混"等是有着某些相似的，我们试作比较。"张力"是新批评理论中极为重要的诗学概念，新批评理论家艾伦·塔特如此解释道："许多通常被我们认为是好的诗——此外还有一些被我们忽视的诗——具有某些共同的特征，这就使我们能够给某个独一无二的特性起个名称，以便能更深刻地理解这些诗。我将把这种特性叫做张力（tension）……我用这个术语不是把它看作一个一般的比喻。它是通过去掉外延（extension）和内涵（in-tension）这两个逻辑术语的前缀得来的。我要说的当然是诗的意思就是它的'张力'，即我们能在诗中发现的所有外延和内涵构成的那个完整结构。我们所能获得的最深远的象征含意并不妨碍字面意思的外延。我们也可以从字面意思开始，逐阶段地发展比喻的复杂含意：在每一阶段我们都能停下来讲述已经获得的诗的意思，并且在每一阶段意思都将是完整通顺的。"② 可见，新批评理论家所谓的"张力"，也是指诗歌中所包含的复杂含义，在此基础上，我们似乎可以说，诗歌中词语的张力也是产生词语弹性的重要原因之一。与"张力"一样，"含混"也是新批评理论中的关键术语，它与我们一般意义上说的含混即"语义模糊，表意不明"等意味是不一致的，而是指诗歌中的一种美学现象。吕进曾经谈过新诗语言的弹性与"含混"的关系，他说："诗的语言的弹性不是含混。它包含的几种词义不是'非此即彼'，而是'亦此亦彼'的。正是这'亦此亦彼'，才构成美丽的诗境，调动读者的想象力，促使读者在诗歌欣赏过程中进行艺术再创造的活动，给读者以丰

---

① 吕进：《抒情诗的媒介特征（下）》，载《中国现代诗学》，重庆出版社 1997 年版，第 92 页。

② ［美］艾伦·塔特：《诗的张力》，载史亮编：《新批评》，四川文艺出版社 1989 年版，第 118—119 页。

富多样的美感享受。"① 这段话中所说的"含混"即为一般意义上的，而非
新批评理论意义上的。新批评理论家燕卜荪如此解释"含混"的诗学意味：
"任何语义上的差别，不论如何细微，只要它能使一句话有可能引起不同反
应。"② 新批评所提出的"含混"诗学概念，有时也被翻译为"复义"，
"'复义'本身可以意味着你的意思不肯定，意味着有意说好几种意义，意
味着可能指二者之一或二者皆指，意味着一项陈述有多种意义"③。"复义"
意味着"一项陈述有多种意义"，与吕进所指出的诗歌语言的弹性就是"诗
的语言的几种含义的并含"，二者是非常相似的。

　　不过必须指出的是，吕进诗学话语中的"弹性"理论，虽然与新批
评的许多观念极为接近，但吕进提出这一理论，却并不是源自新批评的影
响，而是来自黑格尔、闻一多、朱光潜等中外文学理论家的启示。在《美
学》第三卷第三章中，黑格尔指出："适合于诗的对象是精神的无限领
域。它所用的语言这种弹性最大的材料（媒介）也是直接属于精神的，
是最有能力掌握精神的旨趣与活动，并且显现出它们在内心中那种生动鲜
明模样的。"④ 黑格尔较早指出了诗歌语言的"弹性"特征，对吕进的诗
歌建构启示是很大的。在《文学的历史动向》一文中，闻一多也用"弹
性"一词来概述诗的特征："诗这东西的长处就在它有无限度的弹性，变
得出无穷的花样，装得进无限的内容。"⑤ 朱光潜也曾写道："就文学说，
诗词比散文的弹性更大。"朱光潜还说："美在有弹性"，"有弹性所以不
陈腐"⑥。这些论述都是相当精彩的，可以说，上述中外文论家对文学所
具有的弹性特征的描述与阐释，构成了吕进建构其诗学话语中的弹性理论
的重要基础。

---

　　① 吕进：《精炼美》，载《新诗的创作与鉴赏》，重庆出版社1982年版，第116页。
　　② ［英］威廉·燕卜荪：《含混七型》，参见赵毅衡：《新批评——一种独特的形式主义
文论》，中国社会科学出版社1986年版，第161页。
　　③ ［英］威廉·燕卜荪：《复义七型（选段）》，参见赵毅衡编：《"新批评"文集》，中
国社会科学出版社1988年版，第305页。
　　④ ［德］黑格尔：《美学》（第3卷下），商务印书馆1979年版，第19页。
　　⑤ 闻一多：《文学的历史动向》，载《闻一多全集》（第10卷），湖北人民出版社1993
年版，第29页。
　　⑥ 朱光潜：《无言之美》，载《朱光潜全集》（第1卷），安徽教育出版社1996年版，第
70页。

第四节　媒　介

所谓媒介，是指在社会生活中引起人或事物双方发生关系的中介物（人或者事物）。传统意义上的媒介，即传播媒介。传播媒介是介于信息传播过程中传受双方之间的中介物，是承载并传递信息的物质载体。美国传播学家施拉姆认为，媒介就是插入传播过程之中，用以扩大并延伸信息传送的工具。① 那么，诗歌有自己的媒介吗？诗歌的媒介到底是什么？该如何来认识这种媒介？这是诗论家进行诗学体系建构时必须要加以回答的问题。对于诗歌媒介的分析与阐释，也是吕进诗学思想的重要组成部分，"媒介"因此也构成吕进诗学话语的一个值得重视的关键词。

在一般人看来，诗歌是有自己的媒介的，那就是语言。因为文学的媒介是语言，诗歌既然是文学中的一种类型，那么顺理成章，诗歌的媒介也就是语言。不过，吕进却不这样认为。在吕进的诗学理解中，诗歌是没有自己的现成媒介的，"艺术领域里，各类艺术都有自己的现成媒介（自然的或人工的）。绘画的媒介是色彩和线条，音乐的媒介是声音，舞蹈的媒介是形体，文学的媒介是语言，等等。诗却是没有现成媒介的艺术。如果把诗歌语言当做字典语言对待，就会闹笑话"②。形成这一诗歌观念的内在原因恐怕在于吕进把诗歌的独特言说形容成"诗家语"，这种"诗家语"并非一般的日常话语，也不是普通语言能代替的。这样一来，诗歌就没有了属于自己的特定媒介。诗人为了组织自己的"诗家语"，顺利完成自己的诗情表达，就必须向其他地方"借用"媒介，"诗从其他语言那里借用媒介。从外观看，二者似乎同一；实际上，'借'就是质变的过程。同样的语言一经纳入诗的句构，审美功能就发生变化，实现了（在散文看来）非语言化、陌生化和风格化。韦勒克、沃伦说得很形象：诗是一种强加给日常语言的'有组织的破坏'。'借'就是'破坏'。没有'破坏'，诗就寻觅不到自己的媒介"③。

在吕进看来，诗从其他语言那里借用媒介时，并不是原有语言的直接照搬，为了达到其诗歌表达的要求，诗人必须对日常语言进行有意"破坏"。

---

① 参考熊澄宇：《媒介史纲》，清华大学出版社 2011 年版，第 3 页。
② 吕进：《论诗的文体可能》，载《新诗文体学》，花城出版社 1990 年版，第 38 页。
③ 同上。

这种"破坏"表现为两种方式，一是"破坏词义"。"诗歌语言是一种特殊语言，它的交际功能已经退化到最大限度，它的抒情功能已经发展到最大限度。凭借诗中前后语言的反射，日常语言就披上了诗的色彩，蕴含了诗的韵味，变成情人语言（而不是办事语言）"①。吕进以张烨《妙龄少女》（有"月光笼罩你天然卷曲的短发/你犹豫着走向我的琴声""你会永远记住初练的琴声吗"等诗句）一诗为例，分析说："诗歌中语言的指称表意功能已经微不足道，重要的是语言的意味。它主要不是外在世界的叙述，而是内心世界的叙述。是'琴'，还是'情'？是'初练'，还是'初恋'？'指尖在弦上慌乱移动'和'心灵深处的清泉'在什么琴音上联结？总之，诗里的语言诚然在叙述练琴，但是更在抒情——换了提琴把位后的琴声，朦胧温馨的初恋之情的萌动，柔柔地打动读者心灵了。诗里的语言的词义是从字典里无法查找的。"②

二是"破坏语法"。"优秀散文作品的语言往往成为语法教科书的例证。而诗歌语言却不太遵从散文语法，从散文角度看，诗是违'法'的语言。"③吕进接着列举魏巍的诗作《给一个希腊孩子》（开头两行："感谢这船只小小的停留，/斯佩泽岛赐给我一个朋友"）阐释道："这里的语言在大跨度的跳跃。如果散文语言是淙淙流水，诗歌语言就是相互遥望的星星。在字词的位置上，诗歌语言也被'破坏了'。"④戴望舒《印象》一诗最后一节写道：

从一个寂寞的地方起来的
迢遥的，寂寞的呜咽，
又徐徐回到寂寞的地方，寂寞地。

吕进如此分析说："（这首诗）独特而陌生的字词顺序，闪烁着诗的光泽。""诗篇调动全官感：在听觉上，声音由大到小；在视觉上，色彩由明到暗。而'寂寞的呜咽'是全诗的'串儿'，在最后一段为了强化这个'串儿'，语序已经完全作了调整，和散文很不相同了。"⑤

---

① 吕进：《论诗的文体可能》，载《新诗文体学》，花城出版社1990年版，第38页。
② 同上书，第39页。
③ 同上书，第40页。
④ 同上。
⑤ 同上。

一定意义上，诗人的"破坏"就是诗人的"创造"，诗人创造得何等精彩，取决于诗人破坏得何等奇特，因为"诗的构思过程，是心灵语言与日常语言碰撞获得灵感语言的过程"①。

诗歌向其他语言借用媒介，通过独特的"破坏"与"创造"，形成了属于自己的"诗家语"。在笔者看来，吕进所命名的"诗家语"，其实正构成了诗歌自己的媒介。这种媒介与其他艺术媒介有何差异？它自身又有着怎样的特性呢？吕进诗学对这两个问题进行了深入思考和细致阐发。

吕进将诗与画作比较，来比较阐释二者的媒介差异：

> 从塑造形象的媒介看，诗与画也不相同。绘画塑造形象的媒介是色彩与线条，诗歌塑造形象的媒介是语言。
>
> 色彩与线条，如同建筑材料之于建筑艺术，局限性较大。而语言这种媒介的自由天地开阔，它赋予诗歌以塑造各种深厚、复杂、微妙的抒情形象的契机，即以色彩而言，诗歌也十分重视色彩的和谐性与丰富性。但是，诗歌语言给诗歌形象涂上去的色彩有时只具有"情感价值"，它是"虚"的，而不具有"观感价值"，它不是"实"的。所以，用绘画眼光去对待诗中的色彩，就会过于执著于诗歌形象，而彷徨于诗歌的感情世界之外。②

在上述文字中，吕进先是强调了诗歌与绘画在媒介上的差异性——绘画的媒介是色彩和线条，诗歌的媒介是语言；接着又指出语言媒介在塑造形象上比色彩与线条这两个媒介有优势；最后还分析了同样是对色彩的"言说"，诗歌因携带情感而呈现"虚"意，或者说是虚实相生的，如果用绘画上的色彩美学来审视新诗，将必定会产生某种误读。

吕进还将诗歌与音乐比较，来鉴别出二者之间在媒介上的差异性：

> 诗与音乐显然的异质之处，是诗虽然寻求音乐美，但是它不是单纯的声音艺术。诗并不把声音当做表达内容的唯一媒介或主要媒介，对诗来说，这一媒介是语言。声音一经与语言结合，就由音调变成了语调。诗，并不只是，也不主要是声音的优美回环。诗的语言是义与音的交

---

① 吕进：《论诗的文体可能》，载《新诗文体学》，花城出版社 1990 年版，第 41 页。

② 吕进：《诗的界说举隅》，载《新诗的创作与鉴赏》，重庆出版社 1982 年版，第 10—11 页。

融，因此，诗所表达的情感内容远比音乐具有明确性。假如把音乐比喻成焦距不准的镜头摄下的景物，那么，诗就是在焦距准确的镜头下的留影。①

通过诗与音乐在诉诸听觉上的不同美学效果的比较，吕进得出了"诗的语言是义与音的交融，因此，诗所表达的情感内容远比音乐具有明确性"的结论。也就是说，从声音的塑造以及借助听觉而生成的美学反应来看，诗歌的语言媒介比音乐媒介更有优势。"诗家语"这种奇特的媒介，赋予诗歌独具一格的艺术品质，也使它能超越于其他艺术之上，而成为一种"最高的艺术"。吕进说：

> 西方美学家一般把艺术分为"空间艺术"与"时间艺术"。前者主要写静态，以色彩、线条作媒介；后者主要写动态，以声音作媒介。我们谈的绘画（也包括雕刻、建筑艺术等）是"空间艺术"，而音乐（也包括舞蹈等）是"时间艺术"。诗，则能像"空间艺术"那样表现客观事物，又能像"时间艺术"那样充分抒发主观情感，它是具体形象与抽象普遍性的统一，"空间艺术"与"时间艺术"的统一。
>
> 应当说，诗不但是普遍的艺术，也是最高的艺术。②

通过同其他艺术门类的比较，吕进对"诗家语"这种诗歌特有媒体的优势作了详尽的分析，让我们明确认识到诗歌作为文学种类在各种艺术中所处的尊贵的位置。那么，与其他文学文体比较，诗歌的媒介特征又是怎样的呢？吕进告诉我们，诗歌的媒介特征主要体现在两个方面：音乐性与弹性。

吕进认为，音乐性是诗歌语言与非诗语言的主要分界，是诗歌文体区别于其他文体的基本属性。"一些论者提出的其他分界，如形象性、精练性等，都不准确；散文同样寻求语言的形象性与精练性。可以作个实验，如果将《诗·周南·关雎》译成现代汉语，我们也就失去了这首诗。鲁迅曾不无幽默地说，假如将'窈窕淑女，君子好逑'译成'漂亮的好小姐呀，是少爷的好一对儿'，那么，到哪里投稿也会碰壁的。原因之一就在于诗是以形式为基础的文学，语言方式本身就是诗的重要内容。抽掉音乐性，诗就变

---

① 吕进：《诗的界说举隅》，载《新诗的创作与鉴赏》，重庆出版社1982年版，第16页。
② 同上书，第17页。

成抽去水分的干枯的苹果。"① 基于此，吕进认为，近百年中国新诗尽管取得了很大的成就，涌现出很多优秀诗人与诗歌作品，但是它还有一个致命的弱点，就是音乐性的匮乏，"音乐性，是中国古诗的优势，也是中国新诗的贫弱。或者说，音乐性是中国古诗最有成就的一环，又是中国新诗最捉摸不定的一环。音乐性贫弱，就会严重损害新诗的美质，从而减少新诗的读者群"②。在这个基础上，吕进提出中国新诗的文体重建，其中一个根本的技术环节，就是充实新诗的音乐性素质，也就是发展现代格律诗，丰富中国新诗的诗歌体式，在自由与格律之间获得平衡发展。

诗歌媒介的第二个特征是弹性，它也是诗歌语言与散文语言的又一分界。在吕进看来，诗家语是具象与抽象的交织，是眼前景与笔下情的融合，"情隐景显，隐显交织就构成弹性。言近旨远就构成弹性"③。诗歌语言的弹性，主要包括词语的弹性、句构的弹性以及由诗歌媒介创造的意象的弹性三种。弹性的诗歌语言赋予诗歌多义性和朦胧美，把诗歌塑造成"最精致的语言艺术"。我们知道，弹性也是吕进诗学的关键词，这在前一节已有详论，此处不再赘述。

可以说，作为诗学话语的关键词，吕进对"弹性"一词的提炼与阐释，对于我们更准确和深入地理解诗歌表达的独特性和产生的与众不同的美学效果，起到了极大的启发和指导作用。

第五节　文　体

在吕进的诗学话语中，"文体"也是一个值得重视和清理的关键词，对新诗文体特征的思考和新诗文体理论的建构，构成了吕进诗学中一个较有学术含量和理论创新性的部分。1990 年，吕进诗学专著《新诗文体学》由花城出版社正式出版，这是国内学界关于新诗文体的第一部理论专著，成为了诗学界从文体学角度研究新诗迈入一个新的历史阶段的里程碑。

什么是"文体"呢？罗根泽在《中国文学批评史》中，对"文体"一

---

① 吕进：《抒情诗的媒介特征（上）》，载《中国现代诗学》，重庆出版社 1997 年版，第81—82 页。

② 同上书，第 82 页。

③ 吕进：《论诗的文体可能》，载《新诗文体学》，花城出版社 1990 年版，第 45 页。

词作过较为准确的界定："中国所谓文体，有两种不同的意义：一是体派之体，指文学的格（风格）而言，如元和体、西昆体、李长吉体……皆是也。一是体类之体，指文学的类别而言，如诗体、赋体、论体、序体……皆是也。"① 审视吕进对新诗文体的学术思考与理论建构不难发现，吕进主要是从体类之体的角度来对新诗这一文体加以研究和阐发的。

在吕进看来，"诗是最'资深'的文体，诗又是最显赫的文体。"② 对新诗文体持之以恒的关注，与吕进对新诗这种文体在文学家族中最为重要的地位的强烈认同是密切相关的。在新诗文体理论的建构中，吕进思考最多、阐释最为详尽和充分的是有关新诗的文体特征与个性的问题，它首先从诗的定义入手来审视诗歌文体，接着又先后提出了"内视点""诗家语""弹性""媒介"等诗学话语范式来阐明新诗的文体个性，给人们准确了解和深入认识新诗这种文学文体提供了强大的理论资源。

吕进对诗歌这种文学样式所作的概念界定可以看作其新诗文体学建构的开步之作。在总结了闻一多、卞之琳、何其芳等前辈诗人与理论家关于诗歌基本内涵的界定之后，吕进提出了自己的诗学主张，他给诗歌下了一个非常简洁而明了的定义："诗是歌唱生活的最高语言艺术，它通常是诗人感情的直写。"③ 吕进关于诗歌的定义，是颇费心思的，熔铸了自己多年对诗歌文体的观察与体悟的心得。提出这个定义不久，在给另一位诗论家袁忠岳的一封信里，吕进自我阐释道："书中的'定义'，我是从三个方面思考的：一是诗反映社会生活的独特性；二是诗反映社会生活的媒介的独特性；三是诗的作者与作品关系的独特性。"④ 吕进所指出的这三个"独特性"，实际上是在强调新诗独具一格的文体个性，也就是说，吕进有关诗歌的定义，折射着不可忽视的文体学理论自觉。

吕进对诗的内容、诗的形式的细致阐释，可以看作其文体理论建构的进一步拓展。吕进是从感情、形象、思想三个向度上来阐述诗歌内容的。他认

---

① 罗根泽：《中国文学批评史》，上海古籍出版社1984年版，第146页。
② 吕进：《新诗文体的净化与变革》，载《新诗文体学》，花城出版社1990年版，第260页。
③ 吕进：《什么是诗》，载《新诗的创作与鉴赏》，重庆出版社1982年版，第20页。
④ 吕进：《关于〈新诗的创作与鉴赏〉的通信》，载《吕进文存》（第4卷），西南师范大学出版社2009年版，第73页。

为，由于诗不是叙述生活而是歌唱生活的，感情就是的主要内容，抒情美就是诗的内容本质。① 因此，吕进首先从感情层面入手来阐释诗的内容。在他看来，诗歌的独特本领正是"它表现生活激起的强烈感情"②。感情在诗歌之中居于异常显要的位置，没有感情就没有诗，"诗没有感情，就如同果树不结果、书本没有字、孕妇肚里没有孩子，就不再是诗"③。谈到诗歌的形象，吕进指出："诗歌唱生活，也是形象地歌唱生活。"④ 吕进将诗歌的形象划分为抒情主人公形象和景物形象，并从"景物形象是情感的产物""景物形象是想象的产物"两个层面来分别言述景物形象与情感和想象的关系。论及诗歌的思想，吕进用诗性洋溢的语言概述道："诗歌的思想内涵要超出时代的'思想的平均分数'，要高于时代'朦胧的火星'，对人生有更深理解，对时代有更深评价"，"优秀诗歌总是运用机智闪光的语言去打开读者思想的天窗，焕发着思辨的美"。⑤ 自然，吕进也清醒地意识到，诗歌的思想与哲学的思想是大相径庭的，它有着自己的文学特色，体现为："诗歌的思想是感情晶体"⑥，"诗歌的思想是形象晶体"⑦，"诗歌的思想是机智语言的晶体"⑧。也就是说，诗歌中思想的呈现，总是离不开语言、形象和情感这些基本的文学要素，诗歌思想是与这些文学要素相伴相随的。

对于诗歌的形式，吕进主要从音乐美、排列美、精炼美三方面来加以系统论述。谈及诗歌的音乐美，吕进开门见山地指出："音乐美是诗的语言与散文语言的主要分水岭。"⑨ 接着，吕进从节奏、韵脚、韵式等层面对诗歌音乐美的生成原理和表现特征进行了阐明。对于诗歌的排列美，吕进首先强调了诗行排列在诗意表达中的重要意义："分行排列，有助于强调诗人感情的跳跃中重要词句的分量。诗的篇幅小、文字少，每个词、每个句子都要十分精炼。诗要洗刷成晶体，去掉一切拖泥带水的成分。诗中重要词句，通过

---

① 吕进：《诗的内容》，载《新诗的创作与鉴赏》，重庆出版社 1982 年版，第 35 页。
② 吕进：《诗的感情》，同上书，第 36 页。
③ 同上书，第 45 页。
④ 吕进：《诗的形象》，同上书，第 46 页。
⑤ 吕进：《诗的思想》，同上书，第 60 页。
⑥ 同上。
⑦ 同上书，第 61 页。
⑧ 同上书，第 63 页。
⑨ 吕进：《诗的形式》，同上书，第 71 页。

各种排列方式（单独成行、重要词句的跳跃等）而得到突出。"① 紧接着，他又从诗行与诗节的划分、诗行的排列方式（半自由体、高低行、楼梯体、对称体、图案体）、诗歌的标点对诗歌排列分别进行论述。至于诗歌的精炼美，在吕进眼里，"诗的语言来源于日常语言，但前者不是后者的复制，而是后者的加强形式。诗的语言不同于日常语言，是由诗的抒情决定的有较高价值的艺术语言。它不但有音乐美、排列美，而且有一切文学样式都望尘莫及的精炼美"②。吕进认为，诗歌的精炼美主要体现于语言的精炼美上，为了实现语言的精炼美，诗人的炼字与炼句之功是必修的。更重要的，诗歌语言富有弹性，语言的弹性也是生成诗歌精炼美的一大原因。

通过对诗歌内容与形式的系统阐释，吕进将新诗的文体特征与个性明确彰显出来。而对新诗文体可能的考量，则构成了其文体理论的深化。吕进的代表性论文《论诗的文体可能》发表于 1988 年第 3 期《西南师范大学学报》上，后收入《新诗文体学》一书中。该文从诗与散文的视点差异、诗歌的视点特征、诗歌的媒介形态、媒介特征以及诗歌的文体自觉等几大方面来探讨抒情诗的文体可能。尤其以视点特征的探讨为契机，吕进对抒情诗的主观体验、梦幻色彩、非逻辑结构、心灵的直接表现、无名性、往复回旋六大特征加以系统梳理与阐释，对抒情诗的内在肌理进行了详细剖解，让人对诗歌的文体可能性产生了最为深切的理解。"避免'脱轨'：诗的文体自觉"为论文的最后一部分，在这部分里，吕进意味深长地指出："内视点和语言的超常结构规定诗的文体可能性。因为是内视点文学，所以诗的历史反省功能不如散文。诗只能以它对时代的情感反应证明自己的优势。因为是语言的超常结构，所以诗必须具备音乐性和弹性。只有在这个轨道上才能谈诗歌语言的风格化与个性化"，"诗在任何时候都只能沿着自己轨道推进与时代的联系，推进自身的创新"。③ 吕进的意思是说，无论在什么时候，无论在什么条件下，诗歌都必须遵循其文体规律，沿着自己的美学轨道行进，否则的话就会脱轨，也会背离诗歌的原则，最终将成为"非诗"作品，因而使无法被称为诗歌。

---

① 吕进：《诗的形式》，载《新诗的创作与鉴赏》，重庆出版社 1982 年版，第 90—91 页。
② 同上书，第 104 页。
③ 吕进：《论诗的文体可能》，载《新诗文体学》，花城出版社 1990 年版，第 48 页。

　　当然，吕进也看到了诗歌创作中的文体互渗现象，并对文体互渗与文体自觉之间的辩证关系进行了深刻阐发。吕进指出："世界上没有纯而又纯的文学样式。文学样式总在相互渗透。在文学史上还时或出现超越文体学的文学现象，它的出现正说明人类在艺术地把握世界的丰富与深化。但是文体可能性的超越将是一个渐进过程，就诗而言，诗人没有文体自觉，就很少可能在诗歌史上长久地站稳脚跟，别林斯基在《论俄国中篇小说和果戈理君的中篇小说》一文中有一段颇为精彩的话：'一个艺术家的自由，是在他本人的意志和某种外部的，不依存于他的意志的东西的和谐上面。'建立这种'和谐'正是一个诗人的智慧。时代给了一切诗人以同等机会，同等机会并不会带来同等成功，因为每位诗人的时代自觉和文体自觉在程度上并不相同。"[1]

　　此外，吕进还对诗歌文体学建构这一本源性问题进行了多向度的追索与阐明。吕进首先意识到，"诗学观念的差异，就是文体理论的差异"[2]，因此，文体理论的自觉就成了诗歌研究不断走向深入的必然产物。吕进不仅认为："文体学的强化并成为目下中国新诗研究的学科前沿是十分重要的理论现象。这种现象的出现有两个动因。就外部原因而言，是新时期以来的和平、安定与开放的外在环境；就内部原因而言，是新诗与新诗研究由对历史的反思转向对自身的反思的一种必然。"[3] 还具体指出："中国新诗文体研究近年致力于两个向度的拓展。首先是分类学，即横向研究，共时性研究。诗与非诗，诗作为多种诗体的存在，属于这一范畴。其次是轨迹学，即纵向研究，历时性研究。新诗的文体轨迹，诗与非诗在文体发展中的相互影响与渗透，属于这一范畴。"[4] 同时，站在历史的高度，吕进对当代诗歌文体学理论建构的未来发展作了确切的导引与规划："新诗文体学者正站在世界文明的水准线上重新测定中国和西方的诗歌文体学，抽象既有的诗歌现象，构筑一个现代的民族的中国新诗文体理论体系。当然，传统型的文体学是规范性、指令性的，而现代型的文体学，则是描述性、阐释性的。可以预期，中

----

　　[1]　吕进：《论诗的文体可能》，载《新诗文体学》，花城出版社 1990 年版，第 49 页。

　　[2]　吕进：《诗学：中国与西方》，载《中国现代诗学》，重庆出版社 1997 年版，第 11 页。

　　[3]　吕进：《中国新诗研究：历史与现状》，载《吕进文存》（第 4 卷），西南师范大学出版社 2009 年版，第 21 页。

　　[4]　同上书，第 22 页。

国新诗文体学大家极有可能出自有丰富创作经验的诗人群中。中国新诗文体学的最后完形主要指望诗人型学者。"① 现在看来，吕进对新诗文体学建构的导引与规划，迄今都是具有学术前沿性和突出诗学价值的。

---

① 吕进：《中国新诗研究：历史与现状》，载《吕进文存》（第 4 卷），西南师范大学出版社 2009 年版，第 22 页。

第六章　吕进诗学的话语特征

　　吕进对中国古典诗学较为熟悉和精通，对传统诗学的长期研读，也无形之中影响他的诗学理论思维和话语言说方式。受古典诗学的深刻影响，加上对西方诗学的学习与借鉴，在立足本民族、融通中西的学术理想引导之下，吕进诗学话语体现出鲜明的个性与特征，主要表现为以感悟为基础的诗性表述、象喻式批评的言说方式、类概念的范式策略、以少总多的学术笔法、辩证法的演绎逻辑等几方面。本章将对吕进诗学的话语特征进行系统阐释，并对吕进诗学话语的当代意义加以一定分析。

第一节　吕进诗学话语与中国传统诗话

　　检视吕进的学术人生，我们可以清楚地认识到，在近四十载的诗学研究中，吕进始终与中国传统诗话保持着密切的精神联系。传统诗话构成了他新诗研究基本的学术资源，也是他用以深刻认识古今中外文学创作现象、透彻理解中西诗歌和诗学奥义的最重要理论武器，在中国传统诗话的长期滋养和不断启示之下，吕进逐渐具备了独特的诗学眼光和艺术思维，同时也形成了理论言说的基本话语方式。可以说，在吕进的诗学探索与建构中，处处留印着传统"诗话"的影子。

　　首先，中国传统诗话是吕进从事诗歌研究前极为重要的理论储备，这种理论储备为他日后的诗学研究，无论是学术思维的培养还是话语方式的形成上，都定下了某种基调。在追述自己的学术道路时，吕进指出，他撰写第一部学术专著《新诗的创作与鉴赏》之前，曾在中外文学理论上下过一番功夫，不仅阅读了中国现代诗学相关著作如郭沫若等人的《三叶集》、草川未雨《中国新诗的昨日今日和明日》等，也细读了黑格尔《美学》、莱辛《拉奥孔》等西方经典文论，"还研究了王国维《人间词话》、丁福保辑《清诗话》、郭绍虞编《清诗话》、何文焕辑《历代诗话》、梁启超《饮冰室诗话》，等等"①。或许是受到了中国传统诗话的影响和启发，吕进在撰写《新诗的创作与鉴赏》这部专著时，给自己设定了这样的言说规则："不能在诗外谈诗，不能在诗之上谈诗，不搞高堂讲章，不玩概念游戏。要抛弃纯概念，使用类概念，要在诗内谈诗。应当这样揭示诗的秘密：不仅不能用枯燥乏味的空论去使寓于这一秘密的魅力消失，相反，经过诗论的照射，这一秘密应当变得更加妙不可言。未来这本书，应当有诗的神秘光彩，有诗一般的语言，在给读者理论启示的时候，也给读者以美的享受。"② 在这一段话里，"诗内言诗""使用类概念""诗一般的语言"等几条，无疑都与传统诗话有关，是中国传统诗话的基本表现形式。按照这样的学术规则而创作出的理论著作，可想而知会体现出某种"诗话"性来。

其次，吕进诗学内涵丰富，论述对象繁多，涵盖内容广泛，体现出诗论家开阔的视野与广博的知识，也折射着他在多维空间中进行诗性言说、建构诗学体系的学术抱负。吕进的这种学术抱负，也可以说是受惠于传统诗话的启迪的。我们知道，传统诗话承载的内容是复杂多样的，而不是单一贫乏的。清代学者章学诚在《文史通义·诗话》中，曾把历代的诗话分为两大类，即"论诗及事"类和"论诗及辞"类，近人郭绍虞将章学诚的归纳作了进一步申发，他认为："诗话中间，则论诗可以及辞，也可以及事；而且更可以辞中及事，事中及辞。"③ 将传统诗话分为"论诗及事"和"论诗及辞"两类，这不能说不准确，但还显得不够具体，那么，传统诗话论及的具体内容究竟有哪些呢？清人钟廷瑛的概述可谓再全面不过了，他说："诗话者，记本事，寓评品，赏名篇，标隽句；耆宿说法，时度金针，名流排调，亦征善谑；或有参考故实，辩证谬误：皆攻诗者所不废也。"④ 这里列举的内容，涉及记事、批评、鉴赏、标句、说法、调谑、故实、纠

---

① 吕进：《守住梦想——我的学术道路》，《东方论丛》2008 年第 6 期。

② 同上。

③ 郭绍虞：《宋诗话辑佚·序》，转引自刘德重、张寅彭：《诗话概说》，中华书局 1990 年版，第 3 页。

④ （清）钟廷瑛：《全宋诗话序》，同上书，第 3 页。

谬等方面，由此可见传统诗话关涉的范围实在广泛。在吕进的诗学言说中，大凡新诗文体、题材、流派、伦理、技法、语言等都有论及，这从《吕进诗学隽语》①中就能非常直观地认识到，四卷本的《吕进文存》更可以说是有关新诗文体学、新诗题材学、新诗流派学、新诗伦理学、新诗技法学、新诗语言学、新诗阅读学的内容丰富、体系完备的现代诗学巨著。

再次，中国传统诗话中的经典话语，是吕进在诗学言说中经常诉诸笔端，借以立论的重要理据。《吕进诗学隽语》虽是吕进诗学中精彩言论的集结，但传统诗话出现的地方也有不少，笔者粗略统计了一下，有22处之多。至于四卷本的《吕进文存》，援引传统诗话来展开学理阐发的就更多了。在吕进诗学建构中，传统诗话扮演的角色也是各自不同的，有时是诗评家阐发一个观点的切入点，有时是用以支撑某个诗学观点的重要论据，有时则是使诗学结论得到凸显的点睛之笔。如阐释灵感的稍纵即逝特征，吕进写道："灵感来得突然，去得快捷，可谓来如风，去如烟。所以，诗人捕捉灵感需要敏捷。《而庵诗话》有云，'好诗须在一刹那上揽取，迟则失之'。"② 此处引用了徐增《而庵诗话》的言辞为佐证诗学观念的重要材料，无疑增强了理论的说服力。再如论及通感的艺术表达特性，吕进认为："通感就是这样开辟着语言创新的途径，使许多'不可能'变为可能。为许多新鲜的诗句在诗中争得了位置。《说诗晬语》说：'过熟则滑。唯生熟相济，于生中求熟，熟处带生，方不落寻常蹊径。'就语言来讲，通感的神奇作用正在于它化'熟'为'生'。"③ 这里援用沈德潜的诗话，为凸显通感这一修辞格在诗歌创作中的语言表达功能起到了画龙点睛的作用。由此可见，传统诗话构成了吕进诗学言说中的一个有机组成部分。

具体来说，吕进诗学话语的独特"诗话"方式，体现在以感悟为基础的诗性表述、象喻式批评的言说方式、类概念的范式策略、以少总多的学术笔法、辩证法的演绎逻辑等方面。下文将分别加以细致阐述。

---

① ［泰］曾心、钟小族主编：《吕进诗学隽语》，（泰国）留中大学出版社2012年版。
② 吕进：《抒情诗的生成（上）》，载《中国现代诗学》，重庆出版社1997年版，第138页。
③ 吕进：《通感》，载《新诗的创作与鉴赏》，重庆出版社1982年版，第232页。

第二节 以感悟为基础的诗性表述

"感悟"在中国诗学中占有举足轻重的位置。著名学者杨义曾指出："感悟的思想和思维方式，在中国具有原创性的诗学专利权。"① 确乎如此，在中国古代诗话词话里，充满了包孕着理论家感性与妙悟的智慧火花，"感悟"一定程度上构成了古代诗学阐发中"点醒材料和经验，沟通中西方学术的重要思维方式，而且也是中国传统思维方式的具有优势的形式"②。吕进的诗学建构，并非如西方诗学那样主要是借助概念、判断、推理来进行逻辑演绎，而是常常以感悟作为理论入思的起点和学理展开的线索，从而体现出感悟诗学的理论个性。

在进行中国现代诗学理论阐述和体系建构时，吕进一直提倡学术表达中对"中国风格"的坚守与承继。所谓"中国风格"，在吕进看来就是"在诗学观念上，以抒情诗为中心；在诗学形态上，注意保持和发展中国诗学的领悟性特征"③。吕进将"领悟性"视为诗学话语形态的"中国风格"，这样的认识是准确而深刻的。而对于中国诗学这种独特的领悟性形态特征，吕进也有着自己的思考和理解，他说："'悟'是一种整体体验。所以，中国诗学不像西方诗学那样去将诗歌作分解的概念的剖析。中国诗学的'悟'，是不用公式和概念去破坏那无言的体验。它力求使诗保持为诗，让诗的魅力在'悟'中更加妙不可言，而不是相反。'悟'是审美主体与审美客体的一种融合，是诗学家进入诗的内部化为诗本身。"④ 吕进也深刻地认识到，中国诗学注重"领悟性"的特点与禅宗的影响是分不开的，"中国诗学与禅学从来相通。中国古论有许多说法。严羽《沧浪诗话·诗辨》中说：'大抵禅道惟在妙悟，诗道亦在妙悟。……然悟有浅深，有分限，有透彻之悟，有但得一知半解之悟。'戴复古有一首诗：'欲参诗律似参禅，妙趣不由文字传。个里稍关心有悟，发为言句自超然。'诗禅相同也好，诗禅相似也好，都是在'悟'字上实现诗禅相通。禅学的核心就是'悟'，即'无明'（禅学用

---

① 杨义：《感悟的现代性转型》，《学术月刊》2005 年第 11 期。
② 杨义：《感悟通论（上）》，《社会科学战线》2006 年第 1 期。
③ 吕进：《中国现代诗学》，重庆出版社 1997 年版，第 2 页。
④ 吕进：《诗学：中国与西方》，同上书，第 14 页。

来指'人们自身心智的造做'的术语）之雾散尽之后的一种心境，一种特殊体验。这种体验是无言的，静默的，'哑子吃蜜'，'如人饮水'的。中国诗学的核心也在这个'悟'字上。"① 吕进不仅对中国诗学的感悟性（领悟性）特征把握准确、理解透彻，而且他在进行学术研究时也将这种诗学观念和方法贯彻和落实到具体的理论文本之中，如《中国现代诗学》正是以"领悟"和感悟为理论生发的基础，因而被认为是一部"通中求变"的诗学论著②。

　　吕进诗学的理论表述中，我们可以随处发现依凭于"感悟"的思维印痕。如关于诗歌的定义，这是吕进诗学的一个重要硕果，但吕进对诗歌的定义并非是通过抽象的逻辑推导而取得的，而是诗论家在对艺术拥有了丰富感受和深刻领悟之后，结合这种感受和领悟而做出的。什么是诗？吕进说道："诗是歌唱生活的最高语言艺术，它通常是诗人感情的直写。"③ 在这段话中，"歌唱生活""感情的直写"等短语都不是严格意义上的学术概念，而是建立在诗论家艺术直觉和审美感悟基础上的诗化语言。我们只要把这段话同黑格尔关于诗的定义加以比较，就能清楚地发现吕进诗学的感悟特性。在《美学》第三卷里，黑格尔也曾对诗歌进行过较为准确的界定，他指出："诗，语言的艺术，是第三种艺术，是把造型艺术和音乐这两个极端，在一个更高的阶段上，在精神内在领域本身里，给合于它本身所形成的统一整体。"④ 同样是发现了诗歌与音乐艺术的内在联系，黑格尔使用的是富有逻辑性的理论表述，而吕进则主要诉诸形象思维，用诗性洋溢的语言来对诗歌加以界定，话语之中掺杂着不少感悟性的成分。不仅如此，在阐发各种诗学观念和理论发现时，吕进的诗学言说也是处处体现着感性与妙悟色彩的话语成分，这折射出诗论家将人生感悟与诗学洞察高度融合在一起的学术追求。如论述诗语的弹性带来艺术之美时，吕进指出："弹性是一种模糊美。它赋予诗歌语言以不确定性，从而给欣赏者带来感

---

　　① 吕进：《诗学：中国与西方》，载《中国现代诗学》，重庆出版社 1997 年版，第 13—14 页。

　　② 傅宗洪：《一部"通"中求"变"的诗学论著——读吕进新著〈中国现代诗学〉》，《诗刊》1992 年第 12 期。

　　③ 吕进：《诗的本质》，载《新诗的创作与鉴赏》，重庆出版社 1982 年版，第 20 页。

　　④ ［德］黑格尔：《美学》（第 3 卷）（下），朱光潜译，商务印书馆 1981 年版，第4—5 页。

受和把握的多样性和灵活性，扩大了诗的想象空间。而诗味'止于咸''止于酸'，就往往比较乏味。"① 在这段话中，前两句话可以说是理性话语，是较为严密的逻辑演绎，而最后一句则是感悟话语，是诗论家将生活中的感受移植到有关诗歌意味的言说上的。这样的感悟话语，在《吕进文存》中是较为常见的。

由此可见，吕进诗学的感悟特性的形成，既是传统诗话的言说方式对诗评家深刻影响所导致的，又是诗评家对现实人生的深入体察、对内在和外在生活细致品味从而颇具心得、并能灵活而自然地纳入理论言说中的结果。我们知道，传统诗话、词话中，注重感悟的诗学表述是极为鲜明的，这也在一定程度上反映了古人以生活感悟来领受诗之旨趣的审美取向。吴乔《围炉诗话》有云："文，则炊而为饭；诗，则酿而为酒。"以饭、酒之差别来呈现文与诗之差别，这样的文体学辨析其感悟色彩是极为浓郁的。受传统诗话影响十分显著的诗评家吕进，其诗学话语中充满感悟的成分，自然是容易理解了。与此同时，吕进又是一个对生活有着丰富体验和感悟的人，他的诗话言说，常常混溶着对生活的生动体察和真实深峻的领受。如对诗歌定义中"直写"一词的进一步阐发，吕进说道："'直写'当然不是抄袭原型情感。诗人在自己身上体验时代的悲欢。他深入地把握自己，以生动地获得超越自己的自己。"这句话中，吕进用"抄袭"这种生活中常见的一种懒汉现象和无创新行动，对诗人"直写"情感的创作性特征进行了生动的阐释，这样的阐释很显然是以生活感悟为基础的，因而给人明确的可感性，同时一种富于幽默的气息也在文句之中蔓延。

第三节　象喻式批评的言说方式

中国古代诗话词话在批评话语方式的选择上，并不用富有逻辑性的话语来陈述观点、阐发理论，而是常常将抽象的理论形象化，借助某个具体的喻象来传达，这与西方诗学话语是迥然不同的。学者欧海龙这样概括中国古代诗话的这一理论特征："诗话通过形象作比喻的方式把抽象的精神特征和幽深微妙的生命体验物化为可以直接感知的意象，以启悟读者领悟诗之妙谛，

---

① 吕进：《论诗美》，载《给新诗爱好者》，重庆出版社 1984 年版，第 14 页。

这便是诗话的象喻式批评。"① 考察中国古代诗话的发展历程便不难发现，从欧阳修的《六一诗话》到王国维的《人间词话》，这种"象喻式批评"是贯穿始终的，"象喻式批评"俨然构成了中国古代诗话的话语传统。在《王国维及其文学批评》中，叶嘉莹曾将王国维《人间词话》的批评模式概述为"意象式的喻示"方法，并高度赞许说："意象式的喻示大都以直觉的感受为主，因此这种喻示也就最能保持以感性为主的诗歌的特质。这种方式如果运用得宜，也就是说评诗人对于所评的作品既果然能有真切深入的体认，而且也能提出适当的意象来作为喻示，则这种批评方法实在应该是保全诗歌之本质，使其以感性为主之生命可以透过另一意象的传达，而得到生生不已之感动效果的一个最好的方法。"② 对中国古代诗话中象喻式批评所具有的理论优势的阐发，叶嘉莹的这段话还是说得比较到位的。

在吕进诗学中，以象喻式批评的话语方式来阐述观点、展开论述显然构成了一种基本的诗学策略，象喻式批评的话语案例在《吕进文存》里可谓俯拾即是。如阐述情感在诗歌创作中的重要作用时，吕进连用了三个比喻来表达："感情，是诗歌形象的雕塑师"；"感情，是诗歌乐章的指挥者"；"感情，是诗歌语言的母亲"。③ 这种以具体形象来喻示抽象道理的方式，比直接诉诸抽象的逻辑话语显然更富有生动可感性，并给读者更为开阔的想象空间。试想，如果我们不采用这种象喻式批评的方式，而直接说"情感在诗歌形象的塑造、诗歌节奏的处理、诗歌语言的形成上，具有极为突出的作用"，就会显得干瘪平庸，让人读之味同嚼蜡。

在论述诗歌文体与其他文体的差异时，吕进也注重启用富有意味的喻象来进行对比性阐释。"诗与散文在语言上走的是完全不同的路。一个逻辑语言，一个是灵感语言；一个是办事语言，一个是情人语言；一个是走路，有实用目的，一个是跳舞，在原地打转。"④ 这句话中的"路""情人语言"

---

① 欧海龙：《论中国诗话之生命化批评》，《海南大学学报（人文社会科学版）》2007年第6期。

② 叶嘉莹：《王国维及其文学批评》，河北教育出版社1997年版，第266页。

③ 吕进：《感情，诗的直接内容》，载《给新诗爱好者》，重庆出版社1984年版，第17页。

④ 吕进：《我读荣荣——〈荣荣诗选〉印象》，载《吕进文存》（第4卷），西南师范大学出版社2009年版，第139页。

"跳舞""原地打转"等，都是象喻式批评的言说方式，深奥而抽象的文体学知识，也在这些通俗明了的喻象启发下而清晰呈现。吕进在诗歌文体学上的建树是有目共睹的，对于新诗文体可能性和文体学意义的阐释，吕进用了"围墙"这个喻象来生动演绎。他说："文体现象总是大大丰富于业已发现的文体可能。反过来说，业已发现的文体可能的'围墙'总是不能将文体现象全部围住，总会有'墙'外现象。有些'墙'外现象是净化对象，与此同时，另外一些'墙'外现象却是新诗文体学的新的描述对象：新的抒情方式，新的篇章结构，新的意象营造，新的语言行为，乃至新的诗体，等等。新诗文体学应当乐于充当墙外的抽象与概括者。"① "围墙"是人们司空见惯的事物，以此来鉴照诗歌文体学建构的意义，可谓既形象又准确，既通俗易懂又能给人诸多启发。

吕进对新诗的类别划分也颇有心得，他对新诗的诸多种类，如自由体新诗、格律体新诗、抒情诗、叙事诗、讽刺诗、小诗、无题诗、散文诗、剧诗、歌诗等，都有着精到的阐发，这些阐发中也充满着象喻式批评的言说成分。如论小诗"小诗是阳光下的露水，情绪的珍珠"② 这两个比喻，将小诗的"小"与"诗"两个词素都作了生动言说。如论自由体诗："中国新诗是自由诗。一种意见：新诗的不成熟主要是不成形。现在的不成形的新诗势必经受形式上的大变革，取得相对固定的形式走向成形化。这是片面的说法。'自由'就是'自由诗'的形。要求云彩成形，要求海涛成形，就如同要求太阳不成形，要求月亮不成形一样，是不科学的。"③ 最后一句的象喻式言说，对自由诗的"自由"之形所具有的合法性进行了有力的辩护，既充满形象生动的妙趣，又不乏令人诚服的理据性。

对诗人艺术素质的阐述也是吕进诗学中异常重要的内容。他说："诗人的博爱是一道阳光，把整个世界重新照亮。"④ 一个喻象，将诗人、诗歌、世界三者之间具有的彼此关爱、照亮的关系生动阐明。再如，"诗人如果只

---

① 吕进：《新诗文体的净化与变革——〈新诗文体学〉跋》，载《新诗文体学》，花城出版社 1990 年版，第 262 页。

② 吕进：《关于小诗的小札》，载《吕进诗论选》，西南师范大学出版社 1995 年版，第 424 页。

③ 吕进：《中国现代格律诗》，载《新诗的创作与鉴赏》，重庆出版社 1982 年版，第 120 页。

④ 吕进：《新诗的沉寂时代》，载《新诗文体学》，花城出版社 1990 年版，第 204 页。

是自己灵魂的保姆，或者一个自恋者，他就一钱不值"①；"站在时代前列的诗人，善于敏锐地感受到生活中的时代精神：由生活的一朵浪花听到大海的喧哗，由大地的一片绿叶看到春天的明媚。站在时代前列的诗人，并不只注意纵览乾坤、描绘苍穹，而是努力以他的巨大才力去把诗的触角伸得广些，再广些"②；"诗人的诗是心灵的太阳重新照亮的世界"③，这样的象喻式批评阐释都是极为精彩而亮丽的。论及女性诗歌的优长，吕进阐述道："就本质而言，诗的天空理所当然更多地属于女性。诗是仰仗想象力的艺术，女性最善于张开想象的翅膀；诗是情感的领域，女性从来是情感的富有者；诗是内视的文学，女性常在内视世界流连。"④ 以象喻式批评话语来肯定女性在诗歌创作上天然具有的优势，对女性诗歌的由衷赞誉溢于言表。

此外，吕进还以象喻式批评话语方式论述过民族传统问题，他说："其实，民族传统是一江流水，是一代又一代的永恒创造。李白《把酒问月》诗云：'今人不见古时月，今月曾经照古人。'诗歌传统不是'古时月'，而是'今月'；不管你愿不愿意，实际上人人都沐浴着明亮的月光。"⑤ 在这里，吕进将诗歌传统的恒常持久与流动变异关系进行了既具形象性又富于辩证法的艺术阐明。

以象喻式批评的话语方式来进行理论言说，使吕进诗学既具有学理的深度还具有诗意的素质，让读者在阅读过程中既能获得理论的启迪，也能获得美的愉悦与享受。

第四节　类概念的范式策略

在人类认识世界的过程中，往往是"以概念为起点，构成判断和推理

---

①　吕进：《寓万于一，以一驭万——漫说泰国诗人曾心》，载《吕进文存》（第4卷），西南师范大学出版社2009年版，第142页。

②　吕进：《读郭小川抒情诗漫墨》，载《给新诗爱好者》，重庆出版社1984年版，第113页。

③　吕进：《诗人是文明的"原始人"》，载《新诗文体学》，花城出版社1990年版，第11页。

④　吕进：《对话与重建——中国现代诗学札记》，载《吕进文存》（第3卷），西南师范大学出版社2009年版，第244页。

⑤　吕进：《开放与传统》，载《吕进诗论选》，西南师范大学出版社1995年版，第126页。

来进行思维，同时又通过推理获得新知识，形成新概念"，可见"概念是思维形式的最小单位，是思维的细胞，是构成判断、推理的要素"①。作为思维的基本单位，概念是思维对象的本质属性的反映，它属于逻辑范畴。也就是说，在学术表达中的纯概念使用，一般应遵循准确、精准等科学规范，而忌讳将抽象的逻辑言说形象化、具体化的演绎形式。不过，吕进诗学的话语范式，一般都不是使用的纯概念，而是类概念或者准概念。这种范式策略的形成，与传统诗话对他的深刻影响是关系密切的。

　　我们知道，中国古代诗话中的诗学范式也多为类概念，不管是宋诗话、明诗话还是清诗话都不例外，古代诗话中常见的术语如"滋味""余味""妙悟""肌理""韵致"等，都可以说不是纯概念而是准概念、类概念。如前所述，吕进是将"要抛弃纯概念，使用类概念，要在诗内谈诗"② 作为第一部学术专著的表达法则来遵守的。事实上，这一法则不只是在《新诗的创作与鉴赏》中得到了落实，而且也贯穿了吕进诗学研究的始终。也就是说，吕进的诗学建构中，使用类概念（准概念）构成了一种基本的范式策略。

　　对于纯概念、类概念与新诗阐释的关系，吕进有着自己的独到理解，他曾指出："纯概念具有精确性，对诗学而言，精确也许就是不精确；用解剖刀将一个活人肢解研究，这样的研究也许是精确的，被解剖者的生命却没有了。类概念具有模糊性，对诗学而言，模糊也许就是精确，更接近诗美本身。"③ 这告诉我们，吕进之所以要选择类概念而不是纯概念来作为现代诗学建构的话语范式，是因为在他看来，文学本身是一个富于生命性的活体，不能用机械的解剖学方法来对这一活体进行强行的剖解与阉割，否则"被解剖者的生命却没有了"。在此基础上，诗学阐释的不精确也许正是精确，类概念的模糊性，与诗美本身的多义性构成某种一致性关系。可以说，吕进诗学话语类概念启用的范式策略，是独具一种不可忽视的理论探索与实践意义的。

　　阅读四卷本《吕进文存》，我们不难发现，吕进所提出的一些诗学范畴，诸如"弹性""双极发展""诗家语""新来者""文体可能"等，都不

---

① 融燕编著：《逻辑学概论》，中国书籍出版社 2013 年版，第 13 页。
② 吕进：《守住梦想——我的学术道路》，《东方论丛》2008 年第 6 期。
③ 吕进：《诗学：中国与西方》，载《中国现代诗学》，重庆出版社 1997 年版，第 15 页。

是纯粹的、抽象的学术范式，而是将抽象和具象、主观与客观交融在一起的类概念（准概念）。这些类概念的频繁使用，既保证了富有灵性的理论感悟能够被诗论家自然而准确地纳入学术话语之中，又使得象喻式批评可以有序地展开、自然地延续，从而为诗学体系建构的严整性与统一性提供必要的保障。

　　试举一例，在论述诗与散文的文体差异时，吕进说过一段很精妙的话："散文对外在世界的感受终止的地方（资源的终止、无可奈何的终止等），正是诗的领地。诗在散文未及、未能、未感的地方显露自己的价值：它是外在世界的内心化、体验化、主观化、情态化。散文的外视点有超越时空和生活现象的极大自由，但在心灵生活中它的灵敏度却并不理想。如果说，散文探索'外宇宙'，诗就在探索'内宇宙'；如果说，散文寻觅外深化，诗就在寻觅内深化；如果说，散文在外在世界徘徊，诗就在内心世界独步。散文是作家与世界的对话，读者倾听散文；诗是诗人心灵天地的独白，读者偷听诗歌。"① 这段话中出现的很多范式，诸如"内心化""体验化""情态化""内宇宙""外宇宙""对话""独白"等，都不是纯粹的诗学概念，而只是类概念或准概念。它们虽不像科学术语那样逻辑严密，但能给人带来直观具体的感觉，这些术语集中体现着诗论家感悟性思维特点和象喻式批评的话语方式，也可以说是传统诗话精神在现代诗学中的回响。

　　吕进诗学话语中的类概念范式，具有几个鲜明的特征：

　　首先是具有形象可感性。比如"内视点"这一范式，是与人的视觉感知相连的，我们对这一范式的理解很大程度上也依凭着自我的视觉感知能力。吕进如此阐释道："内视点是进入创作状态后启用的。诗人应当摆脱的误解在于：想从诗与外在世界的脱离中寻觅诗的永恒。内视点的灵敏度与诗人对外在世界的体验程度和把握外在世界的深刻程度一致。诗的最高价值在于言众人之未言与难言。诗只能在自己的时代里寻求不朽。"② 从这段话里我们得知，所谓"内视点"应该是与心灵有关的某种思维特性，同时也离不开人与外在世界的密切关联。诗歌中的"内视点"其灵敏与否、深刻与否，同诗歌向内"看"自我与向外"看"世界的灵敏与深刻息息相关。

---

　　① 吕进：《抒情诗的审美视点》，载《中国现代诗学》，重庆出版社1997年版，第22页。

　　② 吕进：《论诗的文体可能》，载《新诗文体学》，花城出版社1990年版，第27页。

其次是原创性。吕进诗学话语中的类概念范式，许多都是由诗论家自己发明和创造的，因而有着难得的理论原创性。例如，"双极发展"，吕进用它来概述中国新诗应该保持的文体发展平衡态势，所谓"双极"即指自由诗与格律诗两个极点；所谓"双极发展"，就是自由诗与格律诗的并肩携手，共同发展和繁荣。之所以提出"双极发展"的理论范式，是因为吕进深刻地意识到，近百年中国新诗一直是一种"单极发展"的非正常态势："新诗近百年的最大教训之一是在诗体上的单极发展，一部新诗发展史迄今主要是自由诗史。自由诗作为'破'的先锋，自有其历史合理性，近百年中也出了不少佳作，为新诗赢得了荣誉。但是单极发展就不正常了，尤其是在具有几千年格律诗传统的中国。"[1] 吕进进一步指出，在中国这个具有悠久诗歌传统的国度里，格律诗是有自己的存在位置的，自由诗并不能完全取代它，"诗歌史告诉我们，自由诗并不能全部取代格律诗。这是因为：现代生活的某些内容更适宜于用格律诗来表达；很多读者习惯于格律诗传统。"[2] 从历史与现实的双重维度来看，自由诗和格律诗都应该获得自己的发展空间，中国新诗的"双极发展"才可能是正常的情态。这是吕进的基本新诗文体发展观，也是具有远见卓识的一种文体观念。

第五节　以少总多的学术笔法

与西方文论的体系庞大、要言不烦相比，中国古代诗话基本上是篇幅短小、论述精致的，这与古代文论传统中追求"以少总多，情貌无遗"（《文心雕龙·物色》）和"乘一总万，举要治繁"（《文心雕龙·总术》）的学术理想不无关系。中国古代诗话一般是由片段性的语言形式构成的，以这种只言片语式的话语形式来谈论诗学问题，虽然在理论的系统和完备上与西方文论无法比拟，但因为做到了"举要治繁""言简意赅"，中国古代诗话能给人一语中的、举一反三的学术感受和思想启发。在这个意义上，"以少总多"的学术笔法可以说是彰显中国古代诗话个性和优势的一种别有意味的理论表征。

---

[1] 吕进：《重破轻立，新诗的痼疾》，《中国艺术报》2011年11月26日。
[2] 吕进：《中国现代格律诗》，载《新诗的创作与鉴赏》，重庆出版社1982年版，第120页。

　　吕进诗学也自觉继承了古代诗话的这种话语传统，并将其发扬光大。如论诗语的弹性艺术，吕进论曰："诗是具象的抽象。太重于具象，就变成绘画；太重于抽象，就变成音乐。具象的抽象本身就包含二重性：笔下具象，笔外抽象，古人所谓'象外''味外''诗外''笔墨之外'指的正是具象与抽象的交织。情隐景显，隐显交织就构成弹性。言近旨远，近远交织就构成弹性。"① 这段话言语虽不多，但容量异常大，既将诗歌与音乐和绘画比较，凸显其兼具抽象与具象的艺术特征，又以古代诗论语词来印证诗歌的这种独特个性，最后又归结到对诗歌弹性的阐述上来，诗学内涵之丰富令人叹服。在某种程度上，我们也可以说，吕进诗学是富有弹性和张力特质的诗学。

　　在吕进看来，诗歌本身就是一种"以少总多"的文学文体，诗歌的句短情长、言简意丰特性赋予这种文体独具魅力的美学优势。吕进说："诗是人的本真存在的言说。诗是无言的沉默。所以，诗的本质是言无言：以言传达不可言，以不沉默传达沉默。"② 这句话中，"无言的沉默""以言传达不可言"等表述，都是对诗歌这种文体"以少总多""举要治繁"的表达特征的准确概述。吕进又说："诗是'空白'艺术，高明的诗人善于以'不说出'来传达'说不出'。"③ 这段阐述，与"含不尽之意见于言外"的古论是极为契合的。

　　粗略来看，吕进诗学的"以少总多"笔法，大致体现在以下三个方面：

　　一是简约性概括。对于诗歌特征和规律的分析与概括，吕进从来不用繁笔，而是多用简笔；不是条分缕析地剖析与通诠，而是使用直取要略、高度浓缩的语言来简洁明了地概述。例如，在论述诗歌与散文在审美视点上的差异性时，吕进如此道来："诗回避散文视点。先以散文眼光打量世界，而后再从外在上给这打量以诗的装饰，这不是真诗人。散文叙述外在世界，诗歌体验外在世界。"④ 这段话以高度凝缩的语言，精彩概述了诗歌与散文的文体差异。诗论家没有在诸多细节处喋喋不休、浓墨重彩，而是以简洁的笔

---

　　① 吕进：《论诗的文体可能》，载《新诗文体学》，花城出版社 1990 年版，第 44—45 页。
　　② 吕进：《中国与日本：中国诗学的昨天与今天》，载《吕进文存》（第 4 卷），西南师范大学出版社 2009 年版，第 39 页。
　　③ 吕进："诗家语"的审美》，《人民日报》2010 年 11 月 16 日。
　　④ 吕进：《论诗的文体可能》，载《新诗文体学》，花城出版社 1990 年版，第 26—27 页。

法、概述性言辞来阐发。尤其在结尾处，以"叙述"和"体验"两个词语来分别论述散文与世界、诗与世界的关系，显得简明扼要又直抵本质，充分体现诗学上的概括性和凝练性特征。再如论诗歌的想象，吕进曾指出："对诗而言，想象就是深度：诗人深入对象的深度，诗人深入自己的深度。诗人凭借文明去寻觅'原始'，诗人通过'原始'来表现文明。"① 这句话中的"深度"一词简约有力，概括性强，充分肯定了想象力在诗歌创作中的重要地位。

　　二是跳跃性阐发。在对某一学理问题加入细致阐发时，吕进并没有按照非常缜密的逻辑演绎线路逐步向前伸展，而是保持一种诗性言说的行文方式，在有所敞开与有所省略的跳跃式阐发理路上从容展开，既给人理论之启迪，又给读者留有想象与发挥的空间。如论述诗歌的音乐美时，吕进用了下面的几段文字来阐发：

　　　　诗是最高的语言艺术首先表现在它的音乐美。音乐美将诗的语言和散文语言明显地隔开，使前者变为抒情的语言、谈心的语言，而后者只是叙述的语言，办事的语言。

　　　　由节奏与音韵所规范，除了散文诗以外，诗歌又都是分行排列，用以加强它的音乐美。与引起鉴赏者听觉上的美感的同时，又给予鉴赏者视觉上的美感。

　　　　音乐美是流动的情感的节奏、音响的显露。它表现、加强、升华诗的抒情美。

　　　　听觉美感与视觉美感的交叉，外在的音乐美与内在的抒情美的融合，使诗的语言成为最优美的语言，使得散文语言相形见绌。②

上述的阐发文字由四段构成，第一段论述音乐美是使诗歌语言区别于散文语言的重要标志，第二段论述诗歌分行排列对音乐美的强化以及对视觉美的呈现，第三段又强调音乐美的艺术特征及对诗歌抒情美的影响，第四段讨论诗歌中外在音乐美与内在抒情美相互融通后对诗歌语言的美感保障。这四段文字看似相互联络，实际上联系并非完全紧密；看似有所断裂，实际上又彼此

---

　　① 吕进：《诗人是文明的"原始人"》，载《新诗文体学》，花城出版社1990年版，第20页。

　　② 吕进：《诗的本质》，载《新诗的创作与鉴赏》，重庆出版社1980年版，第30页。

相关。这或许正是吕进诗学跳跃性阐发所显示出的某种理论表达上的高妙之处。

三是点到即止的阐释策略。在吕进的诗学阐发中，对待诗歌特征与规律的阐发，一般都不会将具体的道理全息展示，不会在一条路上穷追不舍，分剖得体无完肤，而是挑明就行、点到即止。如论述诗歌中的感情，吕进认为"感情"是诗的直接内容，并阐释说："感情世界是主观的世界，是'情人眼里出西施'的世界，是'听于无声，视于无形'的世界，是'妙想迁得'的世界。可以说，在创作过程中，诗人在睁着眼睛做梦。他并不黏着于客观事物，而是'诗言我情'。"① 吕进认为诗人在创作过程中是"睁着眼睛做梦"，那么如何"做梦"？做着怎样的梦？梦与诗歌之间的关系究竟如何？诗歌如何体现梦幻色彩？这些问题吕进并不去深究它，而是留给读者去想象和回味。吕进又指出"诗言我情"，诗如何言我之情？诗言说我之何种情？我之情与客观事物的关系又如何？吕进并不明说，也不去细致解析，而是留给读者去完成。这种点到即止的阐释策略，使吕进诗学达到了言语不多而意蕴无限的效果。

可以说，用"以少总多"的学术笔法进行理论阐发，从而在最小的语言篇幅里，传达出最丰富的诗学认知，这是吕进诗学的一大亮点。

第六节　辩证法的演绎逻辑

如前所述，在进入系统的诗学研究和话语建构之前，吕进曾仔细研读过黑格尔的哲学和美学，尤其对黑格尔的辩证法思想深有领悟。他曾说："对黑格尔的唯心主义哲学体系，我们可以在这里不予置评；但这个体系的'合理的内核'即绝妙的辩证法，对研究诗的'有'与'无'的对立统一关系是颇有益处的。"② 阅读《吕进文存》便不难发现，在吕进诗学思想铺展和学术呈现的过程中，辩证法的演绎逻辑扮演着极为重要的角色。

在吕进的诗学话语中，可以轻而易举地找出许多两两相对的概念与事

---

① 吕进：《感情，诗的直接内容》，载《给新诗爱好者》，重庆出版社1984年版，第19页。

② 吕进：《抒情诗语言的正体》，载《中国现代诗学》，重庆出版社1997年版，第110页。

物，诸如"有"与"无"、"大"与"小"、"造"与"达"、"具象"与
"抽象"、"主观"与"客观"、"自由"与"格律"、"传统"与"现代"，
等等。其中，对诗歌表达中"有"与"无"关系的辩证论述，在吕进诗学
话语中显得较为突出。吕进指出："一切好诗都可用'有''无'二字加以
概括。"①

接下来，吕进从两个方面来对"有""无"二字加以仔细论述。一曰
"有诗意，无语言"。吕进这样阐释道：

> 从诗美体验的产生来看，它是一个由"无"到"有"的过程，或者，是
> 一个"无"中生"有"的过程。这个过程是无意识的。诗人在外在世界中
> 不经意地积累着情感储备和形象储备。长期积累使诗人在某些方面的诗
> 美感受力特别敏锐。于是，一个偶然的契机，诗人就"感物而动"——
> 或"感"自然中之"物"，或"感"社会生活中之"物"，或"感"自身遭际，诗
> 人的主观心灵与客观世界邂逅了，诗人获得了诗美体验。"意"字，从构
> 形上看，是"心"上加"音"。古"音"与"言"通。所以"意"，即是心上之
> 言，心上之音。诗意即诗美体验，就是心上的诗。这样，诗人"有"了
> 心上的诗。

> 诗人要表达这个"有"，却又面临窘困。诗美本质是内视性的，无
> 言无声。诗人不能用语言充分传达这无言无声的心上之言，心上之音：
> 有限之言，难以表达无限之意；有尽之言，难以表达无尽之意。而且诗
> 人也不必用语言去破坏这无言无声的诗美体验。②

这两段文字极为精彩，吕进立足于辩证统一的思维视角，对诗美体验的丰富
性和语言表达的无力性进行了富有辩证性的思考与阐发。

二曰"有功夫，无痕迹"。吕进指出，"有功夫，无痕迹"，"这又是一
个统一。像'至言无言'一样，诗的最高技巧是无外露技巧。或者，诗的
最高技巧是摆脱外露技巧的技巧，无痕迹的技巧"。③ 吕进的意思是说，好
的诗歌必定显示着诗人超凡的创作功力，但这种功力又不是明显外露的，而

---

① 吕进：《抒情诗语言的正体》，载《中国现代诗学》，重庆出版社 1997 年版，第
105 页。
② 同上书，第 110 页。
③ 同上书，第 114 页。

是藏匿于诗章之中，很难见出明确的痕迹。吕进用富有辩证色彩的逻辑演绎，将好诗在技巧使用上的鲜明特征准确地加以阐明。

谈论诗歌题目的选取时，吕进也启用了"有""无"的辩证思维："有诗题的诗，如果题目取得不好，有就是无。无题诗，如果诗写得好，无就是有。"①"无题，有时是诗人不愿说破——有些情思和意境一经说破就索然无味了。无题，有时是诗人不能说破——无题诗大多别有寄托，那寄托在某一特定环境下只能隐在诗行间。无题，有时是诗人无法说破——无题诗的复杂心绪很难让一个诗题站住。"② 上述两段话，显示了吕进对无题诗的文本内涵和选题策略所作的深入而独到的思考。

在论述诗歌语言的"造"与"达"时，吕进也以辩证法来审视和诠解。他首先承认无"造"即无诗，"诗人要摆脱消极修辞，即按照散文文法原则的修辞。消极修辞在内涵上的目标是明确与准确，在外观上的目标是通顺与流畅。它属于叙事的境界。诗人要遵从的是积极修辞，即超越散文文法的修辞。积极修辞属于体验的境界。因此，诗的修辞要求诗人匠心独运的创造。或者，'造'是诗的修辞的生命。无'造'即无诗"③。然而，吕进深刻地意识到，在诗歌中，光有"造"还不够，还必须有"达"，即"达"于己意、"达"于他心，诗歌才能被读者所接受，其"造"才能获得价值和意义的实现。"诗不纯粹是语言，也不纯粹是体验。它是化为语言的体验，或化为体验的语言。语言脱离了体验，就等于消灭了体验；体验离开了语言，就等于消灭了语言。只有在'达'中，读者才可能欣赏诗人的'造'，只有体验具有语言于自身，语言才可能成为一种外在于体验的东西，从而成为诗歌读者的主要鉴赏对象。"④

对于小诗这种文体的思考与阐发，吕进也注意从"小"与"大"的辩证逻辑上来演绎。他说："小诗是一种自由诗。但是，它又有别于其他自由诗。最基本的特点就是'小'，三五行、七八行的即兴咏叹而已。所以小诗艺术在于小与大、简单与丰富、完成与未完成的融合。它小，可是它抒写的

---

①　吕进：《无题序》，《吕进诗论选》，西南师范大学出版社 1995 年版，第 446 页。

②　同上书，第 446 页。

③　吕进：《抒情诗的生成（下）》，载《中国现代诗学》，重庆出版社 1997 年版，第 168页。

④　同上书，第 169 页。

是生命、人生、时代、自然、宇宙却很大。它简单，可是它又常常微尘中显大千，刹那间见终古。对于诗人，它是完成品；对于读者，它却是未完成的开放式框架，等待读者的创造。小诗的品格完全用得上英国诗人布莱克说的那句话：'一沙一世界，一花一天堂。'没有大的小，不是小诗。没有丰富的简单，不是小诗。没有未完成空间的完成品，不是小诗。"① 吕进将小诗特点概括为"小诗艺术在于小与大、简单与丰富、完成与未完成的融合"，这是相当精准的，同时又是充满着辩证逻辑的。

吕进也思考过新诗的大众与小众的关系问题，他指出诗歌的大众或小众的审美取向与历史语境是分不开的："从一个角度说，不管你承认不承认，诗终究是一种社会现象。因为大众化和小众化倾向还与诗的外在环境密切相关。当生存关怀成为诗的基本关怀的时候，例如发生战争、革命、灾难的年代，大众化的诗就会多一下，当生命关怀成为诗的基本关怀的时候，例如和平、和谐、安定的年代，小众化的诗就会多一些。"因此，不能绝对地说诗歌大众化好还是小众化好，要一分为二地去看待，"大众化和小众化的诗都各有其美学价值，不必也不可能取消它们中的任何一个"②。应该说，吕进这种对新诗的大众化与小众化的辩证审视，绝不厚此薄彼的价值态度是客观和合理的。

近些年来，出于对中国新诗当下状态和未来发展的关注，吕进以富于辩证性的"变""常"观来表明自己的诗学立场。吕进先是肯定新诗之"变"的历史合理性："新诗是中国新诗的现代形态。几千年的中国古典诗歌到了现代发生了巨变，所以，'变'是新诗的根本。"随后，他又郑重指出，新诗只求变而不注意保"常"，也是有问题的："其实，'变'中还有一个'常'的问题。'变'就是'常'，而且是一种永恒的'常'。中国新诗的繁荣程度取决于它对新的时代精神和审美精神的适应程度，新诗的'变'又和中国诗歌的'常'联系在一起。诗既然是诗，就有它的一些'常态'的美学元素。无论怎么变，这些'常'总是存在的，它是新诗之为诗的资格证书，重新认领这些'常'，是当下新诗振衰起弊的前提。"③ 吕进认为，新诗要在追求现代性的道路上求新求变，这是艺术发展的需要。然而，"新

---

① 吕进：《上善若水》，《重庆晚报》2011 年 3 月 13 日。
② 吕进：《诗歌的大众与小众》，《人民日报》2009 年 5 月 21 日。
③ 吕进：《新诗的"变"与"常"》，《人民日报》2010 年 3 月 26 日。

诗"这一术语，不仅包括一个"新"字，还包括一个"诗"字。这就是说，新诗还要遵守诗之为诗的美学常规，同时还要注意和中国诗歌传统之"常"联系起来，才能获得更为长久的艺术生命和历史合法性。吕进对待新诗发展的"变""常"观，既是充满辩证的，又是较为合理稳妥的，对我们认为新诗的当下态势和未来前景大有助益。

此外，吕进还站在历史的高度，对新诗破格与创格的"破""立"关系进行了辩证剖析。吕进理性指出了新诗之"破"的有效性与有限性："新诗近百年的最大教训是在诗体上的单极发展，一部新诗发展史迄今主要是自由诗史。自由诗作为'破'的先锋，自有其历史合理性，近百年中也出了不少佳作，为新诗赢得了光荣。但是单极发展就不正常了，尤其是在具有几千年格律诗传统的中国。"随后又大力倡导新诗在当下的"立"："新诗是中华诗歌的现代形态，百年新诗发展到了今天，必须在'立'字上下功夫了，新诗呼唤'破格'之后的'创格'。许多诞生之初就出现的问题至今仍然困扰着新诗。中国是诗的国度，诗从来就是文学中的文学。但是，新诗却失去了文学王冠的位置，到了新世纪，处境越来越尴尬。新诗需要在个人性与公共性、自由性与规范性、大众化与小众化中找到平衡，在这平衡上寻求'立'的空间。"① 这就为新诗的健康发展指明了一条可行之路。

可以说，辩证法的演绎逻辑赋予了吕进诗学强烈的思辨色彩，在一定程度上使吕进诗学话语的理论个性得以强化，学术阐发更具有说服力。

第七节　吕进诗学话语的当代意义

以感悟为诗性表述的基础，以象喻式批评为主要话语方式，以类概念为范式策略，以"以少总多"为学术笔法，以辩证法为演绎逻辑，以由此建构起来的吕进诗学，显而易见体现出了鲜明的"诗话"特征。这种"诗话"特征，既赋予吕进诗学独特的学术品位和理论个性，使他在中国现代诗学领域占据着不可替代的位置，也给中国现代诗学的学术发展和理论创新积累了宝贵的经验，提供了有益的启示。在笔者看来，具有突出的"诗话"特征的吕进诗学，至少在四个方面给当代诗学建设提供了重要的参考与启示。

---

①　吕进：《重破轻立，新诗的痼疾》，《中国艺术报》2011 年 10 月 26 日。

第一，继承并发扬"诗话"传统，是古典文论进行现代转型的关键环节。众所周知，"传统文论的现代转型"是近二十年来中国学界大谈特谈的热门话题，但是中国传统文论的理论特征体现在哪些层面、传统文论如何才能真正实现现代转型，对这些问题的看法学界的观点并不一致，文论转型的最佳方案也一直没有找到。作为传统文论中最为典型的理论文本，中国古代诗话理应受到我们的高度重视，古代诗话所具有的以感悟为基础的诗性言说、象喻式批评的话语方式、类概念的范式策略等理论特征，一定程度上也正是中国传统文论理论个性的集中反映。从这个角度看，自觉地继承和发扬古代诗话传统，可以说是实现古代文论现代转型的最为关键的环节。吕进近四十载以"诗话"为学习目标和理论指南而进行的现代诗学建构，为古典文论现代转型提供了成功的范例。

第二，大胆继承中国古代诗话遗产，以古代诗话为重要的学术资源，在中西诗学对话中来展开现代诗学研究，这是中国现代诗学追求学术原创性、建立属于中国学者自己的话语方式和理论体系的重要路向。早在20世纪90年代，曹顺庆就指出了中国文论"失语"的严重问题，他认为："长期以来，中国现当代文艺理论基本上是借用西方的一整套话语，长期处于文论表达、沟通和解读的'失语'状态。"导致这种失语症的主要病因在于，中国学者长期以来都只是一味追随西方，借用西方的理论思维方式和理论话语形态进行学术阐发，而没有建构自己独有的理论话语，"我们根本没有一套自己的文论话语，一套自己特有的表达、沟通、解读的学术规则。我们一旦离开了西方文论话语，就几乎没办法说话，活生生一个学术'哑巴'"①。由于我们只是借用了大量西方文论话语来进行学术言说，因此我们所得出的学术结论、所发出的理论声音，大都只是西方理论的汉语版，很少呈现中国学者自己的民族特色与理论个性。有鉴于此，对中国文论传统加以现代转换，以此为基点来展开学术阐发，通过与西方诗学的对话和交流来创生一套具有中国色彩和民族个性的文论话语，从而建构出现代诗学体系，这可以说是中国现代诗学有可能摆脱"失语症"纠缠、体现出某种理论原创性的重要的前行路向。吕进通过对诗话传统的吸收和借鉴，通过对古典诗话中合理有效的理论因素的继承和发扬，寻觅到了具有民族特色与学术个性的诗学思维方

---

① 曹顺庆：《文论失语症与文化病态》，《文艺争鸣》1996年第2期。

式和话语言说方式，进而构建起中国现代诗学的理论雏形。吕进的诗学实践，为中国学界探索出一套让当代学术研究更具原创性、更具中国本色和滋味的可行性方案。

第三，诗学言说如何面对当代读者，从而更好地完成其历史使命，体现出"诗话"特色的吕进诗学也向我们提交了一份不乏指导意义的答卷。通过阅读《吕进文存》及精缩本《吕进诗学隽语》我们能清楚地感知到，吕进诗学是具有极大的理论亲和力，能给人带来充沛的阅读快感的。它不是那种居高临下、目空一切的高头讲章，而是有明确的读者指向的诗学言说；不是干瘪枯燥的理论说教，而是绘声绘色的兼具思想性和审美性的诗性话语；不是搬弄新潮概念、一味追求妙想玄思的高谈阔论，而是把读者当朋友、与读者倾心交谈的温馨细语。吕进诗学的这种自然亲切的理论色彩的形成，与诗论家对传统诗话的借鉴是不无关系的。我们知道，传统诗话也是一种平易近人、自然可亲的理论形式，之所以传统诗话具有这种理论特征，是因为在这一文体形式里，论诗者往往像拉家常一样在谈诗论道："'诗话'云者，就是诗'论'与说'话'妙契无垠的结合。"① 当诗学言说显示出和蔼、平易的一面时，读者可能就会因其亲切可感而更乐于接受，深刻的诗学观念便可以借助形象而朴素的话语迅速进入读者的心灵之中，读者的文学理解能力、审美鉴赏能力也就将得到不断提升，这对促进当代中国文学和文学理论的发展来说，无疑功莫大焉。

第四，在学术研究中，如何做到人与文的统一、人品与诗品的一致、人格与文格的一致，吕进诗学在此方面也做出了表率。我们知道，中国传统诗话注重诗论者主体的生命投入和情感投入，"诗话在评点诗词的过程中，源于诗话作家的内在生命冲动，而穿插了大量点悟式的人生体验，从人生易逝、天地长留的喟叹，到感世伤时的感慨、官场应酬的感悟、生命历程的抚触、文人精神的向往，其间无不反映了创作主体弥漫其中的生命意识"②。正因为论者将自我的人生体验和情感体验投入到了诗学言说中，传统诗话才在闪烁理论光芒的同时又处处体现出暖人心怀的人间情味。继承和借鉴了古代诗话传统的吕进诗学，也是诗论家将人生体验融入到诗学言说之中，将诗

---

① 蒋凡：《诗话缘起、性质及理论贡献》，《文艺理论研究》1992 年第 3 期。
② 欧海龙：《论中国诗话之生命化批评》，《海南大学学报（人文社会科学版）》2007 年第 6 期。

歌的审美世界与自我的现实情感世界汇聚在一起而催生的理论硕果，既体现出深隽的诗性睿智，又散发着炫目的人文光亮，从而具有了极为长久的学术生命力。

第七章 吕进与"新诗二次革命"论

2004 年，以吕进为代表的一些诗评家共同提出了"新诗二次革命"的诗学主张。作为 21 世纪诗歌理论建设中的一个重要成果，"新诗二次革命"论一经提出，立时在诗坛上掀起了轩然大波，并迅速成为 21 世纪诗歌创作界、批评与研究界多年来热议的学术话题。在笔者看来，"新诗二次革命"论之所以提出之后会受到人们普遍的关注并引发持续的讨论与争鸣，其原因主要有二：第一，新诗经过近百年的发展，尽管取得了一定成绩，但与人们对这种文体的美学期待和艺术要求还有很大距离，对新诗创作现状不甚满意、期待其不断变革与完善的呼声始终存在，"新诗二次革命"论的提出，正有力应和了人们的这种审美诉求；第二，"新诗二次革命"论是吕进、骆寒超等诗评家集诗学研究 30 余年的学术经验，通过纵观古今中外诗歌艺术流变的历史轨迹而对新诗的未来发展作出的大胆规划，既具有突出的理论深度，又具有现实针对性和可操作性。本章拟就"新诗二次革命"论的主要提出者吕进与这一理论口号的内在关系展开一定探讨，既梳理"新诗二次革命"论的学术渊源、思维逻辑，又剖析这一诗学观念的理论内涵，以期为人们深入理解"新诗二次革命"论的意义与价值提供某种参考和启示。

第一节 "新诗二次革命"论的理论基石

吕进在 21 世纪之初提出"新诗二次革命"的理论主张，并非是偶然的突发奇想或者一时的心血来潮，而是建立在长时间的现实观察与学术思考的基础上的，是针对诗歌这种文体的独特美学规律与近百年新诗创作的客观实际而做出的某种理智的诗学选择。换句话说，吕进 30 余年来的诗学研究成果中，其实早已蕴藏着"新诗二次革命"的理论元素，"新诗二次革命"论的出现，不过是诗评家以往著述中诸多理论元素汇集起来而催生的新的学术硕果。因此，集中体现吕进诗学成就的《吕进文存》在一定意义上构成了"新诗二次革命"论的理论基石，重审"文存"中的论文与著作，我们不难找到"新诗二次革命"论的学术渊源和理论原发点。

吕进曾经指出，"一次革命"的主要美学使命是"破格"；"二次革命"的主要使命是"破格"之后的"创格"，即如何在民族性与世界性、艺术性与时代性、自由性与规范性中找到平衡，在这平衡中寻求广阔的发展空间。① 可以说，四卷本的《吕进文存》集中体现了吕进寻求新诗"创格"之路的学术理想。这套书于 2009 年 8 月由西南师范大学出版社正式出版发行，虽然出版时间是在吕进提出"新诗二次革命"论之后，但著作中收录的文章与著作，比如第一卷的《新诗的创作与鉴赏》《给新诗爱好者》，第二卷的《一得诗话》《上园谈诗》《新诗文体学》《中国现代诗学》，第三卷的《吕进诗论选》《对话与重建——中国现代诗学札记》，第四卷的一些重要论文等，大都是 2004 年之前发表和出版过的。这些重要的论文与著作，发表或出版的时间主要集中在 20 世纪 80 年代和 90 年代，系统阐释了诗的本质与规律、新诗的文体特征、中国新诗在当代的历史流变轨迹、中国新诗的成绩与缺陷等理论问题，某种程度上与胡适等新文学先驱者提出的"文学革命论"观点构成对话关系，是对五四白话诗理论和实践的反思与纠偏。

对诗歌本质的分析与阐释，是吕进诗学思想中较为重要的组成部分，也可以看作吕进反思白话诗运动的学术起点。在《新诗的创作与鉴赏》中，吕进曾这样来概括"诗的定义"："诗是歌唱生活的最高语言艺术，它通常是诗人感情的直写。"② 之所以强调诗歌是"歌唱生活""直写情感"的，是因为在吕进看来："反映生活，这是文学的一般品格。诗的内容本质在于它究竟通过何种方式反映生活。……大量诗歌现象表明，诗虽然直接来源于生活，但它一般并不直接反映生活，而是直接表现人的情感；诗不长于细致地叙述客观现实，而是长于细致地叙述感情浪花。"③ 对于"诗歌是最高的

---

　　① 　吕进在"第二届华文诗学名家国际论坛"开幕式上的讲话。转引自向天渊、熊辉：《新诗再次复兴与审美范式重建——"第二届华文诗学名家国际论坛"综述》，《文艺研究》2006 年第 12 期。

　　② 　吕进：《诗的本质》，载《新诗的创作与鉴赏》，重庆出版社 1982 年版，第 20 页。

　　③ 　同上书，第 20 页。

语言艺术"这一点，吕进的解释是："诗是最高的语言艺术首先表现在它的音乐美。音乐美将诗的语言和散文语言明显地隔开，使前者变为抒情的语言，谈心的语言，而后者只是叙述的语言、办事的语言。"① "听觉美感与视觉美感的交叉，外在的音乐美与内在的抒情美的融合，使诗的语言成为最优美的语言，使得散文语言相形见绌。"② 紧接着，吕进还分析道："诗是最高的语言艺术还表现在语言的高度精炼性。……和散文语言相比，诗的语言是以一当十、以少胜多的。和散文语言相比，诗的语言是富有弹性的和跳跃的，每个字都有广阔的天地。"③ 在这些阐述中，吕进通过比较诗歌语言与散文语言的差异，鲜明凸显诗歌语言的艺术特性，并以语言为窗口展示出诗歌文体所具有的独特美学规律。

　　吕进对诗歌定义的阐释，是在综合了郭沫若和何其芳等诗人关于这一文体的界定之后所得出的，既吸收他人的成果，又融入了自己的学术心得，因而显得更为准确和妥帖。更重要的是，吕进对诗歌的这一解释，其实暗含着与胡适白话诗理论的对话与辩驳关系。我们知道，新诗"第一次革命"之期，以胡适为首的初期白话诗人对新诗这种文体的理解和阐释是很稚嫩的、很不成熟的，由此造成了新诗先天性诗性贫弱、形式感不强的毛病。在那篇被朱自清誉为"诗的创造和批评的金科玉律"④ 的《谈新诗》中，胡适认为，新诗的创作原则是"有什么话，说什么话；话怎么说，诗怎么写"，又反复强调新诗应该是"自由"的和"自然"的⑤。胡适的诗学观念，成为近百年新诗创作的思想指南，即使新诗创作一直保持活跃、开放的艺术态势，同时也使新诗始终摆脱不了诗美淡薄、语言粗糙的痼疾，使这种文体长期处于不成熟和不完善的"尝试"阶段。这也难怪，近百年来，人们对新诗的责难、对胡适的批评不绝于耳了。吕进关于诗歌本质的论述，或许正是他在反思胡适的新诗创作理念的偏误之后所作出的高度理论概括。

　　从文体学角度研究新诗，是吕进诗学建构的重要路径，由于吕进等诗评

---

① 吕进：《诗的本质》，载《新诗的创作与鉴赏》，重庆出版社 1982 年版，第 30 页。
② 同上。
③ 同上书，第 32 页。
④ 朱自清：《中国新文学大系·诗集》，上海文艺出版社 2003 年版（影印本），第 2 页。
⑤ 胡适：《谈新诗——八年来一件大事》，《星期评论》1919 年 1 月 10 日 "双十节" 纪念专号。

家多年来的积极探求和不懈努力,"新诗文体学"已然成为新时期以来新诗研究的一门显学。吕进的《新诗文体学》于 1990 年由花城出版社出版,《中国现代诗学》于 1991 年由重庆出版社出版,这是 20 世纪 90 年代初中国诗学界系统阐述新诗的文体特性的两本不可忽视的学术力著。在《新诗文体学》中,吕进对诗歌的"文体可能"进行了仔细辨析,他认为,诗歌是一种"内视点"艺术,"内视点决定了作品对诗的隶属度,或者说,内视点决定了一首诗的资格"①。与此相对,散文则是一种"外视点"艺术,与诗歌判然有别。"描绘、叙述外在世界,遵循'事件第一'的原则,是散文的旨趣",而"描绘、叙述心灵体验,遵循'情感第一'的原则,是诗的旨趣"②。吕进对诗与散文在艺术旨趣上的差异性分析,是极为精准的。吕进从文体学层面阐述诗歌的语言特性时指出,诗歌是"语言的超常结构","诗歌语言是特殊语言,它的交际功能已经退化到最大限度,它的抒情功能已经发展到最大限度。凭借诗中前后语言的反射,日常语言就披上了诗的色彩,蕴含了诗的韵味,变成了情人语言(不是办事语言)"③。对新诗的文体可能进行科学分析之后,吕进提醒人们,诗歌创作一定要避免"脱轨",也就是不要脱离自身的美学轨迹,这是诗歌文体自觉的艺术反应,而胡适当年提出的诗学观念就潜藏着让诗歌创作"脱轨"的隐患与危机。吕进说:"在语言上,胡适在新诗初期提出'诗国革命何自始,要须作诗如作文'。其实,这样的设想意味着中国新诗在艺术的真正革命并没有开始。它给初期新诗创作和新诗理论建设带去迷茫,类似主张的后遗症是忽视新诗形式的理论建设和忽视新诗媒介学的意义,于是,新诗与散文的分界模糊了。"④ 1991 年出版的《中国现代诗学》在《新诗的创作与鉴赏》《新诗文体学》等已有的学术研究基础上,对新诗文体学所涉及的诸多理论问题进行了更为系统的阐释。该著共设十九章,分别论述了抒情诗的审美视点、视点特征、艺术媒介、媒介特征、语言正体、抒情诗的生成、抒情诗的最新轨迹、抒情诗人的修养、诗的分类、诗的风格等诗学问题,因为"提出了一个中国现

---

① 吕进:《论诗的文体可能》,载《新诗文体学》,花城出版社 1990 年版,第 27 页。
② 同上书,第 26 页。
③ 同上书,第 38 页。
④ 同上书,第 49 页。

代诗学的完整体系"①，而受到诗学界一致赞誉。这部著作以"抒情诗"为主要观照对象，深入剖析了现代诗歌的美学规律，精彩的学术创见俯拾即是，如谈论抒情诗的审美视点时，吕进指出："离开审美视点而言诗只能是隔靴搔痒。抒情诗是内视点文学。内视点就是心灵视点，精神视点。内视点决定一首作品对抒情诗的隶属度。"②　"抒情诗是内视点文学"这一观点，在《新诗文体学》里已经论及，可能并非新的诗学发现，不过在《中国现代诗学》中，吕进并不是对原有观点的简单重复，而是在重申这一观点之后，对内视点的存在方式作了进一步的阐释，他指出："抒情诗的内视点有三种存在方式。第一种基本方式是以心观物，即现实的心灵化。诗人以心观物时总是倾心于表现性很强的事物。第二种基本方式是化心为物，即心灵的现实化。以心观物的诗，其意象是具象的抽象；化心为物的诗，其意象是抽象的具象。第三种基本方式是以心观心，即心灵的心灵化。以心观心是原生态心灵向普视性心灵的升华。"③　这段阐释使诗歌的"内视点"特征得以具体化和明晰化，从而体现了吕进诗学思想的新开拓。再如，谈论抒情诗的语言正体时吕进认为，一切好诗均可用"有""无"二字加以概括④。具体而言包括两种情形：第一种，"有诗意，无语言"，"诗篇之未言，才是诗人之欲言"⑤，这与古人所云"含不尽之意见于言外"（欧阳修《六一诗话》）颇为切近。第二种，"有功夫，无痕迹"⑥，"外在的技巧是诗人不成熟的可靠象征，诗的最高技巧是无痕迹的技巧"⑦。理论是现实的一面镜子，通过建构完整的"中国现代诗学"体系，吕进不仅为新诗的创作与鉴赏提供了较为系统的参照标准，而且也借助这套理论烛照到中国新诗存在的若干美学痼疾。可以说，21世纪之前的诗学研究，为吕进在2004年提出"新诗二次革命"的主张作了充分的理论铺垫，打下了坚实的学术基础。

①　毛翰：《诗人吕进》，《葡萄园》（台湾）1997年秋季号。
②　吕进：《抒情诗的审美视点》，载《中国现代诗学》，重庆出版社1997年版，第20页。
③　同上。
④　同上书，第105页。
⑤　同上。
⑥　同上书，第114页。
⑦　同上书，第105页。

第二节　"新诗二次革命"论的思维逻辑

2009 年 11 月初，由西南大学中国诗学研究中心和中国新诗研究所、文艺研究杂志社联合主办的第三届华文诗学名家国际论坛在西南大学如期举行，这次论坛有一个重要的话题就是探讨"中国诗歌的百年之变与千年之常"的关系。很显然，这个话题就是本次论坛的主席吕进所提议的。事实上，有关诗歌发展中"变"与"常"的辩证关系是吕进一直在关注和思考的一个学术命题，一定程度上也构成了他在 2004 年提出"新诗二次革命"论的思维逻辑。

新诗的出现，是中国诗歌由古典形态向现代形态转换的必然结果，也就是说，新诗是中国诗歌在近代以来发生"变化"的一种产物，正如吕进所说："新诗是中国诗歌的现代形态。几千年的中国古典诗歌到了现代发生了巨变，所以，'变'是新诗的根本。"① 中国诗歌因"变"而新，"变"给新诗的诞生与发展提供了契机，我们必须承认这个"变"的历史合法性。不过，由于人们错误地理解了"变"的可能性，没有对因"变"而生成的"新"进行必要的约束和限制，新诗不知不觉走入了某种创作误区："对新诗的'新'的误读，造成了新诗百年发展道路的曲折，造成了在新文学中充当先锋和旗帜的新诗至今还处在现代文学的边缘，还在大多数国人的艺术鉴赏视野之外。有一种不无影响的说法，新诗的新，就在于它对旧诗的瓦解，就在于它的自由。在一些论者那里，新诗似乎是一种没有根基、不拘形式、随意涂鸦、自由放任的艺术。"②

新诗在近百年的变化之中逐渐迷失了方向，找不准自己的位置，成了没有风向标的航船，没有源泉的流水，以致到了 21 世纪之后，"梨花体""羊羔体""乌青体"等不具有诗格的作品不断涌现，人们对新诗加以责难的声音越来越强烈，这是令人痛心疾首的事情。针对这种情况，吕进提醒人们，一味纵容诗歌的"变"并不恰当，在诗歌的"变"之外，我们还应该理性地对待诗歌之"常"，他认为："新诗的'变'又和中国诗歌的'常'联系

---

① 吕进：《新诗的"变"与"常"》，《人民日报》2010 年 3 月 26 日。

② 同上。

在一起。诗既然是诗，就有它的一些'常态'的美学元素。无论怎么变，这些'常'总是存在的，它是新诗之为诗的资格证书。重新认领这些'常'，是当下新诗振衰起弊的前提。"① 在吕进看来，诗歌之"常"，既是诗之为诗的一些美学规定性，还有中国诗之为"中国"诗的民族传统，他指出："讨论中国新诗发展时，中国新诗近百年之变与中国诗歌几千年之常的关系是一个关键话题。中国新诗应该中国，应该有民族的身份认同，对民族传统的几千年之常的批判继承是涉及新诗兴衰的问题。拒绝这个'常'，新诗就会在中国大地上倍感寂寞，甚至枯萎。"②

　　中国新诗在新的历史时代，面对着这种文体遭遇各种创作危机的时刻，究竟应该"认领"哪些诗歌之"常"呢？吕进结合自己三十多年来诗学研究的经验与体会明确地指出，中国诗歌之"常"至少体现在三个方面：

　　第一是诗歌精神之"常"，"'常'不是诗体，不是古典诗歌本身，'常'是诗歌精神，是审美精神。它是内在的，又是强有力的"③。在中国这个传统的诗歌国度里，其诗歌精神之"常"又体现在什么方面呢？吕进认为，"在诗歌精神上，中国诗歌从来崇尚家国为上"④，"玩世玩诗、个人哀愁之作在中国不被看重，中国诗歌的评价标准从来讲究'有第一等襟抱，才有第一等真诗'，以匡时济世、同情草根的诗人为大手笔。这是中国诗歌的一种'常'。在现代社会，尽管现实多变，艺术多姿，但这个'常'是难以违反的。如果在这方面'反常'，诗歌就会在现代中国丧魂落魄"⑤。

　　第二是诗歌形式之"常"，"诗之为诗，在形式上也有一些必须尊重的'常'。以为新诗没有艺术标准，无限自由，是一种危害很大的说法。凡艺术皆有限制，皆有法则"⑥。如前所述，吕进对新诗的文体形式关注甚久，在新诗文体学研究上颇有建树，因此对新诗在形式建设上的弊端体会至深，他于 2011 年 10 月在《中国艺术报》发文深刻地指出："新诗近百年的最大教训之一是在诗体上的单极发展，一部新诗发展史迄今主要是自由诗史。自

---

　　① 吕进：《新诗的"变"与"常"》，《人民日报》2010 年 3 月 26 日。
　　② 吕进、周婷：《闻一多：新诗史上的杜甫》，《西南大学学报（社会科学版）》2010 年第 1 期。
　　③ 吕进：《新诗的"变"与"常"》，《人民日报》2010 年 3 月 26 日。
　　④ 同上。
　　⑤ 同上。
　　⑥ 同上。

由诗作为'破'的先锋，自有其历史合理性，近百年来也出了不少佳作，为新诗赢得了光荣。但是单极发展就不正常了，尤其是在具有几千年格律诗传统的中国。考察世界各国的诗歌，完全找不出诗体是单极发展的国家。自由诗是当今世界的一股潮流，但是，格律体在任何国家都是必备和主流的诗体，人们熟知的不少大诗人都是格律体的大师。比如人们曾经以为苏联诗人马雅可夫斯基写的是自由诗，这是误解。就连他的著名长诗《列宁》，长达12111 行，也是格律诗。诗坛的合理生态应该是自由体新诗和格律体新诗的两立式结构，双峰对峙，双美对照。"① 近百年中国新诗在形式建设上的极度贫弱，使得当代诗人对诗歌形式之"常"的认领显得最为急迫。

第三是诗歌传播之"常"，也就是要求诗人努力改进新诗的创作理念，改进新诗的言说方式，不要让新诗在个人的象牙塔里孤芳自赏，而是让诗歌走进大众，获得更为广远的流传。吕进援引古代诗人创作的例子分析说："古代诗人写诗，非常鄙视'功夫在外'、'外腴内枯'的诗。许多古代诗人在寻诗思的时候，总是别立蹊径，言人所欲言而又未言。而在寻言的时候，又总是尽量用最浅显的语言来构成诗的言说方式。"② 因此，从诗歌传播的角度来说，"重建写诗的难度，重建读诗的易度，这是新诗必须注意的我们民族诗歌之'常'"③。

吕进主张的新诗发展"变""常"观，是在深刻洞察中国新诗历史与现状的基础上，结合中国古典诗歌传统和西方诗歌发展历程而作出的精彩学术结论，因而具有不凡的诗学价值和强烈的现实感。或许正是因为有着对诗歌发展的"变"与"常"辩证关系的科学分析，才促使吕进在 21 世纪之初大胆提出了"新诗二次革命"的理论构想，从而可能引发中国新诗在新的历史时代的重大美学变革。

第三节 "新诗二次革命"论的诗学目标

以吕进为代表的诗评家提出的"新诗二次革命"观点，并不只是一句空头口号，而是有切实的理论指向和诗学目标的。对于"新诗二次革命"

---

① 吕进：《重破轻立，新诗的痼疾》，《中国艺术报》2011 年 10 月 26 日。
② 吕进：《新诗的"变"与"常"》，《人民日报》2010 年 3 月 26 日。
③ 同上。

理论所承担的历史责任，吕进有着极为清醒的认识，他强调说："二次革命要继续新诗开创者一次革命的未竟之业，同时要革除一次革命在传统与现代、自由与规范、本土与外国等课题上的偏颇，推进新诗的现代化建设。一次革命主要是爆破，二次革命主要是建设。"① 本着正面"建设"的诗学宗旨，吕进在提出"新诗二次革命"理论主张的同时，还对这一革命的具体任务进行了深入的思考和探究，从而提出了中国新诗的"三大重建"——诗歌精神重建、诗体重建、诗歌传播方式重建的诗学规划。

　　为什么要进行诗歌精神重建呢？是因为在吕进看来，在中国新诗近百年的历史发展中，一直存在着忽视诗歌精神建设的现象，这一问题到了20世纪80年代后期至90年代愈演愈烈，随着人们对"纯诗""个人化写作"等观念的不恰当理解和极端化重视，诗人逐渐与时代、与社会、与大众发生了疏离，中国新诗也因此陷入某种"精神危机"。吕进指出："从80年代后期始，有点出乎意料，新诗渐入困境。于是，精神重建中的某些偏颇也暴露在人们面前。新诗出现的精神危机主要表现为新诗的社会身份和承担品格的危机。在艺术上有了长足进步的同时，新诗又在相当程度上脱离了社会与时代。诗回归本位，当然是回归诗之为诗的美学本质，但绝不是回归诗人狭小的自我天地。"② 在对诗歌精神重建的目标进行分析和阐释的过程中，吕进特别强调了增强诗歌与时代、社会关联的重要性，他甚至认为："当前诗歌精神重建的中心，是对于诗歌和社会、时代关系的科学性把握。"③ 这是富有见地的，也是对当下某些不正确诗学观念的理性纠偏。由于在新中国成立之后若干历史时段里，文学与政治之间的关系过于亲密，中国新诗一定程度上扮演了政治传声筒和历史代言人的角色，诗歌的艺术个性和审美追求受到了较大压抑。拨乱反正以后，新诗逐渐向本位回归，对其艺术个性和文体规律的强调成为新时期以来中国诗人的共同价值取向。然而，正所谓物极必反，由于一味纵容诗人们的艺术探索和先锋实验，中国新诗在80年代后期至90年代又成为了展现个人梦呓的话语场，各种语言游戏的作品"你方唱

---

① 此为吕进主持的《西南大学学报（社会科学版）》"中国现代诗学"栏目2005年第1期"主持人语"。

② 吕进：《三大重建：新诗，二次革命与再次复兴》，《西南大学学报（社会科学版）》2005年第1期。

③ 同上。

罢我登台",新诗在表面活跃的背后却潜藏着没有与社会历史发生对话与摩擦的精神危机,诗歌与时代和现实人群的关联不甚紧密,它逐渐淡出人们视线也就在意料之中了。如何正确理解诗歌与政治、与社会和时代的关系呢?吕进认为:"诗不应充当政治和政策的工具,但是也不应与社会和时代脱离,更不应将此一隔离当做诗的'纯度'。"①"诗歌与政治是一种对话关系。诗逃避不了社会和时代,但是诗歌又常常超越现实政治。诗通过对生命的体验发挥政治的作用又影响于政治,诗以它的独特审美通过对社会心理的精神性影响来对社会进步、时代发展内在地发挥自己的承担责任,实现自己的社会身份,从而成为社会与时代的精神财富。拔掉诗与社会、时代的联系,就是从根本上拔掉了诗的生命线。"② 吕进的这些阐释是较为客观和科学的,也更符合诗歌的本质和规律,并与中国新诗的民族传统和现代使命相一致。中国新诗实现精神重建的可行性路径有哪些呢?吕进指出了两条:一条是"普视性",也就是在诗歌表达中实现个人与一般、个体与群体的统一,"诗人发现自己心灵的秘密的同时,也披露了他人的生命体验。他的诗不只有个人的身世感,也富有社会感与时代感,这样的诗人就不会被社会和时代视为'他者'。对于读者,诗人是唱出'人所难言,我易言之'的具有亲和力与表现力的朋友与同时代人"③。另一条是"诗人的自我观照和内省",也就是个人性与社会性、现实人格与艺术人格的统一,"诗离不开诗人的个性张扬。但是,这一张扬显然要以自我观照和内省为条件。对诗人而言,自我观照和内省的过程就是以社会与时代的审美标准提炼自己、提升自己,实现从现实人格向艺术人格的飞跃与净化的过程"④。吕进指出的这两条路径,对于当代诗人改进自己的创作思想具有深远的理论指导意义,是诗歌精神重建的必由之路。

新诗的文体重建是贯穿吕进诗学思想的一个核心理念,更是"新诗二次革命"中极为重要的诗学目标。在吕进的早期著作如《新诗文体学》《中国现代诗学》以及后来的《文化转型与中国新诗》中,都有论述诗歌的文

---

① 吕进:《三大重建:新诗,二次革命与再次复兴》,《西南大学学报(社会科学版)》2005 年第 1 期。

② 同上。

③ 同上。

④ 同上。

体特征与新诗诗体重建的内容，20 世纪 90 年代末，吕进在《人民日报》上发表了《新诗呼唤振衰起弊》的文章，再次重申新诗诗体重建的重要性，他指出，胡适的"诗体大解放"理论兴奋点在"大解放"，不在"诗体"，以至于"'解放'后的新诗没有找到自己的'诗体'"①。提出"新诗二次革命"理论后，吕进又一次将"诗体重建"的诗学任务摆在了人们面前，他认为："总体而言，新诗的诗体重建在 20 世纪里的进展比较缓慢。极端地说，不少旧体诗是有形式而无内容，而不少新诗则是有内容而无形式。毛泽东的'迄无成功'之说，也当指诗体重建。诗体重建的缺失使诗人感到新诗诗体缺乏审美表现力（所以包括郭沫若、臧克家在内的不少诗人在晚年出现了闻一多说的'勒马回缰写旧诗'的现象），使读者感到新诗诗体缺乏审美感染力（所以不少读者在走出青年时代后就不再亲近新诗，而是去读唐诗宋词了）。"② 也就是说，新诗文体形式的不够成熟，缺乏稳定的诗歌体式，既影响了诗人的诗歌创作，又影响了读者的诗歌阅读，这对新诗的持续稳定发展是很不利的。针对这种情况，吕进提出，新诗诗体重建应在几个不同的路线上同时展开、共同拓进，"提升自由诗，成形现代格律诗，增多诗体，是诗体重建的三个美学使命"③。

有关新诗传播方式的重建，吕进主要论述的是新诗如何应对新媒体时代、借助网络而促进自身的传播这一理论问题。应该说，网络的出现对中国新诗的发展与传播影响深远，"网络是一种现代化的传播媒介，这种传播媒介与诗歌的联姻，已经改变并将继续改变中国新诗的群落分布，改变中国诗人的诗学观念，从而带来中国诗歌的再次革命"④。谈到网络诗歌的传播学意义，吕进指出："网络是一个虚拟化的世界。网络为诗开辟了新的空间，在诗歌领域，近年特别令人瞩目的是网络诗。日益发展的网络诗对诗歌创作、诗歌研究、诗歌传播都提出了许多此前从来没有的理论问题。信息媒介的变化能够导致人的思维方式和审美方式的变化。作为公开、公平、公正的大众传媒，网络给诗歌带来了革命性的变化。网络诗以它向社会大众的进

---

① 吕进：《新诗呼唤振衰起弊》，《人民日报》1997 年 7 月 22 日。

② 吕进：《三大重建：新诗，二次革命与再次复兴》，《西南大学学报（社会科学版）》2005 年第 1 期。

③ 同上。

④ 张德明：《网络诗歌研究》，中国文史出版社 2005 年版，第 2 页。

军，向时间和空间的进军，证明了自己的实力和发展前景。"① 基于此，诗歌传播方式的重建，某种程度上正是网络语境下中国新诗如何加以传播和扩散的问题。网络作为一种现代化的通信媒介，具有强大的技术优势，一定意义上可能恢复诗歌的某些特质，促进它的传播，如"音乐性"。吕进指出："音乐性是诗的首要媒介特征。但是，新诗不起于民间，离开了音乐，给自己带来很大的局限性。古诗原有的音乐优势没有了。所以恢复和发展诗乐联谊，是新诗传播方式重建的重要使命。"② 在网络世界里，利用多媒体技术所创制出来的数字化文本可以将文字、画面、音乐等配置在一起，这种"网络体诗歌"兼具声、光、色之美，新诗与音乐的携手也变成了现实，新诗在与音乐的外在联系中，自身的音乐性素质也将得到不断挖掘与提升。

吕进所归纳的中国新诗的"三大重建"，既涉及诗歌思想底蕴和精神内涵的重建，也涉及诗歌艺术形式的重建，还涉及诗歌的推广、普及和社会影响等因素的重建，可以说是较为全面和深刻的，也是任重而道远的。作为"新诗二次革命"的诗学目标，"三大重建"的提出，为中国新诗在 21 世纪的健康发展、稳步前行指明了方向，其诗学价值是不容低估的。

第四节 "新诗二次革命" 论的可行性

在新诗即将迎来它的百年诞辰之际，吕进等人提出了"新诗二次革命"论的诗学主张，这无疑是具有充分历史感和突出诗学意义的。无论是从历史的维度上看，还是从现实的角度着眼，"新诗二次革命"论都是具有可行性的。

从历史的维度上看，中华民族有着源远流长的诗歌传统，这个传统对新诗的发展而言是不可低估的审美鞭策与精神保障。中国自古是一个诗的国度，诗歌一直被人们当成文学皇冠上的明珠，国人对这种文体有很高的期待值。在几千年的古典文学历史脉流中，古典诗歌取得了极为辉煌的成就，从《诗经》到《楚辞》，从唐诗到宋词再到元曲，中国古典诗歌可谓高潮迭起、

---

① 吕进：《三大重建：新诗，二次革命与再次复兴》，《西南大学学报（社会科学版）》2005 年第 1 期。

② 同上。

精彩纷呈，真是"你方唱罢我登场"，"各领风骚数百年"。叶嘉莹指出："在中国文学的古典遗产中，我们所保有的最丰富的一项遗产，无疑乃是中国的旧诗。"① 叶嘉莹所说的"旧诗"，就是我们通常理解的古典诗词。从某种程度上说，正是因为古典诗歌成就很高、影响深远，中国新诗的出现才引起万众瞩目，而它的不够成熟与完善同人们对它过高的期望之间有着极大的矛盾与冲突。在这种传统异常强大而新诗尚显稚嫩的情状下，"新诗二次革命"论的提出就呈现出不可忽视的现实针对性和历史使命感了。

　　新诗草创以来，尽管也取得了令人瞩目的成就，优秀诗人和诗歌作品不在少数，但圈内外人士对这种文体的质疑乃至否定之声是不绝如缕的，改良的呼吁一直没有中断过。初期白话诗登上历史舞台时，人们对它的不满意程度远高于满意程度，正如俞平伯指出的那样："从新诗出世以来，就我个人所听见的社会各方面的批评，大约表示同感的人少怀疑的人多，就反对一方面讲，又种种不同：有根本反对的，有半反对的，也有不反对诗的改造而骂我们的。"② 在当时，对初期白话诗反对最为强烈的，恐怕莫过于"学衡派"了，吴宓、胡先骕、梅光迪等人都纷纷撰文批判胡适等人的创作主张和诗歌实践，其中尤以胡先骕的批评之声最为尖利。在《评〈尝试集〉》一文中，胡先骕一面批评胡适提出的"作诗如作文"主张为不懂诗歌原理的谬论："诗之所以异于文者，亦以声调格律音韵故"，"诗之有格律，乃诗之本能"，"胡君所主张改良诗体之一事，为不讲对仗，则又不知诗歌之原理矣"。一面又讥嘲其诗歌难以称为"诗"："夫诗之异于文者，文之意义，重在表现（denote）。诗之意义，重在含蓄（counate）与暗示（suggest）。文之职责，多在于合于理情，诗之职责，则在能动感情。""窃独自谓胡君既爱其思想与语言之自由若此其挚，则何不尽以白话作其白话文，以达其意，述其美感，发表其教训，何必强掇非驴非马之言而硬谓之为诗乎？"③ 到了 20 世纪 20 年代中后期，穆木天等人又对胡适的白话诗主张发出严厉批判。穆木天说："中国的新诗的运动，我以为胡适是最大的罪

① 叶嘉莹：《漫谈中国旧诗的传统》，载《我的诗词道路》，河北教育出版社 1997 年版，第 139 页。
② 俞平伯：《社会上对于新诗的各种心理观》，载杨匡汉、刘福春编：《中国现代诗论》（上卷），花城出版社 1985 年版，第 19 页。
③ 胡先骕：《评〈尝试集〉》，《学衡》1922 年第 1 期。

人。胡适说，作诗须得如作文，那是他的大错。所以他的影响给中国造成一种 Prose in Verse 一派的东西。他给散文的思想穿上了韵文的衣裳。结果产生出了如'红的花/黄的花/多么好看呀'一类不伦不类的东西。"① 1958年，身为党和国家最高领导人的毛泽东同志曾带着调侃的语调说："现在的新诗不能成形，我反正不看新诗，除非给一百块大洋。"② 1965年，在给陈毅的一封信中，毛泽东又重申了这一观点："用白话写诗，几十年来，迄无成功。"③ 毛泽东对新诗的评判虽然并非绝对真理，但也生动反映了社会上很多人对新诗的一种基本估价。到了20世纪90年代末期，九叶派著名诗人在一些重要刊物上连续发表了几篇文章，对新诗的当下状况表达深深不满，对新诗的发展方向提出自己的质疑。郑敏认为，我们的新诗"没有留住诗的精魂"，尤其是对传统的摒弃更为要命，"只顾求新反而疏远了诗本身。某些诗人写出了只有他自己能陶醉其中的诗，这种诗对于其他读者则除了'新'，没有其他的意义。新奇本身不等于艺术。这种完全摒弃共性的诗很难留下来。诗，语言都不能没有历时性，我们不要回归传统，但传统是我们发展的出发点，是创新的资本，没有了传统，或者说传统极为单薄也就难说什么创新。自从我们克服了对传统的无条件尊奉以来，我们一直在埋葬几千年的我们的文化，这种慢性文化自杀在一个世纪以后已显出它的恶果，在遗忘了自己的文化，又不理解世界的文化的中国诗人中很难出一个由21世纪代表性的大诗人"④。郑敏的这番话并非危言耸听，它以不乏偏激的声音道出了新诗遭遇的瓶颈或者说潜在的某种隐患，呼唤人们对新诗的目下状况加以改良，促其健康地发育和成长。可以说，近百年来人们对新诗的不满之情与改良吁求，是"新诗二次革命"得以可行的社会心理保障。

更为重要的是，新诗自身的诗性特征并不突出，有时甚至很是贫弱。由于胡适等人原有诗歌规划上的天然缺陷，新诗的状况一时难以好转，这使得

① 穆木天：《谭诗——寄沫若的一封信》，载杨匡汉、刘福春编：《中国现代诗论》（上卷），花城出版社1985年版，第99页。

② 陈晋主编：《毛泽东读书笔记解析》，广东人民出版社1996年版，第1613页。

③ 毛泽东：《毛泽东诗词集》，中央文献出版社1996年版，第225页。

④ 郑敏：《我们的新诗遇到了什么问题》，载《诗歌与哲学是近邻》，北京师范大学出版社1999年版，第270页。

"新诗二次革命"体现出紧迫性来。吕进不断提醒人们，新诗文体规范差、音乐性不足，"中国新诗在音乐性方面的艺术实践和理论建设都不够理想"①。"音乐性是中国新诗最弱的一环，如同它是古诗最强的一环。新诗在这个艺术课题上迄今仍显出一股幼稚的神情。"② 这对新诗的发展是不利的，"音乐性，是中国古诗的优势，也是中国新诗的贫弱。或者说，音乐性是中国古诗最有成就的一环，又是中国新诗最捉摸不定的一环。音乐性贫弱，就会严重损害新诗的读者群。"③ 同时，新诗之中，自由诗一极单向发展，格律诗很不成熟和完善，其发展受到无形压抑，这种情形也是不正常的。"诗歌史告诉我们，自由诗并不能全部取代格律诗。这是因为：现代生活的某些内容更适合于用格律诗来表现；很多读者习惯于格律诗传统。"④ 在此基础上，吕进力主新诗的双极发展，即自由诗与格律诗的齐头并进，这样才能使诗歌的美学生态得以正常化。

基于上述几个方面，我们有理由相信，吕进等人提出的"新诗二次革命"论的诗学主张，绝不是拉腔作调的标语口号，而是有切身可行性的诗学新方案，对于推动中国新诗在 21 世纪的发展是功莫大焉的。

第五节　"新诗二次革命"论的诗学价值

吕进等学者在 21 世纪初期提出的"新诗二次革命"的诗学方案，不仅具有突出的现实可行性，还有着不可低估的诗学价值。概言之，"新诗二次革命"论的诗学价值，主要体现在以下几方面：

第一，"新诗二次革命"论的提出，可以促使诗人不断增强诗歌文体意识，懂得遵守诗歌表达的美学纪律，从而创作出更具艺术性的诗歌作品。吕进告诉人们，诗歌是一种独具特色和个性的文体形式，有自己的规律和原则，如果不熟悉诗歌创作的规律和原则，由此生成的诗歌作品可能会缺乏诗

---

① 吕进：《抒情诗的媒介特征（上）》，载《中国现代诗学》，重庆出版社 1997 年版，第82 页。

② 吕进：《传统诗歌与诗歌传统》，同上书，第 207 页。

③ 吕进：《抒情诗的媒介特征（上）》，同上书，第 82 页。

④ 吕进：《中国现代格律诗》，载《新诗的创作与鉴赏》，重庆出版社 1982 年版，第120 页。

意与诗味，从而不具备诗的资格。只有按照诗歌这种独特艺术形式的自身规律办事，在诗歌文体的意识上加以强化，在诗歌的多种技巧上不断历练与突破，当代诗人才能写出思想内容与艺术形式俱佳的诗歌作品，才能给读者带来更多的艺术享受。"新诗二次革命"论对诗歌文体重建的强调，对以往不甚正确的文体观念的修正，其目的旨在提醒和督促诗人注意诗歌的文体特征与规律，以便催生出优异的诗歌艺术品，这对优化新诗的生存环境、提升诗人的美学自觉来说，无疑是具有重大意义的。

第二，"新诗二次革命"论的提出，可以促进人们在重新塑造新诗的正面形象、减少新诗在当代读者中的负面影响上做出积极的努力。毋庸讳言，21 世纪以来，尽管出色的诗人与诗歌作品不乏其例，但总体上看诗歌的境况并不令人满意。由于一些诗人在创作上缺乏审美自律，导致粗糙、低劣的诗歌文本铺天盖地，读者对新诗的印象并不乐观，人们对新诗的评价较低，新诗的社会形象是不甚好的。笔者曾以激烈的措辞撰写过《新世纪诗歌八问》①　的文章，在此文章中指出了新诗在 21 世纪以来出现的很多偏差，如先锋性的缺乏、民间性的流失、创作难度的降低、伦理底线的低下、诗歌刊物的平庸、诗歌奖项泛滥、审美标准缺失、诗歌批评锋芒的丢失等。总之，21 世纪诗歌的精神已经糟糕到令人难以接受的地步。而诗歌精神的重建，正是"新诗二次革命"论中的一个诗学目标，可谓适逢其时。可以说，"新诗二次革命"论的提出，不仅具有现实针对性，而且还具有深远的战略眼光，是能在新诗正面形象的塑造和读者影响的强化上起到积极作用的。

第三，促进新诗更好地适应新的历史语境，有效拓展自身的生存空间。21 世纪以来，中国新诗所面临的历史语境已发生了巨大的变化，尤其是随着互联网的出现和不断发展，网络语境成为新诗生存与发展中不可回避的现实境遇。由于互联网空间的赫然存在，新诗的创作、发表、传播、接受等都有了诸多新的迹象，新诗与网络联姻后而出现的网络诗歌，更是成为了中国新诗在 21 世纪的最重要文体形态。"新诗二次革命"论提出了诗歌传播方式重建的规划，可以说是针对互联网媒体出现后新诗的传播语境发生巨变而作出的应对策略，是新诗寻找自身更好发展路径的一种有益探索和积极求变，其诗学价值自然是突出的。

---

①　张德明：《新世纪诗歌八问》，《创作与评论》（下半月）2014 年第 6 期。

第八章　吕进与新诗"三大重建"

　　吕进等诗歌评论家极力倡导的"二次革命"论是与他们倡导的中国新诗的"三大重建"密切关联在一起的，二者的关系可以概括为："二次革命"论是宏观上的诗学口号，"三大重建"是微观上的实施方略；或者说，"二次革命"论是站在百年新诗的历史坐标上做出的扭转新诗颓势、推动新诗朝更正确的方向前行的指南针，"三大重建"是行进中的具体操作程序。正如吕进所说："我们一定要重视诗歌的三大重建。非有二次革命，不能振衰起弊，不能推动新诗的再次复兴，三大重建就是二次革命的逻辑起点。"①在前一章里，我们着重论述了"二次革命"论的理论基石、思维逻辑、诗学目标、可行性以及诗学价值等，本章则从理论缘起、诗学深意、内在逻辑关系、当代诗学意义等层面，对吕进提出的"三大重建"诗学规划加以探讨和研究。

第一节　新诗"三大重建"论的理论缘起

　　吕进提出的"三大重建"即指诗歌精神重建、诗歌文体重建、诗歌传播方式重建等。为什么要加以重建呢？一个直接的原因就是原有的诗歌格局并不尽如人意，新诗自五四创格以来，无论是在诗歌精神的建设上，还是在诗歌体式的建制上，以及诗歌传播方式的利用上，都存在不少的弊端。如果不加以及时改良乃至革命，新诗的发展就会受到极大的限制和阻碍。从学理上看，吕进提出"三大重建"的诗学设计，大概有如下几个缘起：

---

　　①　吕进：《三大重建：新诗，二次革命与再次复兴》，《西南师范大学学报（社会科学版）》2005 年第 1 期。

第一，与五四的深层对话。新诗能够在古典诗歌历史悠久、根深蒂固的文化环境中横空出世，并逐步占据现代诗歌的中心位置，作为开创者的胡适等人功不可没。为了促进中国诗歌与人们的日常话语、与当下生活的密切关联，胡适大力鼓吹"诗国革命何自始，要须作诗如作文"，也就是以散文化的方式做诗，他把新诗的出现看成第四次的"诗体大解放"，并指出这一"大解放"遵循的创作规则是"不拘格律，不拘平仄，不拘长短；有什么题目，做什么诗；诗该怎样做，就怎样做"①。毋庸置疑，新诗能够很快捕获生存空间，并最终取得历史合法性，与创作规则的改变引起更多人的广泛参与从而极大夯实了诗歌的群众基础等分不开。新诗的自由度扩大了，内在的操作程序变得简单了，对于知识积淀和文化修养的要求也不如古典诗歌那样严苛了，准入门槛一低，能参与进来的人就倏然增多了。当创作这一文体的人数激增，新诗的群众基础也比较深厚了，白话诗不再如文言诗那样阳春白雪而曲高和寡，"养在深闺人未识"，而成了通俗大众的艺术，为多数人喜闻乐见。不过，胡适等人提出的白话诗的创作规则，恰似一把"双刃剑"，在拓宽诗歌表达空间与自由灵活度的同时，也给新诗留下了一些艺术上的隐患。吕进很早就意识到："在语言上，胡适在新诗初期提出'诗国革命何自始，要须作诗如作文'。其实，这样的设想意味着中国新诗在艺术上的真正革命并没有开始，它给初期新诗创作和新诗理论建设带去迷茫，类似主张的后遗症是忽视新诗形式的理论建设和忽视新诗媒介学的意义，于是，新诗与散文的分界模糊了。"② 也就是说，在吕进看来，胡适等人在五四之期设计的关于新诗发展的方案，由于没有约定确切的创作规则，而导致了诗歌创作和诗歌理论的方向迷茫，尤其是诗与非诗的界限是异常模糊的。后来，吕进又进一步发展了自己的观点，认为新文化早期白话诗的非诗化与对古典诗歌传统的摒弃是联系在一起的，吕进说："早期新诗在文体追求上有两个相互联系的致命弱点：与散文界限太不清，与中国古典诗歌传统的界限又太清。"③ 与此同时，由于白话诗发轫与五四新文化的历史负担勾连在一起，

① 胡适：《谈新诗——八年来一件大事》，《星期评论》1919 年 1 月 10 日"双十节"纪念专号。

② 吕进：《论诗的文体可能》，载《新诗文体学》，花城出版社 1990 年版，第 49 页。

③ 吕进：《臧克家：新诗文体建设的重镇》，载《吕进诗论选》，西南师范大学出版社 1995 年版，第 294 页。

因此，新诗早期承担着远大于美学自己的责任与负担，吕进指出"新诗在它出世的时刻便不得不有许多诗外承载：文学的，语言的，社会的，文化的，政治的。新诗先行者们的注意力在语言：用鲜活的白话代替僵死的文言，从语体上冲开一条文学、文化转型的血路。作为代价，诗这个文学中的文学的艺术特质几乎没有进入他们的视野。"① 可见，提出"二次革命"论与"三大重建"观，是吕进"总结近百年积累的正面和负面的艺术经验"，首先是总结初期白话诗时期的诗学得失，也就是与五四进行深层对话的结果。

第二，对当代诗歌现状的理性反思。中国新诗的艺术发展并非一帆风顺，在新诗艺术迈进的过程中，时有违背诗歌自身美学规律的创作现象发生，吕进将这种有违诗歌规范、无视诗学纪律的创作现象形象地比喻为"脱轨"，他指出："中国新诗史上曾经不断出现诗歌的'脱轨'。情况往往是这样：一个时代大潮的到来，给新诗创造许多机会。在部分诗人那里，可贵的时代自觉却并没有和文体自觉相统一，相反，时代自觉成了诗的异物，压垮了文体自觉。结果是，诗在随顺时代大潮的行进中失去自身。诗变成一篇篇干枯无味的散文或口齿不清的政论。80 年代的中国新诗又不断出现另一种'脱轨'。今次的'脱轨'是在艺术创新大潮中出现的。一些急于领异标新的诗人在焦躁中丢掉诗的文体可能，奔向诗的文体深渊。"② 面对 20 世纪 80 年代中后期直至 90 年代中国诗坛唯先锋是举的非正常态势，吕进敏锐地发现其中藏有的陷阱，即"一些急于领异标新的诗人在焦躁中丢掉诗的文体可能，奔向诗的文体深渊"。也就是说，不少所谓先锋诗歌在崇尚先锋的同时，背离了诗歌本身应有的运行轨道，以致所谓的先锋诗歌连诗歌文体的基本条件都不具备。吕进的见解和孙绍振几乎是一致的，相比吕进的平和恳切，孙绍振对这一时期的诗歌怪状作了言辞激烈的批评："当前中国新诗显然是处于危机之中，主要表现在两个方面。首先是，有追求的诗人陷入理念化。他们叛逆新诗和朦胧诗的全部理论基础是照抄西方诗歌的。西方当代诗歌，尤其是后现代的诗歌其基本理论都是以诗歌表现某种西方文化哲学的

---

① 吕进：《作为诗评人的闻一多》，载《对话与重建——中国现代诗学札记》，西南师范大学出版社 2002 年版，第 239 页。

② 吕进：《新诗文体的净化与变革》，载《新诗文体学》，花城出版社 1990 年版，第 261 页。

理论为最高境界的。这种表现文化哲学的追求本身就与诗歌的艺术本性发生
矛盾。从中国新诗的历史来看，把诗歌作为任何一种理念的图解都曾付出了
惨重的代价……其次，由于把表现理念作为新诗的根本任务，就必然导致新
诗的艺术准则发生了混乱。既然诗歌的任务就是表现某种文化哲学理念，就
必然与诗歌的一切传统的艺术成就彻底决裂。每一个诗人都可以有自己独创
的准则，每一个诗人都可以不承认其他任何人的准则，这就不但使读者而且
使作者陷入了艺术的无政府状态……但是艺术并不是在空地上能够建立得起
来的。一些艺术的败家子至今还不清醒。哀哉！可以预见的未来，我们八九
十年代的诗歌，必然受到历史的嘲笑。"① 几乎在孙绍振发表《向艺术的败
家子发出警告》这篇讨伐檄文的同时，吕进也在《人民日报》上发表了
《新诗呼唤振衰起弊》一文，文中不仅点明"新诗近年不景气，已是多数
人的共识"，还提出："诗歌精神的现代化重铸、新诗诗体的重建以及诗
人在文化转型期的重新定位是目前新诗振衰起弊面临的三大课题。"② 这
一时期的吕进，已经提出了诗歌精神重建、诗歌文体重建这两大重建，可
以看做是后来完整提出"三大重建"时的一次理论热身。21 世纪之后，
面对网络新媒体的出现，新诗的传播问题被推置到人们面前，于是在原有
两大重建的基础上，吕进又添加上新诗传播方式的重建这一项。总而言
之，吕进"三大重建"的提出，建立在他对诗歌现状的理性反思基础
之上。

　　第三，诗歌自身发展的历史吁求。新诗发展历经近百年，近百年来，几
代诗人通过多方探究、上下求索，新诗已经在许多形式样态、许多题材领
域、许多思想属地有了自己的垦拓与收获，成功的经验与失败的教训，写满
了百年新诗史的每一页。有了这么多年的长期积累和得失反馈，新诗应该找
到了一条更康庄的路径，已经摸索到更具审美意义和艺术价值的创作方向，
无论是在诗歌精神、诗歌体式，还是在诗歌传播上，中国新诗都面临着更好
的选择，有着必须改进的强烈需求。比如诗体问题，这是吕进思考较为成
熟，多年来也都倡导积极重建的一大方面。吕进认为："诗的基础是形式
（而不是内容），因此，体式就比其他文学样式更为重要。没有诗体，何以

---

① 孙绍振：《向艺术的败家子发出警告》，《星星》1997 年第 8 期。
② 吕进：《新诗呼唤振衰起弊》，《人民日报》1997 年 6 月 19 日。

言诗？'废律'以后怎么办？这是关涉新诗兴衰的大事情。"① 对于新诗的稳定发展而言，诗体问题是如此重要，它不仅关系到新诗的兴衰，还与诗歌本身的文化身份与民族归属相关涉，"诗体问题关涉到新诗的文化身份和民族归属。以'热爱自由，反对束缚'为由来避开此一问题是无济于事的，以'大家都习惯这样写了'的懒汉心态来否认此一问题是不负责任的。歌德的'只有限制才能显出能手，只有法则才能给人自由'之论对当下的中国新诗特别适用"②。当新诗经过了百年的发展，有了诸多的硕果，获得了社会上的普遍认同，吕进为什么还要提出诗体重建呢？有论者指出："吕进先生提出诗体重建并非出于一厢情愿的复古情怀，而是为了建构富有弹性的无限多样的诗歌体式，说到底是为了更好地传达现代人丰富复杂的诗情和诗思。"③ 这是有道理的，这说明了诗体重建的说法来自诗歌自身发展的历史吁求。不光诗体重建如此，诗歌精神的重建、诗歌传播方式的重建等，都是新诗自身发展到一定程度后寻求变革与突破的历史吁求所激发的。

第二节　新诗"三大重建"论的诗学深意

粗略来看，吕进提出的"三大重建"任务十分明确，那就是通过诗界同人的共同努力，实现诗歌精神重建、诗歌文体重建、诗歌传播方式重建等。用吕进的话说就是："呼唤新诗的二次革命，推动新诗的再次复兴，面临三大前沿问题，实现'精神大解放'以后的诗歌精神重建，实现'诗体大解放'之后的诗体重建，和在现代科技条件下的诗歌传播方式重建。这三个问题，关涉到新诗的兴衰，甚至存亡。"④ 然而，实现新诗在精神上、体式上、传播方式上的立体重建，这并非是轻而易举就能完成的工作，毕竟新诗重建是一个系统建设工程，涉及方方面面的关系与利益。因此，要想顺

---

① 吕进：《余光中的诗体美学》，载《对话与重建——中国现代诗学札记》，西南师范大学出版社 2002 年版，第 359 页。

② 吕进：《三大重建：新诗，二次革命与再次复兴》，《西南师范大学学报（社会科学版）》2005 年第 1 期。

③ 刘康凯：《诗意的多向建构——吕进〈对话与建构〉述评》，载《吕进文存》（第 4 卷），西南师范大学出版社 2009 年版，第 452 页。

④ 吕进：《三大重建：新诗，二次革命与再次复兴》，《西南师范大学学报（社会科学版）》2005 年第 1 期。

利地迈入"重建"的轨辙，有效地实施"重建"的计划，我们就应该深入理解"三大重建"论所蕴藏的诗学深意。吕进提出的"三大重建"论，其实是对与新诗有关的一些关系式的重新审视和再度建构，这些关系式包括诗歌与传统、诗歌与民族、诗歌与现代社会、诗歌与其他艺术、诗歌的各种观念等，对这些关系式的清理与辨析是有助于我们准确理解"三大重建"理论设想中蕴含的诗学深意的。

首先，"三大重建"论强调了诗歌与本民族和文学传统关系的重建。吕进指出："诗歌精神重铸离不开诗歌的本土。诗，是民族性最强的文学形式。我们反对传统主义，因为它是诗歌精神现代化重铸的障碍。但我们主张弘扬传统，因为无论愿意还是不愿意，我们总是生活在传统中，当然，传统的一个基本特点是它的可塑性和可变性。传统诗歌属于历史的范畴，诗歌传统却属于现状范畴。不能弘扬传统（包括传统的现代化转换），诗歌精神的重铸就无从谈起。"① 不难发现，吕进是在历史与现实的双重维度来谈新诗的民族性问题的。一方面，新诗应该自觉地继承古典文学传统，对于诗歌传统的有力继承，是诗歌精神重铸的重大动力之一；另一方面，新诗还应书写现代中国人的生命经验，表现现代中国人的生存现状，"就诗歌精神重铸而言，中国新诗应该是现代的，它应当面对现代中国人的外空间和内空间有所调整与回应；同时，中国新诗又应当是中国的，在世界诗歌的开放网络中，实现在中国时空的自主转型。新诗属于现代中国人"②。在吕进看来，只有在历史与现实的双重维度中，既弘扬古典诗歌传统，又真实书写现代中国人的情感与思想，诗歌精神的重铸才可能真正得到实现。

其次，"三大重建"论也指明了新诗与现实社会关系的重建。吕进认为，作为一种文学品类，诗歌与现代社会的关系是紧密的、难以分割的，"无论有多么个性化的文体特征，诗却与其他文体一样，与社会、与时代处于无须、无法隔断的联系中，其区别无非是联系渠道的不同而已。并非诗一沾上社会与时代就会贬值甚至毫无价值。因为，一方面，诗是一种社会现象，诗人总是属于自己的时代；另一方面，关心中国改革开放的中国读者要求诗不仅具有生命关怀，也要具有社会关怀；最后，中国诗歌史、新诗史上

---

① 吕进：《三大重建：新诗，二次革命与再次复兴》，《西南师范大学学报（社会科学版）》2005 年第 1 期。

② 同上。

的不少名篇佳作都是以艺术地关注社会、拥抱时代获得读者承认和喜爱的。拒绝所有社会和时代维度的诗学和曾经长期流行的庸俗社会学诗学一样片面而荒唐的"①。与此同时，诗歌本身的意识形态属性也值得重视："和其他文学品种一样，诗歌与政治是一种对话关系。诗逃避不了社会和时代，但是诗歌又常常超越现实政治。诗通过对生命的体验发挥政治的作用又影响政治，诗以它的独特审美通过对社会心理的精神性影响来对社会进步、时代发展内在地发挥自己的承担责任，实现自己的社会身份，从而成为社会与时代的精神财富。拔掉诗与社会、时代的联系，就从根本上拔掉了诗的生命线。"②诗歌与政治的对话互动关系，是诗歌本身的意识形态属性的直观反映，诗并不是独处阁楼的孤芳自赏之物，而是与社会、与时代、与政治有着千丝万缕的联系，诗歌影响政治并更进一步地影响时代，这是诗歌社会功能之所在，吕进对此功能的阐释是较为精彩的。通过对当代诗歌发展的历史考量，吕进发现："从80年代后期始，有点出乎意料，新诗渐入困境。于是，精神重建中的某些偏颇暴露在人们面前。新诗出现的精神危机主要表现为新诗的社会身份和承担品质的危机。在艺术上有了长足进步的同时，新诗又在相当程度上摆脱了社会与时代。诗回归本位，当然是回归诗之为诗的美学本质，但绝不是回归诗人狭小的自我天地。"③ 也就是说，20世纪80年代中后期以来，中国新诗同时代和社会的关系日渐疏远了，"新诗的社会身份和承担品质"渐渐迷失，由此，诗歌精神的重铸显得极为紧迫。换句话说，诗歌精神的重铸，重在重建新诗与时代和社会的关系。

　　再次，"三大重建"论也蕴含着诗歌观念的重建这一诗学指标。吕进认为，诗歌精神的核心在诗歌观念。④ 他分析说，新时期以来，在对自身反思中，新诗开始调整诗歌观念，诗逐渐回归本位。但由于种种原因，"新诗的诗歌观念在诗与社会这一关键课题上出现动荡"⑤。由于诗歌观念的偏差，不少诗人的诗歌创作走入了迷恋"个人化"书写，不顾社会情绪表达的误

---

　　① 吕进：《三大重建：新诗，二次革命与再次复兴》，《西南师范大学学报（社会科学版）》2005年第1期。

　　② 同上。

　　③ 同上。

　　④ 吕进：《五十年：新诗，与新中国同行》，载《吕进文存》（第3卷），西南师范大学出版社2009年版，第456页。

　　⑤ 同上。

区，新诗的自我抒情过剩，但是社会抒情却缺失，这是不正常的。吕进认为，在通常的诗歌表达中，社会抒情与自我抒情是相辅相成、互补共存的，"其实，中国诗歌从'风骚'始从来就是两立式存在。社会抒情诗与自我抒情诗的互补结构：前者关注外时空，后者关注内时空；前者干预社会，后者干预心灵。中国诗歌从来看重社会使命感，以关注家国命运的诗为上品，看轻社会抒情显然不妥当。即便自我抒情诗的个体张扬，也要以社会观照和内省为条件。自我抒情诗的成功标志是：出自'诗人'内心，进入'他人'内心。这里仍有诗与社会的联系。取消诗与社会的联系有如以政治功能取消诗的美质，不是科学的诗歌观念，它会从根本上使诗歌枯萎"①。对待诗歌的生命意识与使命意识，吕进认为应该是并重的，只重视前者而忽视后者，会让诗歌走入自我吟哦、自说自话而大众并不理会你的尴尬境地；只重视后者而忽视前者，会让诗歌因缺乏个性化特质而变成时代传声筒和思想的形象图式，二者都是不正常的诗歌现象。可以说，吕进提出"三大重建"论，内含面对 20 世纪 80 年代中后期以来出现的不正确诗学观念的清理意图，有着重建诗歌观念的良苦用心。

最后，"三大重建"论也含有重建诗歌与其他艺术尤其是音乐的关系等诗学深意。关于新诗与音乐的关系问题，吕进一再强调富有音乐性是古典诗歌的长处，而新诗音乐性贫弱，这是它不可忽视的一大短处。吕进指出："对于中国诗歌，诗与音乐本来就保持着强烈的依存关系。在中国诗歌发展史上，'以乐从诗'（上古汉代）、'采诗入乐'（汉代至六朝）和'倚声填词'（隋唐以降）构成了一条发展的风景线。后来诗与音乐逐渐分离。这种分离以新诗的出现为标志——离开诗，音乐似乎发展得更好；离开音乐，诗在迷惑中走向探寻、开发与音乐相似的自身媒介的音乐性，而音乐性是诗的首要媒介特征。但是，新诗不起于民间，离开了音乐，给自己带来很大的局限性。古诗原有的音乐优势没有了。所以恢复与发展诗乐联谊，是新诗传播方式重建的重要使命。"② 吕进对新诗音乐性匮乏的评判，是在古今诗歌起源的比较基础上得出的，较具有说服力。而"三大重建"论中，吕进在诗

---

① 吕进：《五十年：新诗，与新中国同行》，载《吕进文存》（第 3 卷），西南师范大学出版社 2009 年版，第 456 页。

② 吕进：《三大重建：新诗，二次革命与再次复兴》，《西南师范大学学报（社会科学版）》2005 年第 1 期。

歌文体重建中尤其强调对"格律诗"的倡导，这可以看做他希望增强新诗音乐性所提出的一种举措。探讨格律体新诗的建设时，吕进提出："格律体新诗建设对于探索者有严格选择。探索者要懂一点音韵学，要懂一点语言学，要懂一点文字学，要懂一点音乐与美术，当然，更要懂诗，尤其是新诗。"① 可见，重构新诗与音乐之间的密切关系，增强新诗的音乐性美学素质，是"三大重建"论中潜存的诗学意识。

第三节 新诗"三大重建"的内在逻辑关系

在吕进提出的"三大重建"中，每一"重建"都是重要和关键的，对新诗的健康发展而言，诗歌精神重建、诗体重建、传播方式重建都很必要，都需要人们投入大量的精力去逐步落实。自然，这"三大重建"并非等价齐观，而是具有各自的意义和主次关系。将这三者内在的逻辑关系进行仔细辨析和清理，弄清其中的所以然，或许更能顺利实现"重建"的宏伟蓝图。

在笔者看来，"三大重建"之中，诗歌精神的重建是主导，是目标，也是方向。这一重建起着全局性的导向作用，为新诗在当下历史语境和现实社会氛围中得以站稳脚跟、并与时代产生及时交流与互动关系做出有力保障。吕进说："从诞生以来，现代诗学就在重建属于自己时代的诗歌精神。"② 这说明世界提倡诗歌精神重建已非一日。诗歌精神重建关涉的内容很多，不仅关涉诗与时代、社会、政治、民众的关系，还关涉着诗歌本体、诗人的修为与内省能力等要素。在"三大重建"中，吕进之所以将实现"精神大解放"以后的"诗歌精神重建"放在首位，就因为这是一个事关全局的重要工作，对于中国新诗的建设来说，诗歌精神的重建既是最初的诗学任务，也是最后的诗学目标，因而占据着举足轻重的位置。

诗体重建是"三大重建"中最基础的一环，是促进诗歌健康发展的最具体和切实的工作。"新诗是从诗体的突破中诞生的，它是'诗体大解放'

---

① 吕进：《中国新诗的格律化道路》，载《吕进文存》（第 3 卷），西南师范大学出版社 2009 年版，第 422 页。

② 吕进：《三大重建：新诗，二次革命与再次复兴》，《西南师范大学学报（社会科学版）》2005 年第 1 期。

的产物。""从'诗体解放'到'诗体重建'本是合乎逻辑的发展。"① 正因为诗体重建是"三大重建"中最基础、最切实的工作，吕进对之阐述得也最为详尽，论证得最为充分。他不仅提出了诗体重建的具体出路——"一是完善自由诗；二是倡导格律诗；三是增多诗体。三者联系密切"，而且还对自由诗如何完善的具体路径都有着细致的设想。在吕进看来，完善自由诗就是对自由诗要有所"规范"："自由诗的第一规范是音乐性规范。""没有音乐性，自由诗就'自由'成了散文。"② 与此同时，"自由诗还得有篇幅规范"。这个规范就是力求精短，"诗虽然是最自然地直接抒写感情的艺术，在篇幅上却最不自由。由于表达的情感体验不同，新诗留下了一些长篇佳构。但就诗美本质而言，诗总是对短小篇幅更钟情"③。这是因为，从诗歌阅读的角度来说，"诗歌读者一般不可能断断续续地读一首诗，他总是一次性完成对一首诗的鉴赏。篇幅太长，诗就会失去魅力"④。在诗体重建中，吕进极力倡导中国新诗的两极发展，即自由诗与格律诗的齐头并进，在自由诗与格律诗的两相权衡中，吕进甚至更倾向发展格律体新诗，他指出："诗之有律，犹如兵之有法。无论哪个民族的诗歌，格律体总是主流诗体，何况在具有悠久而丰富的格律诗传统的中国。中国新诗急需从艺术实践上和理论探索上倡导、壮大现代格律诗，争取在现有基础上将格律诗建设推向成熟。严格地说，自由诗能充当一种变体，现代格律诗才是诗坛的主要诗体。"⑤ 吕进的这一诗学观念未必绝对正确，但他强调诗歌应该有一定的艺术规范，这样的思路是没错的。

诗歌传播方式的重建在"三大重建"中处于辅佐性地位，它是优化新诗外部环境，改善新诗与大众媒介、与读者关系的重要策略。在吕进看来，由于中国新诗自诞生以来，一直存有音乐性贫弱的痼疾，不便于吟诵和记忆，因而它的传播受到了极大影响，增强新诗的音乐性特质，便是吕进发现

---

① 吕进：《三大重建：新诗，二次革命与再次复兴》，《西南师范大学学报（社会科学版）》2005年第1期。

② 吕进：《论新诗的诗体重建》，载《吕进文存》（第3卷），西南师范大学出版社2009年版，第348页。

③ 同上。

④ 同上书，第349页。

⑤ 吕进：《三大重建：新诗，二次革命与再次复兴》，《西南师范大学学报（社会科学版）》2005年第1期。

的提升新诗传播效能的有效手段："恢复和发展诗乐联谊，是新诗传播方式重建的重要使命。"① 除此之外，吕进还专门提到了网络媒体之与新诗传播的重大意义："网络是一个虚拟化的世界。网络为诗开辟了新的空间，在诗歌领域，近年特别令人瞩目的是网络诗。日益发展的网络诗对诗歌创作、诗歌研究、诗歌传播都提出了许多此前从来没有的理论问题。信息媒介的变化能够导致人的思维方式和审美方式的变化。作为公开、公平、公正的大众传媒，网络给诗歌带来了革命性的变化。网络诗以它向社会大众的进军，向时间和空间的进军，证明了自己的实力和发展前景。"② 作为优秀诗评家，吕进对诗歌现场的追踪意识是极为突出的，他对网络媒介语境下的新诗发展如此熟悉、把握如此到位，是着实令人敬佩的。他倡导的基于网络媒体的诗歌传播方式重建，也因此凸显出鲜明的现实感来。

值得注意的是，吕进提出的诗歌传播方式重建与诗体重建这两大重建，是有着强烈的呼应关系的，二者互为辅佐、相辅相成。一方面，诗体重建有利于其传播方式的改变。吕进认为："创造新诗体，有两个层次的含义：一是诗歌体式多样化；一是各种体式诗歌的多样化。"③ 不管是多种多样诗歌体式的出现，还是每种诗歌体式都花样频出，都可以在诗歌的传播中起促进作用。另一方面，诗歌传播方式的重建也能极大推进诗体重建。吕进指出："诗歌体式多样化离不开现代科技提供的条件。新的科技会造成新的艺术形式，电影是一个证明，被称为'第八艺术'的电视艺术是又一个证明。诗歌同样如此。" 意思是说，科技发展会带来新诗传播手段的新变，也将催生出新的诗歌体式。

"三大重建"论是吕进在新的历史语境下为新诗继续快速发展与健康生长而提供的改良策略，其中涉及的诗歌精神重建、诗体重建、诗歌传播方式重建，分别从诗歌的内在气质、文体形态以及诗与读者关系等层面来提出新诗的革新要求，为新诗在 21 世纪的行进提供了立体化的建设方案。

---

　① 吕进：《三大重建：新诗，二次革命与再次复兴》，《西南师范大学学报（社会科学版）》2005 年第 1 期。
　② 同上。
　③ 同上。

第四节　新诗"三大重建"论的当代诗学意义

吕进提出的"三大重建"论，是建立于诗评家几十年孜孜以求的诗学研究基础上而作出的大胆诗学论断，由于将诗歌的内部和外部条件、本体和形式等因素都考虑在内，因而显得有理有据，令人心悦诚服。在笔者看来，"三大重建"论不仅具有历史感和现实针对性，而且还不乏可操作性，体现着诸多鲜明的诗学意义。

"三大重建"论的当代诗学意义，首先体现在对当代诗歌情状的敏锐洞察和准确把脉上。新时期以来，中国新诗从过去一度的沉寂乃至荒芜中走出来，逐渐显示了繁荣和兴旺的发展态势。随着"朦胧诗""第三代诗""知识分子写作""民间写作"等诗歌群体的不断崛起，中国新诗在20世纪80年代和90年代已经取得了辉煌的成就。到了21世纪，随着网络媒体的不断发展，诗歌与互联网联姻之后而生成的网络诗歌，由于创作速度快、数量大、传播广，更是将诗歌发展推到高潮之处。不过，在这种热闹、繁荣的现实面前，中国新诗是否真的迎来了它的"盛唐"时代呢？冷静而理性的诗评家们告诉我们，事实并非如我们想象的那样乐观。谢冕就曾说过，21世纪的诗歌一如往常，"奇迹并没有发生，我们还在等待"①。吕进则站在历史与现实的双重维度中来诊断新诗的状况，他说："二次革命要继续新诗开创者一次革命的未竟之业，发展应当发展的，深入应当深入的；同时，要革除一次革命在传统与现代、自由与规范、本土与外国上的偏颇。"② 吕进看到了白话新诗诞生以来，一直有着隔离传统、纵容自由、独尊西方的痼疾，这种痼疾在当下并没有得到根本性改变。比如，中国新诗与传统疏离的状况，就一直没有得到根本性的扭转，对此吕进曾语重心长地指出："中国新诗绝对不能与中国古典诗歌传统隔绝。诗，除了具有共有品格，它作为文化现象，不同民族的文化又会造成诗的不同品格。中国诗歌有自己的道德审美精神，有自己的审美方式、运思方式与语言理想，有自己的形式技巧宝

---

① 谢冕：《奇迹并没有发生——两岸四地第三届当代诗学论坛开幕词》，载《谢冕编年文集（2010—2012）》（第12卷），北京大学出版社2012年版，第85页。
② 吕进：《呼唤新诗二次革命，推动新诗全球整合——首届华文诗学名家国际论坛闭幕词》，载《吕进文存》（第4卷），西南师范大学出版社2009年版，第269页。

库。推掉几千年的诗歌传统，新诗只能成为轻飘、轻薄、轻率的无本之木。"① 因此，在 21 世纪之初，他提出"二次革命""三大重建"的诗学设想，正是对当代诗歌准确把脉后开出的药方，对于治疗新诗的病症，促进其体态健康无疑是有积极作用的。而"二次革命""三大重建"论所体现出的诗评家的历史反思态度、居安思危意识和强烈的艺术责任感，则更值得人们钦佩。

"三大重建"论的当代诗学意义，其次体现在它为新诗的未来发展提供了某种具有切实可行性的建设方案。不能否定，历时近百年的中国新诗有着很多值得肯定的创作成绩，但是新诗尚未定型、急需完善，这是诗学界的共识。百年新诗至今还处于尝试之期，它在许多地方都体现着不成熟性，笔者曾将中国新诗面临的当下窘境概括为四种，即"意象的困惑""诗节的烦恼""哲学的贫弱""文化的尴尬"②，意在凸显其仍处探索之期的真实现状。新诗需要在诸多环节寻求突破、找到新途，这是这种文体发展过程中的历史要求，但如何发展、如何突破，具体的方案与策略一直在酝酿之中。吕进提出的"三大重建"论，正是顺应了新诗发展的历史要求，对于即将迎来百年诞辰的中国新诗而言，不啻为一道振奋人心的福音。如果在未来的前行路途中，中国新诗真个能在诗歌精神重铸、诗体重建、诗歌传播方式重建上做足功课，新诗的再度辉煌是指日可待的。总之，"三大重建"论为新诗的未来发展提供了具有切实可行性和可操作性的建设方案，必将对新诗的飞速发展起到积极推动作用。

"三大重建"论的当代诗学意义，还体现在它给当下诗人的诗歌创作提供了丰富的启示。高妙的理论往往对实践起着重要引领和指导作用，诗学理论也不例外。吕进的"三大重建"论涉及诗歌精神、诗歌文体形式、诗歌传播方式等美学要素，涵盖了与新诗有关的宏观和微观的不同层面，这对诗人的创作来说是有明确的指导意义的。对当代诗人而言，要想创作出既有艺术个性，又能引起社会反响和人们认同，并体现着不俗审美价值的诗歌作品，就必须注重诗歌精神的培育，注重对诗歌创作规律的领会，注重对诗歌

---

① 吕进：《臧克家：新诗文体建设的重镇》，载《吕进诗论选》，西南师范大学出版社 1995 年版，第 295 页。

② 详见张德明：《百年新诗经典导读》，暨南大学出版社 2015 年版，第 5—7 页。

传播媒介和传播路径的研究。诗人所需注重的这些事项，正是吕进的"三大重建"论所突出和强调的内容。由此可见，吕进倡导的"三大重建"论在当代诗歌创作引导与启迪上所具有的突出诗学意义。

第九章　吕进诗学的理论独创与学术贡献

　　不能否认，新时期以来的诗歌创作与诗歌批评是相互推助、共同繁荣与发展的，这种局面同时成就了诗人与诗评家。"文化大革命"结束之后，中国诗坛又迎来艺术的春天，在"朦胧诗""第三代诗""知识分子写作""民间写作"等诗人群体群贤辈出、争奇斗艳的同时，诗学界也相继涌现出了一批具有独到的审美感悟与深厚的理论涵养的诗歌批评家，如谢冕、孙绍振、阿红、吕进、杨匡汉、吴思敬、叶橹、袁忠岳、杨光治等。由于谢冕与吕进在诗学建构上的重大贡献，诗学界曾有"南吕北谢"的并称，足见吕进在新时期诗坛所具有的知名度与影响力。吕进的影响力主要来自他具有鲜明独创性的吕进诗学，他不仅通过对传统诗学话语的吸收与借鉴而创制了一种独具特色的诗学话语方式，创建了带有突出理论个性的现代诗学话语范式谱系，生成了一种独特的新诗批评文体，还对新诗的一些本源性问题进行了深入思考与学理阐发，有力地促进和推动了当代诗歌的发展。吕进诗学是传统文论的现代化转化与西方文论中国化的较为成功的硕果，对中国当代诗学的民族化与现代化建设而言，吕进诗学所体现出的探索精神与创新意识都是值得肯定的。本章将从"对新时期诗歌的历史阐释与美学引导""对当代诗歌批评的突出贡献""传统文论现代转换的成功尝试""西方文论中国化的丰硕成果"几方面对吕进诗学的理论独创与学术贡献进行细致阐发。

第一节　对新时期诗歌的历史阐释与美学引导

　　由于对新时期中国诗坛的密切关注，对新时期诗歌团体、诗歌流派、诗歌思潮、诗人个体的及时批评阐释与理论总结，吕进诗学因此构成了新时期诗学的重要组成部分，其所具有的意义和价值是与新时期诗歌的意义和价值密切相关的，认识吕进诗学的独特性首先要从它与新时期诗歌的关系谈起。在笔者看来，吕进诗学的重要价值，首先体现在它既对新时期诗歌作了富于历史深度的阐释，又对新时期以来的诗歌发展进行了美学上的引导与启迪。以下将从五个方面对此进行具体阐述。

第一，深度描绘新时期诗歌发展的历史轨迹。吕进对新时期诗歌的发展态势有着较为清醒而深富历史感的认知，他曾这样指出："新时期是一个除旧布新、推陈出新的时代。新诗也在刷新：诗美规范的刷新，诗歌接受的刷新，诗坛格局的刷新。"① 为此，他先后撰写了《新时期十年：新诗，发展与徘徊》《新时期诗歌的逆向展开》《新诗的沉寂年代》《诗，生命意识与使命意识的和谐》等论文，来描绘新时期诗歌的流变轨迹，总结新时期诗歌的发展规律，也指出新时期诗歌的艺术成就和存在的问题。吕进认为，新时期诗歌出现了可喜的局面，集中表现为"诗歌丰收""诗人活跃""诗坛兴盛"三个层面。新时期十年可以分为三个历史阶段和发展层次，即复苏之期（1976—1978 年）、对历史的反思（1979—1980 年）、对自身的反思（1981 年起步）。"从复苏到对历史的反思，再到对自身的反思，三个发展层次，一环紧扣一环。十年诗歌前行的节奏是高速度的，但是'后劲'不足。"② 尤其是反思自身的第三时期，新时期诗歌的行进体现为两股潮流的互动，吕进将这种现象归纳为"逆向展开"。他说，这个时候的诗人有两种类型："一类诗人对外部世界持开放态度，他们感应外部世界，作出感情概括，另一类诗人更关注自身的内心世界，着笔于诗人的自画像"，"正是他们的逆向探索才构成了新时期诗歌第三阶段的框架"。③ 吕进还从"诗与外部世界""诗与读者""诗与传统""诗的价值"四方面对新时期诗歌逆向展开的表现形态加以系统阐释，绘制了这一时期诗歌发展的历史图谱。对于20 世纪 80 年代末期新诗轰动效应的逐步淡失情状，吕进以"沉寂"一词来概括之，并指出这一现象的出现是新诗自身文体特征所决定的。"新诗只具备自己的文体可能"，"在任何历史转折的发端时代，诗都可能凭借自己的

---

① 吕进：《变革，为了新诗在当代中国的繁荣》，载《上园谈诗》，重庆出版社 1987 年版，第 476 页。

② 吕进：《新时期十年：新诗，发展与徘徊》，同上书，第 84 页。

③ 吕进：《新时期诗歌的逆向展开》，载《新诗文体学》，花城出版社 1990 年版，第 176 页。

文体优势轻而易举地充当文坛的主角。呼唤，呐喊，往往会在社会上引起巨大回声。大转折的深入总是将错综复杂的社会矛盾、丰富多样的人物性格推到文学面前：叙事文体的机会到来了。弱于历史反思功能的诗歌，贫于具体细致地客观描绘时代画卷的诗歌，几乎是必然地'让贤'，它由主角变为配角。"① 吕进还告诉人们，诗坛的沉寂对诗歌发展而言并非就是坏事，"沉寂，其实是一种机会"，"同浮躁年代相比，沉寂年代更有利于艺术发展。十年来的中国新诗匆匆地走过了欧洲从文艺复兴到现代派诗歌的七百年的路，沉寂，是对这种'过热'的冷静。十年来的新诗宣言、旗帜、口号分外繁多，沉寂，是对这种奇特现象的历史性裁判。"② 对于 20 世纪 80 年代中后期出现的"第三代"诗歌，吕进一方面肯定其意义和成就，另一方面也看到了其中的不足，并对那种回避现实、回避崇高的"凡俗诗"进行了批判。吕进说："'凡俗诗'并没有出现多少一新读者耳目之作，也没有出现多少与宣言的品位相对应的诗歌。如果仔细观察，便不能不看到，在不少'凡俗诗'那里，'超越'成了回避：回避现实，回避崇高。""当诗歌喋喋不休地诉说'原欲喷射'、卑微的烦闷、吃饱后撑得慌的无聊等，诗必然沦为游离于当代人生活之外的'过剩'品。"③ "'凡俗诗'抹杀诗人的使命意识，就必定失掉与时代的联系，正是由于这一点，'凡俗诗'使自己淡化、平庸化、渺小化。"④ 这些论述显得客观而理性，代表了当时诗学界对"第三代"诗歌进行深度反思的理论成果。

第二，对新时期诗歌群体的命名与提掖。首先，吕进对"朦胧诗"的诗学价值给予了充分肯定，他不仅指出了'朦胧诗'与传统诗的各自优势："80 年代初期，诗坛形成了传统诗和"朦胧诗"的双向展开。在创作实绩上，传统诗的成就更大；在艺术探索的影响上，'朦胧诗'发挥的作用更大。作为诗歌流派，'朦胧诗'有两个基本特征：1. 内容的内向；2. 形式的新奇。"⑤ 吕进还给"朦胧诗"的诗学意义给予了准确定位："'朦胧诗'

① 吕进：《新诗的沉寂年代》，载《新诗文体学》，花城出版社 1990 年版，第 196—197 页。
② 同上书，第 197 页。
③ 吕进：《诗，生命意识与使命意识的和谐》，同上书，第 208 页。
④ 同上。
⑤ 吕进：《抒情诗的最新轨迹（上）》，载《中国现代诗学》，重庆出版社 1997 年版，第 216 页。

对习以为常的诗美规范的挑战，强化了诗坛的创新空气与探索意识，对推动中国新诗艺术的发展是有功勋的。"① 其次，对"归来诗人"的命名与肯定。吕进是较早注意到诗人"归来"现象的诗评家，他在 1980 年就撰写了《令人欣喜的归来——读艾青〈归来的歌〉》一文，对诗人艾青"回到诗坛"以后出版的新诗集进行了及时的评论和奖掖，这是当时诗学界以"归来"为关键词来阐释诗学现象最早的论文之一。随后，他又对其他"归来诗人"如臧克家、方敬等人的诗歌进行了分析和阐释。最后，也是最重要的，吕进对"新归来者"诗人的重点关注、特别命名与持续不断的阐释，构成了吕进诗学中的一个极为关键和重要的内容。吕进很早就关注着"新来者"诗人的成长与创作，并对他们进行及时的提点与推举，他不仅先后为傅天琳、叶延滨、杨晓民、毛翰等"新来者"诗人写过诗集序言与专论文章，还撰写了题为《论新时期诗歌与"新来者"》的长篇论文，对新时期诗歌的历史版图进行重新绘制，给一直被诗学界忽视的"新来者"诗人以应有的历史地位。吕进指出，新时期诗歌除了朦胧诗诗人和"归来诗人"之外，其实还存在第三类诗人："在新时期诗坛上其实还有一个'第三者'：新来者诗群。在双峰对峙的时候，'第三'往往具有重要的诗学意义和哲学意义。'第三'可以活跃全局，可以开拓空间，可以探寻新路，带来新的生态平衡。现在回过头来看历史，三个合唱群落中新来者的实绩其实不小，艺术生命其实非常持久。新来者到了新世纪已经属于老诗人，但是他们中间的多数人还在歌唱，他们对中国诗坛仍然保持着影响。新来者属于新时期。他们的歌唱既有生存关怀，也有生命关怀。化古为今，化外为中，这是新来者共同的审美向度。新来者的艺术胸怀广，艺术道路宽，读者群不小。这里所谓的新来者，是指两类诗人。一类是新时期不属于朦胧诗群的年轻诗人，他们走的诗歌之路和朦胧诗诗人显然有别。另一类是起步也许较早，但却是在新时期成名的诗人，有如新来者杨牧的《我是青年》所揭示，他们是'迟到'的新来者。新来者诗群留下了为数不少的优秀篇章。"② 2010 年提出"新来者"诗学概念后，吕进便着手进行资料搜集与整理工作，以编选一本反映新来者诗人群体的创作概貌、体现这个群体文学实力的诗歌选本出来。

---

① 吕进：《抒情诗的最新轨迹（上）》，载《中国现代诗学》，重庆出版社 1997 年版，第 225 页。

② 吕进：《论时期诗歌与"新来者"》，《文艺研究》2010 年第 3 期。

经过三年多的努力，《中国新时期新来者诗选》终于在 2014 年 8 月由西南师范大学出版社正式出版，这标志着这个群体的整体面貌终于得以全面呈现。《中国新时期新来者诗选》共选了 99 位诗人的 220 多首诗作，全面和真实地反映了这个群体的创作实绩。所选诗人在年龄上彼此悬殊，既有出生于 20 世纪 30 年代的，如韩瀚、刘湛秋等；也有 40 年代出生的，如傅天琳、韩作荣等；还有 60 年代出生的，如吉狄马加等，其中主体部分为 50 年代生诗人，如高伐林、高洪波、李小雨、马丽华、骆耕野、熊召政等。在所选诗歌中，既有在当时就产生过巨大影响的作品，也包括 20 世纪 90 年代和 21 世纪创作的优秀诗作。在吕进看来，如果说归来诗人侧重于表达对历史的审视，朦胧诗诗人重在呈现个人化的精神世界，那么新来者则将个体与群体较好地联结在了一起，他们的诗歌更体现出对于现实的沉思，对于当下的关注，体现着生存关怀与生命关怀的有机统一。笔者认为，作为填补文学史空白的诗歌选本，《中国新时期新来者诗选》的编选与出版，由此凸显出了特别的意义，它是新来者诗群创作实力的第一次集中展示，不仅可以使 20 世纪 80 年代初期的新诗发展史得到真实的还原，为重写新诗史提供较为重要的材料与佐证，也可为纠正当下诗歌中的一些创作痼疾、引领新世纪诗歌更健康稳步地发展起到某种促进作用。由此可见，对新时期诗坛的各个群体，如"归来者"、朦胧诗派、"新来者"，包括"第三代"，吕进都进行过阐释与分析。尤其对"新来者"的命名、阐释以及诗集主编，更是吕进对新时期诗歌进行深度研究和历史定位的最重要成果。

第三，对当代优秀诗人个案的重要阐释，不仅在新时期背景上回望诗歌历史，还具体呈现了新时期诗歌的内在美学纹理。在吕进的诗学论述中，艾青、臧克家、何其芳、余光中、梁上泉、余薇野、傅天琳都曾被作为阐释对象而加以分析与烛照。吕进以强烈的历史意识和独有的诗学眼光，发现了这些诗人在诗歌史上的独特地位与自身诗歌的特定个性。他评价艾青，称其为"我们时代杰出的诗人之一"①，认为他"长于捕捉'主观世界与客观世界最愉快的邂逅'，运用全部的人生经验，朴素、自然地使闪光的刹那凝固在诗笺上。寓繁复于单纯，寓深沉于明朗，这正是人们熟知的艾青的诗的美学"。吕进还指出了艾青诗歌中的"忧郁"特质——"艾青的忧郁是那个时

---

① 吕进：《诗人艾青》，载《给新诗爱好者》，重庆出版社 1984 年版，第 195 页。

代土地的忧郁和民族的忧郁，也是先知者的忧郁。他的忧郁并不是对于人生和世界的厌弃"①。吕进给予了艾青很高的文学史地位："在新诗史上，他（艾青）还应该是自由诗的'第一小提琴手'。正因为这样，可以说，艾青研究的状况往往是观察新诗研究状况的重要视角，艾青研究的水平也是测量新诗研究总体水平的一个重要尺度。"② 这样的评价都是极其到位的。他肯定臧克家在新诗文体建设上的巨大贡献，指出"这是一位多产、多能、多思的大家。如同任何一位大诗人一样，臧克家是一座气象万千的大山，正所谓'横看成岭侧成峰，远近高低各不同'。从文体角度望去，臧克家是中国新诗文体建设的重镇"③。吕进还高度称赞臧克家"是以生命换诗，以生命为诗的大家。这种大家，80 年来屈指可数"④，认为他的出现具有划时代的意义："1933 年臧克家携带着他的诗集《烙印》出现了。臧克家划出了新诗发展史上的新的时代。他的光芒所及，一方面，使得现代主义诗歌渐露轻薄；另一方面，也使得标语口号的诗人渐露空洞。"⑤ 可谓知心之论。对于余光中诗歌的文体学贡献，吕进也给出了肯定性的结论，他说："我们发现了余光中，一位从外语和文言句法中寻觅营养以丰富白话诗美、铸造新诗诗体的歌者；一位从义与音的交融铸造新诗诗体的诗人；一位很难用自由诗体或格律诗体定位的铸造新诗诗体的大师。从诗体建设着眼，他是闻一多之后贡献最多的诗人和理论家，对他的诗体美学的开发无疑对推进新诗诗体建设具有重要的学术价值和实践意义。"⑥ 吕进不仅对余光中诗体建构的创造性给予高度评价，还归纳出其诗歌文体的表现特征："其言说方式可以概括为：格律体对称均齐中流动变化，自由体流动变化中求对称均齐，半自由、半格律体更是错落参差而又富于整肃美感。这种律中求变，变中求律，律与变的诗性调和，正是余光中美学因素开发的原则。"⑦

---

① 吕进：《论艾青的叙事诗》，载《吕进文存》（第 3 卷），西南师范大学出版社 2009 年版，第 79 页。

② 吕进：《20 世纪下半叶的中国诗歌研究》，《文学评论》2002 年第 5 期。

③ 吕进：《臧克家：新诗文体建设的重镇》，《文学评论》1995 年第 1 期。

④ 同上。

⑤ 吕进：《说不尽的〈三代〉》，载《吕进文存》（第 4 卷），西南师范大学出版社 2009 年版，第 99—100 页。

⑥ 吕进、刘静：《余光中的诗体美学》，载《吕进文存》（第 3 卷），西南师范大学出版社 2009 年版，第 326 页。

⑦ 同上书，第 330 页。

自然，在诗人个案研究中，吕进阐述最多、论证最翔实和充分的，还是"新来者"诗人，如傅天琳、叶延滨、李钢、杨晓民等。傅天琳初出道时，吕进就撰文对其第一部诗集《绿色的音符》加以评述与肯定："《绿色的音符》几乎没有概念化的作品。诗人不屑于用流行的口号装扮自己。这些诗是生活拍打于诗人心胸所引起的回音，这就带来了诗集的真实和浓厚的生活气息。"① 随着生活阅历的丰富和创作技能的提升，傅天琳诗歌有了大的发展，吕进又撰文进行及时的描述和阐释，他指出："从果园到大海，从自发到自觉。傅天琳的诗从单一到丰富，从素描到写意，从拘泥到舒放，从而逐步获得广度、深度和精度。我以为，她的创作道理是健康的，虽然存在一些有讨论价值的课题，她的创作园地是丰收的，虽然并不是每串禾穗都那么饱满。傅天琳不愧是大海的女儿，她的价值观念、审美观念、诗歌观念都在变革，在刷新，由此我可以预言，她将走向更广阔的人生大海和艺术大海。"② 吕进评价叶延滨："叶延滨的坐标属于新来者，他是这个群体的翘楚，这是打开延滨的诗歌世界大门的钥匙。""在新来者中，延滨的人文底蕴很厚，内在视野很开阔，所以他是一个洞明世事、心胸宽广、眼光高远的诗人。"③ 这是从"知人论世"角度对叶延滨的中肯评价。吕进对"蓝水兵"李钢过人的才气赞佩有加，他谈道："李钢是才子型诗人：能诗会画，喜爱音乐，且熟知古诗与外国诗，为他赢得最初诗名的组诗《蓝水兵》当年一问世就同时获得《诗刊》和《星星》的优秀作品奖。当人们还处在'一个劲地蓝'的兴奋当中，他又捧出了与《蓝水兵》大异其趣的《东方之月》，使人不敢小看李钢。李钢作品最引人注目的是那缤纷的意象。如果说傅天琳钟情的是女性的果树方式，那么，李钢观照人生和表达诗思采用的就是放野马方式。他的放野马般的超凡脱俗的异思怪想，他的放野马的不拘一格的泼墨，都内蕴于那么匪夷所思的意象之中。这就造成了李钢的飘逸潇洒的迷人风格。其实，在李钢的看似随意挥洒的诗行里自有深刻在。李钢其实是一个哲人。他善于跳离实界与走出自身，用不无幽默、调侃的哲人眼光去打量实

---

① 吕进：《由〈绿色的音符〉所想到的》，载《给新诗爱好者》，重庆出版社 1984 年版，139 页。

② 吕进：《傅天琳：从果园到大海》，载《吕进文存》（第 4 卷），西南师范大学出版社 2009 年版，第 128 页。

③ 吕进：《开门落"叶"深——漫说叶延滨〈年轮诗选〉》，同上书，第 133 页。

界，而后再以通脱与素朴的诗笔写出他的发现，他的荒诞感，他的奇思妙语。这正是李钢经得住阅读的秘密。"① 这样的评论是在深得诗人诗学神韵的基础上作出的，极为准确和贴切。杨晓民获得第二届鲁迅文学奖时，吕进称赞他为"一颗闪耀着个性之光的新星"，并给其诗集《羞涩》作出了这样的评语："收入《羞涩》的 103 首作品分《飞鸟》《倾诉》《劫灰》等 13 辑，是诗人独特的生命体验，是诗人对现代人的生存状态和文化状态的观照、困惑与内省，是置身物化社会中的湿热对人性、亲情的眷恋。"② 这样的是很高的。

概言之，吕进的当代诗人个案研究，既包括对诗歌历史的个人总结，又包括对当代优秀诗人的及时发现与细致阐释，对于深入认识新时期诗歌的历史发展是有重要引导与启发意义的。

第四，对新诗创作技巧的及时总结与系统阐发。吕进诗学有不少篇幅都可归入"新诗技巧论"的范畴，从第一部诗学论著《新诗的创作与鉴赏》开始，到后来问世的多部著作，吕进都一直重视对新诗技巧的总结与阐释，这样的总结与阐释，对于促进新时期诗歌的艺术提升和美学进步无疑是作用极大的。吕进的"新诗技巧论"可分为诗歌文体技巧论、诗歌修辞技巧论、诗歌语言技巧论等方面。仔细分析，吕进有关新诗的媒介、弹性、审美视点、文体特征等的论述，属于诗歌文体技巧论的范畴。吕进告诉人们："诗人要进入诗的世界，首先要获得诗的审美观点。不同的审美视点，使不同文学品种创作者在哪怕面对同一审美对象时，也显现出在审美选择和艺术思维上的区别。诗情体验变为心上的诗，这还只是诗的生成的第一步。心上的诗要成为纸上的诗，就需要寻找外化、定型化和物态化。审美视点是内视点，言说方式是外形式，即诗的存在形式。从内形式到外形式，或曰从寻思到寻言，这就是一首诗的生成过程。诗体是诗歌外形式的主要因素，换个角度说，寻求外形式主要就是寻求诗体。"③ 吕进对诗歌审美视点的阐释，对诗歌从寻思到寻言过程的描述，是在提醒人们一定要注重新诗的文体个性，懂得新诗文体规律，按照新诗的美学规则去从事自己的诗歌创作，才能写出符

---

① 吕进：《重庆"三套车"》，载《吕进文存》（第 3 卷），西南师范大学出版社 2009 年版，第 294—295 页。

② 吕进：《诗集〈羞涩〉的双重性艺术》，同上书，第 302 页。

③ 吕进：《余光中的诗体美学》，同上书，第 323 页。

合诗歌资格的作品。因此，我把吕进在此方面的阐述视为"诗歌文体技巧论"。吕进一贯强调修辞在诗美表现中的重大作用，他说："我们讲过，'诗'的最原始的含义是'精致的讲话'，'情欲信，辞欲巧'。没有语言的'精致'，读者所见到的就不是诗，最多也只是美好诗情的恶劣表现而已。诗的修辞学就是讲究诗的修辞方式即表现手法的科学。"① 作为诗评家的首部诗学论著，吕进的《新诗的创作与鉴赏》就设有"诗的修辞"一章，论述各种修辞手段在诗歌中的呈现，包括比喻、借代、反衬、象征、通感、模拟、重叠、蝉联、排比、对仗等。比如对比喻修辞在诗意表达中的重要性的阐释，吕进如此写道："比喻，在诗歌创作中具有极端重要性。其他文学样式（甚至科学著述）优势也用比喻，主要目的是加强语言的形象性和生动性。而诗中的比喻本身往往作为诗歌形象成为一首诗重要的、不可或缺的组成部分。对于不少诗篇来说，取消了诗中比喻，诗篇本身也就不复存在了。不擅长比喻，也许可以无损于小说家、散文家、戏剧家，却算不得有才华的诗人。"② 这提醒我们，比喻修辞在诗歌中的地位和作用是极为突出的，只有重视它才可为写出好诗创造条件。吕进对诗歌的语言也很看重，他不仅反复强调诗歌所采用的语言非一般日常语言而是"诗家语"，还在论述诗歌的审美视点、媒介、弹性等特性时，屡次阐述诗歌语言问题。例如，论述弹性技巧，吕进指出："弹性技巧致力于事物之间、情感之间、物我之间在语言上的联系与重叠，致力于语言的'亦一亦万'、'似此似彼'的'模糊'美。"③ 也就是说，诗歌弹性的生成，是集中在语言上的，是由诗歌语言所表现出来的。在《中国现代诗学》中，吕进专门论述了"抒情诗的生成"问题，其中重点阐释了抒情诗的第三阶段即"寻言"的过程。在吕进看来，诗人的寻言有两个过程：第一是"造"，即创造修辞方式；第二是"达"，即传达诗美体验④。没有独特的语言构造，就没有别具意味的诗歌表达，甚至可以说就没有诗，在这个意义上，似乎可以说，诗歌语言技巧论构成了吕进"新诗技巧论"中最为重要的部分。

---

① 吕进：《诗的修辞》，载《新诗的创作与鉴赏》，重庆出版社 1982 年版，第 199 页。
② 同上书，第 201 页。
③ 吕进：《论诗的弹性技巧》，载《上园谈诗》，重庆出版社 1987 年版，第 301 页。
④ 详见吕进：《抒情诗的生成（下）》，载《中国现代诗学》，重庆出版社 1997 年版，第 168 页。

第五，对新诗观念变革的有力推助。从事诗歌研究以来，吕进就一向比较重视诗歌观念的刷新这个课题，他曾撰写多篇论文对此问题加以探讨。吕进指出："诗歌观念包括对诗的内容本质和形式本质的认识，而内容本质是第一要义的。"① 有关诗的内容本质的探讨，也就构成了吕进探讨诗歌观念刷新的最根本一环。在《诗学的三个基本意识》里，吕进对若干需要刷新的诗歌观念进行了系统清理。他认为，新时期诗歌运动已经推出许许多多理论课题。"例如，诗的社会功能问题。在物质生产上，过去曾长期只强调生产目的是扩大再生产，比较忽视人民生活水平的提高和多种多样的生活需要。在文学和诗歌上，过去曾长期只强调文学和诗歌的教育功能，看重直接功利作用，比较忽视人民精神生活多种多样的需要。其实，追根溯源，孔子的'兴观群怨'的诗教也就有这样的片面性。新时期诗歌力图全面恢复诗的社会功能。在这样的努力下，对诗与时代、诗与人民、诗与诗人等一系列至关重要的命题就需要有崭新的回答。"② 与之相关的是诗与读者的关系问题，吕进指出："显然，诗的任何功能都不能只由诗自身实现，而必须由当代读者在接受过程中实现。诗作为一个过程，既包括作品的创作过程，又包括作品的接受过程。诗歌对读者的接受，读者对诗歌的选择，是关系诗歌兴衰的选择。对这种选择的研究，和新时期诗歌发挥它的社会功能有密切关系。"③ 此外，吕进还谈了诗歌的现实主义问题、诗歌的民族化与世界化问题等，他主张："诗歌从社会历史意识方面去反映生活，并不通过在具体时空中活动的个性的典型化去揭示生活。诗的世界不可能是直接的现实世界，而是诗人感应的世界和诗人对世界的感应，通常用来衡评叙事文学的现实主义尺度在诗歌面前显得不太和谐。"④ 并提出："怎样才能产生既适合当代中国人读的诗又能产生世界影响的作品，这需要诗歌理论作出回答。"⑤ 吕进提出并加以深入探讨的这些诗学问题，的确是新时期诗歌发展中遭遇到的必须解决的诗歌观念问题，通过对这些问题的思考与回答，吕进对新时期

---

① 吕进：《与友人谈诗歌观念的刷新》，载《新诗文体学》，花城出版社1990年版，第188页。

② 吕进：《诗学的三个基本意识》，同上书，第153页。

③ 同上书，第153页。

④ 同上书，第154页。

⑤ 同上。

诗坛进行了理论上的导引与启迪，也对新时期诗歌观念变革作了有力的推助。

第二节　对当代诗歌批评的突出贡献

如前所述，新时期以来的诗歌批评与诗歌创作互动互生，共写繁荣的篇章，在优秀诗人与诗作层出不穷的同时，优秀的诗歌批评家雨后春笋般纷纷涌现，他们不倦地进行诗歌鉴赏、评析和诗歌理论阐发与建构，对当代诗歌的发展和读者欣赏水平的提升起到了极大的推动作用。作为当代优秀的诗歌批评家，吕进的批评实践在新时期以来就引人注目，产生的学术反响比较大，受到诗界同仁的广泛认可和普通读者的一致好评，在当代诗坛是独树一帜的。如果对吕进在当代诗歌批评上所作的突出贡献加以总结的话，笔者认为集中体现在以下几个方面。

第一，上园派的创立。上园派是新时期诗歌批评界一个有自己的理论追求和美学原则的诗学流派，它的命名和北京上园饭店有关。"1984 年和 1985年，《诗刊》社在这家饭店组织了两次理论家读书会。与会者中的几位中年诗评家发现了彼此理论观点的接近，决定'揭竿而起'，推出共同的诗学主张。上园派的正式冠名是在 1986 年。广州《华夏诗报》在一次诗歌问题笔谈的编者按里首次使用了'上园派'的名称，这个名称后来被诗学界所袭用。"① 上园派的主要成员包括阿红、朱先树、袁忠岳、叶橹、吕进、杨光治、朱子庆等，吕进虽并非此学派的首倡者，但他通过自己的积极学术活动与诗歌理论建构，成为这一学派的最核心力量。上园派成立之后，中国诗学界自此形成了三大理论群落：传统派、崛起派和上园派，一个诗学多元共存的批评时代因此诞生。对于上园派的诗学倾向，吕进曾作过这样的描述与概括："上园派可以叫转换派。他们像传统派一样主张纵的承传。但是，在他们看来，这一承传是现代对古代的包容与发现，新诗是中国诗歌的现代形态，应该对传统施行现代化的选择与转换。他们像崛起派一样主张横的移植。但是，在他们看来，这一移植是中国诗歌对外国诗歌的包容与发现，新

---

① 吕进：《新时期：重庆诗歌的第二次高潮》，载《吕进文存》（第 3 卷），西南师范大学出版社 2009 年版，第 389 页。

诗是现代形态的中国诗歌，应当对外国诗歌艺术经验施行本土化的选择与转换。"① 相比于崛起派的先锋和激进、传统派的保守和迟钝，上园派更为稳健和中肯，其影响力能波及的受众面也许最为广泛。有论者指出，上园派"诗歌理论批评的突出特点是力求平稳，力戒片面。'求实，创新，多元'则大体反映了这一派诗论的基本风貌"②。这个评价是较为准确的。作为上园派的核心成员，吕进积极组织和参与这个派别的理论活动，并亲自主编了《上园谈诗》等批评文集，还在不同场合对这个流派的诗学主张与理论特色进行宣传与推介，为扩大这个流派的影响力、弘扬这一流派的诗学主张起到了重要作用。

第二，诗歌批评的不断实践与诗学体系的精心构筑。从 1979 年发表第一篇诗学论文③，到而今仍笔耕不辍，吕进在诗歌研究的学术园地里辛勤劳作了近四十个春秋。四十年来，吕进撰写了大量的诗歌批评和诗歌理论的研究文章，不少论文刊登在《文学评论》《文艺研究》《中国现代文学研究丛刊》等重要学术刊物上，先后结集出版了《新诗的创作与鉴赏》《给新诗爱好者》《一得诗话》《新诗文体学》《中国现代诗学》《吕进诗论选》《对话与重建——中国现代诗学札记》等多部诗学专著。2009 年 8 月，西南师范大学出版社推出了四卷本的《吕进文存》，收录了吕进从 1979 年到 2008 年这 30 年所撰写的诗学论文与著作，洋洋 200 余万字的诗学文集，集中展示了吕进在新诗研究领域所取得的丰硕成果，让人能从整体上把握吕进诗学的全貌。审视《吕进文存》，我们不难发现，吕进在新诗的文体、流派、类别、技巧、语言等层面都有着极为精彩的阐释与论述，毫不夸张地说，《吕进文存》是新诗流派学、新诗文体学、新诗分类学、新诗技巧论、新诗语言论等各种诗学理论的集大成，吕进通过自己 30 年的诗学探究和学术表达，将许多有关新诗历史与现状的诗学问题都进行了审视与追问，为读者了解新诗的内在奥妙以及百年新诗的历史发展轨迹提供了重要的指导与参考。吕进

---

① 吕进：《20 世纪下半叶的中国诗歌研究——在韩国"中国文学国际学术研讨会"上的主题演讲》，《文学评论》2002 年第 5 期。

② 黄子健、佘德银、周晓风：《中国当代新诗发展史》，成都科技大学出版社 1993 年版，第 288—289 页。

③ 据"吕进学术年谱"可知，吕进正式发表的第一篇诗学论文为《长诗〈列宁〉艺术谈》，发表于《西南师范学院学报》1979 年第 4 期。参见吕进：《吕进文存》（第 4 卷），西南师范大学出版社 2009 年版，第 570 页。

以新诗文体学研究为基点，从文体演变的历时维度与文体多样共存的共时维度上双向开掘，在创作与批评的两块园地同时爬梳，初步建构了较为完善的中国现代诗学体系。批评家阿红如此评价吕进："吕进，以他对中国古典与现当代诗论的广识，以他对世界诗史与著名诗歌诗论的博知，以他对哲学、心理学、创造思维学的理会，以他敏锐的领悟，独立的思考，以他虽不算多却深有体味的诗歌创作经验，呕心沥血，运筹帷幄，终于为中国现代诗学创建了一个新的颇是完整的理论体系。"① 这一评论精准地点出了吕进诗学理论体系建构的来龙去脉。在当代学术功利化和理论言说零散化的时代，具有一定体系的吕进诗学尤显价值突出，正如有论者指出的那样："吕进的诗学研究是在诗歌史研究和诗歌批评史研究基础上对新诗文体可能及其发展规律的研究，最终确立了对诗歌与其他文学样式的区别、诗歌自身的艺术特征等问题的规律性认识。在文体、学科发展越来越精细的时代，这种研究对于准确理解诗歌艺术具有重要的诗学意义；同时，现代文体、现代学术也出现了越来越综合、交叉的趋向，吕进在研究中通过比较等方法，大量吸取其他文体、其他艺术样式和其他学科发展的经验与成果，将诗歌与诗学置于一个宏大的文学、学术框架中加以考察，从而获得了对中国现代诗学的求实的、科学的推进。"② 这一评论有助于我们准确理解吕进诗学的体系性建构及其不凡的诗学意义。

第三，一种独特诗歌批评文体的创构。在第五章、第六章的阐释中，我们已经看到，吕进的诗学话语极具个性特色，吕进不仅创建了一套诗学话语范式谱系，还有自己与众不同、特色鲜明的话语言说方式。在第六章中，我们将吕进的诗歌理论的述学路径概括为"以感悟为基础的诗性表述""象喻式批评的言说方式""类概念的范式策略""以少总多的学术笔法""辩证法的演绎逻辑"等几方面，并指出其独特述学方式的来源主要是中国传统诗话的影响，同时还有对黑格尔辩证法的吸收和借鉴。在新诗批评中，吕进将中国传统诗话进行了现代转化，同时又合理吸纳了黑格尔的诗学观念和辩证法思维，从而形成了一种独特的诗歌批评文体。这种文体既有感性的温

---

① 阿红：《一个新体系的构成——序〈吕进诗论选〉》，载《吕进诗论选》，西南师范大学出版社 1995 年版，第 2 页。

② 蒋登科：《吕进与中国现代诗学的体系建构》，《西南师范大学学报（社会科学版）》2000 年第 5 期。

润，又有诗的激情，还有传统文化的底蕴，同时又不乏富于逻辑辩证的现代气质。吕进那种集诗性智慧和辩证法思维于一体而形成的独特诗歌批评文体的创格，是其对当代诗歌批评的一个卓越的贡献。

第四，对诗评家应具备的理论素养提出了宝贵的意见。在从事诗歌批评和诗学探究的过程中，吕进还对诗评家应有的理论素质进行过深入思考，并在一些文章中加以阐发。他认为诗学的立足基点是"理解"："新时期诗坛是多种组合结构。不同个性、气质、心理结构、文化结构、美学追求的诗人和诗人群在作各种探求。他们都期待理解。"① 自然，诗评家对诗人的理解并不是屈尊就驾，一味附和，而是对之加以点化、提升与超越："理解不是目的，诗学的目的在超越。……诗学不能在诗之外，也不能在诗之内，而要在诗之上。理解不是自卑、诠释、附庸、无个性等的别称。理解为了超越——对诗的心心相印的推动。"② 吕进还指出，当代诗歌批评家应具备三个基本意识，即"创新意识""求实意识"和"多元意识"。对当代诗评家而言，具备创新意识是十分必要的，因为"新时期丰富的诗歌现象不是原有的诗学规范所能全部容纳的"，由此，"当代诗论的首要素质是摆脱平庸，用于克服思维惰性，超越思维定式，更新知识结构，调整感觉系统，具有创新的明慧与锐气，充当诗歌不断更新的永恒过程的推动者"③。诗评家为什么必须具备求实意识呢？吕进解释道："创新的内核是求实：求实的突破，求实的推进。离开这个内核的'创造'只是胡闹而已。"④ 诗评家多元意识的产生来源于"新时期诗歌创作呈现多风格多流派状态"的客观事实，也与百家争鸣的正常学术生态的建构相关联，"诗学的发展需要多学说、多学派及其相互争鸣，多学说、多学派及其相互争鸣是诗学发达的重要表现之一"⑤。在《中国现代诗学》中，吕进提出了建构"中国现代诗学"理论系统的基本策略："中国现代诗学应当保持领悟性、整体性、简洁性的形态特征，同时又在系统性、理论性上向西方诗学有所借鉴。"⑥ 吕进在此提醒人

---

① 吕进：《诗学的基点是理解》，载《新诗文体学》，花城出版社1990年版，第151页。
② 同上。
③ 吕进：《诗学的三个基本意识》，同上书，第153页。
④ 同上书，第155页。
⑤ 同上书，第158页。
⑥ 吕进：《诗学：中国与西方》，载《中国现代诗学》，重庆出版社1997年版，第3页。

们，当代诗评家既要熟悉和掌握中国传统诗学的精髓，同时要了解和借鉴西方诗学，只有在中西贯通的基础上才可能建构具有理论价值的中国现代诗学体系。应该说，吕进在上述所论及的诗评家的理论素养问题，对于每一个有志于在中国现代诗学领域有所建树的诗歌研究者来说，都是极有教益的。

第三节　传统文论现代转换的成功尝试

"传统文论（古代文论）的现代转换"是近 20 年来中国学界的理论热点，一直以来为当代学人广泛关注。从现有材料来看，这一命题应该是由钱中文首先提出的，时间可追溯到 1992 年在开封举行的"中外文艺理论研讨会"。在此次大会的发言中，钱中文指出："如何在不同理论形态中，分离出那些表现了文学创作普遍规律的理论观念，使之与当代文学理论接轨，融入当代文论，成为它的组成部分，这是一个极有意义的工作。"[①] 1996 年 10月在陕西师范大学召开的"中国古代文论的现代转换"研讨会使这个学术命题正式进入公众视野。在此期间，曹顺庆先后在《东方丛刊》1995 年第3 辑、《文艺争鸣》1996 年第 2 期、《文艺研究》1996 年第 2 期、《文学评论》1997 年第 4 期上发表了《21 世纪中国文论发展战略与重建中国文论话语》《文论失语症与文化病态》《重建中国文论话语的基本路径及其方法》《再论重建中国文论话语》等论文，提出中国文论"失语症"与"重建中国文论话语"的学术观点，从而把"传统文论（古代文论）的现代转换"这一话题探讨引向高潮。近 20 年来，文艺理论界围绕传统文论为什么要进行现代转换、怎样进行现代转换等问题进行了广泛而深入的探究，有着许多具有价值的成果。然而，在具体的研究实践中，如何将传统文化与当代文学批评联通起来，使当代文学批评能在有效继承传统文论的基础上进行富有深度的理论言说，这样的学术命题倒是关注者不多，论述的更其少了。在当代文学批评中，能自觉吸收传统文论的学术养分，将传统文论思想和精神纳入到自己的批评实践中，这样的学者也不少，而吕进应该算其中卓有成效的一位。吕进立足于当代新诗批评，在对当代诗歌进行学术阐发、建构有体系性的中国现代诗学的研究过程中，不仅借用大量古代诗话、词话来阐释中国新

---

① 钱中文：《会当凌绝顶——回眸二十世纪文学理论》，《文学评论》1996 年第 1 期。

诗，又通过中国新诗对古代诗话、词话进行现代阐释，而且在批评言说中，主动采取"诗话"式的表达手段，形成一种富有独创性的诗歌批评文体。可以说，吕进的诗歌批评，正是实现传统文论现代转换的一个成功案例。

在与日本学者岩佐昌暲进行学术对话时，吕进提出了自己对中国现代诗学史的理解，他认为："中国现代诗学史就是中国古代诗学的现代阐释史和西方现代诗学的中国阐释史。我们需要解决两个问题：古代诗学的现代化和西方诗学的本土化。"①　由此可见，在吕进的诗学研究中，实现传统诗学的现代转换是一种自觉的学术追求。原任西南大学校长的王小佳教授曾这样评价吕进："要读懂读通吕进的诗学理论，我以为有一个关键，就是要充分把握吕进诗学的'转换性'思想。……中国传统诗学与中国现代诗学同为中国诗学，它们之间有许多相通之处。不熟悉传统诗学，就找不到现代诗学的逻辑起点。但是我们是现代人，所以必须在继承中实现'现代化转换'。"②　这段话点明了吕进诗学理论建构的逻辑起点或者说关键之处，正是将传统诗学进行现代化的转换，这是理解吕进诗学的一个入口。笔者认为，吕进诗学对传统文论进行现代转换的学术实践，主要是从以下几个方面来体现的：

第一，立足新诗批评的理论言说。吕进的学术着眼点主要是当代新诗批评和诗学理论建构，始终立足于新诗批评，使他找到了传统文论现代转换的最便利通道。我们知道，中国古典文学的第一体裁是诗歌，与之相应，中国古代文论的主体部分是诗话和词话。从欧阳修的《六一诗话》开始，到王国维的《人间词话》止，中国古典诗话、词话的理论资源异常精彩和丰富。吕进在学术起步阶段，对传统诗话和词话进行了仔细的研读，深得其中精髓。加上吕进的研究对象主要是新诗，新诗与古诗虽然在语言形态、表达方式上差别很大，但它们都属于汉语诗歌，在艺术特性和美学规律上有许多共通之处，在此基础上，借用古代文论话语和思想来阐释中国现代诗歌，就具有了很大的学术可能。长期从事新诗批评与阐释的吕进，可谓"近水楼台先得月"，利用新诗与古诗在体裁上的一致性，顺利找到了古代文论现代转换的有效通道，他大量借用古典诗学话语来阐释新诗，以古代文论观念审视

---

① 吕进、[日] 岩佐昌暲：《中国与日本：中国现代诗学的昨天与今天》，《文艺研究》2007 年第 6 期。

② 王小佳：《删繁就简三秋树，领异标新二月花——〈吕进文存〉序》，载《吕进文存》（第 1 卷），西南师范大学出版社 2009 年版。

中国新诗的艺术表达，使中国新诗在传统文论的镜子照耀之下，发散出夺目的艺术之光。概言之，立足新诗的理论言说，利用新诗与古诗的亲近关系，顺势移借古代诗话、词话阐发新诗现象与诗歌文本，构成了吕进实现传统文论现代转换的重要路径。

第二，传统文论的现代诗学阐释。在研究过程中，吕进常常会以中国新诗为例证，来阐释古代文论思想与观念，或者说，常常会将古代文论思想与观念放到新诗之中来检测，验证其适应度与合理性，由此一来，传统文论从一个特定的孔道传达出现代诗学信息，释放出新的阐释能量。在《一得诗话》中，吕进列举大量新诗，精彩阐释了"披文以入情""知人论世""以意逆志""文质彬彬""无理而妙""言不尽意"等古典诗学话语，既彰显了新诗的"古意"，又从新诗文本中烛照到古典诗学话语的理论阐释力，为中国新诗的美学欣赏提供了新颖的诗学方案。如《披文以入情》一文，吕进先解释了刘勰原文的文学原理，后举艾青的《向太阳》一诗来佐证。吕进解释道："（此诗）讴歌了民族解放的光明。诗人把中国人民获得的抗战的政治权利比作'初升的太阳'，加以热情赞颂。同时，诗人又披露了抒情主人公在'初升的太阳'面前的所感所思，表现了抒情主人公（实际就是诗人自己）丢掉'寂寞'与'彷徨'，'召回我的童年的童年'的欣喜。"针对有读者会将诗歌的结尾看成诗人消沉情绪的表露这一"误读"，吕进指出："原因正在于停留于诗歌表面的字句，而没有'披文以入情'。"① 通过对新诗阅读的分析，"披文以入情"的传统文论话语，得到了新的理论释放。除了专文以新诗阐发古典诗学话语外，在吕进的诗学言说中，随处可见新诗现象与古代文论的对接。如下面两段文字：

> 诗人写诗大体都要经过无法—有法—无法三个阶段。第二个"无法"其实是至法，是有法后的无法。严沧浪《诗法》曾对这三个阶段有所概括。"其初不识好恶，连篇累牍，肆笔而成。"这是一种虚假的自由，很难写出真诗。然后，"既识羞愧，始生畏缩，成之极难。"写诗多年的诗人会突然难产，感到写诗很难，甚至产生"我适于写诗吗"一类的疑问。这个阶段的诗人是"入乎其内"，但还不能"出乎其外"。第三个阶段则是："及其透彻，则七纵八横，信手拈来，头头是道。"

---

① 吕进：《披文以入情》，载《一得诗话》，四川文艺出版社 1985 年版，第 7 页。

诗人在技法上获得了真正的自由。①

从"有"到"无",中国诗人注重"隐"。《文心雕龙》提出的"余味曲包","隐也者,文外之重旨也","隐以复意为王",都是很重要的诗美观念。无文字并不是真正的不着一字,而是"超以象外的文字",暗示性、象征性的文字,将可述性减至最小程度的文字,将可感性增至最大程度的文字,有别于散文文字的灵感文字。高不言高,象外含其高;远不言远,笔外含其远;静不言静,诗外含其静。这和荀子的"诗者,中声之所止也"是相通的,也和西方诗学的"超限定""体验的强烈与刺激的微弱""反顶点"等理论有不同程度的相类。②

这两段文字,一引严沧浪语,二引刘勰和荀子语,都是以古典诗学话语言说新诗现象,借助对新诗现象的诠释,古典文论在现代语境下找到了新的生存空间与发展前景。

第三,中西诗学的深层对话。我们平常论及的中西诗学对话,往往是指中国古典诗学与西方诗学的对话,在吕进这里也不例外,自然吕进所进行的中西诗学比较与对话,是通过中国新诗这一媒介与桥梁,通过在中西诗学融通的基础上来阐释新诗这一文学对象,来实现的中西对话。这样的对话往往是具体的、形象的、生动的,具有直接可感性和艺术应对性,而不是如某些学术研究中在缺乏文学对象前提下进行的空对空的泛议与玄谈。在论述诗歌的弹性技巧时,吕进既援引了袁枚《随园诗话》的观点,也引朱光潜的话语,还举了黑格尔、别林斯基等西方理论家的阐发,中西方有关诗歌弹性的言论在此汇聚、撞击,在对话之中充分论证了诗歌弹性技巧的艺术通常性和世界普遍性③。论证中西诗学差异时,吕进从诗学观念、诗学形态、时序发展等层面作了系统阐发。如论中西诗学观念的差异,吕进首先指出:"诗学观念的差异,就是文体理论的差异。"接着,他以曹丕《典论·论文》和刘勰《文心雕龙》为代表来分析中国古代的文体观,又以亚里士多德《诗学》

---

① 吕进:《写诗技巧的"有"与"无"》,载《吕进诗论选》,西南师范大学出版社 1995年版,第 147 页。

② 同上书,第 144 页。

③ 参见吕进:《论诗的弹性技巧》,载《上园谈诗》,重庆出版社 1987 年版,第 299—310 页。

和雨果《〈克伦威尔〉序》为例来阐说西方人的文体观，最后作结说："文体理论的差异实质上就是诗学观念的差别。以戏剧文学为本的西方诗学并不十分看重诗歌，三大文体的划分表明了一个事实：轻视诗歌的西方文体学家们活活地肢解了'微不足道'的诗歌。""由于诗学观念的相异，公正地说，在传统诗学上，中国远比西方富有。急切地向往被'世界'认同和急于认同'世界'的自卑心态，在诗学领域是毫无道理的。"① 通过中西诗学的深层对话，吕进发现了中西方在文体理论上的巨大差异，也认识到中国古典诗学在传统诗学意义上所表现出的理论优势，也就是说，中国古代诗歌理论比西方的诗歌理论要更为精彩和丰富，这为现代诗学界提供了宝贵的学术参照，增强了诗学界同仁的理论自信。

第四，诗话式述学文体的现代传承。传统诗话讲究感悟性，追求直观性，崇尚体验性，传统诗话言说显得随心所欲，充满人间情味，论诗与论道、谈文学与谈生活、形而上玄思与形而下现实生存是混融在一起，难以分割的。传统诗话表述显得行云流水，但逻辑并不严密，阅读起来较为轻松，而思辨性尚且缺乏。吕进受传统诗话影响颇深，他的理论表述很有传统诗话特色，这在前面的章节里有所阐发。吕进的理论表述有时也是自然分行，行云流水，充满了诗的情绪，有古典诗学的风采与韵味，令人阅读起来轻松亲切，而不像读高堂讲章那样形如嚼蜡、索然无味。吕进的诗学话语可以说是传统诗话式述学文体的现代传承，体现出传统诗话的风骨和底蕴。不过，吕进一方面学习了传统诗话的表达长处，另一方面又避免了其短处，他既有意识地删除了与诗学言说关系不大的生活琐事的唠叨，又通过向黑格尔等西方理论家学习而培养了辩证法的逻辑思维，他以辩证法为诗学理论的演绎法则，从而赋予自己的现代诗学强烈的思辨色彩和缜密的逻辑秩序。借助对诗话式述学文体的现代传承，吕进诗学在一定程度上成功实现了传统文论的现代转换。

第四节　西方文论中国化的丰硕成果

西方文论的中国化或曰外国文学理论的本土化，这是中国学界自 90 年

---

① 吕进：《诗学：中国与西方》，载《中国现代诗学》，重庆出版社1997年版，第13页。

代以来就一直关心并积极探讨的学术问题，有学者甚至将其作为中国现代文论重建的重要路径①，足见其突出的理论意义。事实上，用西方文论来阐释中国文学现象，这种"西方文论中国化"的具体实践，却远早于 20 世纪 90年代，按照朱立元的分析，"西方文论的中国化早在上世纪初即现当代文论传统起步阶段就开始了。学界公认，王国维的《〈红楼梦〉评论》和《人间词话》就是这种中国化的最早尝试"②。近代以来，援用西方文学理论来阐释中国文学现象已成为一种学术惯例，尽管其中不乏失败的教训，以致出现屡遭诟病的过度诠释乃至"强制阐释"，但作为一种基本的研究方法，以西方文论阐释中国文学倒是为多数学者所普遍认可并能落实到实践之中，从而催生出不少具有发现性的学术成果。从事诗学研究三十余载的吕进，既能将传统诗话理论运用到新诗研究之中，也能将西方理论灵活嫁接到中国新诗的阐释之中，其诗学研究上的学术结晶，由此成为了西方文论中国化的丰硕成果。

　　注重对西方诗学的吸收与借鉴，是吕进深化诗学研究的重要途径，他曾说道："诗的发展加强了诗学改造和加宽自己构架的紧迫性。诗学应当是多角度的，借助心理学、语言学、哲学、美学等的内部研究；借助政治学、社会学、法学、经济学等的外部研究。诗学应当是多方法的，除了发展传统研究方法论外，还应当求实地吸收其他方法（符号学、现象学、接受美学、系统论、信息论、控制论……）中的普遍性因素以丰富自己。"③ 积极学习和借鉴西方理论，拓展中国现代诗学的理论空间，这是吕进极力倡导并长期贯彻实践的一种学术研究策略。借用西方理论来阐释中国新诗，不仅促进了吕进诗学研究的深化，也对其诗学体系的建构起到了巨大铺垫作用和支撑效能。概括起来，吕进对西方文论的学习、借鉴与吸纳，主要体现在以下几个方面：

　　第一，黑格尔美学与中国现代诗学的汇通。从吕进对自己学术道路的追

---

　　① 参见曹顺庆、谭佳：《重建中国文论的又一有效路径：西方文论的中国化》，《外国文学研究》2004 年第 5 期。

　　② 朱立元：《以我为主，批判改造，融化吸收——关于西方文论中国化的思考》，载《中外文化与文论》（第 29 辑），四川大学出版社 2015 年版，第 118 页。

　　③ 吕进：《变革，为了新诗在当代中国的繁荣》，载《吕进文存》（第 2 卷），西南师范大学出版社 2009 年版，第 139 页。

忆中我们了解到，黑格尔《美学》是其学术起步阶段所研读过的重要的西方文论著作①，这部著作对其之后的诗学研究是影响深远的。吕进的现代诗学体系建构很大程度上吸纳和糅合了黑格尔的美学思想，大致表现在四个层面。其一，吕进诗学的辩证法逻辑演绎，是吕进受黑格尔影响最为突出的一个层面，这种辩证法思维逻辑贯穿吕进诗学思想阐发的始终。有论者指出："黑格尔是吕进先生诗学理论的重要源头之一，从黑格尔那里，他'拿来'的最重要的财富就是辩证思想。我们可以看到，当对各种诗歌现象进行梳理和分析时，他总能看到它们之间及其与其他文化因素之间的联系。他的理论观念从不偏执于一端，而是能够跨越于各种片面性之上，吸收它们的合理因素，在更高的层次上求得具有统一性的观念。站在传统与现代、东方与西方的交汇点上，吕进先生融会贯通，建构起自己富有独特性的理论体系。强大的理论体系使他在面对每一个问题时都能够游刃有余，常常寥寥数语就解开问题的症结，抵达自己的论点。总之，我们几乎可以肯定地说，正是辩证法保证了吕进先生诗学体系的开放性，使其保持长久的生命力。"② 这段话是对吕进《对话与重建》一著的评述，事实上，不只是《对话与重建》这部著作，吕进所有的诗学论著都闪烁着辩证法的逻辑思维智慧。其二，吕进对诗歌文体尊贵地位的认同，也是黑格尔美学思想影响的结果。吕进反复强调诗歌是"文学中的文学"，诗歌在四大文学文体中拥有最为显赫的位置，这一观念纵然与诗歌在中国古代异常发达从而影响和制约着其他文学样式发展的客观历史事实有关，但不可否认也是黑格尔美学思想影响下的产物。我们知道，在《美学》中，黑格尔曾给诗歌下过这样的定义："诗，语言的艺术，是第三种艺术，是把造型艺术和音乐这两个极端，在一个更高的阶段上，在精神内在领域本身里，给合于它本身所形成的统一整体。"③ 黑格尔强调了诗歌高于音乐和造型艺术，是在更高阶段完成的一种美学形态。这一观点，对吕进的启发是很大的，也使其认识到诗歌所具有的显赫艺术地位。其三，吕进对新时期诗歌发展轨迹的描述，受到了黑格尔过程辩证法的影响

---

① 参见吕进：《守住梦想——我的学术道路》，《东方论坛》2008 年第 6 期。

② 刘康凯：《诗意的多向建构——吕进〈对话与建构〉述评》，载《吕进文存》（第 4 卷），西南师范大学出版社 2009 年版，第 452 页。

③ ［德］黑格尔：《美学》（第 3 卷）（下），朱光潜译，商务印书馆 1981 年版，第 4—5 页。

与启示。在黑格尔看来，事物的发展是"正—反—合"的螺旋上升过程，"发展是从正到反、到合的前进运动，否定是矛盾的斗争和解决，发展通过否定而实现，没有否定便没有发展。这种发展实质上是矛盾不断产生、不断解决的过程。否定构成了发展的环节，通过否定而实现的发展是有节奏的。每经历一个正、反、合或两次否定，就是经历一个发展过程。合题既是一个发展过程的结束，同时又是新的发展过程的开端。通过合题，把两个发展过程联系起来，这样发展就是终点和起点连在一起的圆圈式的运动。合题作为开端的同时又回到自身，对自己重新肯定"①。吕进是这样描述新时期诗歌的流变轨迹的："从 1976 年迄今，抒情诗的运动轨迹似乎恰好经历着正题—反题—合题的三段式。""70 年代末期到 80 年代初期是抒情诗发展的正题，由'归来者'和'朦胧诗'诗人领潮，它是中国传统诗美学的复苏与胜利。"② "到了 80 年代中期，诗运原始的同一失衡了。它以正题作为发展起点而进入反题阶段。""从 1986 年开始，近十五年的抒情诗运动轨迹由正题、反题而进入合题。寻求生命意识与使命意识、文体自觉与时代自觉的和谐，是合题阶段的特征，合题阶段的中国新诗仍然保持双向展开的态势。从正题、反题中逐渐成熟和丰富起来的始终居于主流的传统诗，到了合题阶段更明显地显出主流派的风姿。"③ 毫无疑问，这样的历史描述是以黑格尔过程辩证法的哲学观念为理论视角而展开的。其四，吕进诗学中的一些话语范式，如"内视点""弹性"等，都受到了黑格尔美学思想的启迪。吕进诗学与黑格尔哲学美学的关系，为许多研究者所津津乐道。邹建军评价吕进："他的弹性技巧见解来源于黑格尔老人、闻一多、别林斯基以及刘勰，但这里的论述已超出前人。"④ 熊辉这样阐释道："20 世纪 80 年代以来，吕进先生在'转换'思维的指导下开始致力于中国现代诗学理论体系的建构。从普洛丁的'收心内视'到夏夫兹博里的'内在的感官'，再到黑格尔的'绝对精神'，吕进获得了大量诗歌的新视角，在诗和现实的审美关系上提出了

---

① 王琳：《试论黑格尔辩证法的核心》，《西南民族学院学报》1987 年第 1 期。

② 吕进：《抒情诗的最新轨迹（上）》，载《中国现代诗学》，重庆出版社 1997 年版，第 216—217 页。

③ 同上书，第 229 页。

④ 邹建军：《吕进：意正论深枝叶茂》，载《吕进文存》（第 4 卷），西南师范大学出版社 2009 年版，第 354 页。

诗的内容本质在于审美视点的独特性，突破了长期以来的‘抒情’说，认为诗和其他抒情文体（尤其是抒情诗）是内视点文学。"① 这些评价点明了吕进诗学话语与黑格尔美学的关系，都是极为中肯的。

第二，马列文论的中国化实践。马列文论是西方文论的重要一支，也是对中国现当代文学实践与文学理论发展影响最大的理论系统，马列文论的中国化其实是西方文论中国化中不可缺少和替代的重要一环，这一命题早在人们提出"西方文论中国化"口号之前就已经摆置在中国学人面前，为人们所广泛重视和长期研讨，并取得了不少收获。在笔者看来，马列文论中国化，至少可以在两个向度上展开：一个向度是马列文论与中国文学理论相结合，让其参与到中国文学理论建设与发展之中，在中国文学理论的体系建构里扮演重要角色，发挥巨大作用；另一个向度是以马列文论为理论指导和思想武器，来阐释中国现代文学现象，从独特角度揭示中国现代文学的思想内涵和艺术个性。吕进诗学应该属于后一种，他通过运用马列文论来阐释诗歌现象和诗歌作品，用马列文论烛照了中国新诗的美学现实，成为了马列文论中国化实践的突出成果。吕进用马列文论阐释新诗，具体表现在以下几个方面：其一，对"社会主义新诗"的倡导与总结。吕进在第一部学术专著《新诗的创作与鉴赏》里，专设有"社会主义新诗"一章，运用马克思主义原理来分析中国当代新诗的思想内容与艺术形式。他首先指出："社会主义新诗是我国诗歌在社会主义时代的继续、革新与发展，是诗歌史崭新的一页。"② 他随后分析道："社会主义诗歌属于人民，属于社会主义。诗人越是清楚地意识到这一点，他的人格就越高尚，他的诗就越有生命力。"③ 吕进接着从"抒发人民之情""体现时代精神""提高诗人心灵"等几方面阐释了社会主义新诗的"人民性"特征，这是运用马列文论中关于文学的阶级性、人民性观点对新的历史时代中国新诗特征和规律的高度概括和准确描述。其二，用马列文论提出文学的"人民性"艺术标准来客观评价中国新诗和现当代诗人。吕进评价艾青诗歌具有"公民性"："艾青的诗是朴素的，诗人不想让我们惊讶不已。他的诗具有抒情性和公民性，因为国家和人民的

---

① 熊辉：《西方美学观念的转换与中国现代诗学体系的建构——论黑格尔对吕进诗学思想的影响》，载《吕进文存》（第4卷），西南师范大学出版社2009年版，第376页。
② 吕进：《社会主义新诗》，载《新诗的创作与鉴赏》，重庆出版社1982年版，第124页。
③ 同上。

苦难。他质朴地热爱着自己的祖国，毫不装模作样，也从不大声喊叫自己的这种爱情。"① 他肯定臧克家诗歌能表现农民的苦难："臧克家着力抒写真实的苦难，尤其是农民的苦难。自幼生长在农村的臧克家自称是'泥土的人'。泥土的歌从来就是他最倾心最擅长的歌。农村像一只温情的手，总是能拨动诗人的琴弦。他同情农民，他挚爱农民，他为农民发出叹息与抗议。在那个苦难年代，他是痛苦的歌者和灾难的披露人。"② 其三，强调诗学建构中马克思主义的指导作用。在论证中国现代诗学必须具备"求实意识"时，吕进指出："诗学要加强求实意识就必然需要马克思主义的指导。当代任何真正的理论超越都离不开人类已经创造的各种思想财富，离不开马克思主义，后者是人类理论思维在近代的一大迈进。当然，马克思主义也需要在实践中发展，这一发展不但是循着马克思主义经典作家的已有足迹，而且也要吸收马克思主义以外的人类的最新思维成果。但是，马克思主义之所以是马克思主义，是因为它有一些被历史反复验证过、敲打过而被确认为真理的基本原理。"③ 这里强调了马克思主义的真理性原理对现代诗学建构的重要指导作用。紧接着，吕进还进一步论证了马克思主义指导诗学建构的具体定位，即在社会历史维度和高度对诗学的引领意义："诗表现的被再造过的心灵是诗人心灵与社会历史的联结，而且，吟唱主体本身就是一种社会存在。马克思主义正是把文艺（包括诗歌）纳入社会历史框架进行考察的。诗学面临的对象是最丰富的非常规世界，最不具备实体性的流动世界，它是现实的幻影，它是良知的馨香。用非诗规范要求诗显然不妥当。马克思主义不能代替诗学。然而，马克思主义却能给诗学以俯视诗歌现象的社会历史高度。"④ 吕进的这些论述，体现出对马克思主义文艺思想的精准理解，也为马克思主义与中国现代诗学相结合指出了明确的方向。其四，在诗歌阅读与诗歌创作关系问题上，也运用马克思主义思想来阐释。吕进一向重视诗歌的阅读与鉴赏，诗歌鉴赏学是其建构的中国现代诗学中一个重要组成部分。吕

---

① 吕进：《诗人艾青》，载《给新诗爱好者》，重庆出版社1984年版，第199页。

② 吕进：《说不尽的〈三代〉》，载《吕进文存》（第4卷），西南师范大学出版社2009年版，第100页。

③ 吕进：《诗学的三个基本意识》，载《新诗文体学》，花城出版社1990年版，第156页。

④ 同上书，第157页。

进曾指出："诗学的基点是理解。马克思在 1892 年 1 月 16 日致约·魏德迈信中说：'所有的诗人，甚至最优秀诗人，多多少少都是喜欢奉承的，要给他们说好话，使他们赋诗吟唱。……诗人——不管他是一个怎样的人——总是需要赞扬和崇拜的。我想这是他们的天性。'马克思主张的当然不是吹捧，慷慨的吹捧对于诗人无异于侮辱。马克思主张的是理解——对'吟唱'和'吟唱者'的理解。"吕进强调诗歌阅读与鉴赏需要建立在"理解"的基础上，这是诗歌读者和诗人之间需要保持的一种正常关系，"理解"自然也构成了现代诗学的重要基点。此外，吕进诗学中的辩证思维和发展的眼光等，都可以说是受马克思主义思想深刻影响的产物。

　　第三，苏俄文艺理论的继承与借鉴。众所周知，苏俄文艺理论在中国文学界译介与传播时间已久，对中国当代文学创作与文学批评的影响很大。温儒敏就曾描述过中国批评家在某个历史时段一度曾言必称"别、车、杜"的现象："回想五六十年代，别、车、杜在文坛上是极为响亮的名字。那时要论证什么问题，或者提出某一论点，总要用领袖或权威的有关语录来支撑说明。别、车、杜就是经常被搬出来的'权威'。所以有人说别、车、杜是'准马列'，意思是文学评论家写文章，除了马列主义经典，常常使用的理论就是别、车、杜了。"① 苏俄文艺理论对吕进诗歌批评与诗学建构的突出影响也是不容置疑的，吕进也注重将苏俄文艺理论与中国新诗现实巧妙结合，吸收和借鉴其合理有效的部分，借助对中国新诗的阐释，将苏俄文艺理论加以本土化。吕进对苏俄文艺理论的继承与借鉴，主要表现在以下三个方面：其一，对诗歌与生活水乳关系的强调。吕进对诗歌有一个定义："诗是歌唱生活的最高语言艺术，它通常是诗人感情的直写。"在这个定义里，"生活"无疑是一个关键语，它是诗歌所描述与阐发的对象。强调生活在诗歌创作中的特定地位，这一观点显然是受到了车尔尼雪夫斯基和别林斯基等苏俄文艺理论家的影响。车氏的"美是生活"一说，是影响中国文论界的重要美学观点，而别林斯基也多次强调过生活与诗歌之间的密切联系，他曾说："诗歌首先是生活，然后才是艺术。"② 车和别的这些论述无疑启发了吕进诗学观的形成。其二，对诗歌与时代关系的突出。吕进认为，真正的诗歌

---

　　① 温儒敏：《当代文学思潮中的"别、车、杜现象"》，《读书》2003 年第 11 期。
　　② 转引自刘宁：《别林斯基的美学观点》，《北京师范大学学报（社会科学版）》1958 年第 3 期。

必须"体现时代精神"："新诗史说明，时代寻觅诗，诗也寻觅时代。当诗的命运与时代的命运紧紧融合，诗就得到蓬勃发展。""诗歌只有体现时代精神才能深刻地抒发人民之情。诗歌应当是站在时代高度写下的一个时代的感情记录，一代人的感情记录。"① 吕进重视诗歌对时代精神的反映，这一诗学观点，是苏俄文艺思想直接影响的结果。我们知道，苏俄文论家也十分重视时代精神在文学作品中的反映，别林斯基说："在构成真正的诗人的许多条件中，当代性应居其一。诗人比任何人都应该是自己时代的产儿。"② 普列汉诺夫也指出："一个艺术家如果看不见当代最重要的社会思潮，那么，他的作品中所表达的思想实质的内在价值就会大大地降低。这些作品也必然因此而受到损害。"③ 这两段话，正是吕进用来阐释自己关于诗歌与时代精神对接观点时所引用的苏俄经典文论。其三，诗歌批评的社会历史维度。苏俄文艺理论家多数是马克思主义者，他们对马克思文艺理论思想有着深刻的领悟和接受，社会历史分析法作为马克思文艺思想中的重要方法，也为苏俄文艺理论家所广泛接受与普遍运用。别林斯基认为："文学是社会生活的表现，应该是社会赋予他们以生话，而下是它赋予社会以生活。"④ 卢那察尔斯基也说过："诗人表现的思想感情，他笔下的形象，他的文学风格，他的乐音等，以至他的细节，无不细致入微地依存于社会基础。"⑤ 这些话语都体现了文论家以社会历史为维度来评论文学现象和文学作品的基本价值取向。吕进的诗歌批评也一贯坚持从社会历史角度出发，站在社会历史的高度对新诗现象和诗歌文本加以深刻的阐发。如论艾青、臧克家、郭小川、方敬等人的诗，论新时期诗歌现象和诗歌发展历程，社会历史维度构成吕进对这些诗人和诗歌现象加以美学阐释和价值评判的重要视角和入径。

　　第四，对莱辛、荷加斯等人的继承与借鉴。吕进的学术积累雄厚、学术视野广博，对西方许多重要诗学、美学著作都有涉猎，其中，莱辛的《拉

---

　　① 吕进：《社会主义新诗》，载《新诗的创作与鉴赏》，重庆出版社 1982 年版，第130 页。

　　② 同上书，第 129 页。

　　③ 同上书，第 129—130 页。

　　④ 转引自张春吉：《别林斯基论文学和现实的关系》，《厦门大学学报（哲学社会科学版）》1984 年第 2 期。

　　⑤ ［俄］卢那察尔斯基：《卢那察尔斯基论文学》，人民文学出版社 1978 年版，第151 页。

奥孔》和威廉·荷加斯的《美的分析》就是他早期进行诗学研究理论储备时认真研读过的两部著作，这两部著作也对吕进理论的深化和诗学体系建构产生过突出影响。在《拉奥孔》中，莱辛比较了造型艺术和诗歌的美学差异，这对吕进新诗文体学观念的形成有着重大启发作用。吕进认为："从内容看，绘画的主要内容是外在形象的艺术再现，它有留恋客观事物外貌的倾向。绘画着眼于客观事物外貌的描绘，艺术家的内心情感要局限于、受制于这一描绘。诗歌则不然。诗歌的主要内容是诗人内心情感的直接抒发，它回避精确描绘，客观事物的表现是由诗中所抒之情暗示、折射出来的。"① 显然，吕进对诗与绘画差别的论证，其理论根据出自莱辛。接着，吕进援引了莱辛的这段名言："诗人啊，替我把美所引起的热爱和欢欣描绘出来，那你就已经是美本身"，并分析说，"诗对按照现实外貌把客观事物给读者提供审美观照并不感兴趣，他的职能是抒情"②。对莱辛的观点进一步加以阐发。荷加斯《美的分析》是一部艺术理论著作，主要探讨"究竟是什么促使我们认为某些东西的形式是美的，另一些东西的形式是丑的，某些东西的形式是有吸引力的，另一些东西的形式是没有吸引力的"③ 等问题。在这部著作中，荷加斯指出，多样性在美的创造中具有重要的意义，有组织的多样性与人的感官接受特点相吻合："人的全部感觉都喜欢多样，而且同样讨厌单调。耳朵讨厌一个音响接连不断地重复，正如眼睛死盯住一点或一直注视一面秃墙会感到讨厌。可是，当眼睛看腻了连续不断的变化时，再去看那些在某种程度上单纯的东西，就会感到轻松愉快，甚至没有任何装饰的平面，如果运用得当并与多样性相对应，补充多样性，也会变为令人愉快的。"④ 也就是说，荷加斯肯定多样性的视觉效果，同时又强调"有组织的多样性"而不是胡乱的多样性，因为"杂乱无章和没有意图的多样性，本身就是混乱和丑"⑤。荷加斯的观点启发了吕进，在阐释新诗"通感"的修辞时，吕进说道："对于同一审美客体人的感官的变化也会产生美感。新诗的通感手

---

① 吕进：《诗的界说举隅》，载《新诗的创作与鉴赏》，重庆出版社 1982 年版，第 7 页。
② 同上。
③ ［英］威廉·荷加斯：《美的分析》，杨成寅译，佟景韩校，人民美术出版社 1986 年版，第 15 页。
④ 同上书，第 26 页。
⑤ 同上。

法，正是让几种官能变化交错，因此，就带给读者更丰富的，可以说，梦幻般的美感。"① 吕进的这段论述是以诗歌修辞为例，对荷加斯美学观点所做的更进一步拓展。

———————————

① 吕进：《诗的修辞》，载《新诗的创作与鉴赏》，重庆出版社 1982 年版，第 229 页。

参考文献

艾青：《诗论》，人民文学出版社 1982 年版。

[法] 布瓦洛：《诗的艺术》（修订本），任典译，人民文学出版社 2009 年版。

[日] 滨田正秀：《文艺学概论》，陈秋峰、杨国华译，中国戏剧出版社 1985 年版。

陈本益：《汉语诗歌的节奏》，重庆大学出版社 2013 年版。

陈伯海：《中国诗学之现代观》，上海古籍出版社 2006 年版。

陈良运：《诗学·诗观·诗美》，江西高校出版社 1992 年版。

陈良运：《新诗的哲学与美学》，花城出版社 1990 年版。

陈良运：《中国诗学体系论》，中国社会科学出版社 1998 年版。

[德] 歌德：《歌德谈话录》，爱克曼辑录，朱光潜译，人民文学出版社 1991 年版。

[德] 黑格尔：《美学》（第 3 卷下册），朱光潜译，商务印书馆 1982 年版。

何其芳：《诗歌欣赏》，人民文学出版社 1978 年版。

何其芳：《何其芳文集》（第 4 卷），人民文学出版社 1983 年版。

洪子诚、刘登翰：《中国当代新诗史》，北京大学出版社 2010 年版。

蒋登科：《重庆诗歌访谈》，重庆大学出版社 2013 年版。

蒋寅：《古典诗学的现代诠释》，中华书局 2003 年版。

[德] 莱辛：《拉奥孔》，朱光潜译，人民文学出版社 1981 年版。

[德] 莱辛：《拉奥孔》，朱光潜译，安徽教育出版社 2006 年版。

[俄] 卢那察尔斯基：《卢那察尔斯基论文学》，人民文学出版社 1978 年版。

吕进：《新诗的创作与鉴赏》，重庆出版社 1982 年版。

吕进：《给新诗爱好者》，重庆出版社 1984 年版。

吕进：《一得诗话》，四川文艺出版社 1985 年版。

吕进：《上园谈诗》，重庆出版社 1987 年版。

吕进：《新诗文体学》，花城出版社 1990 年版。

吕进：《吕进诗论选》，西南师范大学出版社 1995 年版。

吕进：《中国现代诗学》，重庆出版社 1997 年版。

吕进：《文化转型与中国新诗》，重庆出版社 2000 年版。

吕进：《对话与重建——中国现代诗学札记》，西南师范大学出版社 2002 年版。

吕进：《现代诗歌文体论》，广西师范大学出版社 2003 年版。

吕进：《吕进文存》（第1、2、3、4卷），西南师范大学出版社2009年版。

吕进：《岁月留痕》，西南师范大学出版社2013年版。

吕进：《落日故人情》，巴蜀书社2015年版。

吕进：《中国现代诗体论》，重庆出版社2007年版。

蓝棣之：《现代诗的情感与形式》，人民文学出版社2002年版。

蓝棣之：《现代诗歌理论：渊源与走势》，清华大学出版社2002年版。

龙泉明：《中国新诗流变论》（1917—1949），人民文学出版社1999年版。

梁实秋：《梁实秋批评文集》，徐静波编，珠海出版社1998年版。

陆耀东：《中国新诗史》（第1卷），长江文艺出版社2005年版。

陆耀东：《中国新诗史》（第1卷），长江文艺出版社2009年版。

李怡：《中国现代新诗与古典诗歌传统》，西南师范大学出版社1994年版。

钱钟书：《七缀集》（修订本），上海古籍出版社1995年版。

钱钟书：《旧文四篇》，上海古籍出版社1979年版。

孙玉石：《中国现代主义思潮史论》，北京大学出版社1999年版。

孙玉石：《中国现代诗歌艺术》，长江文艺出版社2007年版。

童庆炳：《中国古代心理诗学与美学》，中华书局2013年版。

［英］托·斯·艾略特：《艾略特文学论文集》，李赋宁译，百花洲文艺出版社1997年版。

王光明：《现代汉诗的百年演变》，河北人民出版社2003年版。

王毅：《中国现代主义诗歌史论（1925—1949）》，西南师范大学出版社1998年版。

魏庆之：《诗人玉屑》（全二册），上海古籍出版社1982年版。

［美］韦勒克、沃伦：《文学理论》，刘象愚等译，生活·读书·新知三联书店1984年版。

吴思敬：《诗歌的基本原理》，工人出版社1987年版。

吴开晋：《现代诗歌艺术与欣赏》，河北人民出版社1987年版。

［英］威廉·荷加斯：《美的分析》，杨成寅译，佟景韩校，人民美术出版社1986年版。

闻一多：《唐诗杂论·诗与批评》，生活·读书·新知三联书店1999年版。

晓雪：《诗的美学》，中国文联出版公司1985年版。

肖驰：《中国诗歌美学》，北京大学出版社1986年版。

谢冕：《地火依然运行——中国新诗潮论》，生活·读书·新知三联书店1991年版。

谢冕：《诗人的创造》，生活·读书·新知三联书店1989年版。

谢冕：《文学的绿色革命》，贵州人民出版社1988年版。

谢冕：《谢冕文学评论选》，湖南文艺出版社1986年版。

谢冕：《中国诗人论》，重庆出版社1986年版。

谢文利、曹长青：《诗的技巧》，中国青年出版社1985年版。

叶维廉：《中国诗学》，生活·读书·新知三联书店1992年版。

杨匡汉：《诗学心裁》，陕西人民教育出版社 1995 年版。

杨匡汉：《诗美的积淀与选择》，人民文学出版社 1987 年版。

杨匡汉、刘福春编：《中国现代诗论》（上编），花城出版社 1985 年版。

杨匡汉：《中国新诗学》，人民出版社 2005 年版。

杨光治：《诗艺·诗美·诗魂》，花城出版社 1990 年版。

袁忠岳：《缪斯之恋》，花城出版社 1990 年版。

袁行霈：《中国诗歌艺术研究》，北京大学出版社 1987 年版。

易征：《诗的艺术》，广西人民出版社 1978 年版。

［古希腊］亚里士多德：《诗学》，罗念生译，人民文学出版社 1984 年版。

宗白华：《美学散步》，上海人民出版社 1981 年版。

张伯伟：《中国古代文学批评方法研究》，中华书局 2002 年版。

朱光潜：《诗论》，生活·读书·新知三联书店 1984 年版。

郑敏：《诗歌与哲学是近邻——结构—解构诗论》，北京大学出版社 1999 年版。

郑敏：《思维·文化·诗学》，河南人民出版社 2004 年版。

张德明：《网络诗歌研究》，中国文史出版社 2005 年版。

张德明：《百年新诗经典导读》，暨南大学出版社 2015 年版。

张若英：《中国新文学运动史资料》，上海书店 1982 年印行。

朱自清：《诗言志辨》，古籍出版社 1957 年版。

后　记

　　从资料的搜集整理，到拟定大致提纲，再到撰写成文，经过一年多的不懈努力，《吕进诗学研究》的系统工程终于得以告竣。这是学生对尊师一生所从事的诗学工作的一次全面回顾，是两个晚辈向学术先贤的崇高敬礼，是以当代优秀诗学名家为个案对中国现代诗歌和诗学所作的一次别开生面的探究，它所拥有的意义是不言而喻的。

　　吕进诗学精深博大，关涉面广，观点鲜明，原创性强，而且也富有体系性。要想全面而深入地将其诗学精髓挖掘出来，加以准确的概述和系统的阐发，其实并非易事。如果没有对中国现代新诗的历史脉络、中国古典诗学、中国现代诗学、西方诗学等知识领域的充分了解，我们是很难将吕进诗学的要旨和内核确切探明并精准剖析的。有鉴于此，开展吕进诗学研究工作之前，我们先是在上述知识领域作了必要的"补课"，随后对吕进的诗学著述加以反复研读，从而厘清了概述吕进诗学的基本纲要，再按照纲要对吕进诗学思想与基本观念进行细致梳理和具体阐释，终撰出二十余万字的《吕进诗学研究》初稿。

　　吕进这一代知识分子无疑是有自己的"梦想"并一生都在追寻"梦想"的人，他的《守住梦想》一诗，也许正是这一代人共同的心灵告白：

　　　　守住梦想，守住人生的翅膀
　　　　守住梦想，守住心上的阳光

　　　　不为一朵乌云放弃蓝天
　　　　不为一次沉船放弃海洋

荒漠中守住一方绿洲
风暴里守住一片晴朗

守住一句承诺
守住久别的造访
守住一封远方的信
守住爱的目光
守住鲜花的呼唤
守住明天的太阳

纵有严寒，守住梦想的花
也会在冰天雪地里开放
纵有险关，守住梦想的江
也会浩浩荡荡地奔向远方

守住梦想，守住不谢的花季
守住梦想，守住迷人的远航

笼统而言，吕进这一代人的"梦想"就是在精神的王国开疆辟土，让个体发出有价值的人文光照。如果具体地说，吕进的人生"梦想"或许正是在诗学领地开垦出自己的庄园，构建出自己的版图。在当下物欲横流、铜臭气息弥漫的商业语境下，吕进这一代人轻物质享受、重精神追求的人生"梦想"和心灵追求，着实是让人钦慕和敬佩的。

这部书稿由两个人分工合作而成，绪论、第五章、第六章、第七章、第八章、第九章由张德明所撰，第一章、第二章、第三章、第四章由姚家育执笔。张德明负责最后的统稿和"后记"撰写工作。

由于著者学识稍浅，能力有限，加之时间仓促，成文匆忙，论著中难免存在偏误乃至纰漏之处，希望得到诗学方家和学界同仁的指正。

2016 年 4 月 11 日

丛书后记

中国新诗自 1917 年"横空出世"以来，关于其艺术形式和精神内容的探讨从来都未停止过，中国现代诗学相应地获得了长足的发展空间。在一个世纪的曲折行进中，新诗逐渐积淀起自身的历史传统，不管它存在的"合法性"曾遭遇过多少质疑，它已然成为我们无法送还的民族文化构成要素。因此，我们今天应该如何评判新诗的百年沉浮，这不仅关涉新诗未来的发展，也与民族文学的复兴休戚相关。

在中国新诗诞生 100 周年之际，我们特别组织撰写了这套《中国现代诗学丛书》，从各个不同的角度出发，目的就是打捞和整理百年新诗的艺术经验，丰富我们对新诗的认识，引发对未来新诗创作艺术的思考。同时，出版这套《中国现代诗学丛书》，有助于提升百年中国新诗批评和理论建设，发掘新鲜的研究内容并弥补既有研究的局限。本丛书主要由西南大学中国新诗研究所专职研究员撰写，他们都是当代新诗批评界的优秀学者，书稿多为社科基金或省部级基金的成果，有效地保证了丛书的学术质量。

《中国现代诗学丛书》由海内外知名诗评家吕进担任主编，计划出版 12 本诗学论著，内容涵盖中国现代诗学、中国新诗发展思潮、中外诗学比较、诗歌翻译思想、诗歌传播学、现代诗歌社团研究、新诗文化批评、诗歌与音乐关系研究、当代新诗思想研究、女性诗歌研究以及现代诗学思想研究等。这些研究均属中国现代诗学的范畴，内容丰富而深刻，是本学科研究的力作。

西南大学中国新诗研究所成立于 1986 年 6 月，是中国大陆第一家专门从事新诗研究的实体单位。经过几代学人的辛勤耕耘，该研究所已形成自身的诗学发展路向，拥有鲜明的研究特色，在海内外华文诗学界产生了持续而深远的影响，至今仍是中国新诗研究的高地和"上园诗派"的据所。

中国新诗研究所的广泛影响力还体现在培养并塑造了一大批中国新诗研

究的生力军。有人将中国新诗研究所比作中国现代诗学的"黄埔军校",因为研究所创始人吕进先生的缘故,惯称中国新诗研究所校友为"吕家军"。从新诗研究所毕业后,很多校友不仅成为全国知名高校的学术中坚,更是活跃在中国新诗研究界的专业批评家或理论家,在承传中创造并丰富了中国新诗研究所的学术思想。

2016 年,中国新诗研究所将迎来 30 周岁生日。作为一个单纯而纯粹的诗歌研究单位,其发展印证了"文变染乎世情"之说。20 世纪 80 年代的理想主义情结消退之后,新诗的命运一路走低,新诗研究不再被视为"显学",研究所遭遇了生存的寒冬。随后,风起云涌的学科建设以及高校合并浪潮,再度无情地将中国新诗研究所推向了存亡的边缘。好在有一群人坚守住了缪斯艺术的纯洁,在艰难和阻碍中缔造了中国新诗研究 30 年的神奇之旅,这其中当然凝聚着中国新诗研究所校友的"不离不弃"。

在策划这套丛书时,我们与散居全国各地的校友取得联系,希望他们出任丛书编委,或对丛书的编辑和出版提供建议,收到的总是热情洋溢的支持话语。读着各方回信,各种感动和感叹自不待言,心中涌动的是这句普通而凝重的话:我们是相亲相爱的一家人。鉴于中国新诗研究所在职教师和校友人数众多,我们最后择取了如下代表,列为丛书编委:

吕　进:中国新诗研究所主要创始人,西南大学二级教授、博士生导师。

陈本益:中国新诗研究所教授、博士生导师。

李　震:中国新诗研究所 1990 届硕士校友,陕西师范大学教授、博士生导师。

蒋登科:中国新诗研究所 1990 届硕士校友、2000 届博士校友,西南大学教授、博士生导师。

王　珂:中国新诗研究所 1990 届硕士校友,东南大学教授、博士生导师。

靳明全:中国新诗研究所 1993 年访问学者,重庆师范大学教授,四川大学博士生导师。

王　毅:中国新诗研究所 1993 届硕士校友,华中科技大学教授、博士生导师。

江弱水(陈强):中国新诗研究所 1994 届硕士校友,浙江大学教授、博士生导师。

张崇富：中国新诗研究所 1995 届硕士校友，四川大学教授、博士生导师。

向天渊：中国新诗研究所 1996 届硕士校友，西南大学教授、博士生导师。

段从学：中国新诗研究所 1997 届硕士校友，四川师范大学教授、博士生导师。

陆正兰：中国新诗研究所 2002 届硕士校友、2006 届博士校友，四川大学教授、博士生导师。

熊　辉：中国新诗研究所 2003 届硕士校友，西南大学教授、博士生导师。

梁笑梅：中国新诗研究所 2004 届博士校友，西南大学教授、博士生导师。

颜同林：中国新诗研究所 2004 届硕士校友，贵州师范大学教授、博士生导师。

丛书的出版，我们首先应该感谢西南大学相关党政领导的关心，尤其是分管学科建设的崔延强副校长，没有学科经费的支持，就不会有这套丛书的面世。同时，要感谢人民出版社的大力支持及陈晓燕等编辑的努力，他们认真细致的工作保证了丛书的顺利出版。

在未来的岁月里，在动荡的学术环境中，不管中国新诗研究所去向何方，我们都会是"相亲相爱的一家人"，以"中国新诗研究所"的名义，以诗歌的名义，以超然物外之境界的名义。最后，还是以吕进先生《守住梦想》中的诗句，来祝福中国新诗研究所，祝福中国新诗研究所的校友们：

> 不为一朵乌云放弃蓝天
> 不为一次沉船放弃海洋
> ……
> 守住梦想，守住不谢的花季
> 守住梦想，守住迷人的远航

熊　辉

2015 年 9 月 25 日